COLLECTION FOLIO

Paula Jacques

Gilda Stambouli souffre et se plaint...

Mercure de France

Ce livre a été édité
sous la direction littéraire de Eglal Errera.

Paula Jacques, de son vrai nom Abadi, est née au Caire, d'où sa famille est expulsée en 1957. Elle passe son enfance en Israël, avant de venir en France.

À Paris, elle exerce toutes sortes de « petits métiers », puis elle fait de l'animation culturelle à la Comédie de Saint-Étienne et crée, en 1971, une compagnie théâtrale.

Depuis 1975, elle est journaliste dans la presse écrite et productrice à Radio France.

Elle a reçu le prix Femina en 1991 pour son roman *Deborah et les anges dissipés* et, en 2002, le prix Europe 1 et le prix Nice Baie-des-Anges pour *Gilda Stambouli souffre et se plaint...*

À la mémoire de mon frère Sélim,
À mon frère Victor,
à Xavier.

« Apprenez, madame, qu'il n'est rien de plus illusoire que les sentiments du père ou de la mère pour les enfants, et de ceux-ci pour les auteurs de leurs jours. Rien ne fonde, rien n'établit de pareils sentiments, en usage ici, détestés là, puisqu'il est des pays où les parents tuent leurs enfants, d'autres où ceux-ci égorgent ceux de qui ils tiennent la vie. »

SADE

CHAPITRE UN

1

« Tu dors ? Dors mon amour, il faut dormir, ne t'inquiète pas pour moi, dors, surtout... Mais comment fais-tu, c'est énervant à la fin... Écoute Robie, tu dors vraiment ?

— Je dors, je dors !...

— Bien !... Je te laisse dormir. Mais tu bouges, tu bouges dans le lit ! On dirait un ressort de montre. Il fait froid, mon Dieu, un froid polaire ! Cette nuit est la plus lente de toute ma vie. Qu'est-ce que c'est encore que ce bruit ? L'hôtel bout à tous ses étages. C'est sur notre palier, tu entends ? C'est la porte des toilettes, ah, cette porte. Un vrai supplice chinois. Cette nuit est la plus lente de toute ma vie. Quelle heure est-il à ton avis ? Trois heures, quatre peut-être. Dans deux heures, fini, je me lève, je m'habille, je pars. Tu crois que ça va marcher cette fois ? Je croise les doigts. Souhaite-moi bonne chance, Robie, dis-moi les choses rassurantes... Arme mon courage d'un mot, mon chéri, un seul, si ce n'est pas trop te demander ! Il fait nuit oui, je sais, mais je me disais... Aide-moi... Conseille-moi. Comment dois-je me vêtir, me coiffer, me présenter demain ? Comment on se présente devant ces gens-là, voilà ce que je ne sais pas. Je vais faire piètre figure, forcément, après une nuit blanche. Pitié, mon Dieu, pitié ! Mais j'ai confiance cette fois, tout ira bien, Bertha Fromkine me l'a promis, c'est une garantie tout de même, Bertha Fromkine. Elle ne parle pas dans un violon, Bertha Fromkine, hein, tu la connais, elle parle et on lui obéit. Alors qu'est-ce que tu en penses Robie, succès sur toute la ligne ?

— Oui, oh oui, peut-être, je crois, oui j'espère que...

— Tu crois ou tu espères ? Précise s'il te plaît parce que ce n'est pas la même chose, croire ou espérer. C'est même le contraire quelquefois. On espère parce qu'on n'y croit pas et vice versa. On n'y croit pas parce qu'à force d'espérer, enfin tu vois ce que je veux dire, tu me comprends, c'est simple, l'espoir fait mal, plus il est grand plus il fait mal... Mais à quoi bon tourner le couteau, wait and see, n'en parlons plus, je me tais... Dors ! Pour ce que ça change ! Pour le cas que tu fais de mes paroles ! Ça ne fait rien. Démoralisée. Lessivée. Ruinée. Désespérée. Seule. J'ai l'habitude. Personne sur qui m'appuyer, mon Dieu. Et il n'y a aucune raison pour que ça change... Pas d'ami, pas de toit, pas de travail, plus un sou vaillant. Un sou, tiens, je me demandais justement... Ça fait combien un sou ? Combien de sous faut-il pour faire un franc, selon toi ? C'est toi le mathématicien après tout, fais un effort, Robie, combien ?

— Combien de quoi ?

— Combien de sous contient le franc français ?

— Une centaine ?

— Tant que ça ? On ne dirait pas. Et la semaine des quatre jeudis par exemple, tu sais ce que ça veut dire ? Le français a de beaux mystères cachés dans son langage. Une voyelle par exemple, et qui ne serait pas le féminin de voyou ! C'est rigolo, ça, les voyelles et les voyous !... Non ? Je me les garde alors, tant pis. Oh, cet hôtel ! Mon Dieu, mon Dieu, il aurait mieux valu que vous m'eussiez faite sourde. Tu n'entends pas le bruit ? Non ? Mais si !... Si ce n'est pas du bruit, ce n'est pas non plus du silence... Ça vient de la chambre à côté. Elle a été louée. Quelqu'un est arrivé cette nuit. Un homme à mon avis. Il est tout seul dans son lit. Il ne se sent pas chez lui. Il se couche, il se relève. C'est comme ça souvent la première nuit. Il ne se sent pas bien. Il traîne les pieds pour aller aux cabinets. Un homme assez vieux, je parie. Les vieux dorment très peu, c'est connu, la nuit pour les vieux est toujours trop longue. Ça fait trois fois au moins qu'il claque la porte des cabinets. Et cette odeur, après... Cet homme a l'odeur de son bruit. Tu ne la sens pas ? Non ? C'est que tu es enrhumé alors. C'est bien ma veine ! C'est tout ce qui me manquait aujourd'hui ! Écoute, dis-moi, est-ce que mon chemisier blanc, tu sais, le blanc avec des ruches en dentelles, je l'avais l'autre jour quand quoi, quoi ? Qu'est-ce que tu dis ? je te casse les pieds moi, moi ? Après tout ce que j'ai fait pour toi ? Tout, j'ai tout donné à mes enfants et voici le résultat, voici la récompense, voici le... !

— Maman !

— Quoi Maman, Maman, c'est tout ce que tu sais dire, Maman ? Oh et puis tais-toi, tiens, tu n'es qu'un sale petit égoïste, Robie, alors je t'avertis : la coupe de ma patience déborde ! »

Gilda Stambouli se rencogne à l'autre bout du lit et soupire. Elle souffre. Elle pense qu'elle souffre. À cette idée, une vague d'insupportable solitude la submerge. Elle a une envie folle, hystérique, de prendre son fils à l'épaule, de le secouer jusqu'à rompre le silence de la nuit. Elle étend le bras et du doigt, doucement, légèrement, elle effleure le nez, le front, les yeux clos de Robie. Il ouvre la bouche toute grande laissant passer un souffle rapide, haletant, et soudain elle garde sa main en l'air. « Mais qu'est-ce que je fais donc ? » se reproche-t-elle tandis que la gourmette à son poignet tinte de toutes ses breloques. Robie respire avec difficulté. Hier, il neigeait. Robie est sorti sans son bonnet et, ça devait arriver, en revenant de l'école, il avait le nez pris. Il a le front moite et, dans un élan de passion inquiète, Gilda étreint le petit corps fluet et chaud à travers le pyjama. Robie crache un peu de salive sur le col de la chemise de nuit de Gilda Stambouli. Elle le repousse sans rudesse, mais sans douceur non plus, à l'autre bout du lit. Il pourrait lui passer sa fièvre, pauvre enfant ! Ce petit semble faire exprès d'attraper toutes les maladies des pays froids... Et le voici qui s'agite encore dans son sommeil et qui vagit comme un agnelet qui aurait été abandonné par sa mère. Ou bien par son père ? Gilda a des doutes, la nuit. La nuit, si ça se trouve, Robie en appelle à son père. Il rêve peut-être que son père a échappé à la mort, que son père va venir, qu'il est en route déjà. Peut-être... Comment savoir ? Robie ne se plaint jamais. Un drôle de gamin assuré et secret à la fois, tout le contraire de sa mère ! Hélas, songe-t-elle, quand on est petit encore et si frêle, il est bon de pouvoir se plaindre.

Gilda pousse de gros soupirs mouillés. L'obscurité s'emplit comme de sable fin. Robie s'étant brusquement plaqué un oreiller sur le visage, elle allume une cigarette. Elle fume, adossée au montant du lit. Aux brasillements rouges de la cigarette, on voit la courbe ferme de son menton, la masse sombre de ses longs cheveux, le quart de son profil lorqu'elle se penche pour attraper le cendrier. Ses ongles vernis luisent dans la maigre clarté qui se profile à présent sur les murs. Les valises juchées au-dessus de l'armoire forment une silhouette incongrue en ce lieu. On dirait un homme assis en tailleur au sommet de l'armoire, un homme dont on a si fort espéré la présence que l'espoir même de cette présence se mue en mirage.

Gilda Stambouli est veuve depuis deux ans, trois peut-être, elle ne sait plus exactement... Quand elle essaye de se souvenir de la date : 55 ou 56 ? avril ou mai ? elle est, à la pensée de son malheur, comme frappée d'amnésie. Elle a beau se mettre à honte, rappelle-toi Gilda, voyons, le jour, l'année, l'heure où tu es née au chagrin, elle demeure frappée d'amnésie. Elie-James est mort d'un cancer mortel, cela ne fait aucun doute, mais... Quelque chose en Gilda Stambouli accueille le doute avec gratitude. Quelque chose lui dit que Elie-James n'est pas mort. Elie-James continue à vivre, à vivre en elle comme dans les rêves où les morts ne meurent pas. Elle sent sa présence l'après-midi surtout, quand, Robie parti à l'école, elle se retrouve à tourner en rond dans sa chambre. À lire les petites annonces des offres d'emploi, à fumer, à se vernir les ongles, à faire la sieste... Mais son esprit tenu par les soucis s'agite, le sommeil la fuit. Elle glisse sa main sous sa chemise de nuit et, soudain, ce ne sont plus ses doigts mais ceux de Elie-James qui jouent entre ses cuisses. Ce n'est pas une illusion : Elie-James seul peut lui donner autant de plaisir. Elle lui parle ensuite, pas de ce qui vient de se passer évidemment, mais de ces choses banales dont on parle entre mari et femme. Elle lui parle et il lui répond de la même façon, sans le recours de la voix, dans le grand silence des mots du cœur. Mais peu à peu le silence devient trop grand pour elle. Le silence, devenu peu à peu une certitude, l'accable d'un chagrin insoutenable.

Gilda Stambouli tire sur sa cigarette lentement, en soupirant comme font les vieux... Mais voici que la pénombre s'amenuise autour de la cuvette, du faîte de l'armoire où s'empilent les valises, de la table encombrée de restes de nourriture et de la vaisselle qu'on a négligé de débarrasser la veille au soir. On entend le cliquetis des fenêtres qui commencent à s'ouvrir aux étages inférieurs. Un pas assuré résonne sur le carrelage du corridor. Une horloge sonne. Son écho annonce qu'il faut se lever, s'habiller, se confronter au monde tel qu'il est.

Nous sommes le 23 décembre 1957.

Gilda Stambouli doit se rendre à Bonnières-sur-Adour, une petite ville située à une trentaine de kilomètres de Paris où elle espère trouver un emploi ; quelle autre raison pourrait inciter quiconque à partir, par un jour de froid polaire, pour ce bout du monde ?

2

Sept heures du matin.

Le ciel hésite encore entre le jour et la nuit.

Le boulevard Bonne-Nouvelle semble une bouche grande ouverte sur le noir, sauf pour les trottoirs bordés de blanc. Il neige. Un vent glacial tourbillonne, levant des flocons mouillés. La chaussée est glissante, telle une patinoire et... Oh, mais rien de tout cela ne va décourager Gilda Stambouli. Aucune calamité ne pourra l'abattre aujourd'hui. Elle s'est si bien préparée à l'examen de candidature... Elle a tellement pesé ce qu'elle dira à ce M. Bobinsky, Rabinsky, Nijinsky peut-être... un nom de danseur russe en tout cas. Elle a tellement réfléchi à ce qu'elle répondra lorsqu'il lui dira : « La place est à vous, chère madame, quand pouvez-vous commencer ? » Gilda s'élance pour traverser la rue lorsqu'une voiture, ignorant le feu vert, la frôle et s'arrête à sa hauteur. La vitre s'abaisse du côté du chauffeur. Une tête d'homme jeune en sort, fendue d'un large sourire :

« Je ne peux guère vous renseigner, s'empresse de dire Gilda Stambouli, vous cherchez une adresse ?

— Je cherche, oui... mademoiselle... À vous dire que vous êtes charmante. Je vous dépose quelque part, mademoiselle ?

— Madame d'abord, comment osez-vous ? Madame, et n'insistez pas ou j'appelle la police-secours... »

Le large sourire s'efface. La voiture disparaît. Gilda Stambouli ne décolère pas. Mademoiselle ? À trente-six ans, vieille que je suis déjà ! Elle ouvre son sac en croco. Elle regarde dans la petite glace collée au rabat. Ce qu'elle voit devrait la rassurer. Elle voit d'abord un feutre de bon faiseur et dont le rebord s'incline avec grâce sur le visage d'une belle femme au teint mat, aux grands yeux noirs, aux sourcils noirs très arqués, au nez droit, aux lèvres pleines, soulignées d'un trait de rouge. Une femme de trente six-ans, mais ça ne se voit pas, dont les traits féminins au possible indiquent pourtant des qualités qui feraient honneur à un caractère masculin : l'énergie, le courage, la détermination, la patiente résistance à l'adversité, la beauté enfin, une beauté confondante sans vantardise ni exagération, encore que certains jours, vraiment, Gilda Stambouli aimerait mieux avoir l'air d'une laide.

3

Sept heures dix.

Sur le quai du métro Bonne-Nouvelle.

La cohue, la lumière artificielle, le grincement des rails, les âpres bouffées de chaleur, les bruits de nez qu'on mouche, les clochards couchés sur les bancs ou tombés par terre, raides et puants comme des chiens crevés ! Et Gilda Stambouli là-dedans, rendez-vous compte ! au contact de l'ignoble et du pitoyable. Elle lève ses petites mains gantées pour étouffer un soupir quand une femme sale et en haillons dont elle a barré la route, machinalement, lui envoie son coude dans la poitrine. Une mendiante ? C'est exactement ce qu'il faut à Gilda Stambouli. Elle recueille la petite monnaie répandue dans son sac en croco. Elle pose les pièces dans la main tendue, une pièce après l'autre, jusqu'à ce que cette main se referme et qu'un sourire de gratitude apparaisse sur le visage de la mendiante. Alors, pour augmenter cette gratitude, Gilda Stambouli tire trois cigarettes de son sac et les ajoute aux petites pièces de monnaie.

La rame est prise d'assaut. Gilda Stambouli doit forcer les portières qui se referment. Elle lutte avec une détermination féroce pour se maintenir debout devant la vitre d'où elle pourra voir défiler le nom des stations. Elle est comme ça, Gilda Stambouli, une force que rien ne peut arrêter, surtout quand je n'ai pas le choix, la station, mon Dieu, si je la ratais... Agrippée d'une main à la poignée, Gilda Stambouli essaye de sauver son chapeau de l'écrasement certain, tous ces gens, mon Dieu... Il en vient à chaque ouverture de portière, des brutes besogneuses et qui la bousculent, comment se fait-il ? Rien ne stupéfie plus Gilda Stambouli que l'indifférence ou le manque d'égards à son endroit : on lui a tant vanté naguère la courtoisie des Français ! Tous ces types vautrés et aucun, même si j'avais cent ans, aucun ne me cédera sa place ? Ce n'est pas permis ! Gilda Stambouli estime avoir droit à une considération particulière : elle n'est pas née de la poussière, excusez du peu ! Au-dessus d'elle s'élève une odeur pénétrante de fatigue, de désespoir, de sommeil interrompu. Les odeurs se mêlaient autrement dans les transports en commun du Caire. La fatigue, le sommeil, les rêves ne sont pas les mêmes partout. Gilda Stambouli se remémore une promenade en voiture décapotable sur la route des pyramides. Le désert, le vent aride, le soleil assassin. Et Elie-James qui, au pied de la grande pyramide, voulait absolument monter à cheval, en voilà une idée, Elie-James, dans ton état, ce n'est pas permis, loue un âne plutôt, un âne ! je plaisante, mon amour ! Ils avaient décidé d'aller déjeuner au Mena House, sur la terrasse bien abritée du soleil, mais un monde fou ! aucune table disponible, « espèce d'abruti, la ferme ! hurle quelqu'un à l'autre bout du compartiment, un tumulte éclate durant lequel Gilda Stambouli reste la tête inclinée, le chapeau baissé sur les yeux, un monde fou, le maître d'hôtel désolé, bon, pour une fois, d'accord, le maître d'hôtel les avait placés à la table occupée par un couple connu de Elie-James, un employé de banque et son épouse, assez vulgaire, j'ai oublié son prénom, car la grande dame que j'étais alors n'avait pas à se souvenir du prénom de la femme d'un simple employé de la Barclay's Bank... Alors, oh alors ! et une nostalgie fine, comme un souffle chaud, lui pénètre le cœur. « Vous vous sentez mal ? Il y a une place assise, là-bas », dit une voix de jeune fille. « Une place assise ? » Gilda Stambouli se réveille d'un étourdissement agréable comme si elle s'était échappée du temps et non d'elle-même, du temps qui use toutes choses et n'en laisse aucune debout... Elle s'affirme bien droite sur ses jambes : « Non merci, vraiment, mademoiselle, je descends à la place de la Bastille, elle n'est pas passée au moins ? Mon Dieu, je ne l'ai pas laissé passer mon Dieu ?... » Elle crie en elle-même, mon Dieu, faites que la place de la Bastille ne soit pas passée, s'il vous plaît mon Dieu, mon Dieu !

Gilda Stambouli s'adresse à Dieu souvent et avec énormément d'exigences comme tous ceux qui ne croient guère en Lui sinon dans les situations périlleuses, en recours ultime et peu fiable finalement.

4

Place de la Bastille.

Sept heures trente.

La neige amassée sur le toit de l'abri des voyageurs croule et coule, et arrivée en bas, elle se transforme en gadoue. Les pieds trempent dans cette humidité couleur de boue. Les doigts s'engourdissent dans les gants. Les muscles du dos se contractent de façon mécanique comme sous l'effet d'une décharge électrique. Les flocons que le vent rabat sous l'abri cinglent au visage. Des grêlons de la grosseur du pouce de Gilda Stambouli, de son poing, allez, pour faire bonne mesure, attaquent son chapeau, son manteau avachis, sans forme. Et l'autocar numéro 17 qui n'arrive pas... Des 36, des 43 tant qu'on veut, mais de 17 point, le diable l'emporte ! Et le vent furieux, un cyclone si ça se trouve, avec poteaux électriques arrachés, arbres déracinés, voitures renversées, piétons piétinés et elle, Gilda Stambouli, la femme du célèbre avocat du barreau cairote, morte la pauvre, gelée sur la place de la Bastille, morte le 23 décembre 1957, subitement, pas même le temps de prendre un café au lait avec un croissant non du pain beurré, moins cher, une bonne tartine trempée dans le café au lait, poor Gilda elle laisse deux orphelins sur cette terre, qui s'en soucie ? chacun pour soi l'hiver, l'été aussi d'ailleurs, cet hiver vraiment ne ressemble à rien de ce qu'on a pu connaître avant ou après l'arrivée à Paris, pour du froid, c'est du froid ! Dieu lui pardonne ! à vous faire mourir !

Gilda Stambouli n'est pas vraiment terrifiée à l'idée de mourir de froid, au contraire. Elle aimerait bien en finir avec cette vie qui ne donne que ce qu'elle veut, jamais ce qu'on lui demande. Ce serait si facile de s'allonger, là tout de suite, de se cacher sous la neige comme sous une chaude couverture. Ce serait si doux... Malheureusement, outre le fait que Gilda ne croit pas vraiment qu'on puisse crever de la sorte, en plein Paris, il y a un autre obstacle à lever : c'est son cœur ! Son cœur de mère aimante, opiniâtre, résolue à tous les combats, à tous les sacrifices pour ses deux enfants. Ah, les enfants ! soupire-t-elle, si les enfants n'existaient pas, j'attendrais la mort avec la sérénité d'une sainte, en fumant ma dernière cigarette.

Les pensées de Gilda Stambouli sont, on s'en aperçoit, riches de contradictions, ça dérange quelqu'un ? C'est avec elle-même qu'elle ruse, Gilda, pas vrai ? Elle ruse avec la réalité pour tromper les angoisses de son existence, les problèmes d'argent, de logement, de la carte administrative qui permet d'obtenir toutes les autres cartes : séjour, travail, dignité civile...

5

Huit heures moins le quart.

« Vous ne savez donc pas lire, ma petite dame, dit le chauffeur de l'autocar, montez, montez donc ! »

Gilda Stambouli tape des pieds pour faire tomber la neige. L'autocar est bondé. Elle s'avance souriant à tous les voyageurs, un par un, aucun ne lui rend la politesse. Au fond, un vieil homme ôte sa casquette de laine et, s'écartant, il l'invite à s'asseoir près de la fenêtre.

Aimable, il lui confirme à trois reprises que l'autocar numéro 17 s'arrête bien à Bonnières-sur-Adour.

« Oh pas avant une plombe ou plus, difficile à dire avec cette neige. Mais n'vous inquiétez pas, madame, j'vous dirai. J' descends après, à Bonneval, voyez ? Non, tiens donc ! Bonneval, pourtant ! Vous êtes pas du coin ? Z'avez un accent, c'est vrai ! Laissez-moi deviner, vous venez d'un pays chaud à coup sûr, le Brésil, l'Algérie ?

— D'où par où l'Algérie ? dit Gilda Stambouli pleine de dédain pour qui ne la juge pas mieux.

— Pardon excuse, j'pensais pas à mal. L'Algérie c'est beau, allez, j'ai bien connu, allez, pendant l'armée.

— Je suis de Paris, monsieur », dit Gilda d'un ton léger, un peu railleur, comme si cela allait de soi, comme si elle ne pouvait être que de Paris, et de nulle part ailleurs dans le monde.

L'homme à la casquette de laine lui lance un regard inquisiteur et, involontairement, Gilda Stambouli porte la main à son sac. Elle reconnaît, sous l'épaisseur du croco, le portefeuille contenant le passeport qui la jette, à peine sortie de son pays natal, dans un monde où tous les pays sont étrangers.

« Et qu'allez-vous faire à Bonnières, sans indiscrétion ?

— Des courses, rien de spécial, quelques courses dans les magasins.

— Dans ce trou paumé ? Bonnières ! quand on a tout sous la main à Paris... »

Gilda Stambouli cherche des mots convaincants pour enrober ses mensonges, puis elle renonce. Pourquoi se fatiguer à expliquer qui on est, d'où on vient et quel but on poursuit à un pauvre hère, irrémédiablement pauvre, avec sa casquette d'ouvrier et ses grosses mains mal soignées ?

L'autocar pénètre une banlieue triste avec ses cheminées d'usines barrant l'horizon et ses baraquements d'ouvriers aux toits de tôle ondulée.

« Vous êtes un militaire en retraite, monsieur ? demande Gilda Stambouli, juste pour donner à l'autocar le temps d'avancer.

— À la retraite, corrige le malotru, et il éclate de rire. Non, non, je bosse dans le civil, ça vaut mieux en ce moment, croyez-moi, la quille, bon Dieu, la quille !

— La quille... Ah, je vois, vous faites allusion aux événements d'Algérie. Mais vous avez passé l'âge de guerroyer il me semble, j'en suis heureuse pour vous.

— Mon fils part la semaine prochaine.

— Ah, mon Dieu !

— Oui. Il est dans la panade comme on dit et moi je suis dans le bouillon ! Chartier, le bouillon quoi, je suis chef cuisinier chez Chartier. »

Gilda Stambouli le félicite de sa haute charge : chef cuisinier chez un charretier, donc ! C'est un restaurant ? Ah bon ! En effet un restaurant, évidemment, bien sûr qu'elle ne l'ignore pas, franchement, très bonne cuisine ajoute-t-elle avec aplomb. Le trajet est long. Il faut remuer les lèvres, continuer à dire des mensonges par gentillesse et bonne éducation.

« Il y a dans le monde des cuisiniers qui travaillent autant que vous, monsieur, mais aucun, j'en suis sûre, ne travaille mieux que vous.

— Joli, un peu exagéré, mais joli. Où c'est-y que vous avez appris si bien le français ? »

Gilda Stambouli reconnaît qu'elle émaille sa conversation de tournures, élégantes parfois, sincères toujours. Elle parle depuis son cœur, avec une chaleur insolite peut-être sous de tels frimas, un tel froid autrement dit, c'était une plaisanterie, parfaitement, à qui a-t-elle eu l'honneur de l'adresser ?

« Émile Tillier, je m' présente. Et vous, c'est quoi votre nom d'baptême ?... Votre p'tit nom, quoi ! Z'avez bien un prénom, un nom de famille ? Tout le monde, c'est forcé. Vous êtes mariée ? »

Émile Tillier progresse sur la banquette. Gilda Stambouli ôte un gant pour lui montrer son alliance en or vingt-quatre carats. Elle souffle sur ses ongles laqués de rouge : le vieux bonhomme peut lui coller comme une mouche en juillet, elle n'en sent pas moins les aiguilles du froid la piquer jusqu'aux os.

« Y en a qui ont de la chance, pour sûr ! Mais cette petite main toute bleue, c'est pas bien ! Attention ! Le malheur, c'est quand tout le corps se glace, alors là, pardon ! vous allez attraper la mort, c'est sûr ! »

Un instant, Gilda Stambouli s'émeut au souvenir de la veste de renard accrochée à un clou dans la chambre, un instant seulement ! Est-ce qu'on se présente en renard argenté pour solliciter un emploi ? Elle est comme ça, Gilda Stambouli, une réfléchie, une stratège du déguisement, du secret, du langage forcé. Pourvu qu'elle arrive à temps pour son rendez-vous ! L'autocar s'arrête toutes les dix minutes, il repart avec difficulté, la neige tombe, tombe...

« Ma femme tenez, ma femme par exemple, c'est fou c'qu'elle peut dépenser en docteurs. Du moment que j'paye, pourquoi qu'elle se gênerait, hein, pourquoi à votre avis ? »

Gilda tourne son buste vers la vitre et elle y colle son front. L'autocar a quitté la grisaille active des banlieues. Il entre à grand fracas de roues dans le calme de ce qui ressemble à un village. Il s'engage sur un pont. En bas, coule la rivière nommée Adour. Les arbres défilent sur la rive. Les branches dénudées scintillent sous le givre et, soudain, au bord de la rivière, un homme apparaît, tout seul, marchant sur la neige, une canne à pêche à la main. En hiver, dans la froideur mortelle de décembre ? Encore un qui espère, se dit Gilda Stambouli, encore un qui ne se laisse pas abattre.

« Un pêcheur, non mais pincez-moi, je rêve ! Eh ben mon cochon, si tu pêches en hiver, tu expieras en été ! Dites-moi une chose, si ça vous embête pas ? Vous avez l' téléphone ?

— Oui, oui bien sûr, qui n'a pas de nos jours le téléphone ? » Gilda Stambouli rougit comme si elle avait proféré un mot malsonnant, puis elle se rencogne, renfrognée, et ne souffle plus mot.

« J'comprends, j'comprends bien », dit Émile Tillier en hochant la tête. Son visage prend une expression débonnaire : « J'voulais pas insister, mais c'est juste qu'on arrive et que je m'disais... »

Gilda Stambouli se dresse sur la banquette, elle veut voir venir Bonnières-sur-Adour. L'horizon renvoie à l'infini le miroitement du givre. Le brouillard s'étend sur les champs qui bordent la rivière. La neige se soulève en spirales autour des roues de l'autocar qui tangue, rugit, dérape, glisse vers le fossé. Tout s'accélère à la vue de Gilda Stambouli. Elle pousse une série de petits cris déchirants. Le chauffeur hurle de son côté qu'il n'admettra pas de panique à bord, merde alors ! il a le volant bien en main. Et c'est vrai. L'autocar ne tangue plus. Il s'est arrêté à deux pas du fossé. Il repart vers les hauteurs d'une colline ou d'un bois qui semble sombre et terrifiant. L'autre versant, plus clairsemé, descend vers un village semblable, au bord de la rivière, aux jouets exposés dans les vitrines de Noël. Le village grandit, grandit de plus en plus. Gilda Stambouli distingue le clocher d'une église et plus bas des maisons, assez petites et rapprochées, dont les toits fuient sous la neige, fuient comme les esclaves de Pharaon à travers le désert.

« Hein, quoi, mais que voulez-vous à la fin ? se fâche Gilda Stambouli, laissez-moi passer, voyons ! »

Émile Tillier a étendu une jambe jusque dans la travée. Il lui fourre dans la main un petit carton de couleur crème.

« Qu'est-ce que c'est encore ? Mais je m'en fiche, moi, de votre carte de restaurant, en voilà des façons insupportables ! un bouillon vraiment, vous croyez que j'ai besoin de ça en ce moment ! »

Le cuisinier reprend sa jambe, mais ses yeux jaunes se font suppliants : pourquoi ne pas unir deux solitudes ? Gilda Stambouli glisse dans son sac la carte du bouillon Chartier. Elle acquiesce, promet tout ce qu'on voudra pour libérer le passage :

« D'accord, merci beaucoup, je n'oublierai pas, c'est vous qui invitez, bien sûr, pourquoi pas ! »

À l'entrée de Bonnières-sur-Adour, une banderole souhaite « Joyeux Noël » aux arrivants, comme une douce surprise, une caresse au terme du long voyage et aussitôt un souvenir de voyage revient à la mémoire de Gilda Stambouli, revient ostensiblement pour suggérer que son esprit est resté prisonnier là-bas, au pays où le paysage est pris dans la poussière ; elle revoit la route courir à travers le désert dérangé soudain, à l'abord de l'aéroport, par des draps comme mis à sécher entre les poteaux télégraphiques, mais ce sont des banderoles et non des draps qui claquent au vent, les banderoles clament « Tremblez ennemis de l'Égypte » ou plus loin, à l'attention des expulsés d'Égypte, « Juifs, où est votre Moïse ? »

6

La place de l'Église.

Une poudre de neige recouvre le parvis. Là-haut le soleil pointe, solitaire, dans le ciel bleu foncé.

Gilda Stambouli traverse la place pour s'enquérir auprès d'un sergent de ville de la rue des Bois, la rue où se trouve l'école de filles Beth Sion.

« Beth Sion, Beth Sion, dit le policier, Beth Sion... Ah mais oui l'école des barbus... C'est après le marché couvert que vous voyez là-bas, vous voyez le chemin qui monte la colline ? vous le prenez et en dix minutes vous y êtes !

— Dix minutes de marche, mon Dieu ! Et de taxi alors il n'y a pas ? »

Gilda Stambouli sent monter en elle quelque chose qui ressemble à de la panique. Cela dure une poignée de secondes. Immédiatement après, le carillon de l'église égrène neuf coups. Le rendez-vous avec M. Jibinsky, Popinsky, Rabinsky est prévu pour onze heures ! Dans deux bonnes heures, oh ! oh ! comment tuer ce temps si long ? Gilda Stambouli lève les yeux au ciel et soudain lui vient l'image de ses parents, en allés depuis longtemps les pauvres ! Ses parents qui avaient pour habitude de se présenter à la gare de Bab el-Hadid trois bonnes heures avant le départ de leur train... Gilda en riait alors, que de précipitation, que d'inquiétude et voilà, c'est à son tour de se ronger les sangs.

Alors c'est ça, Bonnières-sur-Adour, ça !...

D'un côté la rivière, de l'autre la colline et, au milieu, une petite ville prisonnière. Une bourgade plutôt. Des maisons imbriquées les unes dans les autres autour des ruelles courbes, craintives. Une seule grande rue commerçante décorée tout du long de guirlandes de Noël, de houx et de girandoles qui clignotent tour à tour, comme par mesure d'économie.

Gilda Stambouli avise, entre la boutique d'un photographe et une épicerie, un café-tabac d'où jaillit une lumière dorée. Elle se dirige prudemment vers le café, la neige crisse sous ses pas, quand surgit un chien suivi d'un homme qui appelle « Danton, ici, ici Danton ! ». Le chien a la forme d'un ours brun, énorme, effrayant. Il se jette dans les jambes de Gilda Stambouli. Elle s'entend jurer — elle a en horreur les animaux dont les Français font leur sale familiarité — et elle se retrouve par terre, sur le derrière, avec les jambes en équerre. Elle a le poignet replié sous elle, la poitrine oppressée par les pattes du monstre. « Il ne mord pas », dit stupidement l'homme et il fait détaler l'animal d'un coup de laisse bien appliqué. « Je suis désolé, vraiment, c'est la première fois que Danton... C'est votre chapeau, ça ? » L'homme ramasse une chose informe aux bords détrempés. Il s'agenouille devant Gilda Stambouli et entreprend de la palper de tous côtés comme pour s'assurer d'une marionnette dont les membres ne tiendraient pas bien ensemble. Il lui tape sur l'épaule : « Rien de cassé ? » Un fou ? personne n'a jamais tapé ainsi sur l'épaule de Gilda Stambouli. Dans sa tête, elle l'a déjà condamné à cent ans d'asile quand, cessant de la rudoyer, il l'aide à se remettre debout. Il ouvre sa mallette de cuir rigide et en tire une carte de visite ! Et de deux ! songe Gilda Stambouli en proie à une colère qu'elle ne peut ni exprimer ni cacher. Elle froisse le carton entre ses doigts. L'homme s'énerve : « Qu'est-ce qui ne va pas ? Je suis médecin. N'hésitez pas à me contacter si vous avez mal quelque part. » Il lui rend son chapeau, ôte le sien : « Madame !... » Elle sent, tandis qu'il s'éloigne, le chien sur ses talons, toute l'amertume de sa situation : son feutre est fichu, son manteau sali, ses fesses meurtries !

La salle du café est immense, vivement éclairée et vide. Un serveur appuyé au comptoir lit le journal. Une femme se tient derrière sa caisse, comme une sentinelle dans une guérite tapissée de paquets de cigarettes. Gilda Stambouli choisit une table près du poêle à charbon. Elle commande du café au lait, des tartines de pain beurré et un paquet de cigarettes Player's — une folie, mais on ne peut pas tout le temps se passer de tout ! Le garçon prend la commande, la caissière quitte sa guérite. Elle vient s'inquiéter de la chute dont elle a été le témoin à travers la vitre.

« Il est si jeune aussi ce chien ! Mettez-vous à sa place ! Voulez-vous enlever votre manteau. Donnez ! Je vais le suspendre au-dessus du Godin.

— Faites, dit Gilda Stambouli, je suis brisée, mon Dieu, rompue, et de taxi il n'y a pas ! Je dois me rendre à l'école Beth Sion, à pied, dans la neige glissante par-dessus le marché. Mais comment font les gens, dites-moi, comment font-ils pour se rendre à l'école Beth Sion ?

— Quels gens ? » dit la caissière.

Le poêle à charbon engourdit la salle de sa chaleur ronflée. L'aiguille tourne doucement sur le cadran de l'horloge. La caissière raconte à Gilda Stambouli beaucoup d'histoires effrayantes sur les personnages retranchés là-haut, derrière les murs de leur monastère.

Gilda Stambouli montre un visage inquiet. Les dirigeants de l'école Beth Sion sont, pour ce qu'elle en sait, des adeptes d'un judaïsme appelé le hassidisme; leur foi est archaïque, leur vêture est sombre et oppressante, leurs femmes vont la boule à zéro sous leur foulard; tout cela prête à les critiquer mais non à en faire la menace du monde civilisé... Gilda argumente faiblement. La caissière possède un pouvoir d'évocation et de dénigrement extraordinaire. Plus on l'écoute, plus la volonté, le courage et le besoin de travailler le cèdent à la tentation de courir prendre, place de l'Église, le premier autocar en partance pour Paris.

Cependant, Gilda Stambouli lutte contre la tentation avec la force d'âme qu'on lui connaît. C'est que la lettre serrée dans son sac, cette lettre lui promettant une « situation stable » et un salaire « à hauteur des compétences requises », représente son ultime espoir. Un espoir qui fait mal sans se faire à lui-même beaucoup de bien. Car la sincérité, cette autre qualité de Gilda Stambouli, la contraint à s'accorder peu de compétences, pour ne pas dire aucune, au sens professionnel du terme. Dans ce domaine, les bonnes manières éduquées et bourgeoises constituent plutôt un handicap... Et comme la haute opinion qu'on a de soi-même ne se mange pas en salade... Bertha Fromkine le dit ainsi et avec raison. Les temps sont durs. Il faut accepter n'importe quoi, balayer les rues, vider les poubelles, faire des ménages. Bertha Fromkine ne dit pas cela pour l'humilier. Au contraire. Bertha Fromkine lui répète chaque jour, depuis que sa vie est tombée en ruine, que le courage, l'obstination, l'humilité peuvent ouvrir bien des portes... À l'idée de ce qu'elle trouvera derrière la porte de l'école Beth Sion, Gilda Stambouli pousse de gros soupirs mouillés, laissons-la soupirer...

7
DEUX MOTS SUR BERTHA FROMKINE

Bertha Fromkine travaille au service social du Casar[1], l'organisme parisien qui, dans les temps qui nous occupent, veille à l'accueil des juifs expulsés d'Égypte. C'est une femme d'un âge mal défini — entre quarante et cinquante ans, un âge suffisant à l'usage qu'elle en fait, estiment ses protégés. Imaginons que ce soit juste un bon mot : Bertha Fromkine est restée demoiselle en effet, mais son apparence n'a rien de la vieille fille. Elle ressemble plutôt à une coureuse de marathon, avec ses larges épaules, ses grands pieds chaussés de tennis l'été, de bottes montantes l'hiver. Elle a des cheveux d'un beau blond, des dents saines et le regard très bleu, presque transparent, qu'on voit aux « schlekts » — les juifs ashkénazes — pour parler le langage des Orientaux. Ses yeux sont un

1. Casar : Comité d'action sociale et d'aide à la réinsertion.

peu durs sauf quand elle sourit. Pour cette raison peut-être, Bertha Fromkine sourit à tout propos. Ses protégés lui trouvent alors un air goguenard, comme si elle observait un essaim de mouches engluées dans un pot de miel. En cela, ils ne se trompent pas complètement. Un peu de misère consterne, beaucoup endurcit. Mais, s'il y a un zeste de sécheresse dans le cœur de Bertha Fromkine, c'est moins envers l'individu humain que contre son espèce tant acharnée à sa propre destruction.

Bertha Fromkine est née à Lodz, en Pologne. Elle a été déportée avec toute sa famille à Auschwitz. Elle a pu échapper à la chambre à gaz parce qu'elle était de constitution robuste et point trop vieille. Libérée par les Soviétiques, elle a été baladée à travers l'Europe centrale dans plusieurs « centres de personnes déplacées ». De retour à Lodz, sa ville natale, elle voulut revoir la maison de son enfance. Les occupants, un couple d'instituteurs à la retraite, proposèrent de lui restituer les quelques effets ayant appartenu à sa famille, quel malheur, il ne reste vraiment plus que vous ? Ces derniers mots énoncés sereinement, comme on dirait « quelle belle journée aujourd'hui ! », lui inspirèrent un vague sentiment de culpabilité. Elle accepta pourtant de dîner avec ses hôtes et même, puisqu'elle ne savait où aller, de passer la nuit sous leur toit, la maison est si grande, firent-ils remarquer, on peut toujours s'arranger. Cette nuit-là, se réveillant égarée et trempée de sueur, elle décida de fuir cette maison, ce pays où les vivants s'arrangent trop bien avec les morts.

Le couple de retraités consentit à acheter le mobilier dont ils avaient déjà l'usage. Dans le train qui l'emmenait à Paris, Bertha Fromkine ouvrit grand la fenêtre. L'air frais de la nuit lumineuse envahit le compartiment. Elle se surprit à chantonner, elle était libre, jeune encore, elle fit des projets.

Elle trouva à se former puis à s'employer au Casar qui, en cette fin d'année 1946, accueillait les juifs rescapés des camps et les enfants, orphelins, perdus sur les routes de la guerre. Ces enfants adoucissaient sa vie lourde de pertes et de solitude. Mais quoi ! sa vie devait s'accomplir dans le célibat afin que se réalisât la bonté de Dieu ou de qui on voudra !

Bertha Fromkine n'est pas croyante. Elle pense qu'il faut avoir Dieu au cœur et non à la bouche, que sa ferveur doit aller aux hommes, que son travail enfin occupe toutes ses forces et son temps.

C'est un travail ardu mais beau.

Le travail de Bertha Fromkine consiste à corriger les erreurs de l'Histoire qui, depuis Pharaon, Hitler et Nasser, persécute et bannit les juifs de leur pays natal. Elle s'y consacre avec énergie et des indulgences de mère pour ses protégés, perdus, déboussolés dans Paris comme dans une sombre forêt d'Amazonie ; elle sait qu'elle tient leur destin entre ses fortes mains. Elle est chargée de les écouter, de les juger, de jauger leurs projets, et de rédiger ensuite un rapport... De son avis dépend l'attribution de telle ou telle aide financière. Elle règne de même sur le fichier des emplois non déclarés. Ainsi, grâce à Bertha Fromkine, celui qui était professeur au Lycée français du Caire devient veilleur de nuit dans un garage. Le médecin se retrouve garçon de courses dans une épicerie, l'avocat tape à la machine, le banquier place à domicile des lots de linge. Tous, tant qu'ils sont, se répandent en malédictions contre le service de placement du Casar, les secours qu'ils touchent et la France qui après avoir fait d'eux des apatrides — elle avait besoin la France, dites-moi, de s'attaquer au Canal de Suez ? — refuse à présent de les établir dans la nationalité française. Cependant, Bertha Fromkine demeure très polie, souriante, serviable. Elle comprend la nature excessive des émigrés orientaux. Elle leur pardonne l'arrogance, l'impatience, la puérilité, l'ingratitude. Elle sait que leurs jours sont amers, plus amers encore que leurs visages.

CHAPITRE DEUX

Extraits du dossier de Gilda Stambouli

SERVICE SOCIAL DU CASAR
Dossier n° 82 600
Motif : demande d'un emprunt
Date d'ouverture : 30 mai 1957

PRÉSENTATION DU CANDIDAT

NOM : Stambouli.
PRÉNOMS : Gilda, Esther.
DATE ET LIEU DE NAISSANCE : 09.08.22. — Le Caire (Égypte).
PROFESSION : sans.
SITUATION DE FAMILLE : veuve.
NOM DE FAMILLE ET PRÉNOM DU CONJOINT : Stambouli Elie-James.
DATE ET LIEU DE MARIAGE : Le Caire, 1941.
PROFESSION DU CONJOINT : avocat (décédé en 1955).
NOMBRE D'ENFANTS : 2. 1 garçon à charge (11 ans) et une fillette, 13 ans, émigrée en Israël.
DATE D'ENTRÉE EN FRANCE : 30.04.57.
NATIONALITÉ D'ORIGINE : Égyptienne.
NATIONALITÉ ACTUELLE : apatride.

EXPOSÉ DE LA SITUATION
MOTIVANT LA DEMANDE D'EMPRUNT

Mme Gilda Stambouli est veuve avec deux enfants. Elle était en Égypte la femme d'un avocat de renom, décédé d'un cancer. Les biens de son mari ont été confisqués en 1957, au moment de la guerre tripartite du Canal de Suez. Elle a fui son pays avec les 20 livres égyptiennes réglementaires et quelques bijoux cousus dans la doublure de ses vêtements. Elle s'est d'abord rendue en Israël avec ses deux enfants : Juliette, une fillette de treize ans, et Robert, onze ans. Elle n'a pu s'habituer aux conditions d'existence de ce pays, sauvage et trop pauvre, nous déclare-t-elle. Elle nous décrit comme un enfer le camp d'hébergement près de Jérusalem où elle a séjourné pendant trois mois. Elle nous raconte que M. Shemoul, le responsable de l'Agence juive de Jérusalem, lui aurait mis des bâtons dans les roues quand elle a voulu repartir. Il lui aurait dit : « Vous verrez, madame S., ce pays sera un paradis dans cinquante ans. » Elle lui aurait répondu : « Dans ce cas, je reviendrai dans cinquante ans ! » Nous notons que, malgré un niveau d'instruction élevé, Mme S. s'exprime de façon puérile et capricieuse. Elle est arrivée en France avec un visa de touriste valable trois mois, et avec le plus jeune de ses enfants, Robert. L'aînée, Juliette, treize ans, est restée en Israël, dans un kibboutz. Pour des raisons délicates, selon Mme S., à expliquer. Nous insistons pour les connaître. Mme S. refuse de répondre, sous prétexte d'atteinte à sa vie privée. Elle nous déclare toutefois sa ferme intention de récupérer sa fille. Une entreprise difficile car entraînant d'énormes frais. L'Agence juive de Jérusalem exige le remboursement des dépenses engagées pour l'entretien de la fillette ainsi que le prix de son billet d'avion Tel-Aviv-Paris, soit : 250.000 F. C'est pourquoi Mme S. demande à bénéficier d'un emprunt important. Nous lui remettons un premier dépannage de 30.000 F et des bons de repas à la cantine de la rue de Provence. Nous lui communiquons la liste des hôtels du Faubourg Montmartre qui acceptent nos réfugiés. Nous l'adressons à la Préfecture de Police pour l'obtention de la carte de séjour et à l'OFPRA pour le statut de réfugié politique. Nous écrivons à M. Yonatan Shemoul, le directeur de l'Agence juive de Jérusalem.

Bertha Fromkine
(30.05.1957)

Gilda Stambouli
Hôtel Royal
14, rue de Montyon
*Paris IXe*

Paris, le 7 juin 1957

Mlle Bertha Fromkine
Responsable du Service social
Casar
16, rue de Copenhague
*Paris XVIe*

Chère Mademoiselle Fromkine,

Faisant suite à l'aimable audience que vous avez bien voulu m'accorder, je tiens à vous dire ici, tant en mon nom personnel qu'en celui de tous ceux qui ont bénéficié de votre louable et honorable Œuvre, que nous, réfugiés d'Égypte, sommes vos sincères obligés.

L'hôtel Royal où je suis descendue, grâce à vos conseils éclairés, pourrait être plus mal en effet, compte tenu de sa catégorie. Ma chambre donne une impression favorable, malgré une pauvreté indescriptible, en raison de sa vue sur le cœur très animé de la rue Montmartre. J'ai pu y rencontrer, au hasard de mes promenades et à la cantine de la rue de Provence, nombre de mes malheureux compatriotes récemment émigrés. Tous chantent les louanges de votre association caritative. Il serait malséant de ne pas y mêler ma voix.

Une brève remarque, toutefois, à propos de la cantine de la rue de Provence. Il faut manger pour vivre, disiez-vous, je l'entends bien, mais le faut-il dans une ambiance plus déprimante encore que la nourriture sortie de ses cuisines ? Les serveuses bénévoles, à ce qu'on m'a dit, ne font pas la différence entre les personnes délicates et le ramassis de rustres qui s'empiffrent de macaronis, dans l'épais tapis de déchets recouvrant les tables : os de poulet, brisures de pain, manches de côtelettes d'agneau, chaos de vaisselle exposée à la violence des jeux de main.

Bien que venant de milieux très différents, les réfugiés d'Égypte présentent des caractéristiques assez communes. À peine évadés de leur logement sombre et triste, ils s'interpellent d'une table à l'autre, rient, pleurent, s'enfièvrent comme si un rat, échappé de leur assiette, les avait mordus. Mais tout cela ne serait rien s'ils ne por-

taient pas leur querelle dehors, à la vue des passants français, dont l'hilarité égale alors l'étonnement. C'est que, si démunis et amers soient-ils, mes compatriotes vont dans Paris comme le cygne sur le lac de Versailles. Et je vous fais grâce des bijoux de Prisunic que leurs épouses baladent tels les joyaux de la reine d'Angleterre. Triste parade! Ils ont des trous à leurs semelles et leurs poches sont vides. Le vide qu'ils éprouvent au cœur est tout aussi insupportable...

Quant à moi, je voudrais revenir sur un point laissé obscur entre nous, la semaine dernière, un point qui me peine depuis et me contrarie. J'ai eu le sentiment d'être jugée a priori et condamnée sans appel ni indulgence. D'où vient ce sentiment? De moi hélas, qui n'ai pas su vous expliquer l'enchaînement des faits qui m'accusent.

Je n'ai pas abandonné ma fille Juliette, pas au sens en tout cas où vous l'énonciez! Au moment de quitter Israël, j'ai été victime de cet abominable chantage qu'on appelle la « Loi du Retour ». L'argent que l'Agence juive de Jérusalem avance gracieusement aux émigrants devient usuraire sitôt qu'ils s'avisent de vouloir quitter ce malheureux pays. Je n'ai pas réussi alors à trouver la totalité de cet argent. J'ai été contrainte de partager mon cœur en deux, de choisir entre mes deux enfants lequel était le plus démuni en âge, en force, en santé. Mais pas un jour, pas une heure depuis notre séparation, je n'ai cessé de lutter pour obtenir qu'on me rende ma fille. Je l'aime. Il faudrait être un monstre pour ne pas aimer sa propre fille. Mais mieux qu'une longue plaidoirie, l'emprunt que je sollicite en contrepartie de son retour devrait vous convaincre de l'amour sincère et malheureux qu'elle m'inspire.

Ai-je une chance d'être entendue ?

Ma Juliette est une enfant effroyablement perturbée par la perte de son père. Je crains le pire en ce qui la concerne. Moi, j'ai le cœur déjà brisé. Le vôtre s'est penché sur le mien avec d'autant plus de compréhension que vous n'avez pas d'enfant. Enfin nul ne peut savoir ce que nous réserve l'avenir. Il vous comblera bientôt, car vous le méritez ! Vous êtes loyale, serviable et vous souriez tout le temps. Votre beau sourire est le cadeau que vous a accordé la nature...

Je veux espérer que la Commission financière du Casar donnera une suite favorable à ma demande d'emprunt et je vous prie de ne point tarder à m'en informer.

Quelle que soit la réponse, je vous prie de croire, Mademoiselle l'Assistante Sociale en Chef, à l'assurance de ma haute considération.

Gilda Stambouli

P.-S. *En ce qui concerne votre visite à mon hôtel, dans le but de compléter mon dossier, je vous prie de ne pas venir le jeudi. C'est le jour où j'emmène Robie au cinéma, nous savourons ensuite une bonne glace à la terrasse du Café de la Paix. Je vous attendrai les autres jours avec impatience, à l'exception toutefois du samedi après-midi consacré à la partie de bridge.*

13. 06. 57

Visite à l'hôtel Royal

Mme Stambouli nous montre sa chambre. Exiguë. Pas de coin toilette. Douche commune à chaque étage. Cuisine un peu clandestine. Un réchaud électrique dissimulé sous le lit. Un seul lit pour elle et le garçon de onze ans. Nous disons à Mme S. notre réprobation. Elle paraît étonnée. Nous insistons. Mme S. n'entend pas nos arguments pédagogiques. De toute façon, l'hôtelier refuse d'installer un matelas supplémentaire. Le loyer se monte pourtant à 1 100 F par nuit. Mme S. est toujours à la recherche d'un emploi. Elle souhaite trouver une situation stable dans un cabinet d'avocats. Comme un témoignage d'amour et de fidélité à son mari, nous déclare-t-elle. À notre question, elle avoue ne rien entendre au droit, ni au secrétariat. Elle se sent pourtant tellement forte de ses observations, de ses réflexions, qu'elle pense pouvoir tenir un poste de « relation publique et agréable » dans un cabinet d'avocats. Nous demandons à Mme S. de revenir à la réalité. De se montrer un peu lucide. Nous l'encourageons à chercher un emploi compatible avec ses compétences. Elle nous déclare brusquement n'avoir aucune compétence. Elle se définit elle-même comme une incapable, elle n'a jamais eu à travailler, grâce à la fortune de son mari. Elle nous demande le résultat de nos démarches auprès de l'Agence juive de Jérusalem. Juliette vit dans un kibboutz de Galilée proche de la frontière syrienne, ce qui préoccupe énormément Mme S. Elle redoute une attaque contre le kibboutz. Elle imagine sa fille blessée, en train de périr ou « descendant le long tunnel sinueux de la mort et de la dévastation » selon ses propres mots, un peu exagérés, à notre avis. Mme S. s'exprime avec une belle ardeur théâtrale et beaucoup de gestes. Ils traduisent malgré tout la souffrance des familles disloquées. Nous promettons de relancer M. Shemoul. Nous remettons à Mme S. un dépannage de 45.000 F. Nous l'adressons à la mairie du IXe arrondissement, afin de faire admettre Robert à l'école du quartier. Nous lui donnons rendez-vous le mois prochain pour un nouveau dépannage.

Bertha Fromkine

Gilda Stambouli
Hôtel des Folies
15, rue Bergère
Paris IXe

Paris, le 19 juin 1957

Chère Mademoiselle Fromkine,

Suite à votre chaleureuse et lumineuse visite, je prends la liberté d'en appeler encore à votre noble et généreux soutien.

J'ai été obligée de fuir l'hôtel Royal (il n'en avait que le nom) peu après votre passage. Un jeudi après-midi, je me trouvais au lit avec Robie, endormi. Soudain j'aperçois une colonne d'insectes d'un jaune profond. Des punaises, des cafards, des araignées, que sais-je ! Je les vois qui gambadent sur le plancher en se battant avec une boule de pain de la taille d'une olive. Je me mets en appui sur les coudes, à regarder patiemment le défilé et à attendre que les choses s'éclaircissent dans ma tête, lorsqu'un cri se fait entendre. Une plainte à dire vrai, le gémissement de quelqu'un tiré de son sommeil par une douleur inopinée. C'était mon doux petit Robie que parcouraient avec lenteur les buveurs de sang.

Je peux tout endurer de ma nouvelle vie : la pénurie, le manque d'ascenseur et de cabinet de toilette, l'humeur du patron sitôt qu'on fait couler l'eau, tout sauf la saleté et les maladies propagées par la vermine.

L'hôtel des Folies (15, rue Bergère) où j'ai élu domicile est propre à défaut d'être confortable. La famille Lagnado, au complet, occupe deux chambres sises à côté de la mienne. Ils étaient de mes voisins à l'immeuble Immobilia du Caire, au dernier étage avec terrasse ! Plus dure sera la chute, mais passons ! Les Lagnado me prodiguent les conseils judicieux car ils ont émigré bien avant moi. J'ai appris ainsi qu'ils avaient réussi à obtenir le remboursement de leurs frais de voyage : Le Caire, Paris. Et pour six personnes en comptant la grand-mère, la nonna Sarah. C'est d'ailleurs une infortunée paralysée dans une chaise roulante et quasi sourde. Plus isolée en somme dans son infirmité que nous ne le sommes dans notre exil. Sa vue me brise l'âme. Mais quoi ! Je me soucie un peu trop peut-être des gens de mon entourage, de leur destinée hostile et pas assez de la mienne.

Une fois passé le premier élan de joie causé par votre précieuse visite, j'ai réfléchi tristement au contenu de notre discussion. Il me semble que, comme toujours, vous aviez raison. Qui suis-je pour prétendre entrer, sur ma belle mine et ma distinction innée, dans un grand cabinet d'avocats parisiens ? La présomption et le néant sont de la même espèce. Il faut me pardonner, au nom des habitudes de luxe contractées depuis trente-six ans, moins ces huit derniers mois emplis de marasme et de solitude. Mais finissons de nous plaindre et admettons, après le grand Victor Hugo : « C'est moi qui suis ma cage, c'est moi qui suis ma clé. »

(Une parenthèse assez triste : mon Légende des siècles *relié en velours et doré sur tranche m'a été dérobé ou je l'aurai égaré lors du dernier déménagement.)*

J'achète France-Soir, *je parcours les petites annonces, je prends ma plus belle plume. Il se pourrait que la Barclay's Bank, avenue de l'Opéra, réponde à ma lettre de candidature. Je m'y suis fait connaître comme étant Mme Elie-James Stambouli. On doit savoir, à la direction parisienne, à combien s'élevait naguère le compte bancaire du célèbre avocat cairote, emporté dans la force de l'âge, et sa famille avec, telle une brindille dans la crue du Nil.*

J'ai porté mon plus cher bijou — ma bague de fiançailles sertie d'un gros diamant — à un bijoutier de la rue Cadet. Il m'a laissée debout, sans même un petit café, pendant vingt minutes. Il m'a contrainte ensuite à un marchandage indigne, me disant pour finir : « Il est impossible de rendre service à des gens comme vous ! » Je suis partie munie d'une somme qui me permettra de passer la semaine et bien déterminée à faire le jour sur sa réputation.

Ma situation matérielle évolue du pire vers le néant. Elle seule m'incite à formuler des requêtes dont je rougirais en d'autres circonstances... Je forme des vœux pour que vous soyez toujours en mesure de venir en aide à ceux qui, bien malheureusement, n'ont d'autre recours en ce monde.

Votre fidèle et reconnaissante
Gilda Stambouli

P.-S. *Auriez-vous la bonté de vous rendre à mon nouvel hôtel dès que possible dans votre emploi du temps ? Il est des paroles qui s'entendent mieux sitôt qu'on les formule en face à face.*

AGENCE JUIVE DE JÉRUSALEM
Yonatan Shemoul

Jérusalem, le 30 juin 1957

Mlle Bertha Fromkine
Service social du Casar
6, rue de Copenhague
Paris VIIIe

Chère Mademoiselle,

J'ai bien reçu vos lettres des 6, 13 et 25 juin concernant la petite Juliette Stambouli. Je m'occupe, croyez-le, de ce cas avec toute la diligence souhaitée... Mme Stambouli, de son côté, semble très étonnée que l'Agence juive n'acquiesce pas à la minute à sa demande. Pouvez-vous lui faire comprendre qu'il n'est pas possible de trouver une solution pour l'enfant, le couteau sur la gorge ?

Je vous donnerai d'abord une description concise de sa situation.

Juliette (Shulamit de son nouveau prénom) se trouve incorporée, comme vous le savez, dans le groupe des adolescents du kibboutz Ein Moshé, en Galilée. Elle est âgée à présent de treize ans et demi. Elle se teint les cheveux en blond et a des accès fréquents de boulimie. Ses éducateurs la jugent intelligente, avec des tendances à l'individualisme et à l'anarchie. Elle manque souvent la classe. Quant au travail... Elle bâcle à peu près toutes les tâches qui lui sont confiées.

J'ai voulu me rendre au kibboutz Ein Moshé pour rencontrer Shulamit. Elle a d'abord refusé de me parler. Je lui ai fait remarquer qu'elle se conduisait comme une idiote, que j'étais là pour l'aider. Cette petite a quand même quelque chose qui inspire la pitié. Elle souffre énormément du cruel abandon maternel. Elle n'a aucune notion des difficultés que Mme Stambouli rencontre actuellement, tant sur le plan matériel que moral. Cette révélation que je lui ai faite n'a pas ébranlé son désir d'aller vivre à Paris. La ville idéale selon elle pour « lire tous les livres en français et frimer dans les dancings et les boums »... Toutes choses que le kibboutz ne peut lui assurer. J'ai le sentiment qu'elle se fait sur son avenir en France des idées romanesques qui entrent pour beaucoup dans son désir de partir. Actuellement elle est devenue un problème. On peut dire qu'elle n'a pas réussi à s'adapter à sa nouvelle vie, bien qu'il nous soit difficile de savoir comment les choses se seraient passées si sa mère n'avait pas insisté continuellement sur le retour en France.

Les choses étant ce qu'elles sont, certaines questions s'imposent que je voudrais vous exposer :

1) Je vous saurais gré de toute information,

aussi complète que possible, sur la situation de Mme Stambouli à ce jour. Demeure-t-elle encore à l'hôtel ? Y a-t-il des chances pour qu'elle devienne bientôt indépendante sur le plan matériel ?

2) À votre avis, pourrions-nous exiger d'elle le remboursement des dépenses liées au voyage de Shulamit ? Inutile d'ajouter que nous insistons là-dessus. Car, pour tout dire, nous avons bien fait les frais de son éducation depuis plus de huit mois, et des frais importants. Ils s'élèvent à 250.000 F français, billet de retour compris. Ainsi s'expliquent nos « atermoiements » selon votre expression. Vous devriez comprendre aisément notre désir d'être libérés, au moins, des dépenses supplémentaires concernant la réexpédition.

Je vous prie, chère Mademoiselle, de croire à mes meilleurs sentiments.

Yonatan Shemoul

Copie à la Commission financière du Casar.

Gilda Stambouli
Hôtel des Folies
15, rue Bergère
*Paris IXe*

Paris, le 7 juillet 1957

Chère Mademoiselle Fromkine,

Je vous remercie vivement de m'avoir adressé un résumé du courrier de M. Shemoul.

J'ai pour habitude de conserver mon sang-froid en toute occasion mais ce M. Shemoul, pour être objective, est un incapable. Beaucoup de paroles ronflantes auxquelles ne correspondent, hélas, ni les actes ni les résultats. Un haut responsable qui s'arc-boute sur son intérêt financier au détriment des familles disloquées mérite d'être démis de ses fonctions. Qu'en pensez-vous ? Je ne crois pas que cette catégorie de bureaucrates soit une forme durable de notre espèce, ce serait regrettable ! Un temps doit venir, et il viendra, où les parasites seront démasqués.

Une remarque objective maintenant : quel intérêt a Israël de retenir de force une orpheline de treize ans ? Pourquoi le montant de la réexpédition est-il si prohibitif ? 250.000 F !!!! Un voyage sur la Lune ne coûterait pas plus cher !

Comment voulez-vous que je réunisse une somme pareille ? Il faut travailler me direz-vous, je m'en rends bien compte, mais où trouver du travail ? Me faire ouvrière à la chaîne ? L'usine exige une certaine endurance physique et je n'en ai point. Concierge alors, ou femme de ménage ? On ne voudra pas de moi parce qu'on ne pourra pas me tutoyer.

Soraya Carosso, une amie des temps heureux, me suggère d'entreprendre des études de sténo dactylo à l'école Remington. Apprendre à taper à la machine ne me rebuterait pas, n'était mon sentiment d'une âpre concurrence dans ce domaine. De plus, l'écolage chez Remington n'est pas gratuit. Le coût du stage de formation s'élève à 75.000 F par trimestre : une somme ! Et aucune assurance, en bout de course, de trouver à s'employer. Qu'en pensez-vous ? Puis-je espérer bénéficier d'une allocation de formation professionnelle, si cette formule ou toute autre existe au sein de votre organisation ?

À ce propos, j'aimerais savoir si votre service, dûment dirigé, se soucie des immigrants pris au dépourvu par les conditions climatiques. Il pleut depuis un mois, comme je ne vous l'apprends pas, et mon garçon, dont les pieds ne cessent de grandir, a besoin de nouvelles bottines et d'un manteau imperméable.

Où en sont les délibérations à mon sujet de la Commission financière du Casar ?

Dans l'attente de votre prompte réponse, je vous prie d'accepter, chère Mademoiselle l'Assistante, l'expression de mes sentiments distingués et fidèles.

Gilda Stambouli

P.-S. *Je reçois à l'instant votre cadeau royal. Comment pourrais-je vous remercier d'avoir songé à m'offrir* La Légende *en cette édition populaire ? J'ignorais qu'on pût se procurer un tel livre à si bon marché et dans son intégralité ! Je le croyais plus grand qu'un autre ! Quelle bonne surprise ! Quelle exquise attention, ma chère Bertha, vous êtes la fée de toutes les faims satisfaites !*

Gilda Stambouli
Hôtel du Lac de Genève
3, rue Cadet
Paris IXe

Paris, le 12 juillet 1957

Ma bien chère Bertha,

Je vous écris avant même d'avoir pris le temps de défaire mes pauvres bagages vagabonds.

Au terme d'un différend dont je vous épargne les éclats (sachez qu'il n'y entre aucune faute de ma part), l'hôtelier des Folies s'est pris de folle arrogance à mon endroit. Du ton d'un domestique en colère, il m'a signifié mon congé. Les Lagnado, me voyant perdue de larmes et de dignité, se sont réunis à moi. Leurs chambres, il est vrai, se trouvaient à un étage d'accès difficile pour la chaise roulante de la nonna Sarah. Existe-t-il d'élan plus solidaire, de preuve plus sublime d'amitié ? Car, tout de même, faire les bagages une fois de plus, courir d'un taudis à l'autre, supplier les hôteliers effarés à notre vue, comme s'il s'agissait d'une invasion de nègres, de poux, de chèvres voraces prêtes à fondre sur un parterre de pivoines...

Bref, me voici à présent logée à la semaine, soit 9.700 F, à l'hôtel du Lac de Genève (adresse ci-dessus) dans la compagnie de mes braves Lagnado. Ma chambre se trouve au dernier étage de l'établissement avec vue, en fait de lac de Genève, sur une courette ténébreuse comme la mort. Je n'y songe pas, malgré tout. Je repousse au loin mes idées noires. Le découragement, la détresse, la faim, la mendicité, la vie d'errance sans patrie ne peuvent plus m'atteindre maintenant que je m'élève au dernier étage, que je plane sur les hauteurs alpines de la Suisse...

Un petit salon existe au rez-de-chaussée où notre petite société se réunit autour du poste de radio. Vous entendez d'ici le bruitage incessant, les controverses puériles, les disputes parfois à propos de vétilles, mais que voulez-vous ! la détresse trouve rarement quelques clémentes humaines oreilles et a peu d'amis. C'est un fait que vous avez pu observer : l'émigré radote et ratiocine. Il s'accroche à son passé, il le magnifie, il s'en obsède d'autant plus que son présent lui paraît chaque jour plus sinistre, plus inhumain.

Ce sera tout pour aujourd'hui.

Je vous laisse accomplir votre généreux travail d'assistance aux plus malheureux encore, peut-être, que moi ! Mais tournez et retournez ma situation dans votre tête, car je la considère digne d'être examinée par de très louables et bienveillants esprits.

Dans l'attente émue de vous lire, je vous prie de croire, chère Mademoiselle, à l'expression de mon amitié naissante et très vive toutefois.

Votre reconnaissante et triste
Gilda Stambouli

P.-S. *La Providence, après vous, s'occupe de moi ! Robie s'est donné à lui-même le conseil de consacrer l'argent de son sandwich du midi à l'achat d'un billet de loterie. Il a gagné 10.000 F, le prix de dix nuitées à l'hôtel du Lac de Genève. Quel enfant génial que mon Robie ! Il a passé brillamment l'examen d'admission en classe de sixième. Seule sa santé physique laisse beaucoup à désirer. C'était bien la peine : un garçon aussi délicat qu'une fillette !*

Gilda Stambouli
Hôtel Bon Séjour
13, rue Rougemont
Paris IXe

Vendredi 18 juillet 1957

Chère amie,

Je viens de vous envoyer un télégramme pour vous

éviter un déplacement inutile, si vous en aviez l'intention.

Ne venez pas à l'hôtel du Lac de Genève, je n'y habite plus. Une discussion assez vive m'a opposée au Suisse, car il l'est avec les yeux écartés des vaches à lait.

C'était hier matin, dans le hall très passant, à l'heure de régler le montant du loyer pour la semaine. J'étais là, attendant d'ouvrir mon portefeuille, lorsque j'entends l'hôtelier se plaindre d'un vol. De l'argent aurait disparu dans sa caisse laissée, quelle négligence ! à la vue de tout un chacun. Je n'y prête pas attention, toute à déplier mon beau billet neuf de 10.000 F, et voilà que l'hôtelier, tombant sur mon fils, l'accuse du larcin. Je vole au secours de mon enfant incapable, je le sais, d'une telle vilenie. J'exige ma facture et, y ajoutant un pourboire de 1.000 F, je dis à l'hôtelier : « Descendez mes bagages ! »

Comment auriez-vous réagi à ma place ?

Un taxi nous a déposés deux rues plus loin à l'hôtel Bon Séjour (13, rue Rougemont), faisons en sorte qu'il le soit ! En outre, le soleil brille, le ciel s'est mis au bleu pour la première fois depuis des semaines. Tout invite à la flânerie et ah, je voulais vous conter la merveille : j'ai visité le Louvre. Robie et sa classe d'été avaient pour promenade une visite au musée du Louvre. Au jour dit, je me suis jointe au petit groupe guidé à travers les salles par la maîtresse, montrant et expliquant tout, excellemment ! Cette dame donne une impression très agréable, érudition et fermeté, et l'on comprend qu'une telle personnalité soit capable de modeler de jeunes esprits. Elie-James, mon mari, appréciait énormément les peintres du moderne. Moi, je l'avoue, les anciens me parlent davantage.

Je vous laisse à présent, ma chère Bertha. Je dois me livrer à la lecture minutieuse des petites annonces, l'oisiveté étant comme chacun sait la mère de tous les vices. Une suggestion pour le cas où le Service social du Casar aurait besoin de renforcer son personnel : j'ai un énorme pouvoir de réceptivité et d'épanchement sur le papier. Je pourrais répondre à toutes ces lettres qui, faute de temps, demeurent en souffrance sur votre bureau.

J'attends de vous revoir en mon hôtel ou ailleurs, ma chère, ne laissez pas le silence s'installer entre nous.

Votre
Gilda Stambouli

P.-S. *Je veux espérer que la Commission entendra enfin ma voix, à défaut de ce M. Shemoul qui fait la sourde oreille. Penser que l'avenir de ma fille, que dis-je, sa vie dépendent d'un bureaucrate borné et calculateur me met dans un état comparable à celui de Corneille.*

29.07.57
Visite à l'hôtel Bon Séjour.
Mme Stambouli nous montre sa nouvelle chambre. Nous avons le plus grand mal à parler car Robert et deux de ses petits copains font la sarabande. Le manque d'autorité de Mme S. est consternant. Sa situation matérielle est toujours aussi incertaine. Transit d'hôtel en hôtel. Elle-même oscille d'un extrême à l'autre. Elle nous manifeste tantôt une gratitude hyperbolique, nous prenant la main pour la caresser à l'orientale, tantôt un mépris souverain. Nous ne pouvons noter toutes ses

paroles. Celles-ci suffiront : « Je ne supporte plus de devoir quémander auprès de Votre bienveillante et magnifique Organisation. » Elle explose soudain contre la lenteur de nos services. Avec cette nervosité provocante dont font preuve beaucoup de ses compatriotes. C'est à coup sûr un travers fort regrettable chez les juifs orientaux, car il est superflu dans un pays qui les a généreusement accueillis... Mme S. reste pourtant éminemment attachante, touchante par son désir de s'en sortir par elle-même. Elle a réussi à décrocher un petit boulot. Elle a une belle écriture. Elle a recopié des enveloppes, dans sa chambre, pendant une quinzaine de jours seulement. Mme S. souffre et se plaint d'avoir eu trop mal aux yeux. Elle nous déclare que Dieu a mis la débilité dans le corps des femmes. Le garçon pourra entrer à l'école du quartier, fin septembre. Mme S. nous dit être fière de son fils et elle éclate en sanglots. Elle est à bout de nerfs. Sa fille lui envoie des lettres incendiaires. C'est un vrai problème. Il ne trouvera sa solution que lorsque la famille disloquée sera réunie.

Bertha Fromkine

Gilda Stambouli
Hôtel Impérial
28, rue Richer
Paris IXe

Paris, le 1er septembre 1957

Ma très chère Bertha,

J'ai attendu avec impatience la fin de vos vacances pour me rappeler à votre précieuse et chaleureuse atten-

tion. Votre absence m'a paru beaucoup plus longue que ne le prétend le calendrier. Avez-vous bien profité de votre séjour à Vichy? Comment vont vos douleurs? Je crains de vous avoir donné de faux renseignements. Les bains contre les rhumatismes ne se faisaient pas à même le sable du désert, mais auprès d'une source d'eau chaude et salée qui surgit en deux endroits de Louxor. L'affluence y était d'autant plus forte que les indigènes supposaient à ces bains le pouvoir de combattre l'impuissance et la stérilité.

Je vous remémore ma situation actuelle : toujours apatride, toujours veuve avec deux enfants, dont l'une confiée à des mains étrangères, aucun revenu, et presque plus de ressources personnelles.

De plus, je dois vous prévenir d'un changement forcé d'adresse. Le patron de l'hôtel Bon Séjour m'a expulsée dans l'heure, après la visite du médecin que j'avais mandé. Robie était souffrant d'un simple refroidissement. L'hôtelier, ce bourricot à œillères, a compris qu'il s'agissait d'une grippe contagieuse. Que ce qui me reste de jours à vivre soit soustrait des siens! Que son bon séjour périclite et ferme!

Les Lagnado se trouvant, après moult pérégrinations dans le quartier, relogés à l'hôtel Impérial — 28, rue Richer —, j'ai pu y obtenir une chambre à raison de 1.150 F par jour. Tant pis! « Nous entrerons à l'auberge et nous paierons l'hôtelier, de ton sourire de vierge, de ton bonjour d'écolier. » J'ai la conviction que l'hôtel Impérial sera une sorte de pause dans mon errance. La salle de bains à mon étage contient une vaste baignoire montée sur des griffes de lion, le tout orné de motifs Grand Siècle. Étonnée, j'ai demandé à l'hôtelière comment il se faisait que cette salle de bains soit si belle. « Elle l'est tellement ? » m'a répondu Mme Binnet. C'est une analphabète ! L'Impérial était autrefois l'hôtel particulier d'une femme entretenue dans ses charmes, une certaine Dejazet.

La fenêtre de ma chambre s'ouvre sur la belle échappée d'horizon que forme la rencontre de la rue Richer avec la rue de Trévise et la rue Geoffroy-Marie. Juste en face, l'enseigne lumineuse des Folies-Bergère enflamme les joyeuses nuits de Paris. Plus près encore se trouve le restaurant « Choucroun, le couscous comme à Tunis » — ce que la clientèle confirme avec une exubérance qui ne plaît pas toujours aux Français. Il y a un rapport certain entre le vacarme arabe des uns et la désapprobation française des autres : la guerre en Algérie.

Vous obéissant, je suis allée demander mon statut de réfugiée politique aux services de l'OFPRA. De beaux bureaux, un état-major d'au moins quarante employés dont aucun ne donne l'impression de se surmener. Prenez garde, à ce sujet, de ne pas vous épuiser à la tâche. Tant de dossiers sollicitent votre attention que vous devez être complètement débordée. Je sais, pour ce qui me concerne, que vous faites l'impossible auprès du directeur de l'Agence juive de Jérusalem.

En revanche, il me semble que votre Commission financière s'acquitte de son travail avec une indolence qu'on ne s'attend pas à trouver sous ce climat. Ses membres se réunissent-ils souvent ? À quelle cadence ? Ont-ils tant de dossiers en main qu'il leur faut réfléchir un an avant de prendre une décision ? S'accorderaient-ils autant de temps s'ils devaient repêcher quelqu'un qui se noie ? C'est ce que je suis pourtant et bien d'autres choses dont je vous épargne la description.

Dans l'impatience de vous lire (vous pouvez également laisser un message à la réception), je vous prie de croire, chère Bertha, à l'amitié sincère et considérable de

Gilda Stambouli

P.-S. *Avez-vous bien reçu le paquet que je vous ai adressé en même temps que la présente ? Il contient des pâtisseries mitonnées par M. Douek, mon voisin d'infortune à l'Impérial. Ce monsieur, autrefois courtier à la Bourse du coton, se livre désormais à la pâtisserie orientale, dans sa chambre, mais c'est quand même très bon.*

Gilda Stambouli
Hôtel Impérial

Paris, le 7 septembre 1957

Bertha, mon amie,

Votre personne est pour moi trop chère et proche, malgré l'absence, pour que je puisse vous appeler autrement. Mon amie, m'auriez-vous oubliée ? Ne m'oubliez pas. Venez me voir en mon nouveau palais ou bien, si c'est plus commode, accordez-moi un rendez-vous à vos bureaux. Le métro n'est pas direct, mais qu'importe.

En ce qui me concerne, rien de neuf, hélas ! Que cela

ne vous effraie pas. Je garde mon courage souriant dans la recherche d'un emploi. Les petites annonces, quand je les ai lues, sont aussi de l'espoir perdu. Pour qui sait cependant comment l'exil accroît la perception des petites misères, l'hôtel Impérial serait agréable, n'était la cible claire et immanquable que constituent ses clients. La logeuse Binnet est une veuve acrimonieuse. Elle n'a pas eu d'enfant et n'en désire pas autour d'elle. Elle élève une demi-douzaine de chats, assez peu réussis sur le plan de la propreté. Il n'est pas rare de trouver le courrier copieusement arrosé d'urine. Odeur tenace, croyez-moi, qui parfume jusqu'à vos cauchemars.

Ma fenêtre regarde heureusement le ciel. Deux marronniers, roussis de feuilles d'or, dissimulent tout ce qui grouille en bas, qui vit, qui meurt ! En tout cas, même sous l'angle de la pauvreté, Paris reste une ville absolument unique. À ceci près que, quand on ne recherche pas la beauté du paysage, qu'on peut d'ailleurs trouver autre part, on n'est pas obligé de vivre précisément à Paris...

Les Lagnado ont bon espoir d'obtenir le visa pour l'Amérique. Que pensez-vous du Nouveau Monde ? Je me résoudrais à un nouvel exode, n'était le fait que les lettres adressées de là-bas par certains de mes compatriotes ne sont pas de tout repos. Il n'existe pas là-bas de Casar, n'est-ce pas ? Aucune Bertha Fromkine ne se penche avec délicatesse sur la détresse des nouveaux venus.

Cependant, ma joie d'avoir enfin trouvé une main secourable, en votre personne, est handicapée par un sérieux obstacle, insurmontable sans votre aimable intermédiaire. Shemoul, l'abominable Shemoul, ne se donne plus la peine de répondre à mes lettres et le joindre au téléphone relève du tour de force. Il faudrait, pour le mettre au pied du mur, employer les grands moyens. Je vous laisse décider lesquels. Votre efficience ajoutée à mon obstination, il n'est pas exclu que nous obtenions gain de cause.

Je voulais terminer sur une note optimiste mais la réalité s'avisant du contraire m'oblige à fabriquer un dernier paragraphe. Je n'ai plus aucun argent. Puis-je espérer obtenir une petite subvention supplétive ?

Je reste dans tous les cas votre fidèle et reconnaissante

Gilda Stambouli

P.-S. *Une scène pénible, hier soir, sous ma fenêtre. Une descente manu militari chez « Choucroun, le couscous comme à Tunis ». Le restaurant abriterait un nid d'agitateurs français en faveur de l'Algérie indépendante. Résultat : panique à bord du restaurant, contrôles d'identité et embarquement dans le panier à salades. Un ivrogne, oublié sur le trottoir, a passé la nuit dans une mare d'urine, le regard fixe et personne pour l'aider.*

Gilda Stambouli
Hôtel Impérial

Paris, le 13 septembre 1957

Mademoiselle Fromkine,

Vous n'avez pas jugé utile d'accuser réception de mes lettres datées du 1er et du 7 septembre courant.

Aussi, je vous prie de clore définitivement mon dossier

et de me retourner les lettres adressées au Casar dans l'espoir qu'elles susciteraient une réaction positive. Il n'en fut rien, ni de votre part ni d'aucune autre.

Voilà maintenant six mois que je vis de mensonges, de promesses non tenues, de duperies bureaucratiques. Et d'étranges larmes de honte me viennent encore quand je me rappelle comment, toute dignité bue, j'ai tenté de toucher le cœur de pierre de la philantropie.

En conséquence, je vous informe d'une décision mûrement réfléchie : je pars ! Je quitte définitivement la France qui ne m'accorde aucun droit, hormis ceux portés sur un passeport périmé. J'ai été bannie de ma terre natale, mon mari y a laissé sa vie, mon fils et moi périssons dans ce nouveau pays !

Partir pour partir, autant que ce soit volontaire !

Je serai américaine. Robie parlera l'anglais. Juliette, arrivant enfin au port, verra venir à elle la gigantesque statue de la Liberté. Un monument ainsi nommé doit bien correspondre à une réalité.

Ma décision, irrévocable, n'est nullement dictée par le ressentiment à votre endroit ou par un quelconque chantage. Ne jamais proférer de menaces qu'on ne peut mettre à exécution, disait Elie-James, mon mari...

Je vous écris pour la dernière fois, à regret, croyez-le bien, car vous avez œuvré au mieux de vos possibilités, et vouloir se rendre utile aux autres constitue quand même le plus beau métier qu'une femme puisse exercer.

Je vous prie de croire, Mademoiselle Fromkine, à la ferme expression de mes sentiments distingués.

Gilda Esther Stambouli

16.09.57

Visite à l'hôtel Impérial.

Mme Stambouli nous paraît très démoralisée. Elle nous déclare que son avenir est à l'image de son passé. Elle envisage d'effectuer des démarches pour émigrer en Amérique. Elle nous demande, dans le même temps, de lui procurer un emploi stable dans un bureau. Elle souhaiterait s'initier à la comptabilité. Nous promettons d'étudier les offres allant dans ce sens. Elle nous en remercie avec la merveilleuse gentillesse dont elle sait faire preuve, parfois. Ensuite, elle nous expose le dernier en date de ses problèmes : elle a oublié de faire viser à temps son titre de séjour. L'officier de police chargé des contrôles dans les hôtels du faubourg Montmartre le lui a reproché avec rudesse. Il l'a menacée de reconduite à la frontière si elle ne mettait pas de l'ordre dans ses papiers. Mme S. l'a pris de haut. Résultat : une assignation à comparaître au commissariat du IXe arrondissement. Mme S. nous déclare qu'elle n'ira pas, dût-elle encourir une peine de prison. Nous lui conseillons de courir plutôt à la Préfecture de Police. Nous lui remettons un dépannage de 30.000 F.

Bertha Fromkine

YOUTH ALYAH
AGENCE JUIVE
Yonatan Shemoul

Jérusalem, le 16 octobre 1957

Chère Mademoiselle Fromkine,

Mme Stambouli m'a téléphoné hier encore et si

longuement qu'il semblerait, vu sa situation matérielle, que le téléphone soit gratuit en France.

Les nouvelles de Shulamit ne sont pas bonnes. Elle a été admise à l'infirmerie. Elle souffrirait d'un accès d'asthme particulièrement spectaculaire. Et congénital paraît-il. Est-il vrai que son petit frère soit sujet lui aussi à cette maladie ? Shulamit avoue des symptômes qui, selon l'infirmier du kibboutz, n'ont rien à voir avec des troubles respiratoires et tout avec l'hypocondrie. Hier, c'étaient des problèmes intestinaux, la grippe, le mal de dos et Dieu sait quoi d'autre, enfin !...

Loin de moi l'idée d'accabler une enfant perturbée par l'abandon de sa mère, abandon suivi de promesses qui empoisonnent son équilibre mental. Vous le savez comme moi : l'asthme est la manifestation physique de troubles d'ordre psychologique. Certains malades peuvent en accentuer les effets, voire les provoquer. Il peut s'agir chez Shulamit d'une manœuvre visant à attirer l'attention, à inquiéter, à échapper à ses obligations. Force nous est de conclure qu'elle ne constitue pas un bon exemple pour ses petits camarades, nos jeunes qui construisent ce pays avec autant de vaillance que d'abnégation.

Cela étant, nous sommes disposés à accélérer la réexpédition sous certaines conditions étroitement liées à la situation économique de Mme Stambouli.

1) A-t-elle réussi à trouver un emploi ?

2) Quelles sont ses chances de voir aboutir sa demande d'emprunt au Casar ?

3) Nous serions, le cas échéant, prêts à reconsidérer sa dette envers nous, soit : 250.000 F, d'un dixième environ, soit : 225.000 F.

Dans l'attente de votre réponse, je vous prie de croire, chère Mademoiselle, en mes fidèles sentiments.

Yonatan Shemoul

Copie à la Commission financière.

Gilda Stambouli
Hôtel Impérial

Paris, le 23 octobre 1957

Chère Mademoiselle,

Non, non et non! La proposition de M. Shemoul n'apporte rien de nouveau sur le plan des faits. La réduction proposée par M. Shemoul, marchand de tapis dans une vie antérieure, ne fait que repousser son auteur dans les ténèbres de l'opprobre. Faites-le-lui savoir de ma part.

Et dites-lui également ceci : plus un mot sur ma fille, la coupe de ma patience déborde. Juliette a bien des défauts, la perfection n'est pas de ce monde, l'hypocondrie n'y figure certainement pas, elle ignore jusqu'au sens de ce mot! Mais quel homme digne de ce nom peut-il calomnier ainsi une fillette de treize ans? M. Shemoul est de ces monstres qui accusent leur chien d'avoir la gale afin de le mener noyer. Ce type d'agissements relevant de la cour d'assises, j'aimerais savoir s'il existe au Casar un service juridique susceptible de m'aider à porter cette affaire devant les tribunaux.

Quant à moi, lasse d'attendre, d'être seule et sans défense dans le noir, je suis résolue à suivre vos conseils à la lettre. J'ai posé ma candidature dans un atelier de couture où s'emploie déjà une dame Cicurel (les grands magasins Cicurel étaient au Caire la réplique des Galeries Lafayette, voyez un peu la destinée !). La couture, ma foi, est du ressort de n'importe qui. J'ai quelque espoir d'être engagée car le patron de l'atelier, un juif français du Sentier, a eu la bonté de m'inviter à dîner, afin de tester mes aptitudes professionnelles.

Aide-toi, dit le dicton, et le ciel... Mais je ne vous apprends rien à vous dont la mission sur terre est de réparer les oublis du ciel.

Je vous laisse, ma chère amie, car je dois maintenant répondre à la lettre que m'a envoyée Juliette, voilà bien une dizaine de jours. Elle m'écrit qu'elle n'a besoin de personne, que personne ne l'aime, elle me demande de l'oublier et, à sa mort, de rapatrier en France son cadavre. Quelle horreur ! La tête m'en tourne ! Je ne sais quoi lui dire de raisonnable, de bien intentionné alors que je vous écris si facilement. En vérité triste à dire, ma fille me déteste. Au fond, elle n'a jamais aimé que son père.

Au fait, Eric Von Stroheim est mort, le saviez-vous. J'ai lu la triste nouvelle dans France-Soir. *Nous l'avions, Elie-James et moi, invité à notre table au Mena House, lors de son passage au Caire. Il avait un énorme faible pour le champagne. Il en buvait à flots sans jamais perdre son monocle. Il buvait, bâillait, demandait sans cesse : « What time is it ? » Le voici qui « dort à présent dans le sommeil éternel du temps ». Et si je me mettais à écrire des poèmes moi aussi ?*

votre fidèle
Gilda Stambouli

P.-S. *Une grande nouvelle dans le landernau des réfugiés : Moïse nous est arrivé ! Moïse — entendez Moïse, le Roi du Torchon Chic — nous est arrivé du Caire avec Lucette sa femme et leurs cinq fillettes. Pourquoi le torchon chic ? Parce que le torchon faisait tchik-tchik quand on essuyait la vaisselle. Tchouk-tchouk sur les meubles cirés. Tchak-tchak pour divertir les enfants. Henri Moïse, le génie de la vente à la criée, écoulait plus de cinq cents pièces par jour. Si bien que le pharaon Nasser a nationalisé l'entreprise avant d'en expulser le patron. Pauvre Moïse, qu'aucune baguette magique n'a pu protéger ! Mais vous ne tarderez pas à lui prodiguer vos bontés : il est à présent aussi dépourvu qu'au jour de sa naissance !*

11.12.57

Mme Stambouli se présente en veste de renard argenté. Elle n'a toujours pas réussi à trouver un emploi. Son espoir de se mettre à la couture a été découragé par les privautés du présumé employeur. Nous avons quelque raison de la croire. Mme S. est une femme dont la beauté ne laisse personne indifférent. Nous l'avisons d'une offre faite par l'école religieuse Beth Sion de Bonnières-sur-Adour, concernant un poste à l'économat. Nous promettons d'appuyer sa candidature auprès de

M. Lipinsky, le directeur. Nous recommandons à Mme S. de ne pas ménager ses efforts pour obtenir la place. Quel qu'en soit le salaire ! Nous lui répétons qu'elle peut satisfaire l'employeur le plus exigeant. Elle en a la capacité, sinon la volonté, mais ça viendra. Qui sommes-nous pour juger une femme seule au monde ? C'est pourquoi nous souhaitons appuyer auprès de la Commission la demande d'emprunt de 225.000 F (seulement, M. Shemoul a minoré la dette) déposée par Mme S. Au nom de nos principes humanitaires ! Au nom de la reconstruction des familles disloquées !

Bertha Fromkine

Gilda Stambouli
Hôtel Impérial

Dimanche 22 décembre 1957

Bertha, ma douce amie,

Mme Binnet m'a fait part de votre appel téléphonique pressant. Pardonnez mon étourderie. Il y a trois jours, en effet, j'ai reçu la lettre tant attendue, le fruit de votre puissante recommandation. Comment ai-je pu oublier de vous remercier? Jamais, il ne me semble, je n'ai été aussi heureuse de lire une lettre, de la reprendre à la table, de la relire encore.

Je ne sais pas quelle tâche me réserve le directeur de l'école religieuse Beth Sion. Sa lettre de convocation ne donne détails que du trajet à effectuer depuis Paris. Une expédition! Le voyage d'Ulysse! Voilà comment on apprend la géographie. Quant à l'histoire... J'aurais telle-

ment aimé trouver quelqu'un qui m'aidât à combler mes lacunes, qui me donnât une sorte de leçon d'histoire religieuse, mais je n'ai personne sous la main.

M. Douek possède bien un ouvrage intitulé La Voie spirituelle. *Il remonte aux calendes grecques. On dirait un recueil de morale pour enfants attardés.*

Mon mari, Elie-James Stambouli, était un homme très cultivé. Il fréquentait le cercle des libres penseurs. Il ne croyait plus en Dieu. Il avait des sympathies pour le communisme, ce qui se comprend si l'on considère que son propre père était issu d'une famille accablée de noire misère. La révolution, selon Elie-James, devait porter remède à tous les maux des Arabes et des Juifs : « Viva el marxismo e la liberta ! » Il oubliait bêtement qu'il en serait la première victime. Moi-même, j'ai eu un grand-père, Sassoon, tellement malheureux que, lorsqu'il apprenait une heureuse nouvelle, il éclatait en sanglots. C'était un tailleur à ciel ouvert : il exerçait assis devant son échoppe, cousant et fredonnant « la Torah est mon plus grand bien ». Mon père, devenu grand, s'est affranchi des exigences, du dénuement et de l'enthousiasme religieux des Sassoon. Il est parti en Belgique étudier l'import et l'export des textiles. Il a fondé sa propre entreprise au Caire et a réussi, l'un dans l'autre, à subvenir aux besoins de sa famille. Mon père aurait vendu sa propre chemise pour payer l'instruction de ses enfants. J'ai été élevée dans l'atmosphère très laïque du Lycée français du Caire. Ma meilleure amie était une française catholique. Elle a fait sa communion, à l'église Notre-Dame de Sion (sic ! comme l'école où me conduit le destin). J'assistais à la cérémonie. Elle m'a émue. Il y avait au-dessus de l'autel un tableau, dans la manière italienne, représentant le Dieu catholique sous les traits d'un joli bébé, habillé d'azur, choyé du regard par sa mère Marie et par d'autres saints vêtus de peaux de bêtes. Quoi ! un tout petit enfant était le centre de l'adoration unanime ? Cela m'a bouleversée ! J'en ai retiré une émotion, comme un pincement au cœur et une soudaine envie de conversion. J'ai lu des vies de saints. L'une d'elle, Claire la bienheureuse, avait sacrifié à Jésus sa magnifique et lascive chevelure. J'ai fait des coupes malencontreuses dans mes boucles. Je me suis mise à la chasse aux papillons, la seule nourriture que s'autorisait sainte Claire sans restriction, c'était écrit noir sur blanc dans son hagiographie, mais les papillons malheureusement ne savent pas lire. J'étais rendue à l'ombre de moi-même quand, d'une bonne taloche, mon père m'a remis les idées à l'endroit.

Mais je bavarde, bavarde à tort. I talk over and over pour taire mon inquiétude du lendemain. Il est déjà onze heures du soir. Mon Robie dort comme l'ange qu'il est ! Il neige sur ma nuit en proie à l'insomnie. Prêtez-moi votre attention une petite seconde encore, de grâce, voyez d'ici ma solitude.

Je vous ai ouvert question, l'autre jour, de ce juif polonais ou russe (naturellement je ne peux les distinguer les uns des autres) qui parcourait le Caire sur son vélo pour livrer du lait aux beaux quartiers. Il était roux dans mon souvenir, pâle sous son chapeau, avec une figure renfrognée dès qu'on lui adressait la parole. Sa femme portait perruque malgré la chaleur, c'est un on-dit car je ne l'ai jamais rencontrée, elle se gardait du soleil comme du diable. Est-ce ainsi que vivent les hassidim de Bonnières-sur-Adour ? J'en ai peur, non à cause du soleil dont je ne vois jamais la figure, mais du port de la perruque ! Alors là, jamais ! C'est très laid. Comment dois-je me coiffer, m'habiller, me présenter demain ? J'hésite entre mon tailleur pied-de-poule à la taille cintrée et la petite robe bleu marine plus sage. Hélas, le noir de mes bottines va jurer abominablement avec tout ce bleu. Souci bourgeois, penserez-vous ! Oui, ma chère, parce que bourgeoise je le suis et davantage : je me soucie peu de l'être. Cela fait ma force mais aussi ma faiblesse. Ne craignez rien. Je partirai à l'aube. J'affronterai l'épreuve. Je remporterai la victoire, it's out of doubt !

Je ne peux rapporter de conviction plus réjouissante, c'est donc avec allégresse que je clos mon épître.

Pensez à moi, chère Bertha, comme je pense à vous, mon ange gardien, ma bonne fée, mon inestimable amie.

Gilda Stambouli

P.-S. *Quelle erreur de n'avoir pas arrêté cette lettre plus tôt ! La nuit est presque consumée et mon paquet de cigarettes y est presque entièrement passé !*

CHAPITRE TROIS

1

Bonnières-sur-Adour.

Gilda Stambouli prend, à gauche de la place de l'Église, une grande rue pavée, puis une rue sans pavés ni trottoirs qui mène au bas d'une colline boisée. Un chemin de terre monte, monte entre les arbres, puis s'arrête pile devant un mur d'enceinte hérissé de vilains éclats de verre. Ah la profonde confiance qu'il faut avoir dans son prochain, songe Gilda Stambouli lorsque le portail, cédant sous la poussée, lui découvre une vaste maison à trois étages dont la façade donne une impression de délabrement. Mais c'est indéniablement une espèce de petit manoir — comment font-ils pour en chauffer toutes les pièces ? — orné de pignons obliques et percé de fenêtres à meneaux. Il faut traverser le jardin, la cour de récréation et le préau couvert pour atteindre le perron flanqué d'un bel escalier à double révolution.

Gilda gravit prudemment les marches ensevelies

sous la neige. Une pancarte fixée au-dessus de la porte d'entrée précise « Beth Sion. École primaire de garçons », des caractères hébreux suivent, disant probablement la même chose. Gilda frappe contre le vantail un long moment avant de remarquer la sonnette électrique fichée à sa droite, dans le mur. Un homme barbu, vêtu d'un habit noir et coiffé d'une calotte noire, la fait entrer, sans le moindre mot, dans un vestibule au plafond lambrissé. Il s'esquive.

Gilda regarde passer deux barbus habillés de la même manière que le premier ; de minces cordelettes blanches dépassent de leur veste et flottent derrière eux. Des enfants les suivent, rieurs, les oreilles ornées de longues boucles anglaises. Tout ce monde a l'air de ne pas se rendre compte qu'une jeune femme en détresse erre dans le vestibule. Autant s'adresser à un mur qui, du reste, parlerait polonais, yiddish, hébreu, Dieu sait quoi encore, il faut ne pas être français pour comprendre tout cela !

Gilda Stambouli grimpe au premier étage. Il y a là trois portes dont chacune affiche une plaque de porcelaine ovale gravée de lettres hébraïques. Elle frappe au hasard. La première porte reste close. La deuxième s'ouvre sur une jeune femme à la chevelure considérable. Une perruque sans doute... Oui, un fouillis de cheveux morts disposés assez bas sur le front et qui retombent sur le visage joli car avenant. Mais cette toute jeune femme est bien trop maigre, songe Gilda, on pourrait ranger deux comme elle dans cette espèce de sac qui la renferme de haut en bas.

« Vous êtes madame Gilda Stambouli ? C'est bien, vous êtes à l'heure. Je suis Lékha Lipinsky, l'épouse du rav Lipinsky, je vous attendais », précise-t-elle dans une langue pure de tout accent.

Elle l'invite à pénétrer dans une grande pièce bien chauffée qui s'ouvre à droite sur un réduit où trône une machine à écrire. « Asseyez-vous là, madame Stambouli, le rav Lipinsky arrive. »

Gilda Stambouli s'immobilise devant une grande table de bureau couverte de paperasses. Mme Lipinsky passe dans le réduit, laissant la porte de communication entrouverte. Et la voici qui se met aussitôt à taper à la machine. Gilda Stambouli, un rien désorientée, ôte ses gants, son chapeau, son manteau trempé et cherche un endroit où les mettre à sécher. Mme Lipinsky lui crie de poser ses affaires sur une chaise, peu importe laquelle, mais de conserver son chapeau sur la tête, s'il vous plaît. Gilda obtempère. Elle prend place sur une chaise, face au bureau du directeur. Elle observe avec attention un cadre accroché au mur, au-dessus du fauteuil du directeur. Son portrait, si ça se trouve. Un vieillard à la barbe interminable, aux yeux incandescents, à l'air courroucé de naissance, ça promet !

Gilda remet de l'ordre dans ses vêtements. Elle contemple ses bottines. Il faudra les donner à ressemeler ? Elle se fait du souci pour le col de son tailleur. Un faux pli peut suffire à faire échouer l'acte de candidature ?

« Pardonnez-moi, madame la directrice, mais êtes-vous sûre que monsieur le directeur a été informé de ma présence ? »

Mme Lipinsky opine sans arrêter de cogner les touches de sa machine à écrire. Gilda Stambouli prend une cigarette dans son paquet quand un murmure léger lui parvient de l'autre pièce. Léger mais précis. Gilda Stambouli ravale son envie de fumer. Elle se lève et passant la tête dans le réduit :

« Madame la directrice, ce poste, excusez ma curiosité, je suis très impatiente de savoir en quoi il consiste exactement.

— Du secrétariat, un peu de comptabilité. Savez-vous taper à la machine ?

— Pas encore. Mais s'il s'agit de gérer les comptes de votre bel établissement, faites-moi confiance, je sais comment tenir les registres d'une maison ! J'ai eu des domestiques, il fallait les gouverner, arrêter un budget, évaluer les entrées et les sorties d'argent. Alors, en toute modestie, les additions, les soustractions, les règles de trois n'ont plus de secrets pour moi. C'est comme si j'avais une machine à calculer toute seule dans ma tête. J'ai une tête calculeuse, dirais-je, si je ne craignais pas de paraître intéressée. »

Gilda déploie tant d'enthousiasme, ce qu'elle dit et la manière dont elle le dit est si plaisant... Lékha Lipinsky recouvre sa machine à écrire d'une housse et, refermant la porte du réduit, elle va s'installer dans le fauteuil de son mari.

« Madame Stambouli ?

— Oui, madame la directrice ?

— Appelez-moi Lékha, madame Stambouli. Madame Stambouli, il y a une question que j'aimerais vous poser, une question importante, vraiment. Dites la vérité, ne craignez pas de répondre sincèrement. Le rav Lipinsky attache la plus grande importance à la sincérité.

— Mais moi de même, madame ! Je suis prête à répondre à toutes vos questions. Que voulez-vous savoir ?

— Vous êtes une juive sépharade, n'est-ce pas, vous pratiquez un rituel différent du nôtre, mais là n'est pas le problème ! Chaque communauté a ses règles plus ou moins strictes, mais vous, personnellement, êtes-vous bonne pratiquante ?

— Oui je pratique, bien sûr, mais...

— Vous vous êtes entraînée cette semaine ?

— Comment ça ?

— Je veux dire : avez-vous allumé les bougies cette semaine ?...

— Eh bien... Cette semaine.... Voyons... Je cherche mais..

— Non ? Même pas le premier soir ? Ça ne fait rien. Ça va tout à fait bien...

— Vous êtes sûre, madame la directrice ?

— Lékha, Lékha, appelez-moi Lékha, tout va bien. Personnellement, nous n'avons pas la conviction fanatique d'être les seuls à suivre le bon chemin. Nous ne détenons aucune certitude absolue ! Ce serait un péché d'orgueil aussi grave, plus grave peut-être, que le manquement à l'un des dix commandements. »

Lékha Lipinsky se met à jouer avec sa perruque. Gilda soupire et, hochant la tête, elle attend la suite.

« Madame Stambouli, promettez-moi d'allumer les bougies ce soir, quand vous rentrerez chez vous, trois bougies ! Vous allumerez trois bougies ce soir, okay ?

— Okay, je vous le promets. Trois bougies ce soir. Sans faute.

— Et une quatrième demain soir. Et une cinquième le soir suivant... Une bougie ajoutée à l'autre chaque soir, pour ajouter quoi, madame Stambouli ? De la lumière au monde bien sûr, vous le saviez n'est-ce pas ? »

Gilda accuse la vérité révélée comme un coup de couteau : on est au troisième jour de Hanoukkah, la fête des Lumières, et elle ne le savait pas ! On est en cette semaine bénie où chaque maîtresse de maison juive doit procéder à l'allumage d'une première bougie le premier soir, de deux le second et ainsi de suite jusqu'au huitième soir, et elle ne le savait pas ! Dans le silence établi soudain, Gilda charge sa conscience de culpabilité. Elle y ajoute la vergogne d'avoir faussé compagnie, et depuis longtemps déjà, à la religion juive et, rapidement, elle en analyse les conséquences.

Alors, et tandis que Lékha Lipinsky garde un air de dignité orthodoxe, elle prend la décision qui la livre, non sans raison et calcul, à la perspicacité de cette femme :

« Madame Lékha, voulez-vous m'écouter un instant ? Écoutez-moi ! Nous ne sommes pas du tout intimes, vous et moi, mais entre femmes on peut se dire la vérité. J'ignore presque tout de la sainte doctrine, de ses commandements et de ses illustres rabbins, lumières d'Israël ! Je me rendais à la synagogue une fois par an, tout au plus, pour le Yom Kippour. Je ne suis pas pratiquante, c'est vrai, cependant je suis juive par la naissance et la destinée. Mes ancêtres, par exemple, ont été exterminés par l'Inquisition parce qu'ils ne voulaient pas se convertir. Mais c'est une histoire connue. Le judaïsme, disait mon grand-père, est une forteresse contre laquelle le méchant se brise. Mon mari soutenait, lui, qu'il n'y avait pas de place en Égypte pour l'antisémitisme. Il en est mort. Il m'a laissée veuve sans soutien, sans profession, sans argent. J'en ai eu autrefois beaucoup, dans mon pays ! Nasser s'est emparé de mon pays et il en a fait un tas de décombres. Qu'il perde toutes ses dents sauf une qui lui fera très mal ! En attendant, il faut vivre. J'ai deux enfants à ma charge. J'avais deux enfants, mais quand j'ai perdu la première, elle est devenue le chagrin de mon chagrin. Juliette vit loin de moi, en Israël, je ne sais pas si je la reverrai jamais. Il me faut de l'argent, beaucoup d'argent pour la faire revenir. Il me faut un travail régulier et la carte de séjour qui permet précisément de travailler. Mais pourquoi le cacher ? Je n'ai jamais travaillé. Je ne sais rien faire de mes deux mains. Je peux apprendre. Si Dieu le veut, ce ne sera pas trop tard. J'ai du courage à revendre, ma santé est bonne, j'ai une belle écriture et, sans plus me vanter, je suis au bout du rouleau. J'ai frappé aux portes tant de fois ! Personne n'a voulu m'ouvrir. Si l'humiliation recevait un salaire, je serais riche à millions. La mendicité est une chose affreuse, je n'ai même pas une chambre à moi. La mendicité est une honte qui crie vers le ciel. Que vais-je devenir ? Je ne peux pas rester éternellement à la charge de l'assistante sociale du Casar. Bertha, Mlle Fromkine enfin, vous la connaissez, elle vous a écrit, elle se dévoue à ma cause jour et nuit, sans résultat. Il faudrait qu'elle soit Dieu en personne. Voilà, je vous ai tout dit. Je place mon sort entre vos mains et je me tais. Je me tais non comme quelqu'un qui n'aurait plus rien à dire, mais un peu trop, au contraire, pour être dit... »

Son élan de sincérité la bouleverse grandement, elle peut à peine retenir ses larmes. Lékha Lipinsky semble émue, elle aussi.

« Calmez-vous, madame Stambouli, ayez confiance. Le rav Lipinsky vous écoutera, il est si bon ! Mlle Fromkine lui a expliqué votre cas, gardez confiance, okay ?

— Il est bon, j'en suis convaincue, mais mon Dieu, madame, je crains de n'être pas la seule candidate à ce poste de responsabilité ! Est-il toujours disponible ? À combien s'élève le salaire ? Quels sont les diplômes exigés ? Qui l'occupait jusqu'ici ?

— C'était Hannah, la sœur du rav Lipinsky.

— Hannah, dites-vous, votre belle-sœur donc ! Que lui est-il arrivé ? Elle est tombée malade, elle s'est mariée, elle est partie ?

— Elle est retournée en Russie. Elle allait chaque jour attendre son mari à la gare. Un jour elle a pris le train pour Moscou.

— Elle ne pouvait plus se passer de son mari ? Quelle belle histoire d'amour ! À la vie à la mort ! Lorsque j'ai perdu mon mari, la moitié de ma vie est partie avec lui.

— La vocation juive nous apprend à nous élever au-dessus de nos tourments. Le rav Lipinsky nous dit : "Il faut apprendre à endurer sans se révolter, à souffrir sans haïr."

— Je vois... Je vois... Monsieur le rav Lipinsky est un philosophe, un devin des nations autrement dit.

— Un devin ? Que voulez-vous dire ?

— Victor Hugo. *La Légende des siècles,* mon ouvrage de référence, je le sais par cœur. Il y est dit que le philosophe, ce devin des nations, vendait aux païens des malédictions sans savoir si "des mains dans les ténèbres blêmes recevaient ses vagues anathèmes" ».

La directrice ne semble pas goûter la poésie, elle ne doit pas connaître Victor Hugo. Elle se contente de son petit hassid de mari — où est-il passé celui-là ? — c'est une andouille, cloîtrée dans un monastère, la vie ne lui a rien appris !

« Vous vous trompez, dit après un moment la jeune femme. Le hassidisme n'est pas un corps de philosophie ni même une doctrine de théologie. Le hassidisme est un chemin de vie. Le rav Lipinsky n'est pas un prédicateur. Il ne jette pas le feu et l'anathème sur les pécheurs. Il ne profère pas de malédictions et ne menace pas des tourments de l'enfer. Au contraire, il insiste sur la récompense glorieuse qui attend tous ceux qui étudient la Torah. Il ne veut pas amener les impies à la Torah par la crainte, mais plutôt gagner les cœurs par la compréhension et la bonté. Sa maison est connue pour être ouverte à tous et les personnes les plus indigentes sur le plan spirituel peuvent y trouver refuge. Ne soyez pas si inquiète. Tous les juifs, sans exception, lui sont chers.

— Oh mais je ne suis pas inquiète, pourquoi le serais-je ? » dit Gilda, pensant : un raseur ! et voilà, il tient mon avenir entre ses mains.

« Est-ce lui, est-ce monsieur le directeur qui trône dans ce magnifique portrait ? »

Lékha Lipinsky se tourne vers le mur, un fou rire la secoue, elle ressemble soudain à ce qu'elle est. Une gamine espiègle et jolie en dépit de la perruque qui lui ceint le front comme fait, en Égypte, le voile des femmes du peuple...

— Il n'est pas si vieux, hoquette-t-elle ! Non, lui, c'est le Très Saint Rabbi Gershom Lipinsky. Un juif parfait. Il s'est sacrifié sa vie durant à notre cause. Les bolcheviks lui ont arraché la barbe. Ils lui ont fait boire un tonneau de vodka, l'ont fait danser comme un ivrogne sur le tonneau renversé. Ils l'ont tué ensuite à coups de pierre. C'était le père de mémoire bénie du rav Lipinsky.

— Le père, donc, de Hannah, l'ex-responsable de l'économat, conclut avec satisfaction Gilda Stambouli, comme c'est intéressant ! »

Elle sait que sa remarque est dépouvue de tact, mais le vieux fond de malice qui l'habite lui fait ajouter :

« Et il n'avait pas d'autre fille ! Et vous-même, chère petite madame, avez-vous des enfants ?

— Les enfants, ah les enfants... Lékha Lipinsky ébauche un geste de la main comme pour compter sur ses doigts, puis avec un grand sourire lumineux : quarante-quatre à présent, barukh Ha Schem, Béni soit le Saint Nom.

— Quatre enfants, l'interrompt Gilda Stambouli, croyant avoir mal entendu, mais quel âge ont-ils donc ? Vous paraissez tellement jeune !

— J'ai vingt-quatre ans, non, je parlais de nos élèves, les garçons de notre heder. Nous les accueillons, dès le niveau élémentaire et jusqu'à leur entrée en sixième, dans une ambiance familiale et un pourcentage de réussite scolaire tout à fait impressionnant. Mais pas si étonnant que ça finalement. La Michnah nous dit : "Formez un grand nombre d'élèves et vous élèverez des lumières autour de la Torah." » C'est exactement le but que s'est fixé le rav Lipinsky en arrivant de Russie. Il entendait... mais... Oh, ne fumez pas, s'il vous plaît, le tabac empeste, c'est un poison !

— Je fume très peu, vous savez ! Votre mari arrivait de Russie, disiez-vous, comme c'est intéressant. Mais vous-même, vous n'êtes pas russe !... Vous n'avez pas d'accent, Lékha, si je puis me permettre, non vraiment : un français impeccable !

— Vous pouvez vous permettre, sourit la jeune femme. Je suis née en Alsace comme les Marx Brothers ! »

Avec cette surprenante remarque, nous arrivons à l'histoire de Lékha Lipinsky telle qu'elle la relate à Gilda Stambouli qui écoute avec étonnement et le plus vif intérêt.

2

Lékha, née Louise Goldstein, a vu le jour dans ces faubourgs de Strasbourg au-delà duquel s'étend le Rhin bordé de champs de houblon. Petite, Louise adorait la nature. Elle voulait toujours être plus près de la création de Dieu. Sa mère, fille d'une longue lignée de rabbins venus de Russie, lui avait inculqué le sentiment de la beauté et de la bonté du monde. Son père, hélas, portait en lui un monde différent. Le monde que Gunther Goldstein portait en lui était turbulent, artiste et un peu mélancolique. C'était un être amer, désespéré. Il avait cru que l'homme était libre de ses pensées, de ses actes et que personne ne regardait dans sa tête, dans son cœur, et à plus forte raison dans son assiette. D'où ses souffrances. Car son monde l'avait rejeté, lui, et les milliers de juifs qui, comme lui, avaient eu foi en la démocratie, les arts, la musique. Gunther Goldstein avait été le critique musical du *Berliner Zeitung*, le plus grand journal de Berlin. Il s'était réfugié à Strasbourg en 1933, l'année où les nazis entreprirent de lapider les juifs, de démolir leurs magasins, de les chasser des administrations. Il s'était senti d'autant plus impuissant et seul en France qu'il restait attaché à l'Allemagne comme on peut l'être à une mauvaise mère. Sa distraction favorite consistait à regarder couler le Rhin, sous sa fenêtre. Il en remontait le cours en imagination et revenait ainsi aux bonnes heures de sa vie. En cela il n'était pas d'accord avec sa femme, Perla, pour qui l'Allemagne était l'émanation du diable. Il l'avait connue à la *Gazette juive de Strasbourg*, le journal de la communauté, où il tentait de placer des articles. Perla travaillait au service des abonnements, grâce à quoi Gunther se vit confier la rubrique musicale. Gunther ne voulait pas avoir d'enfant. Mais Louise vint au monde en 1934 contre la volonté de son père et, deux ans plus tard, Gabriel, son frère, ne fut pas mieux accueilli. C'était un prématuré à la peau aussi transparente qu'un éventail, épuisé par une toux sèche qui ne cessait pas la nuit. Il survécut, ce fut un miracle, suivi chez la mère d'un retour à la religion orthodoxe de ses ancêtres. Le père, pour sa part, restait incrédule pour tout ce qui ne concernait pas la musique, la bonne chère et les plaisirs charnels. Il se comportait, comme il est écrit dans Jérémie, tel « l'âne sauvage qui se tient sur les places élevées pour en humer le vent » ! Il fumait et buvait du cognac fine champagne VSOP, même pendant le shabbat. Louise le revoit chauffer son verre entre ses longs doigts jaunis par la nicotine, il le respire délicieusement, allume sa cigarette tandis que sa femme, les poings sur la taille, lui prédit les foudres du ciel. En cela elle avait raison. Gunther Goldstein mourut d'un cancer de la gorge à Rio de Janeiro, où il avait émigré au début de l'occupation allemande. Son fils Gabriel contracta une mauvaise fièvre sur le bateau qui ramenait en France le reste de la famille. Il n'y avait pas de médecin à bord. Louise frissonne encore, après tant d'années, au souvenir du petit corps habillé d'un drap et jeté, sans kaddish [1], à la sépulture des flots. De retour à Strasbourg, la mère de Louise ne retrouva pas son emploi. Rien ne subsistait des associations communautaires, des écoles, des synagogues. Le monde juif était en cendres. Ah, Louise se souvient de quelque chose qui devrait intéresser Gilda. À cette époque, tout de suite après la guerre, les enfants n'avaient pas assez à manger et Perla faisait des prodiges. Elle allait chez une famille de paysans chercher des brocs de lait qu'elle portait ensuite au domicile des Français qui pouvaient en acheter. Louise l'aidait souvent dans sa tournée et, un jour, elle renversa un broc sur la chaussée. Perla lui dit alors qu'elle allait y ajouter de l'eau, que personne ne s'en apercevrait. Un Français, puis deux s'en aperçurent. Perla résolut de monter à Paris. Elle y avait sa cousine germaine, Golda Kalman, une veuve établie au Marais avec son fils, Samuel, un grand garçon qui lui donnait du tracas. Samuel s'était mis en tête d'étudier la médecine. Aussi, Tante Golda se retrouvait seule désormais à tenir le commerce d'articles religieux que son mari, mort en déportation, avait ouvert dans la rue des Rosiers. C'était une boutique grande comme une part de strudel, surmontée par un logement de trois pièces... Louise et sa mère s'installèrent

1. La prière des morts.

dans la chambre du cousin Samuel, lequel proposa de lui-même de s'aménager un coin au fond de la boutique. Voilà le personnage : un cœur d'or, bien qu'il ne fût qu'un mécréant. Mais Louise ne pouvait s'empêcher de chérir son cousin à l'égal d'un grand frère, il parlait fort, il riait beaucoup... Il était beau comme le péché. Et de fait, ses études terminées, Samuel épousa une non-juive et s'éloigna des siens. Louise, âgée alors de seize ans, en conçut du chagrin. Et, dans cette perspective justement, Perla lui vanta les qualités d'une âme choisie dont le nom commençait à se répandre rue des Rosiers. Le rav Lipinsky arrivait de Russie, précédé de sa réputation d'organisateur de la vie religieuse sous le régime bolchevique. Sa piété, son érudition étaient telles que bientôt tout le monde, rue des Rosiers, le voulut pour gendre. Tout le monde et sa femme, comme on dit en yiddish. Mais Louise, bachelière cette année-là, ne se voyait pas épouser de gaieté de cœur un de ces rabbins qui, par leurs interdits et leur austérité également absurdes, veulent vous empêcher de vivre. La première rencontre eut lieu dans la petite maison que le rav Lipinsky occupait rue Ferdinand-Duval. Quand il apparut sur le seuil, entouré de la nuée d'orphelins qu'il instruisait et élevait comme s'il se fût agi de ses propres enfants — ceux qu'il avait eus d'un premier mariage avaient péri au cours de leurs terribles tribulations —, Louise éprouva des impressions ambivalentes : d'un côté un grand respect pour le patriarche — il montrait plus du double de son âge —, de l'autre un vif ressentiment à l'égard de sa mère. Elle déclara qu'elle ne se marierait jamais. Sa mère se mit à la maudire. Le rav Lipinsky ne disait rien. De toute la veillée, il n'adressa pas une seule parole à sa promise. Mais soudain, sur le coup de minuit, un événement étrange se produisit. Le rav Lipinsky forma un cercle à l'aide de son pouce et de son index et il en jaillit aussitôt un faisceau de lumière intense. La lumière se dirigea vers le coin de la pièce où Louise se trouvait assise. Elle sentit sa nuque s'aplatir comme un livre ouvert brusquement au-dessus de sa tête. Elle prit peur. Mais le rav Lipinsky lui dit, l'air aimable et très doux, de cesser d'avoir peur. Il lui dit cela en l'appelant d'un nom inouï, un nom dont personne avant lui n'avait eu l'idée : Lékha! Il l'appela ainsi à deux reprises « Lékha! » avant d'ajouter « Lekh Lékha! ». Ces deux mots signifient « Va-t'en! » en hébreu, mais on peut également les traduire par « Va vers toi-même » ou « connais-toi toi-même ». Cette injonction mit Louise au comble de l'émotion. Y réfléchissant jour après jour, elle sentit poindre en elle la recherche éternelle de l'innommé et de l'inexprimable. Elle chercha des explications... comment dire... rationnelles à tout cela, et ne les trouva pas. Une nuit qu'elle avait soif, elle se rendit à la cuisine. Là, elle eut une apparition : le rav Lipinsky lui faisait signe de venir près de lui. « Mille pardons d'arriver si tard, lui dit-il, mais il m'a fallu d'abord acheter une robe pour la mariée. » Le lendemain, il lui fit dire : « Je passerai vous voir chez votre mère, nous parlerons de notre avenir. » Ils parlèrent ce jour-là, chose étrange, durant plusieurs heures. Car, en général, il n'est pas dans les habitudes du rav Lipinsky de beaucoup parler. Affable et affectueux lorsqu'il s'entretient avec les élèves, il peut être extrêmement grave, audacieux et péremptoire même quand il aborde un sujet touchant le maintien des pratiques religieuses. Il manifeste alors une extraordinaire faculté de...

Mais non.

Lékha Lipinsky ne peut s'étendre davantage sur les qualités de son mari car il arrive justement et, comme au théâtre, les deux jeunes femmes tendent l'oreille au bruit de ses pas.

3

La porte s'est ouverte.

Gilda Stambouli s'est mise debout, jolie femme à la taille bien prise dans son tailleur pied-de-poule, aux doigts fins qu'elle serre dans un geste d'angoisse. Mais du rav Lipinsky, d'abord, elle ne distingue que le dos et, dépassant de sa veste noire, les longs fils de coton blanc qui dansottent le long de ses pantalons. Derrière lui, se montre un bel homme brun, corpulent, avec un profil qui... Un air dont il semblerait que... Mais, un instant, ne serait-ce pas ?... Non, non, se dit Gilda, impossible, voyons, il ne peut pas t'avoir suivie jusqu'ici... Si fait, pourtant !... Cet homme est bien le propriétaire du chien qui l'a placée tantôt en si fâcheuse posture. Gilda Stambouli pousse un de ces soupirs mouillés que nous lui connaissons quand elle voit Lékha Lipinsky ramasser ses jupes, courir vers la porte, et se pendre au cou du bel homme brun.

« Oh Sam, Sam, lui dit-elle d'une voix remuée par la passion, Sam, tu étais là ? Tu aurais pu me prévenir ! Quel animal tu fais quand même, qu'est-ce que vous fabriquiez tous les deux ? »

L'animal — Sam donc — se contente de sourire, des fossettes se creusent dans ses grosses joues comme s'il allait émettre un sifflement. Mais qui est cet homme que tutoie et gourmande si amoureusement Lékha Lipinsky ? Qu'est-ce qui l'amène chez les hassidim ? Serait-il le médecin de leur établissement ? A-t-il reconnu Gilda Stambouli ? Il n'en laisse rien paraître en tout cas. Elle épie de ses yeux brillants et soupçonneux chacun de ses gestes jusqu'au moment où il prend congé du couple et s'en va.

Gilda, en proie à un émoi bien compréhensible, attend que le rav Lipinsky fasse vers elle le premier pas. C'est une longue figure décharnée, allongée encore par une espèce de redingote couleur paille de fer, comme sa barbe et les papillotes en tire-bouchon qui lui battent les joues. Comme il reste silencieux, planté sur le pas de la porte, Gilda s'avance et tout naturellement elle lui tend la main. « Bonjour, monsieur le directeur, je suis Mme Stambouli, comment allez-vous ? » Mais que se passe-t-il ici ? Que fait le rav

Lipinsky ? Imaginons un instant que la main tendue de Gilda Stambouli, cette main aux doigts fins et aux ongles laqués de rouge, déploie les tentacules d'une pieuvre affamée, on comprendrait alors la réaction du rav Lipinsky. Il s'est reculé d'abord, puis, à toutes jambes, il est allé se réfugier derrière sa table.

Gilda Stambouli en reste ahurie. Lui aurait-on assené un coup de férule sur les doigts qu'elle ne serait pas plus désolée, au bord des larmes.

« Vous lui avez tendu la main, explique Lékha Lipinsky, vous l'avez mis dans l'embarras, pis, dans la faute. La femme est évidemment soumise à certaines règles de modestie mais c'est l'homme qui est responsable s'il lui touche la main. »

Gilda contemple ses ongles peints d'un rouge coruscant et comprend, oui, elle finit par comprendre. Ici, les ongles vernis, le maquillage, les petits tailleurs pieds-de-poule à la taille bien cintrée, sont les accessoires de la prostitution.

Le rav Lipinsky émet quelque chose d'une voix rude et lasse pourtant.

« Le rav vous demande de vous asseoir, traduit Lékha, après tout, vous ne pouviez pas savoir. »

Gilda Stambouli s'assoit face au bureau du rav Lipinsky, lequel se met de biais de façon à éviter de regarder autre chose que l'embrasure de la porte. Ses yeux bleus brillent comme de la verroterie tandis que, fixant obstinément le cadre de la porte, il parle avec le même air mi-harassé, mi-bilieux qu'avant.

Il s'interrompt brusquement et, sans qu'on sache

pourquoi, il lance un rire étonnant, étonnamment joyeux.

« C'est une histoire drôle, explique Lékha, mais elle est vraie, le rav demande si vous la connaissez ?

— ... ?

— C'est un hassid de stricte observance qui avait l'habitude toutes les semaines de rendre visite à sa sœur. Il entrait dans la maison, il s'asseyait et, sans jamais regarder sa sœur en face, il lui disait : "Donne-moi mon verre de thé." Un jour qu'il était là, à remuer sa cuiller dans sa tasse, il entendit une voix inconnue lui dire : "Est-il assez sucré votre thé ?" Ha ha ha ! Le hassid était entré dans une maison étrangère et une femme qu'il ne connaissait pas, qu'il n'avait jamais vue, lui avait servi du thé.

— Ah bon ? s'exclame Gilda toutes dents découvertes, quelle étrange histoire ! Mais bonne, très bonne en effet. Cela étant, puis-je demander à monsieur le directeur de me dévoiler les grandes lignes de sa proposition ? »

Le rav Lipinsky y consent enfin. Il comprend le français mais ne le parle pas. Ou plutôt, quand il le parle, on ne le comprend pas. Sa femme traduit ses propos et plaide, semble-t-il, la cause de Gilda Stambouli. Excellente femme, vraiment ! songe Gilda, sa vie sur terre peut être austère, dans l'autre monde elle sera heureuse. Son vieillard de mari ne cesse de tirer sur ses papillotes, de les enrouler autour de son doigt, de pérorer dans sa langue râpeuse et saccadée telle une décharge de mitraillette. Gilda se démanche le cou et tend l'oreille comme si elle voulait y recevoir une leçon chuchotée de ce yiddish brutal, absolument ! et résolument fermé à l'influence civilisatrice du français ! Dans un geste qui tient du réflexe, elle rapproche sa chaise de celle du directeur, à le toucher presque quand elle perçoit nettement l'élan qui tire le viel homme en arrière. Et le voici qui se remet sur ses pieds et détale à l'autre bout de la pièce. Des bruits pathétiques s'ensuivent, tous liés à la respiration de Gilda Stambouli.

Enfin cet homme si instable, si irritable, parle à l'oreille de son épouse et il s'enfuit sans égards, sans un seul mot à l'adresse de Gilda. Ça, par exemple ! Elle se dresse sur sa chaise et, abaissant son chapeau sur ses yeux, comme pour dissimuler la douleur immense qui s'y loge, elle s'écrie : « Dieu ne devrait pas infliger une telle épreuve à quelqu'un et lui permettre ensuite de rester en vie. » L'impression produite par sa remarque doit être très forte car même Lékha se met à soupirer :

« Mais non, ce n'est pas fichu, Gilda, le rav Lipinsky demande à réfléchir. Il vous trouve un peu jeune pour le poste, pas assez mûre en tout cas !

— Comment, jeune ? Je ne suis pas jeune du tout, au contraire, l'âge se gagne par les soucis. J'ai trente-six années à mon actif, que lui faut-il de plus ? Ma grand-mère ? »

À la mine de Lékha Lipinsky, Gilda prend conscience qu'elle en a trop dit. Alors, pour n'en pas dire plus et ne pas fondre en larmes, elle rassemble ses effets. Elle remet son manteau, son chapeau, ses gants. Lékha la raccompagne jusqu'au bas de l'escalier :

« Au revoir, Gilda, gardez confiance. Le rav Lipinsky va réfléchir, il vous écrira, il m'a chargée de vous le dire : nous vous écrirons. Pensez à allumer les bougies de Hanoukkah, Gilda, dans votre propre intérêt. Vous verrez décupler les bénéfices de votre bonne action. »

4

Dehors, il ne fait pas aussi sombre que dans le cœur de Gilda Stambouli. La lueur froide du soleil scintille au-dessus des arbres aux branches prises dans le givre comme dans du sucre glacé. Toute autre que Gilda trouverait à la nature une dimension impressionnante de beauté et de poésie : elle ne songe qu'à ses rotules fourbues, qu'à ses chaussures aspirées par la neige molle et spongieuse tel le marais salant.

Mais voici que deux chiens pissent contre une porte cochère puis se reniflent le derrière. Cela signifie seulement qu'on est revenu en ville, parmi les humains. C'est une ville d'hiver et de désolation. Le trottoir, quand on marche dessus, rend le bruit d'une serpillière mouillée. Les gens se heurtent avec leur parapluie. Ils se hâtent, tenant précautionneusement devant eux leurs achats de Noël. Comme Gilda atteint la place de l'Église, cherchant du regard un autocar, elle entend qu'on court derrière elle et qu'on la rattrape : « Ça par exemple ! »

Émile Tillier, le cuisinier du bouillon Chartier, ouvre un œil rond et fixe comme si la rencontre relevait d'une extravagante coïncidence. « Nom de Dieu, si j'm'y attendais !... » Une joie sans bornes succède à la surprise hébétée. « Vous ! vouhouhouhou ! » s'écrie-t-il, prêt à lancer en l'air sa casquette de laine, « qu'est-ce que vous faites là ? L'autocar, oh, mais vous venez de rater celui de treize heures, c'est pas d'chance ! » Il lui agrippe le bras et, vociférant tel un dérangé de la cervelle, la tire en avant, allez hop direction le café-tabac, un petit vin bien chaud, ça vous fera du bien, c'est moi qui paye, naturellement ! Gilda résiste — qu'on puisse supposer une seconde qu'elle, Gilda Stambouli, a partie liée avec un cuisinier !... — mais, avant d'avoir pu faire ouf, elle se retrouve accoudée au zinc, un vin chaud servi devant elle, une bière blonde devant Émile Tillier. Elle se rencogne, sa lèvre inférieure tremble un peu et, dans ses yeux mortifiés, les pupilles ressemblent à une tête d'épingle. Quant à lui arracher un mot, ne serait-ce que oui ou non !... « Hé mais ! à quoi pensez-vous ? » s'écrie Émile Tillier en agitant les mains pour l'en distraire. Il détaille en professionnel les mérites comparés des bières blondes et brunes. Franchement, on s'en fiche ! Quelle heure est-il ? Peut-on téléphoner à Robie, à Paris je veux dire ! La cabine est occupée, bon, j'attendrai ! Quelque part un aboiement. Oui, là-bas, au bout de la salle... Un énorme chien brun, haut sur pattes, distribue de grands coups de queue aux bottes d'un homme qui déplie son journal et... Alléluia !

Gilda Stambouli pousse un petit cri bref mais libérateur. Émile Tillier la voit s'en aller vers une table occupée, nom de Dieu ! mais qu'est-ce qui lui prend ? Il y a là un type en costard dont l'expression et la façon de parcourir son journal disent à quel point il se sent important. Un brun aux grosses joues creusées soudain de fossettes. Il sourit ? On le comprend ! La dame qui l'aborde est une vraie beauté. Bille en tête qui plus est ! Mais allez-y donc ! Elle lui cause, pas gênée la vache, elle lui cause de façon intime, de façon à confirmer cette vérité vieille comme le monde selon laquelle qui se ressemble s'assemble... Moricauds tous deux avec des chichis de bourgeois et, sur le visage, dans leurs yeux sombres et brillants, ce reflet du soleil qui n'éclaire jamais tout à fait les faces européennes, quelle histoire !

Émile Tillier n'en saura pas le fin mot. Il a reboutonné son pardessus, il a remis sa casquette, il est sorti du bistrot et de notre histoire.

À cet instant précis, Gilda Stambouli se penche vers l'homme brun et murmure avec un sourire contraint : « Sauvez-moi, monsieur, je vous en prie, faites semblant de me connaître, puis-je m'asseoir ? nous nous connaissons un peu après tout. »

En effet.

Le monsieur en question n'est autre que le médecin rencontré à deux reprises, ce matin : place de l'Église d'abord puis dans la maison des hassidim. Quel heureux hasard !

« Quel heureux hasard, monsieur, je suis tellement

heureuse de vous revoir, tout est allé de travers aujourd'hui, c'est horrrible à dire, je ne sais plus ce que je dis, excusez-moi, docteur... Je crains de n'avoir pas retenu votre nom.

— Docteur Kalman, Samuel Kalman, j'allais partir, mais voulez-vous un café ?

— Oh, mais alors vous êtes Samuel, le cousin de la rabbine Lékha Lipinsky et vous êtes médecin de votre état. Mon mari était un grand avocat mais il tenait la médecine pour une grande chose vraiment, une grande et belle chose ! Retenez votre chien, s'il vous plaît, pourquoi s'appelle-t-il Danton ? Il me fait peur, il n'y a pas de quoi, je sais, mais j'aime les chiens modérément. Ils sont si familiers. Ils ne sentent pas bon. Ils sentent immédiatement, m'a-t-on dit, quand on ne les aime pas. Qu'en pensez-vous, d'un point de vue scientifique, je veux dire ?

— Je pense que vous êtes une juive arabe, au fond.

— Comment ça ?

— Les Arabes considèrent que le chien est l'animal le plus impur de la création d'Allah.

— Ah, les Arabes considèrent cela ? Eh bien, je ne leur donnerai pas tort pour une fois. »

5

Sur la route conduisant à Paris.

Dans la voiture où le chien, fort respectueux, occupe la banquette arrière, Gilda Stambouli conserve la distance qui convient, sauf quand un cahot la presse brutalement contre le conducteur ; heureusement il possède assez de bon sens et d'éducation pour interpréter correctement la chose... C'est un homme courtois sous des dehors réservés. Samuel Kalman exerce la médecine générale à Paris. Mais il se rend à Beth Sion assez souvent. Pour voir sa cousine Lékha, oui, mais pas seulement. Il assure la consultation des élèves et des rabbins également, bien sûr, il n'y faut pas de dévotion particulière, quelle question ! Il n'a pas plus la foi aujourd'hui qu'au début de sa carrière. Un impie chez les hassidim ? songe Gilda, elle a peine à le croire. « Cela se peut donc ? dit-elle, pensant à voix haute, et moi qui croyais devoir me laisser pousser la barbe et les papillotes ! » Elle explose de rire, une vraie petite folle. Mais le docteur ne trouve pas cela très amusant. Il a des hassidim une opinion rien moins qu'anecdotique ! Pour comprendre ce que sont les hommes de Dieu, ce qu'ils font et ce qu'ils apportent à l'humanité, il faut les approcher avec sympathie. Dans ce cas... Elle lui demanderait bien de plaider sa cause auprès du rav Lipinsky, mais comment demander sans s'abaisser ? Elle n'ose pas. Il l'impressionne ! C'est un modèle de supériorité raisonnable et de pondération. Bel homme de surcroît. Visage intéressant. Elle le scrute, ce visage, avec une sympathie frémissante. Si elle avait pu imaginer... Est-il marié ? A-t-il des enfants ? L'alliance... La porte-t-il sous son gant de renne piqué ? On ne saura pas, tant pis, on arrive ! Voici les grands boulevards et ses façades clinquantes, la rue Richer tant bruyante, l'enseigne bleu, blanc, rouge des Folies-Bergère. La voiture se range devant l'hôtel Impérial. Gilda Stambouli n'en sort pas tout de suite. Elle reste immobile, assise dans la chaleur de son manteau. Qu'attend-elle ? Qu'on fasse le tour de la voiture pour, selon l'usage galant, ouvrir et tenir la portière ? Qu'on dise un mot gentil, elle ne sait lequel, son prénom peut-être suivi de la formule qu'on adresse aux jolies femmes quand on souhaite les revoir ? Certainement pas. Elle n'espère rien de tel, à vrai dire. Que lui importe de revoir ou non cet homme ! Elle n'y pense absolument pas, sauf qu'il y a en elle cette blessure ! C'est cette blessure qui pense en elle, cette blessure de la maudite coquetterie féminine !

Gilda Stambouli saute sur le trottoir. Elle se penche par-dessus la portière : « Je ne sais comment vous remercier, docteur Kalman, mille mercis pour m'avoir raccompagnée, bonsoir, au revoir, au plaisir n'est-ce pas ? » Elle attend une main sur la portière « C'est ça, fait-il sans enthousiasme, bonsoir et joyeux Noël. » Il tire à lui la portière et flatte le chien qui, d'un bond, l'a rejoint sur la banquette.

6

Il est à peine quatre heures de l'après-midi.

Le jour a bien baissé pourtant lorsque Gilda Stambouli, ruminant de déprimantes pensées, pousse la porte tournante de l'hôtel Impérial. Dans le hall désert, sombre, une torche électrique balaye le carrelage. Un ouvrier, accroupi sur le sol, fait une réparation à la conduite électrique. L'ouvrier maugrée contre la surcharge du compteur. Mme Binnet, sortant le buste de son comptoir, a ses nerfs et rouspète. Le compteur, ah il a bon dos, le compteur ! ce sont les clients plutôt, ah ils lui en font voir ceux-là, avec leurs tripatouillages d'ampoule, leurs douilles voleuses, leurs branchements de n'importe quoi, des fers à repasser, des réchauds électriques, des rasoirs à la mords-moi le..., mais oh, il y aura le feu un jour, c'est couru, ça va péter un jour, salement, et cette réparation, ça vient ? dans combien de temps et... « Eh vous, vous là, attendez... » Mme Binnet étend le bras droit horizontalement devant elle, visant en plein la poitrine de Gilda Stambouli qui s'arrête, mue par un mauvais pressentiment. Son Robie, en jouant de la douille voleuse, aura provoqué le court-circuit !... Elle en a une telle frayeur qu'il lui faut quelques secondes pour se rendre compte que son visage est à présent baigné d'une clarté qui n'existait pas tout à l'heure. Une petite lampe à pétrole éclaire le comptoir derrière lequel Mme Binnet déclare qu'ils la font suer, les vaches, tellement suer, les vaches !

« C'est à moi que vous parlcz ? s'insurge Gilda Stambouli, eh bien, parlez à la fin, madame Binnet, qu'y a-t-il ? »

Du courrier, voilà ce qu'il y a !

Mme Binnet tire de sous le tableau des clés une enveloppe, elle l'agite dans un mouvement de blâme ou d'apaisement. « C'est arrivé d'Israël ce matin, une lettre de votre fille, bien sûr, je voulais vous dire, à propos, joyeux Noël ! » Gilda Stambouli glisse l'enveloppe dans la poche de son manteau et, les genoux tremblants, elle monte l'escalier menant à sa chambre.

Elle reste plantée un moment derrière sa porte, aucun bruit n'y est perceptible. À l'intérieur, il n'y a qu'obscurité et silence... Elle appuie sur le commutateur du plafonnier. En vain, évidemment. Alors, elle avance à tâtons, se cogne à la table puis au lit où ses mains cherchent, cherchent et ne rencontrent rien. Personne ne se trouve au lit. Personne n'y respire. « Robie », articule-t-elle d'une voix pleurarde, « Robie, my baby... ». Son grand baby a disparu, la faute lui en revient ! Un gosse de onze ans, fiévreux par-dessus le marché, ne se laisse pas tout seul une journée durant ! Où peut-il bien se trouver maintenant ? Ah celui-là ! Il sait s'y prendre pour embêter sa maman. Elle soupire et un reflet de constante et habituelle pitié de soi fulgure dans ses yeux. Ses épaules frissonnent. Avec des mouvements impatients, elle se débarrasse de ses vêtements humides : le manteau, le chapeau, ses bottines. Elle les lance à travers la pièce. Elle va s'appuyer au radiateur. Elle murmure entre ses dents qui claquent qu'elle ne pense pas à la dure réalité de sa vie, qu'elle veut se réchauffer simplement, se réchauffer. Aussi sec, elle se met à chialer comme un veau. On ne saurait, hélas, mieux traduire en français ses meuglements entrecoupés d'une prière : montre-toi, Robie, reviens ! Il va se prendre une bonne gifle quand il reviendra, s'il revient jamais. Après tout, les journaux sont pleins de gamins fauchés par une voiture, kidnappés, noyés dans la Seine. Gilda se laisse tomber sur une chaise, devant la table, en contenant ses pleurs à deux mains. Ils continuent de lui secouer le corps. Subitement, quand le plafonnier s'allume, jetant un rond de lumière sur la table, Gilda se met à rire. Elle pleure d'un œil, rit de l'autre, sa nature est ainsi faite qu'elle ne semble pas connaître d'humeur intermédiaire. Elle se frappe le front, émet des couinements comme si elle avait perdu l'usage de la parole. Serait-elle devenue folle ? Aurions-nous affaire à une mère que la disparition de son fils a rendue hystérique ? En fait, non ! Tout cela est le produit d'un billet laissé là, bien en vue sur la table. Un billet griffonné de la main de Bertha Fromkine ! Elle est venue chercher le petit Robie. Elle l'emmène au cinéma Rex. Elle le ramènera à dix-neuf heures. Point final. Sinon à lire entre les lignes ce que nous savions déjà : l'assistante sociale du Casar est un cœur d'or ! Deuxième constat, avant de passer à autre chose : Bertha Fromkine fait en ce monde tout ce qu'elle doit faire pour le rendre meilleur !

Gilda décide d'absorber tout son être dans les efforts positifs. Elle branche la douille voleuse dans l'ampoule du plafonnier. Elle raccorde l'ampoule au réchaud électrique. Elle fait cuire dans une casserole du riz et des lentilles. Elle mange le riz aux lentilles avec un reste de camembert. Elle débarrasse la table. Elle rince son couvert et la casserole dans le lavabo où l'eau continue de goutter, ploc ploc ploc. Elle se déshabille. Elle procède à sa toilette. Elle enfile une robe de chambre par-dessus sa chemise de nuit. Elle lave sa culotte et ses bas. Elle les met à sécher sur le radiateur. Elle revient au lavabo. Elle examine son visage dans le morceau de miroir, une moitié de visage seulement. Avec deux doigts, elle remonte ses joues en même temps qu'elle étire ses paupières. Elle lâche le tout avec dégoût. Elle dit, assez maintenant, au lit ! au lit en attendant le retour de Robie !

En remontant vers le lit, elle bute contre le manteau jeté sur le plancher. Eh, se dit-elle, eh, la lettre de Juliette que j'ai failli oublier dans le manteau !

Gilda prend le temps, toutefois, de changer les draps qui sentent le tabac et quelque nourriture. Elle refait le lit. Elle s'y installe, confortablement adossée, son manteau disposé en renfort des couvertures. Elle allume une cigarette, la savoure lentement. Sa main gauche s'égare entre ses seins, y puisant une chaleur rassurante, charnelle. Sa cigarette une fois consumée, elle se tient pensive à l'intérieur, si on peut s'exprimer ainsi, et pourquoi pas ? dans l'attitude classique de la statue de Rodin. Ce qui ne signifie pas que Gilda ne soit pas pressée de décacheter la lettre arrivée d'Israël. Non, mais on ne saurait complètement exclure une certaine propension, chez elle, à en différer la lecture : tout ce qu'écrit Juliette est éprouvant, émouvant, terrible.

Voyons de quoi il retourne cette fois.

Juliette a gardé le lit pendant trois jours. Elle était malade. C'était bien, très bien même. Elle n'allait plus en classe, elle ne travaillait plus, elle ne mangeait plus, elle ne se lavait pas. Elle avait la fièvre mortelle. C'était bien. Elle était comme morte. Maintenant c'est fini. La mort ne la menace plus parce qu'elle est morte déjà et pourtant elle continue à vivre. Elle vit comme une morte vivante. Maintenant il lui faudrait des lunettes parce qu'elle s'est trouvée myope après sa maladie, elle ne sait pas pourquoi. Elle croit avoir attrapé la myosis. Résultat, elle est myope à cinquante pour cent. Il lui faut des lunettes de vue. Elle veut une monture papillon, ou alors rectangulaire, mais pas de lunettes rondes, surtout pas. Les rondes sont affreuses. Des papillons en écaille si possible. Avec l'espoir que la dépense ne sera pas trop douloureuse pour l'avarice de sa mère. Elle s'excuse d'embêter sa mère avec cette histoire de monture, mais elle n'a personne d'autre à qui demander le strict nécessaire. Elle souffre de la myosis, c'est certain. C'est une espèce de myopie qui, non corrigée, conduit infailliblement à la cécité.

La myosis ! s'effare Gilda, la myosis, hein ? D'où par où ce mot ? Il n'y a pas, il n'y a jamais eu de myosis dans la famille Stambouli. Quant à la cécité !... Que le mauvais œil s'éloigne ! Après cette observation qui se voudrait drôle, Gilda se morigène, saisie qu'elle est soudain par le doute et un début de culpabilité. Si cette petite peste disait vrai pour une fois ? Si réellement sa vue avait baissé dans des proportions dangereuses ? S'il lui fallait une paire de lunettes ? Comment savoir ? Gilda ne sait plus grand-chose de sa fille et, c'est l'objet même de sa culpabilité, elle en garde un souvenir lointain et diffus. Elle tente de se représenter Juliette, le nez embarrassé soudain par une monture en forme de papillon. Le visage rond, bruni par le soleil, en devient tout changé, tout méconnaissable. Durci, étranger, lointain, comme si Juliette avait trop grandi pour que sa propre mère la reconnaisse.

Gilda se remet à pleurer. Elle pleure parce que c'est ainsi que grandit sa fille, loin d'elle. Elle pleure parce qu'elle n'a rien d'autre à faire en attendant le retour de Robie.

[illegible] d'eau [illegible]
[illegible] soudain [illegible]
en forme de papillon [illegible]
soleil, [illegible] change [illegible]
[illegible] comme [illegible]
[illegible]
Cette [illegible] plante [illegible]
[illegible]
[illegible]
de terre.

CHAPITRE QUATRE

Mais qu'en est-il vraiment des troubles de la vision dont se plaint Juliette, la fille aînée de notre principale héroïne ?

Serait-elle réellement victime d'une forme de myopie aussi soudaine qu'évolutive vers la « myosis » ? D'abord, où a-t-elle été prendre ce mot aussi rare que l'affection qu'il désigne ? (Le myosis, n. m., est une contraction exagérée de la pupille, explique le Larousse sans mentionner un quelconque risque de cécité.) N'aurait-elle pas plutôt manigancé un plan visant une fois de plus à exacerber les tourments de sa pauvre mère ?

Une précision : pour ce qui est de l'aspect extérieur, Juliette semble être en parfait état. Le teint coloré et l'œil vif, la taille élancée, des membres robustes quoiqu'un peu enveloppés, aguerris encore par le travail physique et la vie au grand air. Bref, mis à part des accès de noire mélancolie, Juliette n'a aucun souci à se faire du côté santé. Voilà le problème. De temps en temps, elle essaye de se faire porter malade. Elle boit l'huile d'une boîte de sardines exposée au soleil pendant quarante-huit heures ; elle avale une douzaine de laxatifs dérobés à l'infirmerie ; elle se frotte les aisselles avec de jeunes orties : le meilleur moyen de faire grimper le thermomètre. Mais, entre nous soit dit, ce n'est pas facile ni très agréable de se détraquer l'estomac, de contracter une fièvre de cheval ou la diarrhée. Toutefois, il faut vivre la vie du kibboutz pour savoir que mille souffrances sont préférables à une seule journée de travail.

Revenons à cette histoire de « myosis ».

Tôt ce matin-là, après un petit déjeuner assez copieux, Juliette se rendait à son boulot, à la Maison des enfants. Un léger brouillard flottait au-dessus des toits du kibboutz, l'allée centrale était trempée et boueuse. Juliette en éprouvait l'humidité en même temps que cette sensation de découragement qu'elle ressentait toujours à l'approche du lieu de son travail. Bref, comme tous les six jours de la semaine, le septième étant chômé, elle broyait du noir, mais bon, rien d'exceptionnel ! Soudain, elle fut prise d'une douleur à l'arrière du crâne, des piqûres d'épingle, aurait-on dit, lui picotaient la tête. Elle eut un éblouissement... Des taches noires dansaient dans son œil gauche, le droit s'emplissait de points lumineux, aveuglants, si bien qu'elle ne pouvait plus se diriger. Elle réussit cependant à se traîner jusqu'à l'infirmerie.

Avi, le camarade infirmier, était à arroser les plates-bandes de son petit jardin.

« C'est encore toi ? Shulamit, qu'est-ce qui ne va pas cette fois ? »

Tant bien que mal, ses oreilles bourdonnaient comme si elle se trouvait sous le pont d'un chemin de fer, Juliette grimpa les marches conduisant à la galerie de l'infirmerie. Le camarade infirmier continuait à arroser ses fleurs, c'était sa façon de signifier qu'il s'en battait l'œil de la soi-disant maladie de Juliette. Le ciel bleuissait à la fenêtre lorsque le camarade infirmier songea enfin à s'occuper d'elle. Il la fit asseoir sur le lit de camp, la tête renversée en arrière. Il examina ses globes oculaires avec une lampe de poche. Il lui ordonna de fermer un œil, puis l'autre, de les promener de droite à gauche et de bas en haut. Il lui tâta le pouls et, ne le trouvant pas au poignet, il le chercha aux tempes. Tout cela en maugréant qu'on lui faisait perdre son temps. Quand il lui demanda de décrire la photo accrochée au mur, en face du lit de camp, elle se mit à ricaner, méchamment ! Cette blague ! Les yeux fermés, elle aurait reconnu la grosse tête ébouriffée de Ben Gourion. Quant à la devise tracée en gros caractères noirs au-dessus du bureau du camarade infirmier...

« Une seule solution, le retour à Sion », lut-elle et il en déduisit qu'elle se payait sa tête.

« Tu as une vue d'épervier, Shulamit, tu devrais avoir honte. Tu sais ce qui ne va pas chez toi ? C'est toi, Shulamit, rien que toi !... »

Et, comme d'habitude, il enchaîna sur la fainéantise, la désobéissance, le manque de courage de certains individus qui, foulant aux pieds les règles du kibboutz, sapent sournoisement les fondations mêmes de l'État d'Israël.

« Si les fondations de ton Israël reposent sur mes yeux, alors ton Israël est fichu !

— Fais la mariolle, Shulamit, ne te gêne pas, rigole, ce sera toujours ça de pris sur ton temps de travail ! »

Ils échangèrent des insolences pendant cinq bonnes minutes.

« Tout cela est un produit de ton imagination maladive, conclut le camarade infirmier. Tu es folle, ma pauvre Shulamit, folle à enfermer. Mais bon, ce n'est pas ta faute. Pas entièrement parce que, avec la mère que tu as !... Ça fait combien de temps que tu vis avec nous ? Douze, treize mois ? Mais pourquoi compter en mois ? C'est en années qu'il faudra compter bientôt, en années ! Ta mère ne te reprendra pas de sitôt. Je ne sais pas quel genre de femme est ta mère, peut-être qu'elle n'a pas les moyens de te prendre avec elle, c'est possible. Mais l'instinct maternel, à mon avis, ne l'étouffe pas. Alors, au lieu de t'en prendre à nous, c'est à elle, ta mère, que tu devrais t'en prendre. Nous t'avons recueillie, protégée, nourrie. Et elle, qu'est-ce qu'elle a fait pour toi ? Réponds ! Qu'a fait ta mère pendant tout ce temps ? »

À ces mots, Juliette piqua une crise de nerfs. Elle se mit à gesticuler, à hurler, à taper du pied sur le plancher, violemment, à pleurer comme un animal qu'on écorcherait vif. Un instant interdit, le camarade infirmier la prit dans ses bras pour tenter de l'apaiser. Mais elle gigotait tant et plus en l'abreuvant d'injures. Il la saisit par le fond de son pantalon : « Pas le temps de m'occuper d'une cinglée, ni l'envie d'ailleurs ! » Il la traîna le long de la galerie et, d'une bourrade, il lui fit dévaler les marches.

Expéditif, non ?

Cela étant, notre petite Juliette a un caractère de sauvage. Pour un oui, pour un non, elle pique des colères de chat dont on a enflammé la queue. Elle pleure sans qu'on en sache la raison ou bien elle rit d'un rire énigmatique, les dents serrées, comme rient les méchants ou les imbéciles. On pourrait la croire débile, n'était l'énergie ferme et irréductible qu'elle déploie pour en faire le moins possible. Quand il s'agit de tirer sa flemme en classe, au boulot, ou durant les activités sportives, on voit bien que son cerveau ne lui refuse pas ses services. Il n'empêche ! Cette petite serait réellement dérangée dans sa tête que ça n'étonnerait personne... Une pauvre fille toquée, voilà ce l'on dit d'elle, au kibboutz, entre autres choses pas très gentilles. Entre nous, ça ressemble à quoi de se teindre les cheveux en blond ? De s'épiler les sourcils qu'elle a aussi noirs que la racine de sa chevelure ? De remonter son short jusqu'aux fesses, de défaire les premiers boutons de sa chemise de façon à laisser voir ses seins ? Si elle cherche à se faire remarquer, eh bien, c'est réussi ! Et avec ça qu'elle bouffe comme dix ! Pourquoi a-t-elle constamment faim alors que, convenez-en, chez nous la nourriture abonde aux trois repas ? D'où lui vient cet appétit phénoménal pour les choses sucrées ? Elle chipe le chocolat et les biscuits secs des bébés confiés à ses soins. Elle grignote son butin en égoïste quand elle croit qu'on ne la voit pas. Et cette habitude qu'elle a de quitter le dortoir, la nuit, quand elle croit qu'on ne l'entend pas. Dans quel but ? Perturber le sommeil des filles qui partagent sa chambre, compromettre leur capacité de travail ? Celles-là en ont plus qu'assez de l'entendre s'apitoyer sur son sort. Parce que du vague à l'âme, du chagrin, des difficultés à oublier le passé, tout le monde en a, non ? Les huit filles et les dix garçons que compte le groupe dit « Les orphelins du kibboutz » sont eux aussi arrivés récemment dans le pays. Eux aussi ont perdu un père, une mère, toute leur parentèle parfois. Sous ce rapport justement, le kibboutz vous donne une impression de sécurité, de famille recréée. Il faut travailler sans relâche et durement, c'est vrai, mais on n'a rien pour rien ! Le gueuleton du vendredi soir, le chant au son d'un accordéon, les danses autour d'un feu de joie, les films projetés une fois par mois dans la salle à manger, les concerts, les conférences éclairant de façon passionnante la geste des fondateurs de l'État d'Israël... Et le sport, les jeux de piste, la chasse au porc-épic qu'on fait griller sur un feu de brindilles ? Bref, toutes ces activités composent l'existence la plus joyeuse et saine qu'on puisse offrir à des adolescents ! Or Shulamit y participe (c'est obligatoire) avec autant d'enthousiasme qu'un cheval qu'on mène à l'abattoir. Et cette obstination quasiment maladive à vouloir s'isoler du groupe ? Pour se plaindre ensuite de l'indifférence dont elle se sent entourée ? Ce sentiment relève d'un malentendu ; au kibboutz, tout le monde passe pour s'entendre et s'aimer bien. Seulement, pour garantir autour de soi toute la gentillesse nécessaire, il faut en faire preuve à son tour, non ? Pourquoi n'a-t-elle pas un petit ami comme les autres filles du groupe ? L'amour doit bien lui inspirer quelques petites idées, à en juger par ses travestissements en blonde de cinéma. Elle n'est pas laide, un brin trop grosse peut-être, mais pas laide. Les garçons pourraient s'intéresser à elle, si elle voulait, si chaque fois qu'on lui adressait la parole elle ne prenait pas l'air d'avoir mordu dans un citron. Si elle ne passait pas son temps à clamer qu'elle n'en a rien à foutre des gens du kibboutz, de la vie au kibboutz, de la vie tout court. À pleurnicher que sa vie, si vous voulez son avis, est une peine de prison dont on a oublié de fixer le terme.

Il y a un peu de vrai là-dedans.

Juliette avait douze ans lorsque mourut son père adoré et voilà qu'au même moment elle fut obligée de fuir son pays natal. (En réalité, neuf mois se sont écoulés entre les deux événements mais ils se confondent dans l'esprit de Juliette en un seul et même malheur, en une seule et même injustice.) Elle n'avait pas encore treize ans lorsque sa mère l'a déposée au kibboutz, telle une encombrante valise laissée à la consigne, en promettant de venir la reprendre dans un mois ou deux, au plus tard. Cela fait exactement douze mois que Juliette attend sa « réexpédition » selon le terme, assez révoltant en effet, dont l'Agence juive de Jérusalem et sa propre mère qualifient sa délivrance. Mois après mois, elle s'est attendue à partir avant la fin du mois. C'était ça ou désespérer. Ça ou réaliser qu'on est un fardeau dont personne ne veut s'embarrasser. Admettre cette évidence est pour une personne humaine, car Juliette l'est malgré tout, une torture pire que la mort.

Quand Juliette pense à la mort, elle pense aussitôt à une phrase que lui avait dite sa mère. Reste en vie surtout, ne meurs pas, je reviendrai te chercher sans faute. Étaient-ce les derniers mots que lui avait dit sa mère ? Juliette ne peut l'affirmer. Ce jour pourtant, où tout avait vraiment commencé, aurait dû se graver dans sa mémoire. Mais non ! Juliette ne se souvient pas de la scène des adieux, ni de ses sentiments à elle, ce jour-là, ni même de l'endroit où elle a vu sa mère et son petit frère pour la dernière fois. Reste en vie surtout, ne meurs pas je reviendrai te chercher sans faute. Ce devait être à la gare routière de Jérusalem. Il y avait une espèce de salle tout en longueur. Il y avait des bancs autour de la salle. Il y avait une horloge immense et qui traînait son temps comme jamais horloge ne l'avait fait... C'était une attente pénible en tout cas. Sa mère souhaitait qu'elle ne durât pas trop, mais elle se prolongeait jusqu'à devenir un supplice. Robie avait les yeux tellement gonflés de larmes qu'on ne lui voyait plus les cils. Il y avait eu des larmes et des baisers. Juliette devait feindre une tristesse qu'elle ne ressentait pas. Elle ne ressentait aucune émotion. Ne meurs pas avant que je revienne te chercher, sans faute, Robie et sa mère, trop éprouvée pour ne pas abréger les adieux, s'en étaient allés avant le départ de l'autocar. Juliette, le visage collé à la fenêtre, les avait regardés partir. Après, elle s'était mise à compter les poteaux télégraphiques au fur et à mesure qu'ils disparaissaient Sans faute, sans faute, sans faute. L'autocar était à moitié vide. Il y avait un type sur la banquette, en face d'elle. Elle voyait son chapeau se refléter dans la vitre, au beau milieu des poteaux électriques. Il lui avait adressé la parole. Il voulait savoir jusqu'où elle allait comme ça, toute seule, en autocar. Elle lui avait répondu qu'elle n'en savait rien. C'était la vérité. Elle n'avait aucune idée de l'endroit où se trouvait le kibboutz Ein Moshé. Cet endroit n'existait tout simplement pas dans son esprit et, pour cette raison-là, tout ce vide dans son esprit, elle-même avait cessé d'exister.

[illegible] pas avoir vu que le [illegible] [illegible] faute, [illegible] pour [illegible] les autres [illegible] [illegible] [illegible] [illegible] [illegible]

[illegible] avait adressé la parole. Il voulait savoir [illegible] répondu qu'elle [illegible]. C'était la [illegible] avait [illegible] de l'[illegible] [illegible]

[illegible]

CHAPITRE CINQ

1

Le 24 décembre.

Gilda Stambouli s'éveille, le visage mouillé de larmes. Ça ne va pas, pleure-t-elle, ça ne va pas du tout ce matin.

(L'héroïne de ce roman pleure fréquemment et abondamment. Aussi, l'auteur s'avouant impuissant à essuyer les larmes de son personnage prie le lecteur de se montrer patient.)

« Ça ne va pas du tout, Robie, et tu sais pourquoi ? »

Oui, pauvre Maman ! Maman a passé la nuit à se plaindre et à se mortifier. Elle se voyait maudite, damnée, vouée pour l'éternité à vivre aux crochets de la bienfaisance juive car, hélas, jamais personne ne ferait confiance à ses capacités nulles, en vérité... Robie a fait tout ce qu'il pouvait, durant cette nuit, pour rassurer Maman. Il a allumé la lampe de chevet. Il a pris Maman dans ses bras. Il lui a expliqué : « Qu'est-ce qu'il t'a dit, le rabbin : on vous écrira ! Il ne t'a pas dit : on ne vous écrira pas. Il t'a dit : on vous écrira. Il n'était pas obligé de te dire ça. Il te l'a dit, il a engagé sa parole, Maman, oui ou non ? » Eh non, justement... Maman estimait que le rabbin avait menti, par politesse, pour se débarrasser d'elle. Elle pleurait en se frappant la poitrine de temps en temps. Le lit tremblait, tremblait. Robie avait eu envie de se lever, d'aller dormir ailleurs, et tout seul pour une fois. Il avait demandé à Maman s'il ne pouvait pas y avoir un deuxième lit dans la chambre, ou même un matelas pareil à celui que les Lagnado déroulaient chaque soir pour la nonna Sarah. Maman lui avait alors conseillé de se chercher une autre mère, s'il s'en trouvait une comparable à elle sur cette terre. Finalement, Robie avait juré de rester pour toujours auprès de Maman. Il avait pitié d'elle, simplement, profondément. Elle souffrait. Elle souffrait tellement que Robie n'était plus qu'une petite main oubliée dans la main de Maman. Elle avait dû s'endormir juste avant le lever du jour. Elle remuait les doigts comme, en rêve, un chien bouge les pattes.

Maintenant, Maman garde le lit. Il fait trop froid pour qu'elle mette ne serait-ce qu'un orteil à terre. La chambre pue le renfermé. Le drap tendu devant la fenêtre, en guise de rideau, tamise la lumière du jour. Il faut allumer le plafonnier pour reconnaître sa main gauche de la droite. Robie boit le lait qu'il a réchauffé sur le réchaud électrique. Il grignote un morceau de pain d'épice rassis. Un tout petit bout pour prouver à

Maman que, comme elle, il pourrait très bien se passer de manger. Elle ne s'en rend pas compte. Son fils ne l'intéresse pas beaucoup en ce moment. Elle ne lui demande qu'une chose : qu'il reste à côté d'elle. Il fait trop mauvais pour sortir. D'ailleurs l'école ne marche pas, c'est Noël. Non, Robie n'a nulle part où aller, vraiment nulle part. Alors il cherche une occupation. Il lave son bol dans le lavabo. Il nettoie la table et, quand tout est en ordre, il s'installe pour faire ses devoirs.

Robie a un penchant pour les études, il aime apprendre. Les livres l'étonnent tous par leurs connaissances. L'amour des livres doit être héréditaire. Papa disait que chaque livre lu est une arme contre l'injustice et la méchanceté qui sont le fruit de l'ignorance. Les livres nous rendent meilleurs, disait Papa.

« Que fais-tu, Robie, tu lis ? dit Maman. C'est intéressant ? Tu ne veux pas venir me masser un peu le dos ? Il me tue, ce dos, viens, par pitié.

— Je travaille, Maman, laisse-moi faire mes devoirs.

— Je te laisse, c'est bien, fais tes devoirs. Je travaillais bien, moi aussi, quand j'avais ton âge. Mon père m'avait fait donner une très bonne instruction, dommage que je ne sois pas allée jusqu'au bout ! j'aurais pu être professeur de faculté au Caire, à Paris c'est une autre affaire, les diplômes sont à Paris du papier chiffon. Travaille, mon chéri, tu iras loin, tu enfonceras toutes les portes si tu travailles avec assiduité ! Le barreau, la médecine, la banque, la dentisterie, pourquoi pas ! Les dents rapportent beaucoup de nos jours ! Je ne verrai pas ce jour, je crèverai avant ! Mais ne t'en fais pas pour ça ! Va de l'avant, travaille ! »

Comment ? Maman bavarde comme une pie ! La concentration de Robie s'effiloche, il pense à sa grande sœur qui travaille, elle, et de quelle façon ! Contrainte et forcée ! Dans les champs, ou avec les bébés qui se pissent dessus, ou pis encore à faire la vaisselle de tout un kibboutz ! Robie s'inquiète beaucoup pour sa sœur, qui a seulement deux ans de plus que lui et une vie encore plus pénible que la sienne.

« Maman, c'est vrai qu'on peut être mort et vivre quand même ?

— Je ne sais pas, mon cœur, tu as vu un film de Dracula ? Mais pourquoi Bertha t'emmène voir ce genre d'horreur ?

— Non, non, c'est Juliette. Elle te l'a écrit dans sa lettre. Elle est morte et pourtant elle continue à vivre. Pourquoi elle dit ça ?

— Pour rien, tu connais ta sœur, elle exagère toujours. Elle est déçue par la vie du kibboutz, elle ne s'entend avec personne, tu la connais. Oh, j'ai mal, j'ai tellement mal au dos. Je n'arrive pas à trouver la bonne position. Robie, tu m'écoutes ? Ne mens pas, tu ne m'écoutes même pas. »

Et c'est vrai ! Robie en a un peu assez d'écouter Maman. Maintenant que Maman éprouve des courbatures dans tout le corps, elle a tant marché la veille, maintenant Robie voudrait se rendre invisible. Comment ? S'accroupir au fond de l'armoire, s'y enfermer, c'est se rendre invisible comme Fantômas. Écarter les vêtements de Maman, regarder entre leurs plis, c'est voir sans être vu.

Maman est assise dans le lit. Elle a mis ses poings sous son visage comme si elle allait se remettre à pleurer. Pourquoi les femmes pleurent-elles tout le temps ? Les vêtements de Maman répandent une drôle d'odeur sucrée. Du jasmin, on dirait, si le jasmin pouvait fleurir à Paris, dans une armoire qui plus est. Maman repousse la couverture. Elle place un coussin sous ses jambes. Elle agite ses jambes nues, blanches et longues, avec de jolis petits pieds aux ongles laqués de rouge. Les souliers de Maman ne sont jamais alignés sur l'étagère, comme il faudrait, par paires. Jetés n'importe comment, pauvres petits souliers, ça les abîme ! Pourquoi les femmes ne prennent-elles jamais soin de leurs affaires ? Pourquoi y a-t-il des femmes sur la terre ?

« Robie, mon âme chérie, j'ai soif, apporte-moi un verre d'eau, Robie, où es-tu ? »

Maman cherche Robie, ses yeux sont partout à la fois... Dans son regard noir se lit le genre de soupçon qu'on voit dans les yeux de l'inspecteur Juve. Mais ça ne sert à rien. Fantômas connaît des tas d'astuces pour se rendre invisible. Fantômas a la tête remplie de ruses et de tours de magie pour échapper à l'inspecteur Juve. Fantômas peut traverser les murs, escalader la tour Eiffel, noyer Paris sous la crue de la Seine. Fantômas peut vivre sous l'eau sans respirer pendant... Mais quoi ! Que se passe-t-il encore ? C'est Maman. Elle crie. Elle est en train de suffoquer. Quelque chose lui comprime le bas du dos avec une telle violence ! À croire qu'elle a les reins pris dans un étau. Elle a quelque chose de cassé là, c'est sûr. Les os brisés, voilà ce qu'elle a, à cause de sa chute par terre, sous l'assaut de cet horrible chien, comment déjà ? Danton ! il faut l'appeler en tout cas et sans perdre une minute.

« Appeler Danton, le chien ! rigole Robie.

— Regarde dans mon sac Robie. Tu trouveras une carte de visite. Mais non, l'autre carte, c'est ça, celle du docteur Kalman, bravo... Bon, tu lui téléphones. Comment ? Avec un téléphone bien sûr, ne m'énerve pas, en plus. Tu descends à la réception. Tu dis à Mme Binnet que c'est une question de vie ou de mort. Tu fais le numéro, là, sur la carte de visite. Tu te présentes. Tu dis, bonjour docteur Kalman, je suis le fils de Gilda Stambouli. Tu n'oublieras pas : Gilda Stambouli ! Il se rappelle, ah oui, oui, Mme Stambouli, que se passe-t-il ? Il lui est arrivé malheur ? Tu réponds oui, mais sans plus, tu ne t'étends pas. Tu es pressé. Tu lui demandes simplement de venir se déplacer tout de suite. Il voudra. Depuis quand les docteurs ne veulent pas se déplacer ? C'est Noël ? Et alors ? On ne souffre plus le jour de Noël ? On ne se casse plus la jambe le jour de Noël ? On ne meurt plus parce que le Dieu catholique est né ? Écoute, Robie, si le docteur fait des manières, tu lui réponds que tout est arrivé par la faute de son chien. Il viendra. Oh, fais vite surtout, je suis morte quasi de douleur.

En refermant la porte derrière lui, Robie recueille le

soupir grêle et ultime de sa maman. Il jette un coup d'œil à la serrure quand, impression de déjà vu, un bond prodigieux propulse la moribonde hors de son lit. Elle empoigne le bas de sa chemise de nuit et fonce droit vers l'armoire. Elle pique du nez dedans, farfouille, éparpille au sol sa lingerie. Maman hésite, opte pour son négligé de satin noir imprimé de grosses roses rouges. Elle se débarrasse de sa chemise de nuit et la voici plus nue que ma main. Ça ne la dérange pas. Elle s'est réconciliée avec le froid, avec la santé. Ses seins dansent de joie tandis qu'elle s'asperge devant le lavabo. L'eau scintille sur les seins incroyablement jolis et tendres de maman et elle chante, la méchante, une chanson où il est question d'un chien et d'une vitrine...

2

Le docteur Kalman se présente en fin de matinée. Il est mécontent, Robie s'en rend compte à la façon dont il écarte les livres et les cahiers étalés sur la table pour y poser sa trousse. Il aurait préféré rester chez lui, mais il le cache sous un air affairé, important.

« Alors, ça ne va pas ? Je n'ai pas beaucoup de temps... Votre fils a beaucoup insisté au téléphone. Où avez-vous mal ? »

Il retire son manteau et son chapeau, il les remet à Robie. Sa cravate semble l'étrangler. Il a un cou de taureau, le teint coloré et pas un poil de gris dans ses cheveux noirs.

« Ah docteur, docteur, pardonnez-moi de vous recevoir ainsi, au lit. C'est mon dos, voyez-vous, il est en mille morceaux. »

La voix de Maman s'élève faiblement d'entre les oreillers. Son visage est d'une pâleur maladive à cause de tout ce noir dont elle s'est fardé les yeux. C'est une excellente actrice. Il y a quelque chose d'étudié dans la manière dont elle a dispersé ses cheveux sur l'oreiller. Elle a des cheveux splendides, Maman, et elle le sait. Son négligé glisse sur ses épaules, il ne le fait pas exprès, elle le retient avec de petits gestes prestes, excédés.

« Allons, allons, dit le docteur Kalman, ne soyez pas si nerveuse. Où puis-je me laver les mains ? »

Le docteur examine les meubles avec attention, on dirait qu'il les compte. Il demande pourquoi on a tendu un drap devant la fenêtre, on n'y voit rien dans cette chambre.

« Robie, tu as entendu ce que dit le docteur Kalman ? Va enlever le drap, et doucement s'il te plaît, ne le déchire pas. Rien ne m'appartient ici, docteur, même pas les draps ! »

Robie monte sur une chaise. Il décroche le drap... Il déplace sa chaise. Il l'installe en face du lit de Maman. Il s'assoit. Le docteur qui attend au pied du lit, sa trousse à la main, se retourne brusquement. Il jette à Robie un regard étonné, les Martiens attaqueraient, il ne serait pas plus surpris ! Robie repousse sa chaise d'un mètre à peu près. Le docteur Kalman se plie vers Maman. Il lui parle à l'oreille doucement, intimement, longuement.

« Vous croyez ? dit Maman, je n'y avais pas pensé, la force de l'habitude, voyez-vous. Une immense tendresse nous unit, son père l'a laissé orphelin. Il n'a que moi au monde et je n'ai plus que...

— Je comprends, mais c'est l'affaire de dix minutes, et dans son intérêt, croyez-moi ! Comment s'appelle-t-il ? Robie ? Il est joli pour un garçon, il vous ressemble. »

Robie est frappé par le timbre de sa voix, une voix d'homme, sonore, puissante.

« Tu es un grand garçon, n'est-ce pas ? Tu comprends que tu dois sortir un moment. Je vais ausculter ta maman, pour qu'elle guérisse vite. Va en attendant, va faire un petit tour dehors, tu pourras revenir dans...

— Non, non, pas dehors, Robie. Pas avec la neige. Et si tu allais faire un petit tour dans l'escalier ? Ou chez les petits Lagnado, tiens, c'est juste à côté.

3

Les Lagnado n'habitent pas « juste à côté » mais à l'entresol, comme d'habitude. Ils ne veulent pas avoir à trimbaler la nonna Sarah à travers les étages. Robie descend l'escalier à califourchon sur la rampe qui dépose sa poussière sur les fesses, un tour après l'autre, sans s'aider des mains, jusqu'à l'entresol. Holà, Fantômas, prends garde ! Le plafond de l'entresol est si incliné que l'on a peur de se cogner la tête. Cela vient de l'obscurité qui trouble la vue, diminue les distances et agrandit les dangers. En voici un justement, là, devant la porte des Lagnado, un quelque chose d'effrayant et d'inattendu. Des yeux phosphoriques, sans blague, lumineux dans l'obscurité. Un tigre, quoi d'autre ? Un tigron apparemment, mais il a très faim. Il dresse la queue, il se hérisse, il charge en crachant... Robie va prendre peur pour de bon mais Fantômas le retient de perdre la face. Il lance le pied en avant, pile sur le museau du tigron. Celui-ci recule en poussant de longs gémissements. Robie le laisse comprendre sa douleur, on ne s'attaque pas impunément à Fantômas... Au pied ! Message reçu ! Robie s'accroupit pour caresser le chat. Un chaton, en fait, un tigré ras le poil alors que les chats de Mme Binnet sont plutôt noiraids et épais.

« Je t'ai fait mal, pardon, tu as attaqué le premier... N'aie pas peur, j'adore les chats, moi, c'est pas comme Maman. Elle peut pas les sentir, même quand ils sont tout petits. Mais d'où tu sors, toi, à qui tu es ? On se connaît ? On s'est déjà vus ? Comment tu t'appelles ? T'es une fille ou un garçon ? je préfère les filles. Comment tu t'appelles, tu ne sais pas ? Moi non plus. Attends, il te faut un nom... On ne peut pas vivre sans avoir au moins un nom. Qu'est-ce que tu dirais de... De... Juliette ? Ça te va ? »

Le chaton se met en boule et siffle, l'air furibard.

« Juliette... Tu saisis ? Juliette... N'oublie pas ! C'est ton nom. Et chaque fois que je dirais : Hep, Juliette, ici, viens, Juliette, au pied, il faudra que tu viennes. »

Le chaton crache encore un peu puis il s'en va, de profil, furtif et digne cependant.

Robie reprend lentement les escaliers. Il prépare une phrase pour le cas où Maman lui demanderait pourquoi il revient déjà : « Les Lagnado sont partis manger à la cantine et ils ont emmené avec eux tous leurs enfants. » Le mensonge le travaille d'une petite culpabilité, tandis qu'il progresse sans bruit sur le carrelage du corridor. Il s'agenouille devant la porte de la chambre, il colle son œil au trou de serrure.

Il ne se passe rien dans cette chambre. Rien qui ne soit normal entre un médecin et sa malade. Il y a seulement cette grande ombre penchée qui, dos à la porte, masque la vue du lit. Robie ne distingue pas les traits de Maman. Mais il l'entend soupirer puis rire brusquement. Elle rit comme si les mains du docteur étaient trop froides, comme s'il la chatouillait sous les aisselles. Voilà ce qu'il en semble à Robie, mais il ne faut pas se fier aux apparences. Il est difficile d'imaginer que ce docteur totalement sévère et dénué d'humour puisse s'amuser à chatouiller Maman. Il la touche aux endroits nécessaires, voilà tout, il l'ausculte, avec un stéthoscope, il lui dit : « Vous êtes un cas intéressant, madame, très intéressant. » Les docteurs disent toujours ça. Les malades apprécient d'avoir quelque chose de vraiment curieux et grave, au moins on ne les prend pas pour des fous. Maman a l'air très satisfait de l'examen. Fini ou pas ? Le docteur tarde à remballer ses affaires. Il hausse les épaules, il ne semble pas comprendre ce que lui raconte Maman.

Quelque chose d'important peut-être, d'interminable en tout cas. Robie ne peut plus rester immobile, à retenir sa respiration. Ses dents claquent, il ne sait pas si c'est de froid ou d'autre chose.

« Qu'est-que tu fais là, piccolo mio ? »

C'est Mme Soraya qui s'en revient de la salle de bains. Elle marche en traînant ses mules, sa robe de chambre s'écarte sur une combinaison décolletée si bas qu'on voit le creux entre ses gros seins. « Tu espionnes encore ? » dit-elle en lui pinçant la joue. « Ta maman a fait venir le docteur, il paraît. Elle est bien malade, alors ? » Les nouvelles vont trop vite à l'hôtel Impérial. Robie attend que Mme Soraya soit rentrée dans sa chambre pour revenir épier à la serrure.

Maman est tournée de profil vers le docteur. Elle parle en agitant les mains. Pourquoi les femmes sont-elles tellement bavardes ? Le docteur incline la tête profondément, un peu de biais, comme s'il réfléchissait avant de se prononcer. Maman le regarde fixement, elle a joint ses mains. Sa vie semble dépendre de la réponse qui tarde à venir ! Qui ne viendra pas, espérons !... Un oui du docteur, un seul petit oui suffirait à rendre Robie malheureux pour tout l'après-midi et peut-être même pour toute la vie ! Pour quelle raison ? Rien de spécial sauf que Maman semble accorder une folle importance à ce docteur à la gomme ! Mais qu'a-t-il à remuer la tête de bas en haut, à signifier : bon, d'accord, j'y consens, je ferai ce qu'il vous plaira ! Et pourquoi Maman se porte-t-elle en avant vers lui, belle, échevelée, contente comme une petite fille dont un ange aurait pris la main ?

Le docteur Kalman se dirige vers la table. Il retire des papiers de sa serviette lorsque Robie, n'y tenant plus, pousse la porte et entre. « C'est toi, Robie ? s'écrie Maman, je ne t'ai pas appris à frapper avant d'entrer ? » Le docteur répond, à la place de Robie, qu'il n'y a pas de mal à ça, d'ailleurs l'examen est terminé. Maman demande à Robie de lui passer son sac à main. Elle en sort un billet de 1.000 francs. Le docteur Kalman proteste : ses honoraires s'élèvent à 750 francs seulement et il n'a pas un sou de monnaie sur lui. Maman insiste... Le bon docteur est venu de si loin, il s'est tant dérangé, un jour de Noël, qu'il peut bien garder la monnaie !

Celui-ci n'en finit pas de retourner le gros billet entre ses doigts. Enfin, il le range dans la poche de son manteau, prend sa trousse et disparaît. Aussitôt, Maman s'empresse de redevenir maman. Un bon sourire naïf s'épanouit sur son visage tout le temps où Robie expose ses griefs et exige une explication.

« Mais, pauvre chéri, que vas-tu encore imaginer ? Un flirt avec ce petit Kalman de trois fois rien du tout ? Mais il n'arriverait pas au soulier de ton père, quelle absurdité, j'ai tellement aimé ton papa, non je ne pourrais pas. Et si jamais !... Non, je n'aurais de bonheur ni dans ce monde ni dans l'autre... Quant à mon cinéma, comme tu dis, mon Dieu, mon cinéma... Quel mot vexant ! Bon, admettons, si tu veux, une petite manœuvre de ma part. Une ruse de conciliation. Les mouches et le vinaigre, le proverbe, tu vois ? Remarque, j'avais mal au dos, inutile de nier l'utilité de la médecine. Bon. D'un autre côté, c'est vrai, j'avais besoin de revoir le docteur Kalman. Attends... Attends un peu avant de t'énerver. Sais-tu qui est le docteur Kalman ? Le propre cousin germain de Lékha Lipinsky. Et Lékha Lipinsky, sais-tu qui elle est ? La propre femme du directeur de l'école Beth Sion. Tu commences à saisir le rapport ? Ce poste, je le veux et je l'aurai. Affaire classée ?

— Affaire classée !

— Alors, embrasse-moi. Tu ne m'embrasses pas ? Tu ne m'embrasseras plus jamais ! Dis-moi, je ne te plais plus du tout maintenant ? »

Elle lui plaît encore maintenant, elle lui plaît énormément mais quelque chose a changé. Quelque chose retient Robie d'embrasser Maman et des pensées qu'il n'a jamais connues auparavant lui dévorent le cerveau comme autant de moustiques.

4

Pendant ce temps, les compatriotes de Gilda Stambouli s'entassent dans le salon, une petite pièce sombre mais bien chauffée, que l'hôtel Impérial tient à la disposition de ses clients. Les enfants y tournent en rond en se flanquant des coups sur la tronche. Les parents, blottis dans les fauteuils en peluche rouge usée, lèvent une main sévère parfois, impuissante toujours à réduire le tintouin. La nonna Sarah n'en pique pas moins du nez dans sa chaise roulante, en travers de la pièce, comme si quelqu'un l'avait poussée d'un coup brusque et qu'elle se fût immobilisée là après plusieurs tours sur elle-même... On boit du thé, on écoute la radio, on papote en se gaussant les uns des autres, gentiment, on est entre amis après tout... On en vient à parler de ce docteur, un brun un peu corpulent, sorti de la chambre de Gilda Stambouli avec la cravate de travers et l'air rêveur... Quel genre de docteur est-ce là ? Et notre Gilda, que lui arrive-t-il exactement ? On la croyait sur le point de rendre l'âme et brusquement la voici ressuscitée. Ce « brusquement », rapporté par sa proche voisine de chambre, Soraya Carosso, inspire des soupçons. Les miracles, vous y croyez, vous ? Le dernier remonte au passage à pied de la mer Morte. Bref, les commentaires vont allegro furioso, les oreilles de Gilda Stambouli doivent siffler là-haut, mais elle fait son intéressante, voyez ! elle se renferme dans sa chambre, il n'y a pas à sortir de là. C'est agaçant, non ?

Au point que, sur le coup de quatre heures de l'après-midi, M. Douek rédige ce petit mot : « Ma très chère Gilda, les voisins se doivent d'être discrets mais les amis ont le devoir de s'inquiéter pour les amis. Aussi je vous invite, si votre santé l'autorise, à venir prendre le thé avec la petite clique réunie dans ma chambre, sans façons, mais du fond du cœur ! Votre Edgar Douek. »

Gilda, trouvant ce billet glissé sous sa porte, s'écrie

but of course ! Elle se refuse, autrement dit, à servir de marionnette dans ce théâtre de guignols. Cependant, le pâtissier en chambre a mobilisé sa plus belle écriture. Son thé se prend avec la feuille de menthe et les gâteaux qui, trempés dedans, lui donnent un goût d'Égypte, comme si on buvait le pays natal, comme si on le mangeait avec les doigts. Quand on saura, en outre, que les compatriotes conversent dans ce français fautif et enchanteur d'avant la France, on comprendra que Gilda Stambouli ne puisse bouder plus longtemps l'invitation.

Elle s'apprête longuement, goûtant d'avance l'effet sensationnel de son apparition. Et effectivement, lorsqu'elle se présente chez M. Douek, dans une petite robe décorative, un mouchoir parfumé à la main, la petite clique l'acclame et se réjouit de sa belle mine !

SORAYA CAROSSO : Tu illumines, ma chérie, le soleil peut se cacher, santé ! Et moi qui te croyais morte, folle j'étais ce matin d'inquiétude, mais guérie tu es on dirait, Dieu merci ! comment ça se fait ?

GILDA : Avec la volonté ! Si vous m'aviez vue tantôt, mon Dieu, alors j'ai forcé sur le rose aux joues, un peu trop peut-être...

M. DOUEK : Mais non, Gilda, vous êtes un rêve de beauté ! Qui peut rêver comme ça ? Nora, lumière de ma vieillesse, tu as découpé le gâteau ? Alors, mangez vous autres, soyez braves ! Je n'ai pas fait cette konafa de mes mains pour qu'elle me reste sur les bras. Nora, sers la nonna Sarah, oubliée qu'elle est dans sa chaise roulante, la pauvre, elle aime les gâteaux ? Nora, coupe-lui une grosse part.

LOULA LAGNADO : Non, non, juste du thé pour ma Maman. Elle ne digère pas et qui se lève la nuit pour lui tendre la cuvette ? Et les médicaments ne marchent plus à son âge, rien que de l'argent perdu ! Quant aux médecins, ils disent bleu, ils disent vert.

GILBERT LAGNADO : Les médecins, parlons-en ! Ils ne savent rien, ils ne comprennent rien, ils ne s'intéressent qu'à leurs honoraires. À ce propos, Gilda, il vous a pris cher ce docteur. Combien ? Ça valait la peine ?

SORAYA CAROSSO : Mais il n'y a qu'à la regarder !... Les uns souffrent leur vie durant, les autres guérissent à la seule vue du médecin. Je fais les cornes sur le docteur machin. Le faiseur de miracles, comment l'appelles-tu, Gilda ? Dieu te le garde...

GILDA : Qu'il le garde à sa femme, moi je me garde toute seule. Assez, Soraya, assez d'insinuations, je te prie !

SORAYA : Quoi ! Le docteur a déjà une femme ? Et les enfants, il les a aussi ?

GILDA : Je n'en sais rien. Tu crois que j'ai mené l'enquête ? Ce n'est pas du tout mon genre, si tu veux le savoir !

GILBERT : Sûrement pas, Gilda. Vous n'avez pas besoin de ça pour faire marcher les hommes !

HENRI MOÏSE : Quel marcher ? Courir, et plus vite que le pullman d'Alexandrie.

NORA DOUEK : Qui veut encore du thé ? Bien chaud il est encore, sur ma vie !

GILDA : Je mangerais bien quelque chose de salé, excusez-moi de demander, j'ai très faim brusquement.

SORAYA : Brusquement, voilà le mot de la faim, F.A.I.M, sans jeu de mots.

M. DOUEK : Du salé, ça peut se faire tout de suite. Nora, mon cœur, apporte les sambouseks au fromage. Ah, Gilda, j'aime votre faim, santé ! Vie pure et joyeuse à tous mes amis ! Les papiers, le travail, un toit durable, qu'on cesse d'avoir à trembler pour tout ça ! Inch'Allah !

GILDA : Le travail d'abord, monsieur Douek, le travail en premier.

M. DOUEK : Il viendra, ma fille, il viendra demain... Avec le courrier ! Il viendra tel un vent de victoire de la maison des hassidim, ma tête à brûler !

GILDA : C'est facile de dire avec la bouche, monsieur Douek. Moi, je n'ai pas votre tranquillité, monsieur Douek, non, la tranquillité orientale je ne l'ai pas. L'espoir, mon Dieu, je ne suis pas paresseuse sur ce chapitre-là. J'en ai ouvert question au docteur Kalman justement, qui est apparenté au directeur de l'école Beth Sion, il m'a promis de faire son possible.

SORAYA : Il le fera à mon avis, même s'il n'est pas sorti de chez nous. Kalman, c'est un nom de médicament, ça tombe bien, ça fait penser à, je ne sais pas, je suppose, à un suppositoire ?

GILDA : Un suppositoire vraiment, on ne peut rien supposer de plus délicat ! Pas sorti de chez nous, en plus qu'est-ce ça veut dire ? Quelles sont ces opinions racistes qui se barricadent dans ta bouche ?

SORAYA : À tes ordres. Je me tais. Je retire mes opinions. Elles ne sont pas de moi, d'ailleurs. Tous les gens nomment autrement les gens qui ne sont pas comme eux ! Où est le préjudice ? Toutes les eaux du monde ne sont pas non plus pareilles.

M. DOUEK : Quelle mouche vous pique toutes les deux ? Basta, basta ! Ce n'est pas permis. Goûtez mes rosquettes nattées comme dans l'ancien temps, vous m'en direz des nouvelles. Nora, lumière de mes vieux jours, apporte la confiture de roses.

SORAYA : Ah non, une bouchée de plus et j'explose, grosse vache que je suis.

NORA : Arrêtez, Soraya, arrêtez, ma chérie. Vous n'êtes pas grosse, quelques rondeurs c'est tout.

SORAYA : Merci chérie, mais j'ai toujours été grassouillette et je crois que j'ai encore grossi.

LUCETTE MOÏSE : À cause du froid. L'hiver apporte les kilos en plus, le corps enfle, l'esprit se ramollit, le cœur se ferme...

SORAYA : Le froid s'en va, les kilos demeurent... Le docteur Kalman n'est pas à plaindre sur ce plan-là. Je l'ai vu. Grand, fort, brun. Comment se fait-il ? Ces gens-là ont tous des carottes à la place des cheveux ! Il n'est pas mal en tout cas. Il a une figure sympathique. Une figure qui me rappelle l'acteur... chose, machin... Vous savez, il jouait dans ce film magnifique, ça s'appelait... Chose. Ça me reviendra. Un titre poétique, avec des larmes et une rivière. Il y avait une rivière et à la fin les larmes retombaient dedans, amères. Il y avait une femme, elle aimait un homme qui l'aimait au début et à la fin il retournait vivre avec sa femme qui avait une maladie de cœur. Elle disait, la première, l'abandonnée : les hommes ! Ah, les hommes ! Les hommes ignorent le mal qu'ils nous font... Et, s'ils ne l'ignorent pas, il faut qu'ils le fassent quand même. Et à qui la faute en vérité ?

GILDA : À Machiavel... Comparé à toi, Machiavel est encore dans son berceau !

M. DOUEK : Mesdames, mesdames, parlons d'autre chose ! Rions, amusons-nous... Trouvons des devinettes... Quelqu'un connaît la différence entre un marchand de gelati et un cul-de-jatte dans sa boîte à roulettes ?

GILDA : À quoi bon, monsieur Douek... Quel que soit le sujet qu'on aborde, la veuve aux rides ardentes le ramène au docteur Kalman... Une obsession pathologique, on dirait...

SORAYA : Pathologique, moi ? Qu'est-ce que tu veux dire ?

M. DOUEK : Mes amis, je ne vous ai pas réunis pour vous battre dans mon thé.

HENRI MOÏSE : On ne s'entend plus, on ne se comprend plus. C'est la tour de Babel qui augmente ses étages.

SORAYA : Moi, je me comprends.

NORA : Mais où est notre petit Robie ? Il ne vient pas se régaler ?

SORAYA : Pathologique... Le comble qui me manquait ! Mais pour qui tu te prends, Gilda ? Quoi ! Parce que ton mari brûlait des liasses de guinées pour allumer ses cigares ? Mais ce temps est fini pour toi comme pour moi. Envolé, oublié le temps où l'argent était une allumette. Et maintenant écoute, je vais te donner un conseil... Tu as envie de connaître le bon conseil ?

GILDA : Il ne m'intéresse pas d'écouter le conseil de la première imbécile venue ! Monsieur Douek, veuillez me pardonner si je me retire maintenant. J'ai le crâne en bobines et Robie doit commencer à...

NORA : Restez encore un peu, Gilda, pour faire plaisir à Edgar !

M. DOUEK : Restez, Gilda, per charita ! Parlez-nous des hassidim, la question m'intéresse, ils payent bien, ces gens-là ? Leur école est installée dans quel genre de localité ?

GILDA : Est-ce que j'ai eu le temps de la regarder ? Le genre fin fond des antipodes.

NORA : Quel nom ! Ils n'ont pas trouvé mieux ?

LOULA : Mais non... Antipodes, ça veut dire loin, en banlieue... La banlieue, c'est joli parfois. C'est tout neuf, il y a plein d'appartements à louer pour une bouchée de pain.

GILBERT LAGNADO : Sans moi, merci mille fois ! Des tours qui donnent le vertige ! Des appartements où l'on dort dans des tiroirs. Pas de commerces, aucun café, des promenades autour du béton ! En plus, il faut sans cesse payer le loyer, les charges, l'électricité, le gaz, le téléphone, la taxe d'habitation et tous les mois ça recommence, sans fin !

LOULA : Ne recommence pas, Gilbert, avec ton avarice perpétuelle. C'est ton avarice qui n'a pas de fin et la banlieue, au fond, c'est bien.

M. DOUEK : Mais ça par exemple, Loula, tu envisages l'appartement en banlieue ? L'Amérique alors, c'est fini, enterré, oublié ?

LOULA : Je ne sais pas, je réfléchis, je pèse le pour et le contre.

GILBERT : Quel contre ?

LOULA : Primo : ma maman. Les Américains refusent de prendre les malades, les vieux, les infirmes, les...

GILBERT : Comment tu peins tout en noir, Loula ! Primo, ce n'est pas permis. Secundo, c'est faux. Margot Silvera, tu te souviens de Margot Silvera ? La vieille qui se chauffait à la bougie ? Infortunata ! Eh bien, elle l'a eu le visa, et sans bakchich aucun !

LOULA : Qu'est-ce tu compares ! Une pharmacienne diplômée et ma maman, la pauvre !

SORAYA : Pauvre. Mon cœur éclate sur la nonna Sarah ! Mais il faut comprendre les Américains aussi ! Mettez-vous à leur place ! Que la nonna Sarah sorte un seul pied de sa chaise roulante, et fini ! il va direct dans la tombe !

GILDA : Que ta bouche tombe si tu parles encore ainsi de la nonna Sarah ! Elle t'entend, la nonna Sarah ! Estropiée elle est mais pas sourde. C'est un être humain, pas une pastèque ! Elle entend tout ce que tu dis, même ce que tu ne dis pas, méchante, surtout ce que tu ne dis pas.

M. DOUEK : Oh, mais on s'entre-tue, on s'entre-dévore chez moi ! Mais il faut arrêter, mes amis, il faut se...

GILDA : Laissez, laissez monsieur Douek, certaines choses doivent être dites. Une fois pour toutes. Soraya, je ne te reconnais plus. Tu as changé. Tu es devenue méchante. Tellement que ton propre mari, s'il vivait encore, aurait peur de toi.

SORAYA : Autant pour toi !

GILDA : Moi... Oui... Peut-être, oui c'est possible, parfois. Je ne sais pas. Le malheur change, mon Dieu, comme il nous a changés en mal et en pis. En ennemis. En incisives et canines, voilà comment nous nous traitons les uns les autres.

SORAYA : C'est comme ça quand on n'est nulle part chez soi. Nous vivons... comme à la porte de nous-mêmes. Nous n'avons pas le droit d'entrer et à la fin nous devenons deux : une de chaque côté de la porte. La blanche d'un côté, la noire de l'autre. Tu crois être blanche : rien du tout, tu es noire !

NORA : Non, non, Soraya ! Tu te calomnies trop, par orgueil. Tu n'es pas noire du tout.

SORAYA : Si, si, je suis noire comme le feu de l'enfer, pardonne-moi, Gilda. Pardonnez-moi tous, au nom des circonstances de ma vie présente. Ah, tout est parti en fumée ! Brûlés avec mon cœur : le mari, la maison, le pays... Au lieu, je suis là ! Seule ! Heureusement il y a votre compagnie ! Il y a les sorties au cinéma, la radio, les magazines. Le magazine, je le tiens toujours devant moi. Moins pour lire que pour être comme avec quelqu'un.

LUCETTE : Le bon Dieu a voulu cela et bien d'autres choses qu'on ne peut pas comprendre.

SORAYA : Comment le bon Dieu m'a faite comme ça, je ne comprends pas ! Pourquoi je suis moi ? Je regrette, oh si vous saviez comme je regrette d'être moi !

LOULA : Ça ne fait rien ! Nous t'aimons telle que tu es, cara ! N'est-ce pas, Gilda ?

NORA : La vérité ! Au fond, nous nous aimons tous, beaucoup, sans réserve, au fond. Gilda, ma chérie, faites la paix avec Soraya, elle regrette. Soraya, embrassez Gilda, elle vous tend la main.

SORAYA : Sans rancune alors, ni arrière-pensée ?

GILDA : Oui, ça peut se faire, maybe !

GILBERT : Regardez-moi ce panorama : le baiser entre sœurs !

HENRI : C'est touchant !

NORA : C'est beau !

LUCETTE : C'est beau comme un arbre de Noël.

M. DOUEK : Mais oui, Noël est en fête ce soir. Joyeux Noël à tous et à chacun. Bavardons encore un peu. Il n'est pas tard. Finissons les gâteaux. Jouons au bridge. Chantons des chansons.

CHAPITRE SIX

1

Au kibboutz, évidemment, Noël compte pour des prunes.

Il est onze heures du matin, ce 24 décembre, lorsque Juliette, s'en revenant de la Maison des enfants, regagne sa baraque-dortoir. C'est, sous l'ombre perchée de la tour de guet, un cube de ciment posé sur une galerie en bois. La galerie donne accès aux quatre box — c'est ainsi qu'on appelle les chambres — et à la salle de douches commune, tour à tour, aux filles et aux garçons. Les box comprennent chacun six lits surmontés du même vase mural en plâtre peint, une penderie métallique et six casiers en bois à effets personnels, si l'on peut dire, vu qu'ils n'offrent ni clé ni même d'huisserie pour y forger une serrure.

Mais voici que la porte du box de Juliette s'ouvre sur Rivka, la camarade monitrice. Elle s'avance, tout excitée et caressante comme chaque fois qu'elle est contente de ses pupilles ou qu'elle a une bonne nouvelle à leur annoncer.

« Shulamit, Shulamit, je t'attendais, entre, ferme la porte. »

La camarade Rivka est parmi les adultes la personne que Juliette déteste le moins au kibboutz. Elle a vingt-quatre ans — mais une différence d'âge de onze ans peut être un gouffre — et c'est une blonde vraie de vraie. Une beauté avec ses nattes épaisses et dorées jusqu'à l'injustice, ses yeux bleus d'eau, brillants, qui se mouillent de tendresse pour le groupe des orphelins malmenés par le sort dont le kibboutz lui a confié l'éducation. Mais il ne fait aucun doute, pour Juliette du moins, que la monitrice manifesterait la même émotion à la vue d'une nichée de poussins ou d'une batterie de veaux si, au lieu d'être affectée à la baraque-dortoir, elle travaillait à l'étable ou au poulailler.

« Tiens, pose tes affaires sur ton lit, dit la camarade Rivka, j'ai une bonne surprise pour toi ! Le facteur a apporté ça, ce matin, pendant que tu travaillais. Elle a fini par arriver, tu vois », conclut-elle d'un air enthousiaste.

Juliette lance à la volée dans son casier l'enveloppe décachetée — selon l'usage où tout ce qui s'appelle liberté, intimité, secrets, est bafoué par le règlement du kibboutz.

« Tu n'es pas curieuse ? reprend Rivka, une longue lettre, avec une photo. Une jolie photo de ta mère et de ton petit frère.

— Ah oui ? dit Juliette, c'est bien, merci. »

Elle ne va tout de même pas se mettre à genoux.

Elle s'assoit sur son lit pour délacer ses gros souliers. Elle ôte son blouson, sa chemise, son pantalon tandis que la camarade Rivka promène son regard du casier à Juliette qui, à présent, s'occupe de sa culotte. Elle la roule sur ses hanches et, l'air absent, comme si elle se trouvait toute seule dans cette chambre, elle la laisse glisser entre ses jambes. Elle demeure un instant immobile, nue et légèrement frissonnante parce qu'il fait un peu froid, l'hiver, mais pas suffisamment pour que le dortoir soit chauffé.

« Shulamit, tu n'es pas obligée de me montrer ton derrière. Tu n'es pas contente ? Je pensais que tu serais contente d'avoir des nouvelles de ta famille. »

Rivka dit cela avec dans les yeux une lueur humide de tristesse ou, pis, de grande pitié.

« Je n'attends rien de ma famille, dit Juliette, ni de toi ni de personne. J'ai rompu avec ma famille, pour toujours, définitivement.

— Tu dis des bêtises. Ramasse ta culotte. Plie tes affaires et range-les dans ton casier et pas n'importe comment. »

Juliette enfile une chemise et un pantalon propres puis elle va s'allonger sur son lit, les bras repliés sous la tête. Elle attend que la monitrice se retire. Mais Rivka reste debout, près du casier où se trouve la lettre, tortille ses beaux cheveux et réfléchit. Juliette, se tournant vers le mur, lui montre son dos.

Quand on a attendu une lettre trop lontemps,

mieux vaudrait qu'elle n'arrive jamais. Une lettre qui arrive après une si longue attente semble ne pas être arrivée.

2

Les lumières du dortoir sont éteintes depuis longtemps mais il y a tant de conversations tenues d'un lit à l'autre qu'on ne peut suivre aucune pensée. Cela, Juliette ne le pense même pas. Les parlotes et les rires n'entrent pas à l'intérieur de sa tête. Aucune idée ne peut trouver de place dans sa tête, la nuit. Sa tête est bien trop pleine déjà. Les nuits deviennent de plus en plus longues. C'est l'hiver. Juliette ne s'est pas déshabillée. Elle est allongée dans le noir, ses mains tannées par le soleil reposent sur la couverture, les paumes ouvertes comme si elle dormait. Elle bâille, non parce qu'elle a sommeil mais parce qu'il faut attendre en silence, ne trahir aucune impatience, aucun projet. Quelque chose frappe aux fenêtres, de façon monotone. Il y a du vent. Du côté des garçons, une porte claque sans arrêt.

Juliette quitte son lit sur la pointe des pieds. Ses souliers à la main, elle va s'asseoir sur les marches de la galerie. Elle noue ses lacets, ajuste son écharpe, boutonne son blouson. Elle descend les marches sans bruit puis, rendue au coin du bâtiment, elle part en courant.

Tout autour du kibboutz s'étend une clôture de

barbelés où le vent joue comme sur des feuilles d'acier. Juliette fait en courant le tour de la clôture. Au-delà, le monde, le vaste monde commence. D'un pilier à l'autre, des sacs de sable forment un muret de protection. Juliette grimpe sur un pilier. Elle ouvre grand les yeux, regarde, quoi au juste ? Juliette sait bien que le monde, au-delà du kibboutz, est encore le kibboutz. Une prison. Le pays tout entier est une prison. La nuit s'avance, glaciale. Juliette resserre son écharpe de laine et s'approche des sacs de sable disposés de part et d'autre du portail. Elle prend son canif. Tenant le manche entre le pouce et l'index, elle plante la lame dans un sac. Elle travaille avec ardeur, on dirait qu'elle pique le cuir d'une bête mauvaise, dangereuse. Lorsque tout le sable s'est répandu à ses pieds, elle se recule, elle admire son œuvre. Il en est ainsi chaque nuit. Il faut qu'elle détruise quelque chose, sinon elle se mettrait à hurler.

L'accès du bunker est bas, sombre et familier. Juliette tâte les marches du bout du pied, en attendant que ses yeux s'habituent à l'obscurité. Puis elle descend dans les profondeurs de la terre. Aucun bruit là-dessous. Aucun repère. Ni jour ni nuit. Juliette renifle l'obscurité, la palpe, fait corps avec elle. Elle allume sa lampe de poche. Le bunker a la forme arrondie d'une cloche à fromage. Il en a aussi l'odeur pétrifiée. Elle promène la lumière sur les châlits rangés par deux le long des quatre murs. Quelques crottes de rat se sont amassées sur la couchette la plus haute, où elle a coutume de s'allonger. C'est là, à l'endroit le moins accessible, qu'elle cache ses maigres possessions : trois romans français lus et relus cent fois, une photo de son père, les lettres de Robie, deux barrettes en plastique, son canif, des provisions prélevées sur la ration des bébés qu'elle fourre dans un sac de toile pour les préserver de l'humidité. Elle fait tomber les crottes de la couchette avant de s'y glisser. C'est un petit espace comprimé sous le plafond. L'air s'y réchauffe au fur et à mesure qu'on le respire ; comme si un peu de soleil s'était avisé de vous accompagner sous terre, en pleine nuit.

Juliette tire l'enveloppe de la poche de son blouson. Elle l'examine à la lueur de sa lampe de poche. Elle en sort une photo et deux pages manuscrites. L'une est écrite par la petite main appliquée de Robie. L'autre, plus brève, comporte une fioriture à chaque « J. » de Juliette. La photo a été prise dans une rue animée, parmi les passants. Robie trottine derrière sa mère, élégante, pressée, semble-t-il, elle marche loin devant son fils. Une mèche de ses cheveux couvre le haut de son visage. À moins que ce ne soit la voilette de son chapeau de paille qui lui fasse de l'ombre. Juliette inspecte, à la lueur de sa lampe de poche, chaque détail du beau visage de sa mère. Puis, se rétablissant sur la couchette, elle empoigne son canif. Elle déplie la lame du canif. Du bout de la lame, elle détoure le visage de sa mère, le transperce point après point, soigneusement. Après, ça va tout seul. Le visage se détache et tombe comme de lui-même de la photo.

CHAPITRE SEPT

1

Le nouvel an est commencé, cela fait deux jours, Gilda Stambouli ne sait toujours pas ce que l'avenir lui réserve.

Elle a écrit à Lékha Lipinsky, la directrice de l'école Beth Sion, une lettre admirablement argumentée et persuasive. Elle a écrit au docteur Samuel Kalman, le cousin de la directrice, afin qu'il répande des informations superlatives au sujet d'« une personne de confiance, instruite, intelligente, acharnée à réunir, mère exemplaire et admirable, sa famille démembrée ». Elle a téléphoné à Bertha Fromkine si souvent que la standardiste du Casar ne demande même plus qui est au bout du fil. Bref, Gilda Stambouli a tenté tout ce qu'il est humainement possible de tenter et même davantage se dit-elle quand, lasse d'attendre et d'espérer, elle s'en va chercher un cinéma ou le coiffeur qui lui remonterait le moral.

2

Et les compatriotes de Gilda Stambouli : M. Douek et Nora, la lumière de sa vieillesse, Henri Moïse, l'ex-Roi du Torchon Chic, et sa Lucette, Soraya Carosso, la veuve aux rides ardentes, les époux Lagnado en attente du visa pour l'Amérique, la nonna Sarah ficelée à sa chaise roulante — que font les compatriotes pour abonnir leur vie misérable et contrainte ?

Pas grand-chose. Ils vivent au jour le jour avec une sorte de résignation amère aux maigres subsides que leur accorde Bertha Fromkine. Et, dans le même temps, ils se lamentent, ils ergotent, ils vitupèrent la condition de l'apatride, ils maudissent le noir arbitraire qui l'administre. La France est loin d'être cette démocratie encensée par les livres, les journaux, les lettres des émigrés optimistes. Ils se persuadent, non sans raison, qu'il est terriblement dur d'être un étranger en France et que rien n'est plus dur en France que le sort du juif étranger. Ils ont l'impression d'être devenus des étrangers pour tout le monde et, avant tout, pour eux-mêmes. On dirait qu'ils ne sont plus les mêmes. Qu'ayant tout perdu ils se sont perdus eux-mêmes. Ça doit venir de la façon dont les autres les perçoivent, comme des objets, des poussières qu'on ne se donne même pas la peine de balayer. Certains compatriotes s'en sont sortis pourtant. Plus résolus, plus jeunes, moins défaits peut-être qu'eux ! Ils observent, avec un peu de honte, qu'ils ont tendance à faire avec ce qu'il y a, quand il y en a ! Et si l'on pense qu'ils manquent de courage, c'est vrai, mais permettez ! Ils ont envie de manquer de courage car trop de choses leur manquent... Le courage a besoin de lumière, de chants d'oiseaux, de la chaleur du soleil ! Et c'est ceci au fond qui manque le plus : le soleil assis en haut des palmiers comme une grosse fleur toute ronde, la brise pleine de pétales de jasmin, le crépuscule qui tombe si soudain du ciel qu'on croirait que le jour a été retourné comme un gant. Mais assez avec toute cette nostalgie, assez !... La nostalgie n'est que force négative. Elle finira par leur briser les reins, psychologiquement s'entend. Comme quoi ils feraient peut-être aussi bien de s'intéresser au présent, histoire de s'adapter le plus vite possible à cette idée : le temps présent est notre seule patrie...

Le temps, parlons-en justement, est une franche saloperie.

Quand il ne neige pas, il pleut.

Les compatriotes gèlent à la seule idée de se risquer dehors. Ils tremblent pour leurs enfants qui doivent, ployés sous leur cartable, affronter la tourmente. Eux-mêmes ne sortent qu'en cas de nécessité impérieuse. Pour toucher, rue de Copenhague, les subsides du Casar. Pour se sustenter, deux fois par jour, à la cantine gratuite de la rue de Provence. De retour à l'hôtel, ils se séparent, le temps d'une sieste. Avec quelle étrange ardeur ils s'adonnent au sommeil ! Alors toute chose au monde perd ses contours et sa consistance, alors les anges du malheur ne sont pas au rendez-vous. Lorsque leurs rêves meurent, sans avoir pris forme, ils se retrouvent au salon. Ils se blottissent dans les fauteuils de peluche rouge usée, le plus près possible du poêle à gaz. La chaleur console, vous ne trouvez pas ? Cela posé, quoi de neuf chez vous ? Rien, mis à part les tracas habituels. On a le bonjour de M. Sapriel, ça marche bien pour lui. Il a obtenu la carte de travail, grâce à la cocotte-minute qu'il vend de porte à porte ! Une invention dont on dit qu'elle vous explose à la figure ! Dieu préserve ! Mais ce courant d'air, ma parole, vous êtes devenus fous ? Fermez la fenêtre, par pitié, ouvrez plutôt la porte. L'une ou l'autre, il faut choisir à cause de la puanteur dégagée par la nonna Sarah ; la pauvre vieillote se soulage de plus en plus fréquemment sur le siège capitonné de sa chaise roulante. Ce faisant, elle agite ses mains osseuses pour signifier le reste de vie qui s'écoule encore d'elle. Elle s'y accroche au-delà du raisonnable, vous ne trouvez pas ? Gilbert Lagnado hausse les épaules pour dire qu'il n'est pas responsable de la pérennité de sa belle-mère. Loula, acide, rappelle que notre tour viendra, mes très chers, nous serons ce qu'est sa maman : impotents, pestilentiels, chiatiques... Holà, mieux vaut être sourd qu'entendre ça ! Et si on écoutait la radio, si on jouait aux cartes, si on méditait comme il sied aux personnes qui ont une vie intérieure intense... Le silence se fait, tant insolite que Mme Binnet s'en inquiète. Elle pénètre au salon, suivie de ses chats et jetant des regards froids à droite et à gauche. Elle vérifie la consommation du poêle à gaz. Elle s'installe avec un journal sous la lampe, ses chats se déploient en terrain conquis. Quel genre de bêtes est-ce là ? Elles vous sautent dans le giron, font leurs griffes sur votre poitrine, vous soufflent au nez leur haleine de poisson. On ne peut pas leur botter le derrière, même pour rire. Ce sont les enfants peu réussis de Mme Binnet. Elle en a une demi-douzaine à demeure, plus les hôtes de passage. Elle les appelle « mes félins, mes princes, mes bouts d'chou, mes bébés ». Ça doit être encore une histoire à la Freud, ça ! Elle prend ses bêtes au lit à ce qu'on dit, elle les berce entre ses bras esseulés, elle les couche sur son cœur inconsolable. Ah oui, le docteur Freud se régalerait avec Mme Binnet. Elle prétend que ses chats veillent sur elle, pas tous les six bien sûr, seuls deux ou trois ont des pouvoirs. Le mot « chat » vient du latin *catare* qui signifie : voir, prévoir, guider ! Et ainsi de suite, tout dans la même extravagance jusqu'à ce que la tête nous en tourne ! Et si on parlait de choses intéressantes, pour changer un peu ! Ce chien, vous avez vu ce chien qui tourne dans l'espace comme une pierre lancée au ciel ! Mais, tas d'ignares, n'importe quel c... en trois lettres le sait... Les Russes ont envoyé dans la Lune une malheureuse petite chienne ! Est-ce donc cela le progrès ? L'espèce humaine était maboule à l'origine, la civilisation n'a fait qu'exacerber sa folie. Et de garde-fou, il n'y a pas ! Excusez toutes ces platitudes mais à quoi ça rime, franchement... Des millions de dollars gaspillés pour expédier un clébard dans une étoile morte depuis un milliard d'années ! D'ici à ce qu'ils se débarrassent de nous de la même façon ! Et pourquoi non ? Nasser l'a bien fait, lui, et facilement et impunément ! Pourquoi tant de haine ? Tant de souffrances ? Pourquoi naît-on ? Pourquoi meurt-on ? Que veut Dieu ? Maintenant écoutez bien ceci : Gilda Stambouli prétend que Dieu est mort pour de bon et depuis si longtemps que c'est, pour ainsi dire, de la préhistoire. Elle est devenue athée à Paris, figurez-vous ! Quelle ironie, hein, si elle venait à s'employer chez ces fanatiques à la mentalité de ghetto qui portent des boucles de fillette autour des oreilles ? Vous vous rappelez ? Ils venaient chez nous demander l'aumône et nos domestiques les chassaient ! Fini !... Les temps changent... Ce qu'on perd est perdu et... Fermez la fenêtre s'il vous plaît, ça caille ici, vous voulez nous tuer ? Cette Gilda tout de même, quel modèle de volonté et d'obstination ! Vous avez noté ça ? Elle court chaque après-midi mais où donc ?... où ? Mais après les offres des petites annonces évidemment ! Et son Robie, de retour de l'école, qui doit s'occuper de lui-même. Sérieux, grave, comme les fils qui vivent seuls avec leur mère. Et quelle studiosité ! Peut-être avons-nous là un futur bachelier ! Fermez à la fin, fermez, nous allons choper la crève ! Et vous avez remarqué ? Gilda, quand elle revient, l'air d'un paquet de vêtements gelés, on voit que ça ne marche pas fort pour elle ! Elle dément, bien sûr, avec sa superbe habituelle ! Certaine qu'elle est de décrocher le poste chez les hassidim ! Demain aux abricots ! Si ça devait se faire, ce serait déjà fait ! Non, le rabbin machin-chose ne donnera pas suite. Le choléra emporte les rabbins, tous autant qu'ils sont ! De deux choses l'une : ou bien le docteur Kalman n'a pas tenu parole, ou bien son bras long ne l'était pas du tout. Lies for seduction, that's all ! C'est pour cette raison que notre Gilda se ronge les sangs. Pour ne rien dire du fait qu'une idylle vient de mourir, dans l'œuf, sous nos yeux ! Good heavens ! Malheureuse Gilda ! Aussi belle que malheureuse en amour, voilà ton lot ! Parce que, évidemment, il s'est passé quelque chose entre ces deux-là, pendant le prétendu examen médical. Mais quoi exactement ? Une question épineuse dont on ne peut tirer aucune réponse. Gilda Stambouli s'emporte facilement. Prima donna ! Une telle morgue ! Un peu déplacée, vous ne trouvez pas ? Mais pour qui se prend-elle, cette Gilda ? Une reine en exil ? Qu'est-elle, cette Gilda, que nous ne serions pas ? Qu'a-t-elle que nous n'aurions pas en partage ? Sa misère est tant sœur de la nôtre que nos yeux à la fin se fatiguent de la contempler. Mais cela doit changer. Cela ne peut pas durer ainsi. Quelque chose va nous arriver, quelque chose d'heureux car Dieu ne peut pas toujours nous payer de la même monnaie !

3

Et pour Juliette, comment ça va ?

Pas terrible.

Elle a toujours un peu faim.

Le sucre est rationné. Plus d'œufs, plus de poulet, une épidémie a décimé le poulailler. Dans une lettre, son frère Robie lui décrit les nourritures exposées pour

Noël dans les étalages du faubourg Montmartre. Des œufs d'oie énormes, des lièvres avec leur fourrure et des faisans tout en plumes, si bien qu'ils paraissent encore vivants. Il lui raconte une histoire qui la fera rire, soi-disant ; comme quoi le boucher de la rue Montmartre vient d'accrocher dans sa vitrine une réclame qui dit : « Vous avez perdu au tiercé, mangez du cheval ! » Peut-on imaginer rien de plus dégueulasse pour les chevaux ? Il n'empêche ! Juliette donnerait cher pour voir ça. Et la neige sur les toits de Paris. Une féerie blanche, paraît-il, comme le manteau d'un ange qui descendrait du ciel rien que pour faire taire les bruits de la terre. Pas possible ? Ce petit Robie, dis donc, ne lésine ni sur les flots de poésie ni sur les fautes d'orthographe. C'est un amour quand même. Il fait de son mieux pour distraire Juliette, pour qu'elle se sente moins seule. Moins jalouse. Il pense, avec son jugement de petit garçon choyé, qu'une mère aime tous ses enfants de la même façon et que sa maman, en tout cas, n'est certainement pas le monstre d'indifférence et de cruauté qu'imagine Juliette.

Les premières pluies ont commencé à s'abattre sur le kibboutz. La pelouse devant la salle à manger est noyée, on y enfonce jusqu'aux chevilles.

Un nouveau bébé va naître. Il sera le numéro 9 de la Maison des enfants où travaille Juliette.

À part ça, rien de nouveau.

Un jour suit l'autre et Juliette se traîne derrière comme une ombre qui aurait perdu son chemin.

CHAPITRE HUIT

1

Un bruit formidable traverse le sommeil de Gilda Stambouli. Il ne doit pas être loin de quatre heures du matin. À cette heure, on ne sait pas si l'on ne rêve pas. Prenant appui sur son coude, Gilda Stambouli se rappelle la fois où, au début de la guerre de Suez, elle a entendu depuis son lit les avions qui bombardaient Le Caire. Ici aussi, on dirait qu'une bombe, tombant sur la façade de l'Impérial, en a brisé toutes les vitres d'un seul coup comme d'un gâteau d'anniversaire on soufflerait les bougies.

Gilda se précipite à moitié nue dans le corridor. Elle se heurte près du commutateur à Soraya Carosso en petite tenue. Soraya s'agrippe à elle : « Au secours ! Au feu ! Nous brûlons ! » Elle a entendu une explosion suivie d'un fracas de vitrerie ! Cela semblait venir d'en bas, des cuisines de l'hôtel, car tout de suite après quelqu'un s'est mis à crier comme si on l'ébouillantait. Et maintenant nous brûlons, hurle Soraya, elle s'y attendait d'ailleurs, personne ne respecte les consignes de sécurité, une douille voleuse aura provoqué l'incendie. Ah ! si elle tenait le responsable !... Est-ce bien le moment ? Gilda, à bout de nerfs elle-même, lui enjoint de prévenir les compatriotes, de les sortir du lit, de force si nécessaire. Elle retourne dans sa chambre. Elle secoue Robie et lui fait enfiler un manteau par-dessus son pyjama. Le temps de se vêtir elle-même, de rassembler les papiers, l'argent disponible, et ils peuvent tout juste franchir le seuil de leur porte.

Le corridor est envahi de gens tout excités. Que font les pompiers ?... Les a-t-on seulement alertés ? Les enfants... Il faut sauver d'abord les enfants !... Gilda entraîne Robie vers la seule issue possible. Les escaliers. Tout le monde a eu la même idée. Tout le monde court pour échapper aux flammes, pour sauver sa peau, ils courent tout ce qu'ils savent, et dans n'importe quel sens ! La panique, telle une vague, les emporte puis les ramène au même point du palier. M. Douek propose de prendre la tête de la procession, disciplinée s'il vous plaît. Mais le même débordement sauvage se produit à chaque étage. De sorte que tous les habitants de l'hôtel, une trentaine d'adultes et autant d'enfants, se retrouvent à détaler au coude à coude. Le flot humain s'écoule lentement dans l'escalier, il s'écoule, c'est déjà ça, mais le voici qui ralentit et brusquement piétine au niveau du premier étage. Les lumières viennent de s'éteindre toutes ensemble. D'un seul coup le silence se fait. Un silence unanime ! Les ténèbres feutrées ! Comme c'est étrange ! Les paliers, la cage d'escalier sont dans le noir absolu, c'est étrange de la part d'un incendie en tout cas. Aucune lueur ne se montre nulle part, pas d'étincelles, de flammèches, de fumée, d'odeur de brûlé ! Au lieu de tout cela, une espèce de malaise oppresse les poitrines, du fait de l'obscurité peut-être. Mais alors le nez qui picote, les gorges qui toussent, les yeux qui larmoient, le mal de crâne ? Toutes sensations qui auront une fin prochaine, prévient M. Douek, si on ne se décide pas à évacuer cet hôtel maudit des dieux ! Mais voici que s'élève la voix d'un autre homme, une voix qui dit qu'il ne faut pas aller plus bas. Surtout pas. Il faut remonter dans les chambres, ouvrir grand les fenêtres, respirer à fond le bon air, boire du lait en attendant l'intervention des pompiers... De l'air, du lait, pour éteindre l'incendie ! Mais quel est le fou qui parle ainsi et pourquoi l'écoute-t-on ?

C'est Gilbert Lagnado, tiens ! Il accourt, muni d'une torche électrique. Le col de son pyjama largement ouvert laisse voir sa pomme d'Adam dont les mouvements indiquent qu'il a du mal à respirer. Il se balance d'avant en arrière, comme font les pleureuses aux enterrements, et, d'une voix incroyablement aiguë, il répète : « Rentrez chez vous ! Ne descendez pas, la mort monte par l'escalier ! »

Ce que cache cette dernière phrase, ce qu'elle signifie, personne ne cherche à le savoir. Et ça se comprend. Les choses vont assez mal comme ça, inutile d'en rajouter dans le genre macabre et sibyllin. La mort peut monter par l'escalier, nous, de toute façon, nous le descendrons ! Cette remarque, aussitôt mise à exécution, s'accompagne de hurlements, de bousculades sans nom. Enfin, à l'heure la plus sombre, juste avant l'aurore, on se retrouve dans le hall sans électricité et sans feu.

Et là, dans le noir tohu-bohu, le chaos, les appels criés en arabe et en français, les allées et venues confuses des pompiers, de la police, des ambulanciers, on parcourt la gamme de toutes les émotions humaines : l'effroi, la sidération, la joie irrépressible de se savoir encore en vie. On se congratule, on s'étreint, on embrasse même les pompiers. Lesquels récriminent fort, comme si on les dérangeait. Quoi ! on n'aurait même pas le droit de savoir de quoi on n'est pas mort ? À qui appartient cette voix de tonnerre, tout à fait celle de Dieu, qui exige qu'on la ferme, bande de cinglés ? Au Chef des Pompiers ? Bon ça va, on s'en va, on laisse œuvrer les autorités !

On se tasse dans le couloir attenant au petit salon. Par la porte ouverte, on découvre des éclats de verre sur le plancher noirci par endroits, les tapisseries abîmées, le poêle éventré et, parmi les morceaux de faïence et les éclats de verre, quelques restes de plusieurs chats, combien mon Dieu ? Le cœur manque pour dénombrer les cadavres, même d'animaux.

On revient près du comptoir de Mme Binnet pour méditer sur ce phénomène aussi bizarre qu'absorbant : un incendie dénué de fumigènes ! On remonte, d'un point de vue purement théorique s'entend, à la source du sinistre. Au commencement, il y a eu ce bruit énorme et indistinct d'une déflagration, suivi de sifflements. De là à imaginer que le poêle du salon distillait la fuite... Les chats de Mme Binnet auraient mordu le caoutchouc d'arrivée du gaz que ça n'étonnerait personne! Les salopards s'y sont fait les griffes. Un trou après l'autre et crac. Les vapeurs délétères se condensent en une résolution chimique dilatoire! Et boum! Et patatras! Les gaz asphyxiants se libèrent et foncent à la vitesse d'un cheval au galop! Et la mort monte par l'escalier comme disait l'autre, le Gilbert Lagnado, moins fou qu'il n'y paraissait et, au fait, où est-il passé, celui-là? Et Mme Binnet, toujours pas de trace? Elle serait partie se coucher! Ce toupet! Enfin, certains compatriotes ne lui donnent pas entièrement tort, torturés qu'ils sont par le froid insinué sous les longues chemises de nuit et les pyjamas à rayures. D'autres, incommodés par les odeurs du gaz de ville — qui n'en a pas du reste, sur ce point les pompiers sont formels —, demandent la permission de remonter dans les chambres. Les parents surtout insistent pour aller coucher les enfants, pour se réchauffer sous les couvertures, jambes mêlées et fenêtre ouverte sur l'air frais qui dissiperait le cauchemar.

Mais il semble que ce ne soit pas possible, le chef des pompiers s'y oppose. Il se demande, et tout le monde avec lui, combien l'explosion du poêle à gaz aura fait de victimes, de blessés, de morts peut-être.

Et on attend.

Et on entend la sirène d'une ambulance.

Et les premières lueurs du jour apparaissent à travers la porte vitrée du hall.

Et on distingue la civière soutenue par deux infirmiers qui descendent l'escalier, trébuchent et dégringolent avec leur fardeau. C'est Mme Binnet, toute retournée par le gaz inhalé, qui part tête la première. Les infirmiers la ramassent, la remettent sur son brancard et l'emportent vers l'ambulance garée devant l'entrée.

Et une deuxième civière gît à présent sur le carrelage du hall. La nonna Sarah est allongée dessus, les mains ramenées de chaque côté du ventre. Son visage a pris la couleur de la cendre. Ses yeux scrutent sans aménité la façon dont Gilbert, son gendre, s'y prend pour lui baisser les paupières.

2

En début de matinée, dans le hall dévasté de l'hôtel Impérial.

Un chat sévère considère le carrelage jonché de serviettes, de draps souillés, d'éclats de verre puis, sans souci, il se lèche les pattes.

Soraya Carosso, en robe de chambre et mules au toupet de cygne, tournicote comme une grosse toupie déréglée. Non, non, on peut dire ce qu'on voudra, Soraya refuse, même si on la paye pour ça, de retourner dans sa chambre empestante !

« Empestante, dis-tu ? Ce n'est même pas français », triomphe sauvagement Gilda.

3

L'après-midi.

Les compatriotes, réunis dans la chambre de M. Douek, dressent le bilan de la catastrophe.

La nonna Sarah n'est plus.

Mme Binnet a été conduite à l'hôpital, au service de réanimation. L'hôtel va fermer ses portes, c'est probable, le temps que la propriétaire recouvre la santé. Ses pensionnaires devront décamper sous peu, cela ne fait aucun doute. Mais dans quel délai et où aller ? Aussitôt posé, le problème est résolu par M. Douek. Les hôtels ne manquent pas au faubourg Montmartre, c'est même ce qui manque le moins. Seulement, seulement, soupire M. Douek, il faudra une fois de plus se séparer, se disséminer, s'éparpiller telles les feuilles d'automne dispersées par le vent mauvais. La remarque porte. Les compatriotes, mus par la solidarité sans faille des rescapés d'un naufrage, décident de demeurer ensemble, où que ce soit, dans n'importe quel taudis de ce quartier abandonné de Dieu.

Une délégation se forme qui part explorer les alentours de la rue Richer.

Au 12 de la rue Geoffroy-Marie, une pancarte avise les passants de plusieurs chambres disponibles à l'hôtel Mondial. C'est un bâtiment de trois étages dont les murs fissurés et la façade oblitérée par la poigne du temps évoquent aux yeux de nos compatriotes le spectacle désolant de leur propre vie.

CHAPITRE NEUF

1

Au cimetière de Bagneux.

Un matin gris.

Un crachin si fin que les gouttes semblent se figer dans l'air et mouiller les visages bien plus qu'une averse.

Un petit groupe s'est rassemblé sur la place en forme de fer à cheval, devant les grilles du cimetière. Tous les rescapés du sinistre sont venus bien sûr — à l'exception de Mme Binnet dont on ne sait toujours pas, à ce jour, si elle reprendra connaissance. Mais il y a là également d'autres réfugiés d'Égypte, logés dans les différents hôtels du faubourg Montmartre. Nos compatriotes, faisant les cent pas, regardent à droite, à gauche et par-dessus les grilles du cimetière. Ils ne le trouvent pas si mal aménagé, finalement, avec ses allées proprement tracées, ses grands sapins déployant leurs cimes touffues au-dessus des tombes : les morts en somme ne savent pas la chance qu'ils ont. Ils trouvent aussi que le pied de grue, ça commence à bien faire. Et tandis qu'ils vitupèrent le retard pris par la nonna Sarah à ses propres funérailles, arrivent des personnes qu'ils n'ont jamais vues.

Ce sont des messieurs assez âgés et dont certains portent un ruban de couleur à la boutonnière. Il doit s'agir des sommités philanthropiques : leurs traits adoptent une expression de compassion trop excessive pour n'être pas professionnelle. Quelque chose de bien plus intéressant, qui descend d'un taxi, attire tous les regards. C'est le directeur du Casar, un M. Blumenfeld, celui-là même dont le paraphe au bas d'un papier vaut de l'or. Quelle déception ! Alors c'est ça l'instance qui, après Dieu, dispose, décide, tranche ou retranche de nos existences ? D'abord, il paraît bien jeunet pour ce poste, rose et blond qu'il est, avec la prunelle plus pâle, si c'est possible, que celle de Bertha Fromkine ; ensuite il est vêtu de façon négligée, tel un bohème, un libre penseur, un socialiste, ou les trois à la fois.

M. Blumenfeld se porte avec affection vers les rescapés du drame. Il serre des mains, s'enquiert des noms qu'il s'empresse d'écorcher.

« Ca-ro-sso, pas Ca-ra-sso, s'irrite Soraya. Carosso avec deux "o" ronds comme les deux roues d'un carrosse, vous voyez ?

— Parfaitement, madame... Enfin, votre nom m'est parfaitement connu, mais simplement je n'arrivais pas à mettre un visage dessus, excusez-moi, madame.

— Je vous excuse, Dieu est grand. Ce qu'Il donne d'une main, Il le reprend d'une autre.

— Cette fois, Il a pris des deux mains, intervient

M. Douek. Vieille pas vieille, paralytique pas paralytique, fini. Il a tout pris.

— Eh oui, c'est terrible, quel âge avait-elle ? » M. Blumenfeld examine ses paumes pareilles à des joues de bébé. « Enfin, si vous avez besoin de quoi que ce soit, n'hésitez pas, contactez Mlle Fromkine.

— Permettez, s'interpose M. Moïse, je ne voudrais pas médire de votre subalterne, mais je l'ai mise au courant de ma situation et c'est pire qu'avant ! Elle n'a rien fait. Rien, rien, rien. Rien que du bruit avec sa bouche, tss... tss... tss..., fait le Roi du Torchon Chic, puis, arrondissant les lèvres, il fait : tozz, tozz, toz, excusez l'expression, tozz et retozz[1]... »

M. Blumenfeld écoute, hochant la tête avec une expression de forte concentration. M. Moïse lui attrape le bras : « Monsieur Blumenfeld, entre nous, c'est quoi votre demoiselle Bertha ? La reine des abeilles impuissante ? Vous, vous êtes un être capable et compatissant, ça saute aux yeux. Puis-je vous entretenir une minute ? Je me présente : je suis Henri Moïse, le Roi du Torchon Chic. J'étais très, très connu. J'étais riche. Il y a longtemps que c'est envolé. Au début, je suis né en 1916 à Port-Saïd où mon père avait le beau magasin de tissus. Il est mort, vite malheureusement, et son associé, un Copte au cœur noir, nous a mis, ma mère, ma sœur et moi, à la porte du magasin. Un Copte antisémite, vous vous rendez compte ! même pas un Arabe ! Enfin, sans rancune, parce que la religion nous dit : quelqu'un qui vous fait du mal, faites-lui du bien. Notre religion est

1. En arabe : un pet.

juive, monsieur Blumenfeld, elle nous enseigne qu'il faut s'aimer les uns les autres..

— Absolument, oui, c'est un postulat valable dans toutes les religions, monothéistes ou pas d'ailleurs. Eh bien, monsieur Moïse, je suis enchanté d'avoir pu bavarder un moment avec vous...

— Enchanté moi aussi, monsieur Blumenfeld, sincèrement. Je continue. Je suis allé au Caire pour me faire une situation. J'avais quinze ans à peine. Je suis entré chez Abravanel, tailleur pour dames, parce que j'étais un grand coupeur. Mon patron me considérait beaucoup, tellement qu'il m'a donné Lucette, sa propre fille. Mais elle n'était pas unique, malheureusement ! Avant elle, il y avait deux garçons sur l'héritage du magasin. Alors, un jour, Lucette m'a dit : "Henri, tu es un grand coupeur, pourquoi tu ne te mets pas à ton compte ?" Et c'est ce que j'ai fait.

— Vous avez fait des torchons chics, une idée de génie pour l'époque.

— Non, non, monsieur Blumenfeld, les torchons sont venus après. D'abord, j'ai commencé par tailler des robes façon Paris avec la concurrence que vous imaginez...

— Très bien. En plus, hélas, tout ce qui est à la mode est éphémère. » M. Blumenfeld sourit, d'un air un peu absent. « Bon, vous m'excuserez, monsieur Moïse, mais je cherche Mlle Fromkine. Je ne comprends pas. Elle est tellement ponctuelle d'habitude.

— Écoutez, monsieur Blumenfeld, écoutez-moi

juste une petite seconde. J'ai un projet qui peut marcher. Une petite fabrique de confection de tabliers. Deux ouvriers au départ, voyez, moi et ma femme, ça suffit pour commencer ! Les filles nous aideront le soir, après l'école, elles sont capables comme dix, vous ne pouvez pas savoir ! Si je pouvais vous expliquer, vous verriez ! Une affaire fiable ! Pouvez-vous m'accorder une rencontre en privé ?

— Mais bien sûr, bien sûr, quand vous voudrez. Mais je n'ai pas mon agenda sur moi. Appelez à mon bureau, ma secrétaire prend mes rendez-vous. »

Henri Moïse, un petit homme grisonnant et replet, porte des lunettes dont les verres sont mouillés d'eau de pluie, si bien qu'il donne l'impression de regarder s'éloigner M. Blumenfeld à travers un rideau de larmes. Dans ses yeux, Gilda Stambouli lit un désarroi total, insupportable, qui, dans le même instant, prend possession de lui comme une petite crise de désespoir.

« J'aurais dû savoir, dit-il, ça ne sert à rien, vous le saviez, Gilda, tout le monde le sait. Qu'est-ce que je vais faire maintenant, au nom du ciel ? »

Gilda soupire — ces mots traduisent exactement ce qu'elle ressent depuis des mois —, puis elle évoque la très rassurante loi du beau temps succédant à la pluie.

Dieu merci, le fourgon des pompes funèbres arrive enfin.

De son bord descendent les époux Lagnado et leurs quatre enfants vêtus de noir ainsi que Bertha Fromkine arborant un ciré d'un jaune éclatant, une capuche pointue, et de grosses bottes montantes.

Elle discute un long moment avec un homme en queue-de-pie, tenant des papiers dans les mains et sautillant d'une patte sur l'autre, comme sous l'effet d'une envie urgente. Le dos de Bertha Fromkine ondule, de méchante humeur semble-t-il, mais pourquoi et contre qui exactement ? Elle va se mettre dans la foule sans adresser la parole à quiconque ; pas même à Gilda Stambouli qui normalement a sa préférence. Rien qu'à approcher son ciré, on a l'impression d'avoir fait quelque chose de répréhensible. Son œil d'un bleu très froid paraît déplorer la faculté bruyante qu'ont les compatriotes de se fabriquer du chagrin. Finiront-ils un jour, dit son œil, finiront-ils jamais de se fourrer dans le pétrin ?

Les portes du cimetière s'écartent.

Le corbillard s'engage dans l'allée centrale.

Il roule au pas.

La procession s'organise derrière la famille endeuillée et les diverses sommités caritatives. Loula Lagnado, quelle pitié, se traîne plus qu'elle ne marche. Quant au mari, aux enfants, il suffit d'observer leurs nuques pour savoir le calvaire qu'ils endurent. Mais, à mesure que les grands arbres défilent au rythme des marcheurs, la souffrance va s'allégeant. En bout de queue, elle devient raisonnable. Bertha Fromkine écrase de ses grosses bottes les cailloux de l'allée, sans paraître émue ou seulement consciente de la présence de Robie trottinant à son côté, tout petit et frissonnant sous le crachin. Une telle indifférence paraît venir d'un cœur dur, surtout au milieu du cortège hébété et engourdi qui se fraye un chemin à travers les tombes. Joue-t-elle ? ou justement pas ? Gilda imagine que l'assistante sociale du Casar adopte le rôle de qui elle est vraiment, mais, en même temps, comme elle joue, elle ne l'est pas vraiment. Bertha Fromkine appartient à l'espèce tragique des rescapés des camps de la mort qui, ayant trop pleuré leurs morts, n'ont plus de larmes pour les vivants. Et si la présence à son côté de Robie semble la laisser de glace, si elle ne sort pas son mouchoir pour essuyer les gouttes d'eau perlant sur le petit front, c'est parce qu'elle se l'interdit. Un geste aussi personnel la trahirait. L'absence même de ce geste prouve qu'elle pleure en dedans, elle pleure les enfants qu'elle n'a pas eus. En quoi Gilda a raison, comme une mère peut avoir raison. Robie vient de trébucher sur un caillou et Bertha Fromkine, s'arrêtant de marcher, penche vers lui sa grande carrure. Elle lui dit à l'oreille quelque chose : « Tu t'es fait mal ? » peut-être, ou bien : « Avance, tu n'as pas besoin d'avoir peur », ou encore : « Ne crains rien, Robie, tout le monde doit mourir, va, mais ce sont les vieux qui meurent d'abord. » Robie ne répond pas. Il chasse du pied le caillou coupable. Il doit se remémorer son père qui n'était pas si vieux, moitié moins en tout cas que la nonna Sarah.

Gilda aimerait connaître les pensées de son fils. Elle lui a demandé plusieurs fois comment il allait depuis les terribles événements, il refusait de s'expliquer autrement que par un haussement d'épaules. Ce garçon constitue une énigme de la sensibilité. À moins que ce ne soit exactement le contraire. Les émotions sont d'autant plus profondes qu'on ne les montre pas. De là vient sans doute la mystérieuse connivence établie entre Bertha Fromkine et Robie. Elle lui parle encore, sans expression particulière, et brusquement elle met ses bras autour de son cou. Il enserre ses hautes hanches comme s'il était lui le grand et elle la petite, ce qui provoque en elle une sorte de bouleversement : son visage s'illumine comme si le soleil venait d'entrer dans une pièce obscure.

Le carré juif est exposé au nord du cimetière, dans un espace récemment déblayé où un grand nombre de piquets fichés en terre forment des zigzags.

Des arbrisseaux veillent sur les tombes nues, lisses des sculptures, des plantes décoratives, des couronnes de fleurs fanées qui, partout ailleurs, envahissent l'horizon des morts.

Le cercueil de la nonna Sarah est déposé devant un trou profondément creusé dans la terre molle. Loula Lagnado se tourne vers les fossoyeurs qui, à trois mètres de là, lèvent leur pelle pleine de boue et de brins d'herbe, et han, ils la fichent droit dans le sol et s'adossent au manche. Le visage de Loula se couvre d'une pâleur mortelle. Un rabbin récite *El Molei Rahamim*[1], dans l'accompagnement des hommes et des adolescents préparés, à l'exception de Robie, pour accomplir leur bar-mitzvah. Le rabbin enchaîne prière sur prière. Un deuxième rabbin, un grand maigre aux paupières rougies par le froid, lui succède avec des

1. En hébreu : Dieu miséricordieux, le début de la prière pour les morts.

aphorismes visant à établir un lien entre l'hôtel Impérial, le cimetière de Bagneux et le royaume des cieux. Les gens piétinent de chaque côté du cercueil, marquant le pas autour du vide. L'homme en queue-de-pie avertit des risques d'éboulement, sait-on jamais avec toute cette marmaille turbulente, il ordonne la clique dissipée, regroupe les enfants et adresse aux orateurs des gestes engageants.

Le premier d'entre eux, un représentant du Joint américain [1], en habit noir et gants de pécari, sort un papier de sa poche, le déplie et dit d'un ton sans réplique :

« Sarah Lagnado, euh... Castro, Sarah Castro est morte ! »

M. Blumenfeld, s'aidant d'une fiche, cite la date et le lieu de naissance de Sarah Castro, née Sonsino. Il énumère les innombrables qualités dont elle fit preuve en tant que petite fille, jeune fille, épouse, mère, grand-mère, longues portions d'un âge parfaitement simple et honnête. Il termine en s'imposant, sinon le devoir d'être gai, du moins de produire des idées conduisant à des images réconfortantes.

Loula Lagnado tombe à terre sans mot dire, tant elle est profondément évanouie. On la relève, on la ranime.

Un troisième notable s'apprête à prendre la parole quand, rencontrant le regard enflammé de Gilbert Lagnado, il lui cède son tour.

Gilbert Lagnado entame un discours ardent et

1. Jewish Organisation.

embrouillé sur la maman de sa femme qui, morte comme elle aura vécu, a mis au monde ses enfants pour qu'ils vivent et non pour qu'ils meurent à petit feu, ce qui ne saurait tarder vu la façon dont on les contraint à vivre, mais, avant que ne vienne notre heure à tous, dites-moi, la question intéresse tout le monde, avons-nous une place sur la terre de France, avons-nous des droits, un gouvernement, des hommes politiques, des œuvres sociales, des institutions capables, oui ou non? Oui ou non, questionne-t-il férocement quand M. Blumenfeld l'arrête d'une voix ferme mais conciliante. Il pose son principe directeur : à savoir qu'il faut juger d'une situation en sachant dépasser la sensation du moment. Il poursuit sur le thème cher à son cœur : la civilisation aussi douce qu'éclairée dont la France... Un refrain dont l'effet sur l'assemblée chaotique et barbare ne se fait pas attendre : M. Blumenfeld porterait le mauvais œil et ferait cailler le lait rien qu'en ouvrant la bouche. Pourquoi ne la boucle-t-il pas? Il persiste, insiste, s'enferre! Aurions-nous affaire à un crétin congénital ou à un fieffé cynique? Des quolibets pleuvent sur la tête du directeur du Casar et sur celles, médusées, des notables de la communauté. Seuls les fossoyeurs ne semblent pas étonnés par le chambard. Le maître de cérémonie émet des « Du calme, messieurs-dames, s'il vous plaît, un peu de respect s'il vous plaît, pour la famille, pour la chère disparue dont vous profanez les cendres ».

Il fait un vent glacial, un froid à couper le souffle. La clique, pourtant, se sent flamber comme si on avait couché chacun de ses membres, côte à côte, sur un lit de charbon ardent. Ils grondent, ils explosent sans considération aucune pour le lieu et la circonstance du moment. Tant pis ! Des occasions comme celle-là, on n'en a pas deux dans sa vie à profiter, à dire ses quatre vérités à la fine fleur de la communauté. Philanthropes, mon cul ! De beaux messieurs aux pouces dans les gilets, oui, des imposteurs, des égoïstes, des affameurs, des arracheurs de dents, mais toujours la même, hein ! et pendant vingt-quatre heures d'affilée ! Et cet empoisonnement des poumons : une affaire signée, moi je vous le dis ! Rien qu'à en parler, nous respirons à nouveau les gaz mortels auxquels, tout bien considéré, ils nous ont exposés tels les cobayes, les rats, les blattes, les poux, pour ne rien dire de nos frères humains exterminés dans les camps !

À cet endroit, Bertha Fromkine quitte sa réserve. Les yeux lui sortent de la tête :

« Que voulez-vous dire exactement par là ?

— Exactement ? Eh bien, que la nonna Sarah a été gazée au même titre que les juifs à Auschwitz, mais qu'on escamote le fait parce que...

— Vous n'avez pas honte ? Comment osez-vous ? Vous ne savez même pas de quoi vous parlez ! Ils ont vécu des souffrances que vous n'avez jamais connues. Ils ont péri dans des souffrances que vous ne pouvez même pas imaginer. À quoi ça rime tout ça ? Vous vous croyez où ? Dans un souk ? Pour qui vous prenez-vous ? À quoi pensez-vous ? Je le sais, vous n'êtes pas difficile à comprendre... Vous ne pensez qu'à vos petites affaires, vos petites personnes, vos sales petits intérêts... Vous n'êtes que des... des... »

Son trop-plein de colère l'empêche de continuer.

« Des idiots, des fous, des grotesques », reprend Gilda — moins pour soutenir Bertha que pour marquer sa réprobation, pour se désolidariser de la clique à scandales. « Ce n'est pas permis de se comporter aussi mal, mon Dieu, nous ne sommes pas assez ridicules ? Soraya, monsieur Moïse, Lucette, Gilbert, Nora, ma petite Nora, et vous, monsieur Douek, vous surtout, monsieur Douek ! Comment ne comprenez-vous pas que nous ne sommes plus chez nous ? Que nos manières nous rendent insupportables aux yeux des Français ? »

Le maître de cérémonie apostrophe les fossoyeurs. Ils arriment le cercueil avec des cordes, le penchent sur le côté et, le basculant au fond du trou, ramènent à eux les cordes.

Des poignées de sable s'abattent sur le cercueil avec un bruit de roulements de tambour.

Les condoléances s'égrènent, lentes et impuissantes comme toujours... Loula Lagnado sanglote. Elle hurle. Elle trépigne. Elle refuse d'être arrachée à la vision de sa mère enfouie et s'enfonçant toujours davantage, là, sous le monticule de terre qui s'élève et grossit.

Un rêve revient à Gilda.

Elie-James est couché, invisible sous la terre. Il ne reste plus de lui à l'air libre que sa cuisse gauche jusqu'à la plante de son pied nu. Un oiseau picore ses orteils entre lesquels de l'herbe pousse. Gilda veut chasser l'oiseau, Elie-James lui dit que c'est inutile. Il lui ordonne de ne pas oublier de donner des graines et de l'eau à l'oiseau.

« C'est fini, dit Soraya Carosso, tu viens, Gilda ? C'était un bel enterrement malgré tout, un peu long peut-être, je suis morte de fatigue. Il faudra bien entourer Loula, elle a souffert mais chaque médaille a son revers, il n'y a pas, la récompense viendra.

— Quelle récompense, dit Gilda, comment peux-tu parler aussi vulgairement ?

— Je parle du visa pour l'Amérique, où est la vulgarité ? Les Lagnado pourront partir maintenant que la nonna a passé, au ciel espérons, tu ne vas pas me dire que tu ne penses pas au visa, toi aussi ?

Gilda lui tourne le dos. Elle cherche son fils du regard. Elle le voit enfin, posté devant la tombe de la nonna Sarah, fasciné semble-t-il par les grosses mottes de terre qui s'envolent dans les airs, retombent et s'aplanissent sous la pelle des fossoyeurs. Gilda, le rejoignant, s'aperçoit que ses yeux brillent, humides comme s'il avait pleuré.

« Papa ? dit-elle à mi-voix, papa te manque ? »

Robie fait un geste de dénégation. Gilda se demande s'il peut exister quelque chose d'encore plus douloureux que la perte d'un papa... Robie a fermé les yeux. Ses cils noirs, recourbés en demi-cercle, tremblent. Au bout d'un moment, il finit par dire :

« Juliette, je veux voir Juliette. Quand va-t-elle venir, Maman ? Tu vas la faire venir, Maman ? C'est vrai ? C'est vraiment vrai ?

Gilda baisse la tête et acquiesce en silence.

2

À la sortie du cimetière.

Bertha Fromkine applique deux vigoureux baisers sur les joues de Robie. Quant aux autres, les adultes, ils ont beau lui prodiguer des courbettes, des exclamations désolées, des serments et des promesses de conduite raisonnable à l'avenir, ils n'existent tout simplement plus. Elle se sauve, étirant ses enjambées le plus qu'elle peut.

Il va être midi.

La pluie commence à se changer en neige.

Les flocons tourbillonnent, effleurant les visages, les épaules, les plis des vêtements, tendrement, d'une main diaphane. Le ciel a blanchi. Il en émane une lumière transparente, qui embellit toutes choses. Le douillet cimetière vert avec son enceinte de grosses pierres d'où dépassent gaiement les croix et les stèles cachées dans la verdure... La place en forme de fer à cheval où s'affairent les vivants, les devantures des fleuristes et des entreprises de pompes funèbres. Tout est dans la blancheur, la douceur, la beauté... Mais les compatriotes s'en fichent : beauté pas beauté, leurs corps sont recrus de tristesse et d'épuisement. Leurs estomacs gargouillent puissamment. Alors, avec l'énergie dernière des assoiffés du Sahara, ils se ruent dans la brasserie contiguë au magasin des pompes funèbres.

Les tables sont prises d'assaut.

Gilda Stambouli se retrouve debout devant le

comptoir, auprès d'un homme vieux, mais aux larges épaules et à l'aspect solide. Il lui offre la flamme de son briquet et engage une conversation. À sa question de savoir pour quel mort toute cette petite société rigolote s'est déplacée, Gilda entend qu'il s'agit d'un employé du cimetière. Dame ! il y a travaillé pendant une bonne quarantaine d'années, dans l'Administration. Et voyez, il ne peut s'empêcher, la retraite sonnée, de revenir y promener son vieux chien ; le petit caniche abricot qui furète là, derrière le comptoir, dans l'espoir d'une petite gâterie, le sucre, vous me direz, n'est pas bon pour ses yeux, mais que lui importe de perdre la vue s'il doit se priver ? Est-ce que nous nous privons, nous les maîtres ? L'apéro, la gauloise, le petit blanc bien sec, le cigare après dîner, autant de drogues dont nous ne pouvons nous passer. Et pourquoi s'en passer ? Pour faire de futurs cadavres en bonne santé ?

Gilda hoche la tête d'un air pénétré et, tournant sa cuiller dans sa tasse de thé, elle se met à penser au docteur Samuel Kalman.

CHAPITRE DIX

Extraits du dossier de Gilda Stambouli

Gilda Stambouli
Hôtel Mondial
12, rue Geoffroy-Marie
*Paris IXe*

Paris, le 10 janvier 1958

Chère Mademoiselle Fromkine,

Ce petit mot rapide pour ne pas laisser persister une mésentente vingt-quatre heures de plus que nécessaire.

Vous êtes partie si abruptement après cette cérémonie peu casher, il est vrai, que j'en ai conçu de la tristesse et même de la peine. Je sais l'agacement que vous donne la florissante stupidité de mes compatriotes, je la comprends ; quel est l'étranger qui ne prendrait pas en mauvaise opinion une scène comme celle d'hier matin ? Car, plus qu'un crime, c'était un outrage pur et simple aux martyrs des camps et personne ne pouvait en être plus affligée que vous. Quant à moi, ce que je redoutais le plus est arrivé.

Vous vous éloignez, vous ne m'aimez plus, hier vous m'avez regardée avec une sévérité horrible. Qu'ai-je fait hier ou jamais pour mériter cela ? Sinon être liée par l'origine et la destinée à une bande dont les extravagances me perdent de honte et de compassion... Car je les plains beaucoup, voyez-vous, beaucoup plus que je ne les blâme. Ce serait me blâmer moi-même finalement. Quelque chose me lie à eux, quelque chose de plus grand que moi. Appelons cela l'appartenance à une famille, à la triste famille des exilés. Si je n'étais pas hostile aux comparaisons lyriques, je dirais que l'exil est à la raison humaine ce que le nuage est au soleil. Mais, souvenez-vous, ma chère Bertha, d'où nous venons et de ce que nous avons été. Pensez à tous les peuples qu'on a voulu faire disparaître de la surface de la terre, alors vous nous garderez une place dans votre large cœur meurtri.

Je vous donne des nouvelles de notre Robie. Il ne va pas fort. Il s'est pris d'un refroidissement au retour du cimetière et depuis je ne dors plus. Mais vous allez être contente ! Robie dispose à présent de son propre couchage. Eh oui, notre nouvelle chambre propose deux bons lits séparés par une table de chevet et, last but not least, un petit cabinet de toilette. Le couple qui tient l'hôtel, M. et Mme Desbois, est d'origine normande, c'est dire qu'ils ne sont ni bavards ni facilement amusés. Ils n'ont pas d'enfant — y aurait-il chez les hôteliers français une incapacité ou une répugnance à donner la vie ? —, pas de chats non plus, c'est toujours ça de pris ! Ici, réside un Monsieur qui, paraît-il, connaissait bien mon mari. Une tête lui-même, ancien ingénieur des Ponts et Chaussées égyptiens, il a construit ce fameux pont à têtes de lions qui, au Caire, donne passage aux défilés du 2-Juillet, l'anniversaire de la révolution. Comment il en fut lui-même « révolutionné », vous le saurez, ma chère Bertha, dès que M. Baldamonti — c'est son nom — se sera présenté devant vous ; je l'y engage mais il argue de scrupules à solliciter et, surtout, d'un compte bancaire encore assez fourni en Suisse. Mensonges ! C'est sa façon pitoyable de maintenir les apparences, de faire le beau aux yeux des dames dont l'intérêt, ne pouvant s'éveiller à sa vieille figure, s'attacherait à son argent ! L'imbécile ! L'argent, quoiqu'on en manque, ne vaut pas d'être payé aussi cher !

Comment se porte l'abominable homme de Jérusalem ? Il ne me prend plus au téléphone. Dites-lui donc que le petit frère se meurt des exorbitantes conditions posées à la réexpédition de sa sœur.

J'ai donné par avance sept nuitées aux Desbois et, la brise étant venue, je me trouve bien dépourvue. Avez-vous, de votre côté, réussi à joindre le directeur de l'école Beth Sion ? Essayez une fois encore, je vous prie, pour l'amour de votre petit Robie. Sinon, il ne me restera plus à faire que ce qu'a fait le père de Goha. C'est une anecdote trop longue à vous raconter. Je le ferai de vive voix si vous le souhaitez, si vous avez encore à cœur de me revoir.

Votre
Gilda Stambouli

AGENCE JUIVE DE JÉRUSALEM
Yonatan Shemoul

Jérusalem, le 5 janvier 1958

Mlle Bertha Fromkine
Service social du Casar
16, rue de Copenhague
Paris XVIe

Chère Mademoiselle,

Compte tenu des anathèmes dont Mme Stambouli récompense mes efforts, je me vois dans l'obligation de rompre tout rapport direct avec elle. Aussi je vous saurais gré de lui apprendre que Shulamit va passer devant la Commission d'éducation du kibboutz. Elle a commis un acte mettant en danger sa vie et, plus grave encore, celle de tous les membres du kibboutz. La frontière syrienne est à 4 km. Les infiltrations terroristes, les raids de nuit sont fréquents. Shulamit n'observe aucune des règles dictées par la prudence. Il est arrivé plus d'une fois qu'elle déserte durant son tour de garde, laissant à la deuxième sentinelle le soin de rapporter son fusil à l'armurerie. Si tout le monde se comportait ainsi... Elle force la porte du bunker pour dévorer les conserves entreposées en prévision des attaques. Elle vole également des provisions au réfectoire. Si je vous disais qu'elle vole jusqu'au chocolat des enfants confiés à sa charge ? Qu'elle dévore jusqu'à leur bouillie ?

La boulimie chez les adolescents atteste d'un sentiment d'abandon, de carences affectives et d'une bonne dose de souffrances, nous ne l'ignorons pas. Mais devons-nous accepter au nombre des symptômes la kleptomanie ?

Eh bien, nous sommes presque tous d'avis ici qu'il serait bon de réexpédier Shulamit à sa mère dans les plus brefs délais. Il nous aurait été plus facile de prendre une décision à ce sujet si Mme Stambouli ne s'était pas livrée à des marchandages de souk, passez-moi l'expression ! Est-ce digne d'une vraie mère ? Chaque chose a son prix pour peu qu'on veuille réellement l'obtenir ! Que veut-elle au juste ?

Je dirige notre Alyah depuis Mathusalem et jamais encore je n'ai eu affaire à quelqu'un d'aussi incohérent !

Toutefois, vous avez raison, des concessions s'imposent de part et d'autre. Nous pourrions renoncer au remboursement des soins et des peines prodigués à l'enfant depuis son arrivée chez nous. Reste le prix du billet d'avion, soit 120.000 F. Inutile de préciser que l'argent doit nous parvenir avant la réexpédition. Mme Stambouli est à plaindre, certes, mais nous ne sommes ni une œuvre de charité ni une banque !

A-t-elle trouvé du travail ?

Où en est sa demande d'emprunt au Casar ? Y a-t-il une chance de la voir aboutir un jour ?

Enfin — et c'est le plus important — j'ai besoin de savoir ce que vous pensez faire pour Shulamit, après son retour en France. Où pourriez-vous la placer et quels seraient vos plans pour son avenir ?

Cette question nous tient à cœur et est des plus pressantes.

Dans cette attente, je vous prie de croire,

Chère Mademoiselle, en mes meilleurs sentiments.

Yonatan Shemoul

Copie à la Commission financière.

Gilda Stambouli
Hôtel Mondial

Paris, le 11 janvier 1958

Ma chère Bertha,

J'ai bien reçu votre message téléphoné.

Ainsi, l'abominable Shemoul réduit de moitié ses exigences ? Il consent à relâcher sa proie ? Il renonce à tirer courtage de la chair humaine ? Mais alors Shylock serait d'un fond moins noir que ne l'a peint Shakespeare ?

Each cloud have it's silver line !

Donc, 120.000 F à réunir dans les plus brefs délais. 120.000 F ! Tant de zéros à aligner après le chiffre 12 me font tourner la tête. Je me résume : plus aucune ressource personnelle, pas d'emploi en vue (quoi de neuf chez vous sous le rapport hassidim ? N'hésitez pas à me communiquer le résultat de vos démarches, quand bien même il serait négatif) et une rançon à payer s'élevant actuellement à 120.000 F.

Aussi, je sollicite par la présente un entretien, afin de fourbir avec vous de nouvelles armes contre la toute-puissante Commission financière du Casar. Qui la compose ? Quels sont ses membres dont le pouvoir devrait égaler la mansuétude ? Ont-ils un cœur ? Est-il juif, ce cœur ? Oui, et cela, quand j'y pense, ne manque pas de me réconforter. Cela témoigne de la façon dont les juifs, forcés des siècles durant de vivre l'injustice, auront à cœur de la réduire autour d'eux. Je demeure donc confiante et sereine. Votre dévouement ajouté à mon obstination, il n'est pas possible que nous n'obtenions pas gain de cause.

Le cher M. Douek, très ému par ma situation, m'a recommandé à un de ses cousins. Un Douek lui aussi, mais à la tête d'une laverie dernier cri située rue Lafayette. Le salaire s'élèverait à 300 F de l'heure mais, chose appréciable paraît-il, on peut y apporter ses propres effets à laver. J'en ris encore ! Vous m'imaginez traversant Paris, en métro, un monceau de linge sale sous le bras ? « L'exploit serait hideux et le profit honteux ! »

Je reste, ma chère Bertha, votre fidèle

Gilda Stambouli

P.-S. *Ma petite Juliette fêtera ses quatorze ans dans une petite semaine. Je rêve au cadeau d'anniversaire qui la comblerait : un billet d'avion pour Paris. Un rêve naïf, soit ! Mais la naïveté jointe à la foi !...*

CHAPITRE ONZE

1

Ce jeudi, la sieste a été écourtée chez les Stambouli. Dans leur chambre proprette et bien rangée, la mère et le fils se sont attelés à une tâche émouvante. Ils écrivent, chacun de son côté, une lettre spécialement longue et douce, à l'occasion de l'anniversaire de Juliette, leur chère absente. Elle aura quatorze ans dans moins de huit jours, le 22 janvier exactement.

Robie a rempli une page entière que Gilda étudie encore le grain lisse de sa feuille de papier. Une ride se dessine très clairement sur son front, au milieu de la masse ondoyante et sombre de ses longs cheveux. Elle allume une cigarette, tambourine sur la table, pousse des soupirs d'une longueur insoupçonnée.

« Alors ? demande Robie.

— Alors... Alors quoi ? Je ne suis pas Picasso ! »

Oui, si pénible qu'il soit de l'admettre, Gilda cherche et ne trouve pas. Gilda a l'esprit aussi sec qu'une noix creuse. Est-ce d'une bonne mère ? Elle glisse ses mains entre ses cuisses pour les réchauffer. Elle regarde la fenêtre et, au-delà de la fenêtre, les nuages instables dans le ciel gris.

« Et si j'allais lui acheter un cadeau ? dit-elle, une chose qui lui ferait plaisir. Robie, tu as une idée de cadeau ?

— Des lunettes papillon, Maman, ce serait bien. »

Quelqu'un frappe à la porte et, il fallait s'y attendre, c'est M. Baldamonti, l'ancien ingénieur des Ponts et Chaussées d'Égypte. Gilda entrouvre à peine la porte :

« Gilda, ce n'est que moi, Gilda, pardonnez-moi. Je viens vous mendier une cigarette. »

M. Baldamonti soupire. Il se remémore les cigarettes de luxe qu'il fumait au temps de sa splendeur. Son haleine empeste le mégot, le chicot, la vieillerie.

« Gilda, vous ne dormiez pas, j'espère ? Je ne vous dérange pas au moins ?

— Mais non, voyons, entre voisins de palier ! »

Elle lui tend son paquet, exquise de politesse, puis du pied elle bloque la porte pour l'empêcher d'entrer. Personne, après ça, n'aurait l'idée d'insister. Mais lui, quoi qu'on fasse ou qu'on dise, il s'incruste avec une humilité désarmante... Chaque fois qu'on tente de le renvoyer, une mélancolie secrète et navrante s'insinue dans les plis de son visage. Mais le plus triste dans cette vieille face mordue par les ans, c'est encore la concupiscence toujours en alerte au fond de ses prunelles dont le tour se décolore et blanchit comme chez les diabétiques. Cela prouve au moins que la vie de

Max Baldamonti n'aura pas été exempte de douceurs et de magnificences ; il en promène encore les vestiges : ce pyjama en cachemire véritable, cette élégante veste d'intérieur à la doublure de soie grenat, sa pantoufle de bon chausseur insinuée en travers de la porte, ce paquet enveloppé de papier doré.

« Qu'est-ce encore ? dit Gilda, des chocolats ! Il ne fallait pas, monsieur Baldamonti ! Pourquoi dépensez-vous bêtement votre argent ?

— Ce sont des chocolats suisses, ma chère Gilda. Les plus fins qui soient. C'est un présent de mon banquier, ils viennent d'arriver de Genève et je me suis dit : à la guerre comme à la guerre, partageons !

— Mille mercis, je tiens à mes dents et d'ailleurs je n'aime pas trop les chocolats.

— Moi, moi, je les aime trop, s'écrie Robie du fond de la pièce. Ils sont comment, fourrés ?

— C'est honteux, Robie, tu ne dois pas demander ! Merci infiniment, monsieur Baldamonti, mais vraiment je ne peux pas accepter.

— Pourquoi non ? Qu'y a-t-il ? Vous semblez préoccupée, ma chère Gilda, laissez-moi deviner. Qu'est-ce qui peut bien soucier le front d'une jolie femme ? L'amour ! Seriez-vous amoureuse de quelqu'un en particulier ?

— Ni en particulier ni en général, dit Gilda avec une raideur dédaigneuse.

— Ah, l'amour, s'attriste M. Baldamonti, l'amour a des exigences terribles ! Moi, ma chère, je ne peux pas vivre sans amour. L'amour, comme dit le poète, est ce bonheur qui nous fait souffrir, ce mal qui nous rend heureux.

— C'est une heureuse disposition, monsieur Baldamonti, elle n'est pas donnée à tout le monde. Et maintenant, si vous permettez, nous sommes très occupés, Robie et moi, nous écrivons à Juliette, pour son anniversaire, solitaire encore, pauvre, pauvre petite !

— Ça va s'arranger, tout finit par s'arranger. Mais si je peux vous aider en quoi que ce soit, pensez-y, je suis là.

— Mais je le sais bien, vous êtes là, évidemment ! Au revoir, monsieur Baldamonti. »

Gilda revient s'asseoir auprès de Robie et, dans un grand éclat de rire :

« Je devrais être plus gentille avec cette face de momie, qui sait ! S'il avait réellement un compte en Suisse... Je l'épouserais, il me donnerait son argent, je l'enverrais à Juliette, happy end !... Oui, oui, je devrais me marier, qu'en penses-tu, Robie ?

— Je n'ai jamais rien entendu d'aussi bête, Maman. Ce type n'a pas d'argent. Tu crois qu'il habiterait ici, avec nous, comme un pouilleux ? C'est impossible, et puis il est tellement vieux !

— Oui, oui, justement. Il ne nous embêterait pas longtemps. Trois petits tours et fini, nous levons l'héritage ! Oh, les yeux noirs que tu me fais ! Tu es jaloux, mon amour ? Tu ne veux pas me partager avec un autre homme ? Et si c'était la seule façon de réunir la famille ? Imagine un peu... Une maison chaude comme un nid. Ta maman occupée à faire la bonne cuisine. Ton papa, ce bon vieux Max, plongé dans la lecture de son journal. Ta grande sœur assise à faire ses devoirs à côté de toi. Hein ? la bonne petite vie de ménage heureux, qu'en penses-tu ? Choisis. Décide. Ta sœur plus ton beau-père, ou ni l'un ni l'autre... À toi de choisir.

— Oh la la, je sais même pas de quoi tu parles. Et d'abord c'est pas vrai, Maman, tu ne penses pas ce que tu dis. Tu inventes, ce n'est pas drôle. J'aime pas quand tu me parles comme ça.

— Et toi, qu'est-ce que tu crois ? Que je vais vivre comme ça toute ma vie, peut-être, avec toi, rien qu'avec toi... Tu remplis ma vie peut-être, c'est ce que tu crois ? Tu me suffis, tu crois ? Toi et ta sœur, vous suffisez à faire mon bonheur, hein, c'est ça que tu crois, Robie ? »

Gilda se lève de table et, brusquement, elle se rue vers le cabinet de toilette. Elle en ressort pomponnée comme pour un dimanche. Robie ne comprend pas la raison de tant d'apprêts. Il s'en irrite. Mais où va-t-elle ? Peut-il l'accompagner ? Pourquoi non ? Le jeudi après-midi, d'habitude... Mais où va-t-elle à la fin ? Gilda se trouble puis se reprend : elle court acheter aux Galeries Lafayette le cadeau d'anniversaire de Juliette.

2

Un jour, il y a longtemps parce que papa vivait encore, une fête avait été donnée pour l'anniversaire de Juliette. La fête se passait sur la grande terrasse de l'immeuble. Il y avait trop d'invités à faire tenir dans l'appartement qui n'était pas petit pourtant. Mais la terrasse, avec sa vue suspendue dans le ciel, c'était parfait et très beau en même temps. Il y avait... Qu'est-ce qu'il n'y avait pas!... De la musique, des fleurs en papier crépon, des ballons suspendus autour de la terrasse, des cadeaux emballés dans du papier argenté. Et tout ça dans une lumière! Qu'on ne peut trouver qu'au Caire! C'était une fête comme on n'en fait plus! Et Juliette était la reine de la fête. Elle portait une robe en taffetas avec des manches bouffantes, un nœud rose retenait ses cheveux bruns et bouclés comme ceux de Maman. Mais cette robe toute neuve ne lui plaisait pas et il semblait même qu'elle l'avait mise sans savoir pour qui ni pour quoi. Toutes les amies de Maman venaient l'embrasser et elles lui disaient : « Comme tu as grandi, Juliette, comme tu es belle! » C'était du papotage hypocrite, Juliette n'était pas trop belle cette année-là. Elle avait un appareil à redresser les dents. Elle en avait honte, ça se voyait à son sourire muré de fil barbelé. Elle avait honte d'être le point de mire des invités. Elle tirait sans cesse sur l'ourlet de sa robe et soufflait sur une boucle de ses cheveux. Robie était fasciné par ce petit rien de boucle brune qui se soulevait et retombait sur son front, furieusement. Il ne comprenait pas pourquoi Juliette éprouvait tant de fureur, tant d'amertume un jour pareil! Rien, alors, ne lui manquait! Non, jamais son père n'était mort, sa mère ne l'avait pas abandonnée, elle avait obtenu la mention bien au certificat d'études, des tas de cadeaux l'attendaient empilés dans un coin de la terrasse. Mais Maman avait sans doute raison : Juliette ne pouvait jamais être heureuse si elle n'était pas malheureuse. Et ça s'était vérifié au moment où les domestiques avaient apporté le gâteau d'anniversaire. Une pièce montée, monumentale, au centre de laquelle nichait une colombe vivante. Encore assez, mais pas trop. La colombe battait faiblement des ailes dans un nappage de sucre glacé, elle n'arrivait pas à s'en dépêtrer. Ça devenait pénible à regarder. Primo : on aurait dit que la colombe faisait une danse de mort. Secundo : elle bousillait sérieusement l'ensemble de la composition. Maman s'est énervée. Elle a commandé aux domestiques d'en finir. Ils se sont mis à deux pour tirer la colombe hors de son trou... Par les ailes d'abord, puis par une patte, mais la colombe s'accrochait et c'était comique apparemment car tout le monde rigolait. Juliette hurlait comme si c'était elle qu'on écartelait. Ce gâteau lui faisait horreur et les gens la dégoûtaient tous autant qu'ils étaient, ils pouvaient aussi bien repartir avec leurs cadeaux. Tout le monde était atterré, surtout Maman. Elle disait : « Excusez ma fille, elle ne sait pas être heureuse si elle n'est pas malheureuse. » Là-dessus, Juliette s'était mise à crever avec une fourchette les ballons suspendus autour de la terrasse. Maman lui avait balancé plusieurs gifles. Juliette avait pris sa mine de pauvre petite chose torturée et elle était partie en courant. Robie l'avait suivie dans sa chambre. Elle avait besoin d'un appui moral, c'était visible. Elle pleurait en serrant contre elle son oreiller. Robie avait accoudé ses bras des deux côtés du lit. Il lui avait dit des choses. Rien d'extraordinaire. Ce qu'il avait à dire, à cet âge-là, ne pouvait pas être extraordinaire. Enfin, elle s'était quand même sentie un peu moins mal. « T'inquiète pas, Robie, elle lui avait dit, ça va maintenant, ça va aller ! » Et c'était vrai. Plus tard, tout le monde était parti, Juliette avait déballé ses cadeaux. Tranquille, contente, elle avait tout oublié : la colombe martyrisée, les ballons crevés, les gifles de Maman. Elle était comme ça Juliette, bizarre. Un drôle de pistolet, comme dit Maman. Une vraie soupe au lait ! Elle montait, montait, et, l'instant d'après, fini, elle n'y pensait plus. Robie y pense encore. Elle lui manque, sa grande sœur. Elle lui manque même les jours où il ne pense pas spécialement à elle, même les jours où il n'essaye pas de lui écrire la plus longue lettre d'anniversaire jamais écrite à quelqu'un.

3

Rue de Sévigné.

Gilda Stambouli pénètre par erreur dans un laboratoire d'analyses médicales. Le docteur Kalman, lui apprend-on, tient ses consultations dans ce même immeuble, mais au troisième étage.

À chacun des étages, Gilda s'arrête pour reposer les battements de son cœur. Sa main tremble lorsqu'elle sonne à la porte du cabinet du docteur Kalman. Pourquoi tremble-t-elle, ainsi ? Il n'y a vraiment pas de quoi. Elle désire s'entretenir avec un praticien compétent, voilà tout.

Sa secrétaire l'entend autrement : il fallait prendre rendez-vous. Cependant, voyant le chien Danton faire fête à la nouvelle venue — dont les joues s'illuminent soudain des rougeurs d'un secret lourd de conséquences —, elle consent à l'introduire dans la salle d'attente. Toutes les places y sont occupées. Le respect de soi, ou le simple bon sens, voudrait qu'on renonce, qu'on s'en aille retrouver Robie, il doit se sentir triste, abandonné à ses pensées féroces, pauvre enfançon jaloux auquel il faut mentir parce qu'il ne comprend rien au monde des adultes, des femmes. Gilda se poste debout, dans l'encoignure d'une fenêtre donnant sur la rue de Sévigné. La salle d'attente se vide peu à peu. Et, dans le silence rétabli, Gilda sent monter autour d'elle la solitude de sa vie, l'angoisse du lent écoulement d'une vie sans argent, sans travail, sans amour.

4

Il n'est pas loin de dix-neuf heures lorsque enfin le docteur Samuel Kalman reçoit Gilda Stambouli. Elle est frappée, tandis qu'il se tient devant la porte de son bureau, par la force qui émane de ce grand corps. Lui, il semble surpris de lui voir un visage aussi resplendissant, absolument.

« Ça a l'air d'aller plutôt bien, madame Stambouli. »

Il ne lui serre pas la main. Il lui indique sa place, de l'autre côté de son bureau. Il étale devant lui une feuille de papier à en-tête. Il décapuchonne son stylo, il la dévisage avec une attention troublante parce que circonspecte, pense-t-elle, troublée, mon Dieu ! pourvu qu'il ne s'en aperçoive pas, pense-t-elle, et croisant les jambes elle entend crisser ses bas nylon.

« Eh bien, madame Stambouli, pourquoi venez-vous me voir ? Qu'est-ce qui ne va pas aujourd'hui ?

— Demandez-moi plutôt ce qui va, s'écrie Gilda, ça ira plus vite. »

Elle lui expose par le menu la catastrophe survenue quelques jours plus tôt à l'hôtel Impérial. Elle lui demande, prise d'une grande terreur rétrospective, à quel miracle il attribue le fait qu'elle y ait survécu, sidérant n'est-ce pas, mais imaginons un instant que...

— Madame Stambouli !... Tout cela ne me dit pas de quoi vous souffrez.

— De tout, c'est évident, mais qui croit encore aux évidences ? Vous riez docteur ? Ne riez pas, je vous prie, les émanations de gaz, est-ce si drôle ? La nuit dernière encore, j'ai eu de telles palpitations... Mon cœur me fait mal, cela vous étonne ? Donnez-moi quelque chose pour mon cœur, voulez-vous ? »

Le docteur Kalman creuse son sourire de deux adorables fossettes. Il promène son crayon sur une feuille de papier, puis :

« Madame Stambouli, avez-vous subi des opérations ? Y a-t-il des antécédents cardiaques dans votre famille, d'autres maladies héréditaires ? »

Gilda jette des regards furtifs autour d'elle. Des murs nus. Du mobilier en métal chromé. Une étroite couchette montée sur un piètement métallique et recouverte d'un drap blanc. Un paravent à droite du lavabo. Des planches de chêne jetées entre deux piles de briques supportent des ouvrages de médecine. Un cadre d'argent posé sur l'avant-dernier rayon de la bibliothèque. Gilda tourne un profil subreptice vers le cadre d'argent. Il renferme une photo de mariage. Samuel Kalman pose, debout sur les marches d'un escalier d'honneur, à côté d'une silhouette en robe longue, aux traits indistincts sous son tulle de mariée.

Gilda soupire en se tenant le cœur : il lui fait mal sans aucun doute, de plus en plus mal. Le docteur Kalman repousse sa chaise. Il est très grand, Gilda est obligée de lever la tête pour le regarder.

« Déshabillez-vous derrière le paravent. Ôtez vos chaussures. Gardez votre combinaison et vos bas. »

Gilda s'exécute. Elle entasse ses vêtements derrière le paravent et, ajustant ses bas nylon, elle revient vêtue de sa seule combinaison rose à deux fines bretelles posées sur ses épaules nues et qui lui recouvre tout juste les seins. Le docteur lui tourne le dos, occupé à se laver les mains. Alors, sur le ton courtois d'une conversation de salon, elle dit :

« Docteur, ce poste à l'école Beth Sion, vous vous souvenez ? Eh bien, que s'est-il passé ? Je comptais sur votre recommandation, j'attendais pleine d'espoir, j'attends toujours. Ce n'était pas une faveur que je vous demandais, docteur, non, c'était un devoir qu'il vous fallait remplir. Je m'étonne un peu que votre conscience ne vous l'ait pas d'elle-même dicté. Ou peut-être n'en avez-vous point ? »

« Mais vous êtes folle, madame Stambouli, vous êtes complètement folle. »

Une lueur amusée passe dans les yeux de Samuel Kalman. Il dit :

« Vous arrivez à l'improviste, vous forcez ma porte, vous vous mettez en colère, vous me tenez des propos insensés. Que voulez-vous au juste ?

— Je ne me mets pas en colère, non, absolument pas. Vous m'humiliez, vous m'offensez, ça ne fait rien. Je ne suis plus à un affront près. Laissez-moi vous dire cependant que je soupçonnais en vous un être différent, un esprit rare, généreux. Laissez-moi vous dire, même si mon opinion vous déplaît, que vous n'êtes en rien un... »

Il l'interrompt car, vraiment, elle élève la voix. Quelqu'un est, de surcroît, en train de toquer à la porte.

C'est la secrétaire. Elle se tient dans l'embrasure de la porte, le chien sur ses talons. Elle doit s'en aller maintenant, l'agenda du docteur est bien rempli pour demain, Mme Truc-machin a beaucoup insisté pour...

Et ainsi de suite...

Gilda attend, les bras croisés sur la poitrine, en proie à une espèce de déception. Enfin, le terme de mélancolie conviendrait mieux ici, dans la mesure où il correspond à un sentiment de déréliction, d'espoir déçu.

La porte se referme sur la secrétaire. Le docteur revient vers Gilda. Il lui parle d'un ton conciliant au possible. C'est ainsi qu'on parle aux fous ! Elle est au bord des larmes. Il commence l'examen, ça ne sera pas long. Il lui tapote la poitrine. Il presse ses seins qui se dressent, libres sous la soie de sa combinaison. Il lui tâte le pouls. Il écoute, l'oreille appuyée à son dos éblouissant et triste, battre son cœur.

Le cœur est bon, affirme-t-il, il ne trouve rien qui cloche chez Mme Stambouli, un reflux gastro-œsophagien peut-être ? une acidité gastrique due à une mauvaise alimentation ? cela peut aussi bien venir d'autre chose, les soucis par exemple, Mme Stambouli n'est pas heureuse, semble-t-il. Elle s'irrite : y a-t-il la moindre raison pour qu'elle le soit, heureuse ? Voilà une question à laquelle il ne saurait répondre, mais, en effet, Mme Stambouli lui paraît terriblement nerveuse, agitée, inquiète, bon, on va tâcher d'arranger ça, rien de sérieux en tout cas, Mme Stambouli peut aller se rhabiller.

À ces mots, Gilda, blessée et en colère comme jamais, s'écarte du docteur. Son visage prend une expression méchante, vindicative :

« Vous me croyez folle, c'est ça, folle à lier ? Eh bien, oui, je suis folle d'être venue vous voir. Mais qu'espérais-je donc ? Vous êtes un monstre d'indifférence et d'égoïsme, un monstre ! Je plains votre femme, comment peut-elle vous supporter ? Vous ne donnez rien, rien ne compte pour vous, sauf votre chien, cette brute faite à votre image, vous n'êtes pas humain, non, ça se voit, vous êtes odieux, votre cabinet est odieux, quel ameublement mesquin, aucun goût, aucune chaleur, qu'est-ce que je suis pour vous ? Un sac de pommes de terre ? Vous me tripotez les seins comme si j'étais un sac de pommes de terre, à quoi m'avez-vous réduite, j'ai honte, que m'avez-vous fait ? J'ai honte, je ne suis plus moi-même. Je fais des choses que je n'aurais jamais osé faire même en pensée, je pense à vous sans cesse, je suis folle, je me déteste pour ça, tout m'est égal, je vous déteste, je vous hais, je vous aime, je vous aime à la folie, je suis folle, je ne peux pas faire autrement, je me réveille en pensant à vous, je m'endors sans pouvoir rêver d'autre chose, je vous aime, qu'y puis-je ? Ne me jugez pas, ne me méprisez pas, vous êtes marié, je le sais, mais je vous aime, je n'y peux rien. »

Gilda cache son visage dans ses mains. Elle se voit cependant telle qu'elle est : une petite chose agitée de sanglots. Elle oscille d'avant en arrière jusqu'au moment où ses jambes la portent vers la couchette. Elle s'y écroule plus qu'elle ne s'y assoit. Samuel Kalman se tient à l'aplomb de son bureau, l'air perdu, voire un peu demeuré. Le chien gratte à la porte et, de temps à autre, il aboie. Samuel Kalman n'esquisse pas le moindre geste pour consoler l'une ou faire taire l'autre. Le silence ? Eh bien, soit, songe Gilda.

« Vous ne direz rien, dit-elle au bout d'un moment, vous n'avez rien à me dire ? »

Qu'est-ce qu'il pourrait bien dire ? Il est complètement abasourdi. Cela étant, il remue ses membres comme un homme sorti brusquement du sommeil. Elle ne doit pas lui être indifférente. Pas complètement. C'est impossible. Quand un sentiment aussi fort vous habite, il est réciproque, forcément. Il ne peut pas en être autrement.

Mais il faut croire que si... Le silence se fait dur et pesant, quoique bien rempli par les amers reniflements de Gilda Stambouli. Gilda a envie de partir. Gilda a envie de rester. Elle se penche pour rajuster sa jarretelle qui a glissé. Il y a un moment de douceur presque insupportable quand elle sent le regard du docteur courir sur sa nuque, sur ses épaules rondes, sur sa poitrine jaillie de sous les bretelles de sa combinaison.

« Laissez-moi, supplie-t-elle. Ne me regardez pas, je ne peux pas le supporter.

— Cessez de faire la petite fille.

— Où sont mes vêtements ? Je dois partir, passez-moi mes vêtements, voulez-vous ?

— Attendez, c'est si important pour vous ? Vous êtes prête à n'importe quoi pour obtenir ce travail ? »

Le docteur s'assoit sur le bord de la couchette.

Il lui touche la joue à deux doigts, mais très caressants.

« Vous n'êtes plus une gamine, tout de même ! Soyez raisonnable. Vous dites que vous m'aimez, c'est insensé. Vous ne me connaissez pas.

— Si.

— À peine. Nous nous sommes vus deux fois en tout et pour tout. Que savez-vous de moi ? En médecine, nous appelons ça un “transfert”. Depuis combien de temps êtes-vous seule ? Quand avez-vous perdu votre mari ? De quoi est-il mort ?

— En voilà des questions stupides et offensantes ! Que cherchez-vous à me faire dire ? Que je me jette à la tête du premier imbécile venu parce que je suis seule dans la vie ? Mais, à ce compte-là, vous aussi vous êtes seul dans la vie.

— Seul, moi ? Quelle drôle d'idée ! Qu'est-ce qui vous fait dire ça ?

— Votre alliance, vous ne la portez pas au doigt. Et puis ce chien ! Il faut être énormément seul pour aimer un sac à puces.

— Mais enfin, pas du tout, j'aime aussi ma femme.

— Ah, aussi ! Aussi donc et de votre propre aveu ! »

Samuel ne répond pas. Il respire profondément, jusqu'à haleter ou presque, tant il est ému. Ça peut se comprendre ! Ça ne doit pas être une petite chose pour un homme de confesser le dénuement d'une existence, l'intenable d'une existence auprès d'une créature aux traits ingrats sous son voile de mariée.

« Samuel, dites-moi, depuis combien de temps êtes-vous marié ?

— Dix ans.

— Vous étiez jeune alors. Moi aussi, j'avais dix-sept ans le jour de mon mariage. »

Gilda braque sur lui un regard plein de passion et de bêtise contenues. Oui, Gilda se sent aussi bête qu'une adolescente, le sang court dans ses veines de plus en plus légèrement. Ça doit cesser, se dit-elle en elle-même, ça doit cesser ! Et puis non ! Ça continue ! Gilda aime Sam. Sam aime Gilda. Elle en est sûre. Ou s'il ne l'aime pas déjà, il l'aimera bientôt.

« Samuel, l'encourage Gilda, parlez-moi de vous. Êtes-vous français de souche ou de naturalisation ? Votre femme n'est pas juive, n'est-ce pas ? Je m'en doutais. Avez-vous des enfants ? Ah non, pourquoi donc ? Est-ce votre femme qui n'y tenait pas ou bien... Oh, mais, mon Dieu, c'est un interrogatoire en règle. Je suis pourtant le contraire d'une personne indiscrète et si cette conversation vous ennuie...

— Pas du tout, affirme Samuel avec nervosité, non, pas du tout, Gilda, seulement... »

Quoi ?

Deux ou trois borborygmes, pas davantage, où l'oreille extrêmement attentive de Gilda décèle une pudeur respectable, certes, mais agaçante tout de même.

Or donc, puisque le docteur Samuel Kalman se tait, puisqu'il ne se décide pas à parler, attendant peut-être que Gilda le pousse dans ses retranchements, nous allons retracer ici son histoire avec tout le sérieux exhaustif qui le caractérise.

5
L'HISTOIRE DE SAMUEL

Ses premiers souvenirs se situent rue des Rosiers, dans ce quartier de Paris où tout ce qui était juif semblait à ce point naturel que Samuel, enfant, s'étonnait presque que tous les Parisiens ne le fussent pas. Enfant, Samuel n'imaginait pas appartenir, lui, à une minorité confessionnelle, à un tout petit peuple parvenu, après bien des errances et des humiliations, à faire sienne une terre étrangère. Il faudra l'adolescence, la guerre, la déportation, pour que Samuel prenne conscience de la particularité d'être un juif français né de parents qui ne l'étaient pas, qui ne le seraient jamais.

« Particularité » étant ici l'autre nom de l'antisémitisme, précisons que les Kalman, père et mère, sont originaires de la ville d'Odessa en Ukraine. Un grand écrivain de là-bas, Isaac Babel, a tenu une chronique somptueuse des horreurs perpétrées contre les juifs d'Odessa ; Samuel ne saurait trop en recommander la lecture à Gilda Stambouli. (Elle acquiesce et, tout ouïe, elle attend la suite.) 1919, la guerre civile divisait la Russie. Le choléra fit à Odessa autant de morts que l'Armée rouge. Et évidemment les cavaliers cosaques attribuèrent aux juifs la cause de l'épidémie. Des pogroms s'ensuivirent. Le roman familial des Kalman, jeunes mariés, n'est que la répétition générale du génocide nazi survenu vingt ans plus tard. N'anticipons pas. Samuel se trouvait dans le ventre de sa mère lorsque, en 1925, ses parents fuyant et les Rouges et les Blancs parvinrent à franchir la frontière russo-polonaise. Ils avaient l'intention d'émigrer en Amérique. Samuel vit le jour à Marseille, dans l'un des baraquements du camp Oddo où étaient regroupés les Arméniens et les Russes en attente d'un visa pour New York. Il avait seulement quelques mois lorsque ses parents débarquèrent à Paris, ou plus exactement au quartier Saint-Paul. C'était par un beau dimanche du mois de mai. Les boutiques étaient ouvertes, la foule se pressait rue des Rosiers — laquelle sentait plutôt le hareng saur et le pastrami chaud. Les commerçants vantaient en yiddish leurs marchandises. Les juifs religieux allaient par deux, en caftan noir et bas de soie gorge-de-pigeon. Les autres juifs allaient aussi, les socialistes, les sionistes reconnaissables à leur casquette ronde et à leur menton rasé. Ils allaient, heureux « comme Dieu en France ». C'était l'époque où les juifs ashkénazes utilisaient cette expression et l'époque, entre les deux guerres, leur donna raison. Samuel avait trois ans lorsque son père acquit, rue des Rosiers, une boutique de livres et d'objets religieux, attenante à un logement de trois pièces. Le commerce prospéra, conforté qu'il était par l'orthodoxie affirmée du patron. Herschel Kalman portait la barbe, les papillotes et le shtraïmel : le chapeau bordé de queues de fourrure qu'on met le samedi. Sa femme arborait une perruque en cheveux humains, les plus chers. Son garçon, la lumière de ses yeux, passait déjà pour être un « mathmid[1] », un futur rabbin. Dès l'âge de sept ans, Samuel lisait et écrivait couramment l'hébreu, il parlait le yiddish, la langue de Molière n'avait aucun secret pour lui ! C'est cela le génie de la France, s'émerveillait le père Kalman : d'un petit juif, elle vous fait un Français avec quelque chose de plus. Samuel fréquentait le heder, l'école juive de la rue des Tournelles. École ? se souvient l'intéressé, c'était un bien grand mot ! (Ici une digression rétrospective d'un bon quart de siècle quand l'écolier Samuel ne concevait pas encore l'archaïsme de l'enseignement religieux.) De retour à la maison, Samuel s'instruisait des richesses de la Torah dans un volume qui exhalait l'odeur d'encre, de cuivre et de poussière des objets du culte exposés en la boutique, en même temps que le fumet du repas mis à cuire dans la cuisine. Ainsi la religion, s'assimilant avec la chaude, la bonne chère maternelle, parfume cette page des senteurs de la soupe aux choux, de la carpe farcie aux herbes, et du strudel aux pommes caramélisées.

Fort bien ! Mais la nostalgie pour l'enfance n'explique pas comment Samuel, la lumière de Herschel, en arriva à délaisser les textes saints au profit de la médecine et, chose plus étonnante encore, à épouser une non-juive ? Gilda Stambouli aimerait bien savoir comment un brave petit garçon juif a pu faire ça à son papa. La question l'intéresse... en vain ! La formule est trop simple, simpliste, sentimentale, Samuel ne s'y arrêtera pas.

1. Un élève trés enthousiaste, un rat de bibliothèque.

Herschel Kalman était tellement pieux que, recevant une lettre le vendredi après-midi, il attendait jusqu'au dimanche matin pour l'ouvrir. Une fois, s'en revenant de l'office, il glissa sur une plaque de verglas et se brisa la jambe : double fracture ouverte. Il refusa de consulter avant le terme du shabbat. Il souffrit le martyre pendant deux jours et, toute sa vie, il en garda une incapacité de se déplacer sans une canne. Samuel, enfant, lui attribuait un pouvoir surnaturel d'endurance physique et morale. Seul celui qui aime peut se souvenir ainsi, résume Gilda dans son impatience de bousculer un peu la chronologie des faits. Mais Samuel suit son idée. Il adorait son père, certes, mais pas tout le temps. C'est qu'en son père il y avait plusieurs hommes, tous n'étaient pas gentils. Ah! comment cela? intervient encore Gilda, quoiqu'elle s'en batte l'œil, on l'a vu, du père Kalman... Eh bien, par exemple, il avait la main lourde et, depuis son accident, il cognait dur sitôt qu'on allait contre ses quatre volontés. Défense de s'amuser, défense de chanter, défense d'écouter la radio, défense de lire des journaux! Golda Kalman redoublait de zèle pour satisfaire son époux, son dieu. Pourtant, un jour qu'il l'avait frappée pour une petite goutte de sang contenue dans un œuf frais — ce même sang dont à l'occasion il lui reprochait d'être souillée —, elle osa l'affronter. Elle demanderait le divorce, elle irait vivre à Strasbourg auprès de sa cousine Perla Goldstein. Plusieurs fois, la mère et le fils firent leurs bagages. Ils n'allèrent jamais plus loin que la gare de l'Est. Les

Goldstein, du reste, partirent pour le Brésil, la guerre approchait. Samuel grandissait dans la pitié de sa mère et dans la terreur de son père. Il se posait des questions : se pouvait-il que ce vieil homme despotique et boiteux, qui portait sur son visage des expressions obtuses, dont la pensée était obscurcie par des croyances et des interdits tyranniques, se pouvait-il que cet homme-là fût son père ? L'adolescent commençait à se révolter en cachette (il n'a jamais été très courageux). Cette année-là, en septembre 1940, Samuel était en classe de seconde au lycée Charlemagne. Il faisait du sport, il fumait, il allait écouter du jazz avec les copains, il dansait, il lisait enfin autre chose que la Bible. La littérature moderne, celle qui ne se trouvait pas dans la boutique de son père, lui procurait le sentiment enivrant, donc dangereux, de... comment dire... — Samuel ouvre mentalement les guillemets — de rattraper la marche du monde !

Oh, la belle, la juste expression ! s'exclame Gilda. Le progrès contre la stagnation... La mobilité contre la lenteur. Le pas impatient... L'œil qui court au bout de l'horizon... Gilda fait encore quelques jongleries avec les mots, pour la forme, afin d'arriver piano piano au sujet qui la captive entre tous : le mariage mixte. Elle l'aborde, ce sujet, avec des tours et des détours subtils. Elle joue au jeu des questions comme le désir joue au jeu de la séduction. Voyons un peu ! À l'entrée en guerre, donc, Samuel prend conscience que les valeurs traditionnelles s'opposent logiquement à la modernité, aux sciences, aux arts ! C'est bien ! Mais pourquoi aller s'éprendre d'une personne de religion opposée ? Était-elle si jolie, cette personne, si belle qu'on ne trouvât pas sa pareille dans une bonne famille de chez nous ? C'est égal, mais Gilda ne serait pas étonnée, vu le classique conflit des générations, que Samuel eût simplement voulu régler un compte avec son vieux papa. À quoi Samuel, envahi d'un début d'irritation, répond ceci : il a rencontré Arlette Goasguen bien après la mort de son père. Et quand bien même ! Il aurait épousé Arlette Goasguen, parce qu'il le voulait avec une ardeur suffisante pour consumer tout obstacle qui serait venu barrer le chemin à son désir. Il n'avait pas éprouvé d'antagonisme à l'égard du judaïsme. Arlette Goasguen n'avait jamais cherché à l'influencer. Né juif, il l'était resté, à titre existentiel. À la façon d'un Spinoza, si ce grand nom évoque quelque chose à Gilda Stambouli. Oui, non ? Bon ! Pour dire les choses plus simplement, Samuel dirait qu'il est un juif nègre, un nègre qui n'aurait pas honte d'être nègre. Samuel s'est détourné de la synagogue mais pas de Dieu. Le Dieu auquel il croit désormais, après le génocide, est un Dieu impuissant, paresseux, distrait peut-être. Un Dieu qui aurait eu la tête dans les nuages au moment où les pires atrocités se commettaient contre son peuple.

(Ici se brise la voix de Samuel Kalman ; il observe une interruption, un long silence qui fait de nous, auteur de ces lignes, le témoin navré des destins dont nous avons recueilli l'histoire.)

Septembre 1940.

Le 14 juin, les soldats nazis ont envahi Paris. Le lendemain, ils ont défilé rue de Rivoli. Ils sont venus rue des Rosiers. Deux soldats sont entrés dans la boutique. Ils ont renversé les rayonnages. Ils ont déchiré les livres et les châles de prière. Ils ont réduit en pièces les objets du culte. Samuel, son père et sa mère se terraient, à côté, dans la cuisine. Une bouilloire sifflait sur la gazinière à charbon. Un soldat a pris la bouilloire. L'autre soldat a donné un coup de pied dans la gazinière. Le charbon s'est répandu sur le sol. Un soldat a aspergé d'eau bouillante le père de Samuel. Ensemble, ils ont démoli la gazinière, les placards, la table, les chaises. Ils cherchaient de l'argent. Le père de Samuel leur a dit : « Je n'ai pas d'argent. » Ils l'ont frappé avec sa canne. Ils ont trouvé un peu d'argent dans le fond d'un pot de sel. Ils ont cassé le pot. Ils ont cassé la canne sur la tête du père de Samuel. Ils sont partis. La mère de Samuel a dit : « Nous devons partir nous aussi. » Le père de Samuel n'a pas voulu. Il ne pouvait pas marcher sans sa canne. Il a commencé à trembler et à frissonner. Il ne tenait plus debout. Il s'est alité. Le médecin a dit que sa maladie était d'origine nerveuse, il pourrait encore marcher, s'il le voulait vraiment.

Le jour de la rafle du Vél' d'Hiv, Samuel avait découché. Son père et sa mère dormaient dans leur chambre. Un flic français a pénétré dans la chambre. Il tenait à la main une liste de noms. La mère de Samuel a commencé à paniquer. Elle criait comme un animal. Elle a bondi vers la cuisine. Elle a ouvert le gaz du réchaud. Elle respirait le gaz quand le flic lui a dit d'emballer quelques affaires. Elle pouvait prendre son temps. Le flic français n'était pas pressé. Il insistait là-dessus, français il était et non pas allemand. Il a dit qu'il reviendrait dans une heure, il a répété, dans une heure, pas avant, il reviendrait voir si l'oiseau ne s'était pas envolé. La mère de Samuel a fourré tout ce qu'elle pouvait dans une grande valise. Son père refusait de quitter son lit. De toute façon il ne pouvait plus marcher. Il priait. Et, la mort dût-elle s'ensuivre, il ne ferait rien d'autre que prier. La mère de Samuel implora son mari durant une heure. Puis, tirant sa valise, elle monta se cacher chez des voisins non juifs. Le père de Samuel fut embarqué sur une civière. Il fut emmené, non pas au Vél' d'Hiv, mais directement au camp de Drancy. Là, en raison de son infirmité, il fit partie du premier convoi pour Auschwitz.

CHAPITRE DOUZE

1

Un anniversaire étant un événement heureux et singulier par définition — quand bien même il reviendrait tous les ans —, on s'attendrait à ce que Juliette se réjouisse d'avoir bientôt quatorze ans. Eh bien, on se trompe. Juliette se prépare non pour la joie mais pour l'indifférence. Le 22 janvier 1958, un mercredi, cela fera exactement treize mois et six jours qu'elle vit derrière les barreaux d'une prison, un point c'est tout. Les cadeaux, les bécots, les marques de sympathie humaines, elle n'y pense pas. Point final. Pour ce que ça rapporte de se créer du chagrin par avance...

Une nuit, Juliette fait un rêve qui l'emplit de bonheur. C'est son anniversaire. Son père lui offre une montre-bracelet dont le cadran est pétri dans une pâte d'amande et dont la grande aiguille est faite d'un bâton de réglisse. Quelle drôle d'idée de fabriquer une montre avec des sucreries, dit Juliette à son père, ça n'arrive pas tous les jours. Il lui dit de ne pas manger son cadeau d'un seul coup, d'en laisser un peu pour demain. « Profites-en, lui dit-il, parce que demain peut-être je serai déjà mort. » Juliette supplie son père de ne pas parler de mourir demain, ni jamais. Ils sont au salon tous les deux, assis sur le canapé en velours pourpre bordé de glands dorés. Son père a l'air fatigué. Il se tourne de façon que sa tête fatiguée puisse reposer sur les coussins du canapé. Juliette se rapproche de son père à le toucher. Elle défait le nœud de sa cravate et ce rien l'emplit de bonheur.

Quand elle revient à la réalité, c'est-à-dire à la nuit faite autour de son lit, Juliette a les larmes aux yeux. Un sentiment l'oppresse comme si un danger ou un nouveau malheur se tramait dans l'obscurité, prêt à fondre sur elle. C'est à cause de son rêve ? Mais que peut-il présager, ce rêve, qui ne soit déjà arrivé ? Que peut-elle perdre qu'elle n'ait déjà perdu ? Son père est mort depuis longtemps. Juliette enfouit sa tête sous son oreiller et se met à sangloter, d'abord de tout son cœur, ensuite d'étonnement devant ses propres sanglots, puis tout simplement parce que son père ne l'aimait pas assez. S'il l'avait aimée suffisamment, il ne serait pas mort, il serait là, près d'elle, pour l'anniversaire de ses quatorze ans. Tous les êtres aimés l'ont quittée et elle doit faire face, seule, à un entourage qui lui est aussi étranger qu'hostile. Des questions, toujours les mêmes, viennent la torturer. Sa mère l'a laissé tomber. Pourquoi ? Est-ce qu'il en sera toujours ainsi ? Est-ce que l'avenir sera pareil au présent ? Dans ce cas, c'est la fin, songe Juliette, c'est réellement la fin. Elle appuie son doigt sur sa tempe et, tout à coup, elle sent le projectile lui perforer proprement l'œil droit, son œil jaillit hors de son orbite, elle le sent couler et se répandre sur son visage. Une chose visqueuse lui explore les narines et ce n'est plus qu'une question de minutes : des vers se tortillent dans les replis de son ventre... Mais voilà qu'au moment où tout semble consommé, cuit, archicuit, une rage aussi soudaine que vivace s'empare d'elle. Sa mort pèsera si peu sur la conscience de sa mère... Est-ce que ça vaut la peine de s'empêcher de vivre ? Juliette réfléchit, les yeux ouverts sur le noir. Des bruits de literie résonnent dans le dortoir. Une fille ne cesse de se retourner sur sa paillasse en émettant à chaque fois un sifflement. Juliette frotte ses pieds l'un contre l'autre comme elle fait toujours, machinalement, pour parvenir à s'assoupir. En vain. Juliette glisse la main entre ses cuisses, ses doigts y trouvent du plaisir. Une douce chaleur l'envahit par houles successives qui se propagent délicieusement, de plus en plus loin dans son corps. À la fin, son corps devient une fête splendide et solitaire. Pourquoi le dissimuler ? Juliette est parfois capable de gentillesse envers elle-même. Et pourquoi pas ? Pourquoi ne s'accorderait-elle pas, pour son anniversaire, les cadeaux que personne ne songera à lui offrir ?

2

Ce soir pourtant, la veille de la date fatidique, le cœur de Juliette se met à fondre comme la cire dont on fait tout ce qu'on veut. Ses camarades et Rivka la monitrice l'accueillent au dortoir et en fanfare. Ce n'est pas rien d'avoir quatorze ans, quand même! Juliette le reconnaît. Des fleurs fraîches ornent son vase mural. Un paquet recouvert de papier-cadeau se trouve posé sur son lit. Il arrive de Paris. La camarade Rivka lui tend des ciseaux, les filles l'entourent, curieuses, envieuses peut-être : un cadeau, c'est un des rares objets personnels autorisés au kibboutz, à condition bien sûr qu'il ne s'agisse pas d'une chose effroyablement luxueuse. Juliette sort du paquet un pull-over en laine d'un beau bleu ciel. Elle le déplie, le renifle, une odeur de neuf pénètre en elle comme une aiguille fine et chaude. Et si elle l'essayait tout de suite?... Au diable la pudeur. Elle ôte ses vêtements et, ne gardant que son soutien-gorge, elle enfile le pull en commençant par les manches. Un rien courtes aux poignets, mais bon, ça ira quand même. Elle passe la tête à travers le col roulé et... ça coince... Pas moyen de pousser plus avant. Ni de revenir en arrière. Pas moyen, non plus, de désengager la tête. Elle s'énerve. Elle crie... Ce pull, on dirait bien qu'il est taillé pour une fillette de neuf, dix ans. À moins que Juliette n'ait tellement grossi!... Quoi qu'il en soit, il faut se mettre à plusieurs pour l'aider à se libérer. Et maintenant, que va-t-elle nous faire? Se battre la poitrine en hurlant? La crise de nerfs point, c'est inévitable... Juliette tremble de tous ses membres, ses cheveux roulent en vagues furieuses sur ses épaules, elle ouvre la bouche et... elle lance des plaisanteries sur la manière dont sa mère apprécie ses mensurations. Elle en rigole comme si c'était la vanne la plus spirituelle du siècle. Dire que le dortoir se tient les côtes serait exagéré. Mais on s'efforce de s'intéresser pour de bon à la taille du pull-over. On fait d'honnêtes yeux ronds, on secoue la tête avec sympathie, mais aussi avec une nuance d'ironie évidente pour Juliette (elle ne s'est pas encore totalement crétinisée). Les regards l'évitent, ils se portent vers Rivka la monitrice. Celle-ci, l'œil bleu, les pommettes hautes, les nattes couronnant son beau visage, se met à philosopher : tout le monde peut se tromper et une seule chose importe, au fond, l'intention. Juliette continue à ricaner, méchamment. Le pull, dans sa main, n'est plus qu'une petite chose chiffonnée. Elle l'offre à qui en aura l'usage, sinon le magasin collectif en héritera. Puis elle repart à rire avec des sons prolongés, de plus en plus bruyants, de plus en sarcastiques, de plus en plus haineux.

3

Le 22 janvier.

Un jour semblable à tous les autres.

À sept heures moins le quart, Juliette pénètre dans la salle à manger. À sept heures moins trois minutes, elle en ressort pour se rendre à la Maison des enfants. Le vent souffle qui dissipe les brumes matinales. Il ne fait pas vraiment froid mais pas tellement chaud non plus. Juliette bat les flancs de son blouson quand un chat noir traverse sa route. Il s'arrête, la fixe de ses yeux verts, longtemps, comme pour lui signifier quelque chose d'important destiné à elle seule. Elle n'y croit pas vraiment, soyez tranquilles ! elle cherche seulement le moyen de perdre une minute ou deux. De les gagner, c'est-à-dire. Mettez-vous à sa place. Ça vous plairait d'avoir, le jour de votre anniversaire, à lessiver des couches pleines de caca, à balayer les sols, à les laver à grandes eaux, à donner leur biberon aux braillards qui n'en ont jamais assez de roter et de vomir sur vous ? Ça vous plairait de peiner sang et eau quatre heures d'affilée pour que Nurith, la camarade directrice, rouspète comme quoi vous lambinez, vous rêvassez dans le vide, vous faites tout de travers exprès pour compromettre le bien-être des bébés ?

C'est pourquoi, lorsque le chat s'esquive, Juliette a dans l'idée, complètement ridicule, qu'il lui ordonne de le suivre. Ce qu'elle fait jusqu'à la remise des tracteurs où il se faufile, absorbé par l'obscurité. Juliette s'y engage et, les bras tendus en avant, comme une aveugle, elle zigzague entre les roues des tracteurs. On s'amuse comme on peut, mais voilà quelque chose d'intéressant, garé là, à côté d'un tracteur !... C'est une voiture de location pour touristes : il en vient de temps en temps... Des touristes américains le plus souvent. Des vieux ! Les vieux américains adorent visiter les kibboutz bien exposés aux tirs de la frontière syrienne. Ils font ça au pas de charge : hop, les étables et la laiterie, hop hop, la tour de guet, les bunkers, le château d'eau, hop hop hop, la Maison des enfants, les pavillons d'habitation, la buanderie, le magasin collectif, les cuisines, la salle à manger !... Ouf ! Quelle bonne journée ! Ils s'en vont émus et contents au possible et la poussière met longtemps à retomber après le passage de leur voiture.

Cette voiture-là, voyons ça de près, a parcouru le désert. Du sable saupoudre encore le toit et le capot. Juliette garde la main sur la portière pendant dix secondes puis lentement elle tourne la poignée. Elle s'installe à la place du chauffeur. Elle fouille la boîte à gants. Elle en retire des papiers. Sans intérêt. Des formulaires de location, des cartes postales de Jérusalem, une carte routière, un foulard de soie rose et, là-dessous, divine surprise : une paire de lunettes de soleil ! La monture, incrustée de petits brillants, n'est pas trop grande. Juste bien faite pour le nez de Juliette. Et tandis qu'elle s'admire dans le rétroviseur, une idée se forme vaguement, mais de plus en plus fort, dans sa tête ; une idée qui aurait un rapport avec son anniversaire pour le tribut duquel, apparemment, l'heure serait venue. Mais, eh là, minute !... La chose demande un examen, sinon de conscience, des risques, des conséquences, des châtiments possibles et imaginables. Quand on pense par exemple à la façon dont la Commission d'éducation peut vous clouer au mur comme un cafard, pour une petite histoire de bunker forcé!... D'un autre côté, c'est un trésor véritable qu'on s'est chopé là. Alors?... Juliette examine les lunettes sous toutes les coutures. L'incertitude la ronge, les secondes passent : dix battements de cœur qui brusquement s'accélèrent! Un bruit se fait entendre à l'entrée de la remise. Juliette lance les lunettes dans la boîte à gants et, le temps de s'agenouiller devant le siège du passager, quelqu'un arrive en faisant résonner les talons ferrés de ses souliers. Juliette s'aplatit à terre. Une odeur d'essence lui pique la gorge. Elle chasse du pouce la sueur qui perle sur son front. Le quelqu'un ne doit pas être un touriste américain. Il va d'un pas de péquenot, rit et parle en hébreu : « Fallait avoir du cran, tu ne crois pas? — Fallait surtout être idiot, reprend une voix plus grave. — Ne jamais sous-estimer sa force, Nathan, crois-moi, fallait avoir du cran. Il te faut quelle longueur exactement? » Un raclement métallique tout à coup, comme un outil qu'on traîne sur le sol, derrière soi. Soudain, le silence, l'espace immobile autour de la voiture. Juliette attend encore quelques secondes avant de se redresser. Elle a les jambes en coton. La tête lui tourne un peu, à cause de l'écœurante odeur de l'essence. Il y a, sous le siège du passager, une sacoche en cuir. L'étui d'un appareil photo. Vide. Heureusement. La tentation, ça va bien comme ça! Juliette se regarde dans le rétroviseur. La peur a chiffonné son visage, il semble deux fois plus laid. Mais ce même visage, orné des lunettes de soleil, lui procure du plaisir et pas seulement : une espèce de douceur pénètre son cœur. Alors, sans plus d'attendrissement sur soi-même, le moment ne s'y prête pas, Juliette s'extirpe de la voiture. Elle place les lunettes à même sa peau, entre sa chemise et la ceinture de son short, elle boutonne son blouson, elle part en courant.

Quand Juliette arrive à la Maison des enfants, Nurith la directrice se trouve debout sur le seuil. Elle n'a pas l'air content. Elle s'essuie une main sur son tablier maculé de taches brunâtres et de l'autre la presse d'entrer prendre son travail.

4

Les actes répréhensibles ont leur bon côté, faut croire. Voyez Juliette en ce moment. Elle va et vient à travers la maison avec une célérité proprement stupéfiante. Elle époussette, elle astique, elle balaye, elle passe la serpillière en faisant de grands mouvements circulaires et en chantonnant qui plus est... Bref, en moins de deux heures, elle a réussi à abattre la plupart des tâches qui, d'habitude, lui prennent la matinée.

La camarade Nurith constate le changement d'attitude et, ne sachant pas à quoi l'attribuer, s'en réjouit. À la pause de dix heures, elle met sur la table une boîte de biscuits Carmel. Et, luxe inouï en ces temps de restriction, elle gratifie Juliette d'un deuxième sucre pour son chocolat au lait bien chaud : « Tu as fait du bon boulot, Shulamit. Tu as passé ta nuit à bouffer du lion ? » Elle s'en étonne, la directrice, mais pas tant que ça au fond. Elle le sait, elle le dit depuis toujours : « Vouloir c'est pouvoir », et ses seins larges sous son tablier remuent de contentement.

La camarade Nurith est une costaude avec deux fentes noires et ridées à la place des yeux. Elle se frotte les yeux souvent, comme pour en chasser quelque chose qui la gêne : une douleur peut-être. Juliette croit savoir qu'il ne s'agit pas d'un tic. Le mari de Nurith — un homme très beau pour son âge — s'est mis avec la responsable de la buanderie. Ses enfants, devenus grands, ont déserté le kibboutz. Le plus triste dans tout ça : Nurith a écrit un livre sur l'éducation à donner aux enfants des kibboutz ! Ce livre s'est beaucoup vendu, paraît-il. Bien entendu, Juliette ne l'a pas lu. Ce n'était pas la peine. Nurith est une grande donneuse des leçons contenues dans son livre. Juliette, d'habitude, n'y prête pas plus d'attention que si elle était sourde. Mais il en va autrement aujourd'hui. Un premier pas s'esquisse vers la compréhension et la confiance réciproques. La camarade Nurith se laisse aller à un optimisme prudent. Juliette, de son côté, s'illumine de sourires angéliques, toute à la douce pensée des lunettes de soleil qu'elle a dissimulées derrière les bocaux de lait en poudre, sur le plus haut rayon du placard de la cuisine.

« C'est pas pour dire, remarque la camarade Nurith, mais on dirait que tu n'es plus la même. Tu n'es pas malade au moins ?

— C'est mon anniversaire », dit simplement Juliette.

Après quoi, du jamais-vu se produit : la camarade directrice autorise son employée à se barrer vingt-cinq minutes avant l'heure.

Le crime paye décidément.

Juliette remonte l'allée principale, la bosse des lunettes à peine saillante sous son blouson, lorsqu'elle tombe nez à nez avec une Rivka haletante d'avoir couru. À sa rencontre ? La monitrice a un rayon de soleil dans le dos. Juliette doit cligner des paupières pour voir l'expression de ses traits. Ils sont houleux. À l'évidence, Rivka sait ! Juliette sent la terreur la gagner. Le dieu des voleurs l'aurait-il abandonnée ? Sa main se fait étau sur les lunettes dissimulées à même sa peau, sur son cœur en réalité. Elle songe, perdue pour perdue, à les jeter par terre, à les piétiner, à les détruire tant elle s'en trouve injustement dépossédée. Une seconde d'hésitation (le vol aggravé de destruction de matériel, ça peut aller chercher loin !) et la voilà rassurée : ce jour si tristement entamé enchaîne les rebondissements et les surprises magiques.

« Shulamit, lui dit Rivka avec un large sourire, tu ne vas pas en classe cet après-midi. Contente ? Moi aussi. Va vite te doucher puis tu iras à la salle à manger. Ils t'attendent. Ils sont pressés. Qui ça ? Mais nos visiteurs, voyons, ils veulent parler avec toi. Je sais bien que tu ne parles pas l'américain, et alors ? »

S'ensuit un quiproquo divertissant mais un peu longuet.

En deux mots : les passagers de la voiture garée sous la remise ne sont pas des touristes américains mais un couple de journalistes français, M. et Mme Sylvain, qui font une enquête sur les enfants du rêve devenu réalité. Ça ou autre chose ! Juliette se déclare prête à donner un coup de main aux représentants de la presse française.

5

M. et Mme Sylvain, il faut les appeler Albert et Aline, sont un couple en effet, mais sortis du même moule on dirait. Une même figure poupine, le teint mat, les yeux gris-bleu, mobiles, plus grands que nature chez la femme car elle les a maquillés. Un frère et sa sœur donc, y a pas à tortiller. Ils sont assis devant une assiette de soupe aux légumes qui ne tardera pas à refroidir tant ils s'embrasent d'intérêt pour l'austérité de la salle à manger : les couverts en fer-blanc, les tables en bois de huit places qu'il faut occuper au fur et à mesure qu'on arrive, les chariots roulant dans les travées des marmites fumantes... Mais ce sont surtout les mangeurs aux grosses mains calleuses qui les excitent, fous de bonheur que ça existe : des juifs paysans, hein, et des paysans juifs ! se rengorgent-ils tandis que dans leur entourage immédiat la camarade Rivka renchérit en des termes qui demeurent pour eux de l'hébreu.

De tous les habitants du kibboutz Ein Moshé, une seule parle le français.

Aussi, à peine Juliette s'est-elle amenée dans sa

tenue du samedi que les journalistes se sont levés de table, dis donc, et l'ont accueillie telle une personnalité. Et la voilà installée entre eux deux, émue oh! la la! et, les premières timidités calmées, elle peut enfin afficher l'absolue qualité de son français. Un rien chantant d'accord, aux oreilles des Parisiens. Ils lui demandent d'où elle vient et pourquoi elle en vient. Ils écoutent attentivement ses réponses, hochent la tête, émettent des signes d'approbation et de sympathie. « Tout le monde parlait français au Caire, même les films parlaient en français. Moi, en réalité, je m'appelle Juliette, c'est romantique? Ah, vous trouvez? Roméo et Juliette, je connais bien sûr, c'est une pièce de théâtre que j'ai vue au cinéma. Et c'est rigolo parce que mon père fumait des Roméo et Juliette justement, c'est une marque de cigares, très chers. Il faut les garder dans un endroit très frais, au Caire, vous imaginez. Il n'y avait que le frigidaire. Mais ce n'est pas une blague, pas du tout, mon père mettait ses cigares au frigidaire et ma mère... Mais vous n'aimez pas les oranges? Je peux alors? J'adore les oranges, tous les fruits en général, elle est bonne celle-là, oh! la la!... C'est l'orange pour l'exportation, on les réserve pour l'exportation et pour les invités d'honneur aussi, comme vous, on nous garde les moches un peu abîmées par la cueillette, elles sont bonnes quand même, j'en mangerais des kilos, on en avait des très sucrées aussi en Égypte, encore plus sucrées peut-être. » À ce cri du cœur, les journalistes échangent un coup d'œil presque imperceptible, mais perceptible quand même, comme quoi ça les démange de commencer à travailler.

« On s'y met, Shulamit, dit la jeune femme, tu veux bien demander qu'on nous débarrasse la table ? »

Ce « qu'on nous débarrasse » péremptoire et naïf amène Juliette à rigoler en son for intérieur. Ce manque total de sens de l'observation ! Oui, cette Aline, habituée au luxe de Paris, n'entrave rien à la dure réalité de la vie communautaire. Elle plaît à Juliette pourtant, elle la charmerait presque. Son accent impeccable. Son maquillage. Son foulard rose comme une floraison de pommier. Le frère, en revanche, n'a rien pour lui. Un petit tonneau d'huile bardé de plusieurs appareils photographiques. Il essuie du gras de ses pouces l'objectif de l'un, joue avec la bandoulière d'un autre qui ballotte sur son petit ventre rond. Aline cherche quelque chose dans sa sacoche en cuir souple : ses lunettes de soleil ? Oh Dieu, non, faites que non s'il vous plaît, et je les rapporte avant même qu'elle s'en aperçoive, promis juré, comme quoi elles étaient tombées par terre, près de sa voiture, ça peut arriver sans qu'on s'en rende compte sur le moment et on est toute contente qu'on vous les rapporte honnêtement... Enfin on verra parce que, fausse alerte, Aline a tiré de sa sacoche un calepin et un stylo. Bougeant joliment ses mains, elle décapuchonne son stylo à plume en or, ma parole ! Mais alors, des deux Sylvain, ce serait elle l'écrivain ? Juliette l'observe, admirative, conquise. La salle pleine de monde disparaît à ses yeux, elle n'entend plus le vacarme environnant, elle ne sent plus les émanations de la cuisine, elle ne voit que cette jolie dame libre d'écrire tout ce qui lui passe par la tête! C'est un métier fantastique, non? Couvrir du papier avec des mots personnels! D'abord la page est vide, muette, tout à coup elle se met à parler avec votre voix, elle dit à la France ce qu'il faut penser et savoir de la France, d'Israël, du monde entier.

« Ma mère et mon petit frère habitent à Paris, soupire Juliette avec une nostalgie de native quasiment.

— Ah oui? » dit Aline. Elle jette un coup d'œil à sa montre et lance à la mitraillette une foule de questions :

« Depuis quand es-tu au kibboutz Ein Moshé? Tes parents sont socialistes? Pourquoi ont-ils choisi de t'envoyer dans un kibboutz socialiste? À quand remonte la création de ton kibboutz? C'était comment au début, tu en as entendu parler? Très dur, n'est-ce pas? La vie doit être plus facile maintenant, non? Quelle différence existe, à ton avis, entre les enfants du kibboutz et ceux de la ville? »

Que voulez-vous qu'on réponde à des choses dont on se fiche pas mal?

Juliette grignote un quartier d'orange après l'autre et fixe au plafond une toile d'araignée où des insectes sont pris et qui bouge légèrement dans l'air entrant par la porte ouverte de la salle à manger.

Un silence tombe. Il pourrait durer si Rivka, usant de son arbitraire de camarade-sociétaire-fondatrice du kibboutz, ne décidait de satisfaire la curiosité des visiteurs.

Voici donc l'historique d'Ein Moshé narré en hébreu par Rivka et traduit en français par Juliette.

Le kibboutz Ein Moshé n'est pas riche. Il n'a que douze ans d'âge. Il a été fondé en 1946 par une trentaine de jeunes Russes venus en Palestine pour abolir l'antisémitisme, la propriété privée, le travail salarié et l'autorité parentale. C'étaient des étudiants, des intellectuels, des citadins. Ils ne savaient pas reconnaître une vache d'un taureau, une bonne terre d'une friche. La centaine d'hectares qu'ils acquirent à quelques kilomètres de la frontière syrienne, entre les versants dénudés des monts de Galilée, étaient faits de rocailles ou de marécages infestés de paludisme. Ignorant tout du travail de la terre, ils puisèrent leur énergie dans le verset d'Isaïe : « Et l'endroit solitaire et sauvage leur sera une joie. Et le désert se réjouira. » Ils arrachèrent les cailloux, ils assainirent les marais, ils semèrent, ils récoltèrent, ils bâtirent la tour de guet, les premiers baraquements en bois et tôle ondulée, le château d'eau, les abris en béton armé. Ce temps, d'avant la création de l'État, portait un nom : « La tour de guet, la pioche, le fusil ». Des gardes armés circulaient à cheval afin de protéger les récoltes contre les pillards, les bédouins, les terroristes infiltrés par la frontière syrienne. Des photos, qu'on peut consulter au secrétariat, montrent les pionniers tués au combat : de très jeunes gens souriants, vêtus de larges chemises au col brodé et chaussés de bottes où ils glissaient leurs pantalons bouffants, à la russe. Combien sont morts pour que vive leur idéal ? Ben Gourion le disait bien : « Le mérite d'Israël est d'avoir prouvé que les juifs ne sont pas seulement des commerçants et des intellectuels, mais qu'ils sont capables de se battre. Et surtout de gagner. » Aujourd'hui, le kibboutz Ein Moshé abrite une centaine de sociétaires (quarante familles et dix-neuf célibataires, dont quinze hommes), une cinquantaine d'enfants environ (trente-quatre sabras, trente-cinq en comptant celui qui est en route, auxquels s'ajoutent les dix-huit adolescents recueillis et élevés par le kibboutz). Mais, qu'ils soient nés sur place ou venus de la Diaspora, les jeunes incarnent l'espoir, l'avenir, le « sel de la terre promise ». Ils font l'objet de soins particuliers. Ils vivent, réunis par classe d'âge, dans des pavillons en dur, équipés de sanitaires, de douches et de vastes salles de jeux. Ils travaillent et étudient sept heures par jour et, trois heures durant, l'après-midi, ils retrouvent leurs parents entièrement disponibles et heureux de...

À cet endroit, Juliette donne des signes d'impatience. Et la voilà qui s'exaspère au beau milieu d'une phrase comme si la partie restant à traduire fourmillait d'incohérences flagrantes ou d'obscénités. Rivka se tait le temps d'un soupir. Juliette en profite pour placer son propre couplet. Comme quoi tout ce qu'on vient d'entendre est baratin sur baratin. Aline a arrêté de prendre des notes. Albert braque son appareil sur Juliette, et Juliette, lui dérobant son visage, dévore sa fureur en silence. « Qu'est-ce qui n'est pas vrai, Juliette ? » demande Aline d'une voix très douce. Juliette hausse les épaules. Elle se sent traquée, misérable, maudite même, parce que le « sel de la terre promise » !... Cette bonne blague ! Mais ça lui est égal, elle ne soufflera mot de son sort, pire que celui de Cosette et d'Oliver Twist réunis.

« Il y a un problème ? dit Rivka en hébreu. What is the problem, I don't understand, what she said to you ? »

Aline ignore l'intervention de Rivka, ou l'anglais tout simplement. Elle dévisage la gamine à la blondeur incertaine, aux yeux assombris, aux lèvres pincées, frémissantes, comme si elle se retenait de pleurer. Est-ce de l'affectation ? De la douleur ? Du désespoir ? Aline prend la main de Juliette et la presse dans la sienne. Juliette en ressent une légère méfiance, mais elle hésite à retirer sa main ; une secrète complicité semble vouloir s'établir, au détriment de Rivka, entre elles deux...

« Dis-nous ce qui n'est pas vrai, insiste balourdement Albert, tu peux dire ce que tu veux, nous sommes là pour t'écouter.

— Laisse donc, intervient Aline, Juliette n'a pas envie de nous expliquer, c'est trop difficile je crois, elle ne nous connaît pas après tout, elle n'est pas obligée de nous parler, c'est son droit après tout. »

Elle parle à voix basse, elle ne regarde pas Juliette, petite île de tristesse dont elle retient la main entre ses doigts tièdes et soignés.

« Oui, dit vaguement Juliette, c'est mon droit après tout, sauf que mon droit.. » Ce mot lui répugne tellement qu'elle explose : « Mon droit ! Mais ça n'existe pas, mon droit, pas au kibboutz, pas pour les orphelins du kibboutz. Dans mon groupe, nous devons travailler quatre heures par jour, une heure de plus que les autres enfants. Ceux qui ont leurs parents ici, je veux dire, c'est ça l'égalité ? Les sabras travaillent une heure de moins que nous, ils étudient à part de nous, ils dorment dans des maisons plus belles que la nôtre. Nous ne les voyons presque jamais. Aucun contact. Pourquoi ? Nous sommes la peste et le "cholera yasna", c'est une expression en russe je crois. Oh ça me dégoûte tout ça, je n'ai même pas envie d'en parler, je m'en vais, de toute façon, vous regardez tout le temps votre montre, ça ne vous intéresse pas beaucoup, c'est clair, au revoir !...

— Attends, Juliette, dit Aline de sa voix douce et voilée, attends une minute. Je voudrais te remercier de ton témoignage. Tu nous as beaucoup aidés, sincèrement. Si si, je t'assure, c'était très intéressant. » Elle referme son calepin. Elle agite ses jolies mains rapides, ses yeux clairs prennent une expression sentimentale : « Je regrette seulement de n'avoir pas de photo de toi. Une ou deux photos de toi pour illustrer mon article, ce serait bien.

— Non.

— Bon, tant pis. C'est dommage, Albert fait les plus belles photos du monde.

— Que dit-elle ? s'inquiète Rivka, tu peux traduire, Shulamit, de quoi parlez-vous ? »

Ah, celle-là... Mouche du coche, va ! Juliette rejette de son front ses longs cheveux blonds. Elle réfléchit.

Cette Aline est une femme redoutable. Elle sait, en grande journaliste, explorer jusqu'au tréfonds les faiblesses de l'âme humaine. « Une belle photo de toi pour illustrer mon article ! » Elle a dit cela d'une manière simple, décontractée, flatteuse, charmante. D'un autre côté, Juliette a en sainte horreur sa saleté de visage.

« C'est pour quel journal, d'abord ?

— *Paris-Match*, je t'enverrai les photos si tu me donnes ton adresse, dit Albert.

— Tu recevras mon article par la même occasion, dit Aline, ce sera un article formidable.

— You need take now photo from the kibboutz ? Let's go then any place you want. »

Ce que la Française fait répondre à la camarade Rivka, d'un ton cordial et sans réplique, remplit Juliette d'une joie insensée. Contiens-toi, Juliette, ne te réjouis pas trop vite, n'espère pas trop tôt. Mais ce bonheur à l'idée de demeurer seul à seul avec les journalistes ? Ce frisson à l'idée de leur servir d'interviewée, de modèle photographique, de correspondante ensuite, sait-on jamais... Une telle marque de confiance, de complicité... Des lettres s'échangent, l'estime naît de part et d'autre, puis vient l'amitié, le plus proche sentiment de l'amour ! Bouleversant ! Se jeter dans les bras d'Aline ? La couvrir de baisers ? Non, ce serait la « charrue avant les bœufs », comme disent les Français. S'assurer d'abord de l'accord de Rivka, la sangsue, la convaincre de décamper, allez ouste, c'est de moi qu'ils veulent tirer le portrait, de moi seule, comprends-tu ? Une heure, juste une petite heure entre nous, des gens qui se ressemblent par la langue, qui ont des tas de choses à se dire dans leur langue, muette à tes oreilles de toute façon, accepte s'il te plaît, c'est mon anniversaire.

Accordons-lui ce plaisir. Renvoyons l'importune Rivka... Voyons comme Juliette et Aline, sa grande copine, longent la malédiction barbelée de la palissade, avant de franchir le portail. Comme elles s'élancent toutes deux, main dans la main — le gros petit photographe chemine derrière, en ahanant —, au hasard des sentiers qui délimitent les pâturages et vont se perdre dans le vert luxuriant des bananeraies. Écoutons la voix de Juliette monter dans la campagne paisible tel un chant funèbre, oui, tant les paroles en sont chagrines. Elle vide la misère de son esprit, Juliette, elle pleure vengeance contre sa mère qui l'a attachée à ce pays-là, à cette vie-là qui ne lui était pas destinée. Elle essaye bien, puisque Aline l'y pousse, de trouver le pourquoi rationnel du cruel abandon maternel. Elle avance trois explications. La première découle des circonstances éperdues de la fuite d'Égypte. La deuxième concerne les problèmes d'argent à Paris et le coût de la réexpédition exigé par l'État d'Israël. Voilà pour la surface de la vérité. La troisième explication relève, elle, des profondeurs de la cruauté et de l'indifférence d'une maman à l'égard d'un de ses deux enfants, un seul ! Écrivez s'il vous plaît : « Gilda Stambouli, une mère de deux enfants orphelins de leur père, consacre à son fils cadet toute la tendresse, la protection et les soins qu'elle refuse à sa fille aînée... »

Tout cela étant dûment consigné sur le calepin de la journaliste, Juliette se surprend à aller mieux. Presque tout à fait bien. Parler de la douleur vous en dégage on dirait, comment est-ce possible ? La rancune s'évanouit. La tristesse se met au point mort. Et ça tombe à pic car voici arrivé le moment tant attendu de la séance photographique.

Juliette aurait posé toute sa vie !...

Albert l'affirme : la gamine rayonne littéralement devant l'objectif.

Elle penche la tête sur le côté, rejette en arrière ses longs cheveux blonds et bouclés, élargit l'ouverture de son blouson, regarde par-dessus son épaule, boudeuse comme un mannequin, fait des moues provocantes, des profils pensifs, des yeux levés vers le ciel comme si elle s'attendait à en voir tomber la manne merveilleuse !

N'est-ce pas précisément ce qui arrive à Juliette aujourd'hui ? Cadeau après cadeau, voilà ce que les journalistes français lui ont apporté. Ils l'ont écoutée. Il l'ont regardée. Ils vont remporter, libre comme une image courant le monde, son visage qui sera reproduit à des millions d'exemplaires. Ils vont écrire dans *Paris-Match* sa pauvre histoire. Les lecteurs en auront le sang glacé dans les veines. Sa mère, elle-même... Sa mère, bon Dieu, sa mère ! Est-ce que sa mère achète *Paris-Match* ?

6

Plus tard dans l'après-midi, à l'ombre de la remise.

L'heure est grave, on le voit bien à l'œil sombre de Juliette. Elle tournicote, une enveloppe blanche à la main, autour de la voiture de location où, précisons-le à l'honneur de Juliette, les lunettes de soleil ont regagné leur place dans la boîte à gants. Les journalistes, occupés par d'autres témoignages que le sien, la font tourner en bourrique. Ce sont eux pourtant qui lui ont demandé de les attendre près de leur voiture. Aline a insisté avec beaucoup de sentiments : « Je ne partirai pas sans te dire au revoir, attends-moi, j'aurai un cadeau d'anniversaire pour toi. » Le stylo à plume en or, si ça se trouve, Juliette en a fait l'éloge à plusieurs reprises. Peu importe, pourvu que ce soit un objet ayant appartenu à Aline, une chose choisie par son regard et frottée de son parfum. Son foulard de soie rose par exemple, Juliette ne s'en séparerait jamais. Elle l'emporterait dans son lit, elle poserait sa joue dessus pour s'endormir. Les lunettes de soleil, ce serait encore mieux. Mais il n'y faut plus songer. Ou alors par la voie honnête ! Étonnant, non ? Juliette s'achète une conduite et elle va jusqu'à concevoir l'idée que voler son prochain, son amie Aline en l'occurrence, serait se voler soi-même. Ce point étant acquis, et le résultat honorable, Juliette n'a pas voulu être en reste, côté cadeau. Un vrai problème. Juliette ne possède pas grand-chose en propre (sa petite culotte elle-même est la propriété du kibboutz) : un canif, une lampe de poche, du papier à lettres, des enveloppes, deux stylos-bille, un pull-over taille dix ans fillette (tu parles d'un cadeau !), une pince à épiler, le flacon d'eau oxygénée à moitié vide piqué à l'infirmerie, la barrette en nacre, du papier d'argent lissé, une boîte de biscuits Carmel où elle range ses lettres, des photos d'autrefois, des coquillages et de ces petits fossiles d'animaux marins qu'on déterre bizarrement au pied des collines de Galilée... Autant de riens sur lesquels, justement, il faut veiller précieusement. S'en appauvrir n'enrichirait guère une Parisienne comblée de tous les biens du monde. Finalement, Juliette a eu une assez jolie trouvaille. Elle a cueilli les roses couleur du foulard d'Aline qui décorent la pelouse de la salle à manger. Elle est allée prendre dans son casier le fossile presque entier d'un hippocampe et de quoi écrire. Elle a mis dans une enveloppe blanche le petit fossile et les pétales des roses qui sécheront bien à plat entre la page pliée en deux de sa lettre à Aline... Elle a beaucoup réfléchi à la façon de tourner cette première lettre — suivie de beaucoup d'autres, espérons-le. Elle s'est grisée en esprit de certains mots, de certaines formules qui ne sont pas normalement à la portée d'une gamine de quatorze ans. En fin de compte, par peur de passer pour une prétentieuse, une exaltée, une sentimentale, elle s'en est tenue à l'essentiel. Quelques lignes pour déclarer une amitié « qui ne se dissipera jamais, de mon côté en tout cas, vous n'êtes pas obligée de me répondre ». Elle a exprimé son impatience de recevoir les photos promises et l'article la concernant. Elle a terminé en priant de bien vouloir adresser également l'article à Mme Gilda Stambouli, hôtel Mondial, 12, rue Geoffroy-Marie, Paris IXe, « merci par avance et soyez assurée que je n'oublierai jamais le jour de notre rencontre ».

Maintenant, sous la remise aux tracteurs, Juliette relit mentalement les termes de sa lettre. Il n'y a pas à s'en faire. L'adresse de l'hôtel Mondial est écrite en gros caractères soulignés, Aline a promis, juré, craché, alors pourquoi cette angoisse ? La lettre de Juliette va trouver son bel emploi, elle en est sûre. Ce qu'on écrit sur du papier a beaucoup d'importance pour une journaliste. Et d'une ! Deux : il faut apprendre à faire confiance quand même, de temps en temps, à la parole donnée ! Il n'y a pas lieu de s'en faire, donc, et pourtant ! Quiconque a connu les faux serments d'une mère comprendra Juliette.

Et soudain, au milieu de son désarroi, elle voit revenir Aline et son frère, à toute allure. Ils avancent sous la garde de plusieurs personnes dont, évidemment, Rivka la sangsue, en échangeant les salamalecs. Ça n'en finit pas... Juliette, le visage mangé de déception, tente d'attirer l'attention d'Aline, un regard ne serait-ce. Elle l'obtient, bon, plus une accolade des plus chaleureuses, sincèrement. Mais c'est bien tout. Aline endigue le flot de recommandations de Juliette, laquelle a juste le temps de lui remettre son enveloppe. Quant au cadeau promis... Il est trop tard pour réclamer, Juliette. Et quand bien même, il y a ta dignité, Juliette. Fais-toi une raison. Ne te jette pas dans ses bras, n'implore pas son secours. Elle n'a pas de temps pour toi. Pressée comme elle est de repartir. Mais ça ne fait rien. Elle a gardé ton enveloppe dans sa main gauche. De la droite, elle salue, tourbillonnante, heureuse d'avoir connu autant de merveilleux pionniers. Leur aventure l'émeut, c'est évident. Son cœur sensible et bon s'épanouit sur sa figure. Tout va très vite maintenant. Elle est montée dans sa voiture. Son frère met le moteur en marche. Ils s'en vont. C'est fini. Rideau. Non. Aline abaisse sa vitre et, agitant joyeusement le bras, elle s'écrie : « Hé, Juliette, Juliette, tu auras les photos, le texte et puis je n'oublierai pas de... » Le fracas des roues emporte ses derniers mots. La poussière élève un voile épais, le ciel en est tout assombri. Une chose légère comme un petit mouchoir s'envole de derrière la voiture, elle flotte un instant et, très doucement, elle tombe à terre.

C'est une enveloppe, blanche.

Juliette ne la ramasse pas. Pas tout de suite. Elle met son pied dessus. Elle attend. Elle regarde à droite et à gauche. Les gens commencent à se disperser. Elle attend, les yeux brillants comme si elle se retenait de pleurer. Elle se retient. Elle attend d'être seule avec son enveloppe. Personne ne doit être témoin du moment où Juliette perdra sa dignité.

CHAPITRE TREIZE

Extraits du dossier de Gilda Stambouli

La situation de Mme Stambouli s'est améliorée.

Elle a réussi à trouver du travail à l'école Beth Sion, grâce à la recommandation du médecin de l'établissement. Déclarée comme bonne à tout faire, elle occupe en réalité le poste d'économe. Son salaire mensuel s'élève à 60.000 F, auxquels s'ajoutent les repas du midi, pris sur place, et les frais de transport en métro et en autocar. Bien que son contrat de travail soit temporaire, Mme S. a pu obtenir le récépissé pour la main-d'œuvre et une carte de travail tout à fait valable. De plus, elle dispose maintenant d'une chambre d'hôtel à deux lits, avec possibilité d'un troisième couchage. Rien ne s'y opposant plus, elle nous prie de faire tout ce qui est en notre pouvoir pour hâter le retour de sa fille. Celle-ci pose de tels problèmes au kibboutz que M. Jonathan Shemoul semble pressé de la réexpédier. C'est pourquoi il limite ses exigences financières (voir lettre du 5 janvier). Un prêt de 120.000 F suffirait désormais à regrouper la famille disloquée. Nous nous permettons d'appuyer la demande de Mme S. Elle attend depuis bientôt dix mois que la Commission statue sur sa demande d'emprunt.

Bertha Fromkine
(27.01.58)

Gilda Stambouli
Hôtel Mondial

Paris, le 15 février 1958

Ma très chère amie,

Pardonnez-moi de n'avoir pu me rendre au rendez-vous dont nous étions convenues pour samedi dernier. J'ai, depuis que je travaille, tant de fatigue et de sommeil à rattraper...

Ah, ma chère Bertha, le travail n'a rien de l'image de liberté et de bonheur que votre imagination lui prête. Ce qu'est pour vous le Devoir avec un D majuscule se traduit pour moi par le mot Sacrifice avec un grand S. Je pars tous les matins avant le lever du jour pour ne revenir qu'à la nuit tombée. Le trajet me met au supplice. Le métro, puis l'autocar, puis la marche à travers la campagne où il fait si froid... Les larmes me gèlent aux joues. Mes forces s'épuisent avant que d'être à pied d'œuvre. Et je dois cependant courir non stop de l'économat aux cuisines, au bureau du directeur, au réfectoire, dans les classes, à la buanderie. Il n'existe aucun coin dans cette maison où ma main ne doive passer ! Et je me charge des courses. Et je vais aux commerçants. Et je discute les prix, telle la domestique soucieuse d'économie que je suis deve-

nue! Est-il possible de vivre ainsi? Oui, et je dois en remercier Dieu et ses juifs hassidim.

Je me contemple tous les jours dans le miroir pour savoir si j'ai l'air assez juif pour ces austères antiquités du judaïsme. (Je vous prie de considérer cette remarque comme STRICTEMENT CONFIDENTIELLE, *de n'y voir qu'une sorte de critique que je n'énonce pas à voix haute mais qu'il m'arrive seulement de penser.)*

Le rav Lipinsky est du reste un grand homme. Il accomplit une œuvre salutaire et unique en son genre. Il accueille en son école des enfants nés en France de parents qui ont porté l'étoile jaune, il ne faut pas l'oublier! À Paris, les juifs ashkénazes ont été marqués, molestés, déportés, massacrés. Ceux qui voulaient fuir en zone libre se faisaient arrêter à une gare, trahis qu'ils étaient par leur accent yiddish. Ceux qui ne parlaient pas le français signaient en quelque sorte leur arrêt de mort.

Il est des choses que l'on sait superficiellement, dont on a seulement entendu dire qu'elles étaient arrivées en Europe. Des choses si abominables qu'on ne peut y croire et, quand bien même, le fait est qu'on n'a pas envie de les questionner! Soudain on a l'occasion d'en parler, de les approfondir! On continue à n'en pas croire ses oreilles, sauf que Lékha Lipinsky et son cousin Samuel Kalman — le médecin personnel du directeur — ne sauraient mentir. Leurs propos me glacent l'âme. Tous ou presque de nos petits écoliers sont issus de parents rescapés des camps de concentration. N'est-ce pas un miracle? Je les regarde, je les écoute, je les touche, l'émotion me submerge : ils sont tellement turbulents, bagarreurs, vivants!

La mort ne voulait pas qu'ils naissent et c'est pourquoi ils se tiennent dans la vie comme des gavroches qui ont conquis une Bastille et qui la gardent.

Que vous en dire d'autre que vous ne sachiez déjà ?

Le départ pour l'Amérique des Lagnado a laissé un grand vide à l'hôtel Mondial. Eux-mêmes se sont tant attachés à notre compagnie qu'ils ont pleuré la veille de leur départ, disant que si leur passeport ne plaisait pas aux douaniers américains, eh bien, ils feraient aussitôt demi-tour.

M. Baldamonti menace de se jeter sous une voiture, ou dans la Seine, il se tâte encore, si je refuse de l'épouser : « Je rêve de vous toutes les nuits, se plaint-il, et il n'en sort jamais que poignante solitude. » Je lui ai suggéré, au lieu de choisir un parti aussi extrême, de faire du sport, de la marche à pied, ou toute autre activité physique susceptible d'épuiser l'ardeur nocturne de ses rêves.

La plume me démangerait encore si je n'avais pris rendez-vous chez mon coiffeur. Le samedi, que voulez-vous, autorise la frivolité et le farniente. Néanmoins, nos bonnes conversations en face à face me manquent. Puis-je vous voir dimanche prochain ? Nous pourrions nous retrouver à seize heures au café Rostand, en haut de la rue de Médicis. Venez, je vous en prie, pour prouver que vous ne m'en voulez plus.

Votre fidèle
Gilda Stambouli

P.-S. *Mais j'y songe soudain, où avais-je la tête ? Je ne suis pas libre ce dimanche après-midi. M. Baldamonti a acheté trois billets pour le cirque Medrano. Les clowneries me rendent triste mais Robie en raffole. C'est le point où lui et Baldamonti, ce vieillard retombé en enfance, se liguent contre moi, tant pis ! Remettons notre rendez-vous au dimanche en quinze, voulez-vous ?*

CHAPITRE QUATORZE

1

Trois mois ont passé depuis que Gilda Stambouli travaille huit heures par jour et cinq jours par semaine à l'école Beth Sion... Cela fait trois mois que, jour après jour, elle tremble d'être renvoyée et de retomber dans sa misère. Mais la période probatoire s'achève bientôt et, grâce à Lékha Lipinsky — elle lui sert de secrétaire particulière —, Gilda sait tout faire désormais. Classer, trier, rédiger, répondre au téléphone, noter un rendez-vous, en annuler un autre, tailler les crayons, vider les corbeilles, épousseter les rayonnages de dossiers, installer partout l'efficience et l'efficacité. Elle est la main de la directrice et sa mémoire. Elle est discrète car, comme le précise André Siegfried — l'auteur d'un article intitulé dans *France-Soir* « Le problème du secrétariat féminin » —, dans secrétaire il y a le mot secret. Elle est intuitive et méthodique, savante et empirique, prévenante, psychologique, souriante, infatigable, simple, cultivée, fonctionnelle. Elle allie la noblesse de l'artisanat à la rapidité d'exécution hallucinante qu'exige, toujours selon André Siegfried, l'entreprise du XXe siècle.

Gilda Stambouli dispose de son propre bureau. C'est une pièce de petites dimensions aménagée dans le prolongement du bureau de la directrice. À portée de sa voix, autrement dit, et de son regard. Gilda a l'impression d'avoir constamment un œil fixé dans son dos. Elle en éprouve dans le corps une tension permanente, à quoi s'ajoute la pression du foulard blanc qui s'avance en œillère sur son front. L'uniforme de l'endroit se compose, en outre, d'une blouse aux manches longues, au col boutonné jusqu'au menton, à l'ourlet battant les chevilles. Gilda s'y trouve comme dans une armure du Moyen Âge ou, si on cherche une comparaison moderne, comme dans un scaphandrier. À la voir ainsi faite, sa propre mère ne la reconnaîtrait pas. C'est que chacun qui entre ici se modifie. Et tous prennent le même air. Comme si l'air aussi était en uniforme.

Gilda réussit à se plier aux apparences. Mais à six heures du soir, d'ailleurs, sa tâche à peine achevée, elle recouvre la liberté, la souplesse et la grâce de ses mouvements. En somme, si elle a vendu sa force de travail, elle n'a pas loué son esprit. Et sa main, souvent, fait ce que son esprit lui ordonne. Elle allume une cigarette qu'elle fume en cachette, les doigts tremblants un peu à l'idée que la porte va s'ouvrir et que, sur le seuil, Lékha Lipinsky va s'exclamer : « Aïe, aïe, Gilda, vous empestez encore notre pauvre monde !... » Après quoi,

Lékha se couvrira la bouche pour ne pas aspirer la fumée qui donne le cancer... Max Goldstein, son papa, en est mort, il aurait pu être encore en vie s'il n'avait tant empoisonné la sainte pureté de notre monde, etc.

« Ah, il en est mort, le pauvre ? » s'étonnera Gilda, bien que le vieux Goldstein expire une à deux fois par jour, dans ce même bureau, en crachant tous ses poumons.

« Allez, allez, vous êtes jeune encore, l'encouragera Lékha, et nous tenons tous ici à vous garder en vie, auprès de nous ! »

Alors, Gilda écrasera sa cigarette et, se frottant les doigts longuement, comme s'ils étaient souillés, elle promettra de ne plus empoisonner la sainte pureté de notre monde. Mais si, à cet instant précis, Lékha jetait un coup d'œil dans la tête de Gilda, elle verrait qu'une vie où l'on doit se passer de toutes les bonnes choses que la civilisation a créées ne lui dit rien. Et la sainte pureté de notre monde ne lui dit rien non plus, absolument rien. Pourtant, il ne se passe pas de jour que Lékha ne tente de lui ouvrir l'esprit aux lumières du hassidisme. Tous les après-midi, à la pause de quatre heures, elle entre en trombe dans le bureau de Gilda Stambouli. Elle s'installe sur une chaise et, avec un sourire gourmand, elle amorce une conversation pédagogique.

« Quel fourvoiement participe en nous de l'idolâtrie ?

— Que veut dire le rav Lipinsky quand il dit : “L'homme est ce qu'il mange” ?

— Quel accueil convient-il de réserver à la Reine Shabbat ?

— Quelles sont les bonnes actions spécifiques à la femme juive ?

— Pourquoi est-il défendu de toucher de l'argent le jour du shabbat ?

— La radio a-t-elle sa place dans une maison juive ?

— Pourquoi dit-on que de chaque parole de louanges au Tout-Puissant sortie des lèvres d'un juif naît un ange ?

— Que pouvons-nous faire pour accélérer la venue du Messie ? »

Toutes questions essentielles auxquelles Gilda, étreinte par l'angoisse, avance des réponses allant de la prudence évasive à la candeur exacerbée. Lékha Lipinsky accueille la chose avec humilité et patience : Dieu n'a pas créé le monde en un seul jour ! Au regard du rav Lipinsky, il n'y a ni érudits forcément sublimes ni ignorants forcément bouchés ; c'est la façon de servir Dieu qui atteste que sa connaissance a pénétré un être.

Mais il faut se rendre à l'évidence : les progrès de Gilda en la matière sont aussi lents que la fonte des glaces au pôle Nord. En d'autres termes, elle oppose une résistance passive mais ferme à la religion des hassidim, à leurs croyances, leurs coutumes, leurs vêtements hérités d'une histoire ancienne et barbare. Non qu'elle les méprise — au contraire, elle leur voue une grande reconnaissance car ils l'ont accueillie avec bonté —, simplement ils suscitent en elle la même stupeur mêlée de défiance que les nègres d'Afriquc agitant des gris-gris et dansant autour de sombres idoles.

(Une image assez malvenue à l'égard des doctes ascètes au teint de farine, mais Gilda Stambouli a pour excuse une honnête ignorance du rite hassidique, comme de tout autre d'ailleurs.)

2

Un vendredi après-midi.

Une herbe toute neuve verdit l'horizon derrière les murs d'enceinte de l'école. Un rayon de soleil traverse le préau, perce toutes les vitres et se précipite dans la maison comme un printemps soudain. Du coup, le bureau de Gilda semble plus vaste, plus heureux. Elle se tient, la cigarette aux lèvres, derrière la fenêtre dont un carreau brisé a été rafistolé avec un bout de carton. C'est un bon poste d'observation. Dans la cour, une partie de football se dispute entre les grandes et les petites classes. Les gosses courent, sautent, se renvoient le ballon et hurlent comme des Apaches sur le sentier de la guerre. Adossé à un arbre tranquille, le rav Lipinsky ne lève pas les yeux de son livre. Plus loin, sous le préau couvert, les éducateurs discutent et gesticulent avec la même ardeur que leurs élèves. Un esprit non informé pourrait croire proche l'empoignade, mais c'est la façon qu'ont les hassidim de s'assurer mutuellement que les œuvres de Dieu sont grandes et que ses prodiges n'ont pas de limites.

Gilda envoie des ronds de fumée sur le carreau rafistolé et contemple en bas, dans la cour, les radoteurs qui ne voient pas le feu infernal qui brûle à ses lèvres. Des clameurs passionnées lui parviennent. Elle ouvre la croisée et se penche. Deux grands tentent de reprendre le ballon à un petit rouquin qui s'y agrippe et braille comme si on lui arrachait le cœur. Le petiot roule à terre, tenant le ballon serré contre sa poitrine, et les coups pleuvent sur lui sauvagement. Cela dure un certain temps avant que les adultes ne s'en mêlent. Le rav Lipinsky admoneste les méchants, en yiddish bien sûr et sur le ton le plus indulgent qui soit. Le rav Lipinsky est comme ça avec les enfants. Ils peuvent tout se permettre car le monde ne subsiste que grâce au souffle pur des enfants qui vont à l'école.

3

Au kibboutz, le printemps a pris de l'avance sur l'été. Le maïs monte haut dans les champs, les vignes forment des grains serrés, la campagne embaume la fleur des orangers et des citronniers, c'est fort et suave à la fois, mais la chaleur qui dévale des toits en tôle des baraquements est étouffante.

Vendredi, au milieu de l'après-midi.

Juliette est assise à sa place habituelle, au troisième rang de la classe, devant une bible aux pages cornées.

Le cours d'histoire porte aujourd'hui, à quelques jours de la fête pascale, sur le commentaire du verset intitulé « Le miracle de la mer ». À savoir : la mer s'est-elle réellement fendue en deux pour permettre le passage des Hébreux? Le professeur égrène les sempiternelles recommandations : « Ne prenez pas le mot miracle au pied de la lettre. Attachez-vous à l'explication logique d'un phénomène naturel. Tout est possible à la mère nature sauf de produire des miracles. Imaginez le flux et le reflux d'une marée exceptionnelle en mer Rouge. » Sur son banc, Juliette se cure le nez avec ostentation. Elle éprouve une antipathie instinctive pour ce professeur d'histoire, l'esprit le plus terre à terre du kibboutz qui en fourmille pourtant. Le flux et le reflux! Essayez après ça de garder les yeux ouverts. Juliette pique du nez sur sa bible. Une brume de chaleur flotte devant ses yeux et, sans trop savoir pourquoi, elle se met à penser à la voiture des pompiers du Caire. À cause de l'air chauffé comme par un incendie, voilà, la chaleur n'est pas tenable. Juliette en souffre plus que quiconque autour d'elle, ça doit venir de ses kilos en trop. Elle transpire que c'en est affreux à voir, à sentir, à respirer. Les grosses suent et puent deux fois plus que les personnes normales, elle n'arrive pas à s'arracher de la tête cette idée. C'est pas juste, ça, et pour ça, pour être comme ça, pas normale, elle se déteste encore plus fort que d'habitude, si c'est possible, deux fois plus fort, elle transpire des dizaines de litres d'eau et alors, c'est normal, elle crève de soif. Elle donnerait le reste de sa vie juste pour courir aux toilettes et boire, boire sans s'arrêter toute l'eau du robinet. Impossible, même en rêve! Le prof se pique de connaître les tours et les détours de Juliette pour se soustraire aux cours. Attention, le voici justement qui descend l'allée entre les tables, courbé, les mains derrière le dos. Arrivé à hauteur de Juliette, il arbore une expression qui pourrait bien signifier « y a rien à en tirer de celle-là » — une expression méprisante en tout cas, blessante à coup sûr. Juliette s'en bat l'œil mais elle reste sur ses gardes. Elle se plonge dans la lecture du passage à commenter : « Moïse étendit la main sur la mer et, au point du jour, la mer rentra dans son lit », et brusquement Juliette ne supporte plus cette idée, la mer rentre dans son lit au point du jour, pourquoi ? elle ne sait pas. Elle réfléchit un moment. Elle essaye de comprendre ce qui la chiffonne là-dedans... La mer, le lit, le jour... L'image lui torture l'esprit ainsi que le plus vicieux des théorèmes mathématiques. La vérité est qu'elle est incapable de rien comprendre à rien. Elle pose à l'intelligente mais son niveau mental réel est affligeant de médiocrité. Son esprit est une coquille vide qui refuse de se remplir, il fait trop chaud, elle est trop grosse, elle est malheureuse, elle est perdue, tout est perdu, et il faudra s'y faire, qu'elle le veuille ou non. C'est pas possible qu'il fasse plus chaud, dit-elle à sa camarade de pupitre, c'est pas Dieu possible, et sa voix lui échappe comme un sanglot. Tout est perdu. Rien ne reviendra. Revenez les enfants, revenez! Juliette entend le cri particulièrement strident que poussait la bonne au bord de la plage, l'été, à Alexandrie. L'été, Juliette et Robie passaient des journées entières dans l'eau, sous la surveillance de la bonne. Ils nageaient loin, le plus loin possible de leur bonne, à seule fin de l'embêter un peu plus. La bonne finissait par entrer dans la mer, la robe remontée autour des hanches, les seins moulés par l'étoffe mouillée et, la voix ruisselante d'inquiétude et d'amour, elle leur criait « revenez les enfants, revenez ». Mais rien ne reviendra. Tout est perdu. Juliette referme sa bible. Elle la range dans le casier au fond du pupitre. Elle se lève et, ses jambes semblant se mouvoir comme des folles, elle court vers la porte de la classe.

4

Gilda Stambouli a cessé de se pencher à la fenêtre de son bureau. D'abord, la cloche a annoncé la fin de la récréation, ensuite elle est très occupée. Il faut la voir travailler avec une résolution de fer pendant une demi-heure environ. Elle dresse la liste des denrées nécessaires pour la Pâque, les fêtes commencent mardi prochain, elle téléphone aux fournisseurs, elle dépouille le courrier. Elle sépare les factures des fournisseurs des chèques que de généreux donateurs adressent au rav Lipinsky afin qu'il intercède pour eux dans l'autre monde. Elle additionne mentalement les sommes arrivées ce jour et s'imagine aussitôt qu'on les lui offre en considération de ses mérites professionnels. Près de 70.000 francs ! Oh ! mais il y aurait là de quoi rapatrier la moitié d'une petite Juliette !... Une rature par-ci, un pâté par-là... Qui s'en apercevrait ? Un instant, Gilda se berce de jolies idées criminelles, l'instant d'un soupir. Tout de suite après, elle retranscrit des chiffres honnêtes sur son registre, le referme, le glisse au fond d'un tiroir.

Cette Gilda Stambouli, tout de même ! Elle se demande à elle-même d'où lui viennent tant de sens moral et d'intégrité ! Eh, mais voyons : une dame qui a été grande reste une grande dame ! Cela établi une fois pour toutes avec un humour souriant, quelle tête peut-on avoir aujourd'hui ?

Gilda ouvre son sac à main et, d'un geste exquisement délié, en retire son poudrier. Elle se mire dans la petite glace incrustée dans le couvercle du poudrier. Un cri de stupéfaction, d'horreur ! Qui est cette créature malgracieuse jusqu'à l'offense qui la regarde ? À qui appartiennent ces traits blêmis ? Où sont passées les belles couleurs de Gilda Stambouli ? Qu'est-il advenu de son charme ensorceleur et chic ? Quel front honteux cache ce foulard ? Que dissimule cette blouse blanche qui godaille autour de la taille ? Un sac de pommes de terre, une grosse carpe, rien d'humain en tout cas !

Gilda balaye d'un revers de main le dessus de sa table : tous les papiers se retrouvent par terre ; y a-t-il une seule bonne raison de les ramasser ? Elle allume une cigarette. Elle tourne entre ses doigts l'allumette charbonnée et se souvient de ce qu'elle a entendu raconter : les veuves en Inde sont immolées sur le bûcher de leur mari. Et on dit que le malheur des uns... C'est une fausseté ! Gilda est triste et ses pensées s'égarent. Le soleil qui a été lumineux et chaud pâlit à la fenêtre. Sa fille la rend malade. Le cancer d'Elie-James s'est développé très vite, incroyablement vite. La journée de travail s'achève une heure plus tôt le vendredi, en vertu du shabbat. Le rav Lipinsky dit que celui qui casse le shabbat n'aura point de part au monde futur. Il n'est pas permis à un homme de toucher la main d'une femme. Les fruits et les légumes où des vers se trouvent logés sont interdits à la consommation. Inutile de tourner autour du pot. Le docteur Kalman est quand même très marié. Sa petite épouse insignifiante, son petit cabinet, sa petite voiture, son gros chien et son amante à présent, son amante étourdie d'attente ! Ah, comme une femme amoureuse peut tomber bas ! Une esclave de l'amour, voilà ce que Sam Kalman a fait de Gilda Stambouli. Sensible et fière comme elle est, elle ne songeait nullement à s'abandonner à l'époux légitime d'une autre femme. Mais il s'est déclaré si ardemment. Elle n'a eu ni la force ni la volonté de lui résister. Une esclave consentante, voilà ce que Sam Kalman a fait de l'altière Gilda Stambouli. Gilda se répète cela avec une solennité qui l'accable. Soudain, une vague de colère vient soulever sa poitrine et dans sa mémoire passe le souvenir de la chambre louée, en fraude, chaque samedi après-midi. N'est-ce pas ignoble ? Ils s'y rencontrent en secret, s'y cachent comme des voleurs.

Oh ! assez, assez !

Elle empoigne le téléphone. La secrétaire du docteur Kalman lui signifie de rappeler plus tard. Gilda hausse le ton lorsqu'elle se rend compte qu'une ombre derrière elle intercepte la lumière du côté de la porte restée ouverte. Elle lâche aussitôt l'appareil car, avant même de se retourner, elle a reconnu la présence de Lékha Lipinsky. Elle devient toute rouge. Elle lance un coup d'œil par-dessus son épaule à la directrice... mais non... grâce à Dieu ! Lékha Lipinsky respire la bonne humeur. Elle attrape une chaise et, remontant sa perruque sur son front :

« Ah, Gilda, quelle journée ! Je suis épuisée, sale, mais tellement contente que ce soit fait. Quoi donc ? Mais enfin le grand nettoyage de Pessah, vous n'avez pas entendu le branle-bas ? Voilà deux jours que nous avons commencé avec les femmes de ménage ! Plus une miette de pain ne doit subsister dans la maison ! Nous avons travaillé, vous auriez dû voir ça. Une vraie bataille. Une énergie sans limites nous animait pièce après pièce, recoin après recoin. Ensuite nous avons passé au peigne fin les classes l'une après l'autre. Sans oublier d'inspecter les pupitres, les cartables et même les poches des élèves. Enfin tout est fait maintenant, de la cave au grenier, tout est fait...

— Il ne reste plus que mon bureau, alors ! J'allais me mettre au nettoyage justement, mais j'ai une question préalable. Imaginons, à Dieu ne plaise, que je sois distraite, qu'une miette de pain m'échappe, que se passerait-il ? »

Gilda Stambouli referme ses doigts sur une chose invisible dans l'air et, l'humour n'étant pas mort, la porte à sa bouche et l'enfourne. Mais, l'humour étant ici une forme déguisée de l'agressivité, on ne s'étonnera pas de l'humeur de Lékha Lipinsky :

« Finissez de faire la sotte, Gilda, c'est trop bête à la fin. Est-ce que vous croyez en Dieu ?

— Quelle question !

— Alors vous croyez qu'au jour du Jugement dernier nous rendrons compte à Dieu de nos actes ? Le rav Lipinsky nous rappelle souvent l'histoire de l'épicier juif qui, à la veille de Pessah, n'avait pas détruit... »

Mais arrêtons-nous là. L'heure tourne et Gilda Stambouli a hâte, avant de courir attraper son autocar, d'exposer l'idée qui la titille souvent, chaque fois en réalité qu'elle dépouille les chèques des généreux donateurs.

« Lékha ?

— Oui ?

— Lékha, prêtez-moi les 120.000 francs. Ayez cette bonté, Lékha, sauvez-moi, vous sauverez le monde entier comme dit le Talmud.

— Sauve un homme et tu sauveras le monde, dit le Talmud : un homme... Nous avons eu cette discussion cent fois.

— Je sais, pardonnez-moi, vous êtes ma seule planche de salut. J'ai besoin de réunir 120.000 francs, au plus vite. Pour Juliette. Pour mettre un terme à ses souffrances et aux miennes. 120.000 francs, qu'est-ce que c'est ? Rien ! Rien que du papier. Je vous les rendrai jusqu'au dernier centime. Je vous les rendrai chaque mois sans faute. En quatre mois, voulez-vous ? Vous n'aurez qu'à les retenir sur mon salaire, hein, qu'en dites-vous ? Une retenue de 30.000 francs tous les mois, un peu moins peut-être, disons 20.000 francs par mois, enfin c'est à vous de voir, je ne discuterai pas sur ce point.

— C'est au rav Lipinsky de décider, non ? Comme si vous ne le saviez pas ! Mais vous commettez une erreur, si vous voulez mon avis. D'abord, il vous faudra six mois et non pas quatre pour rembourser cet argent. Ensuite, comment ferez-vous pour vivre avec la moitié d'un salaire ?

— Je vivrai !

— Vous vivrez sans doute, mais comment ? Et avec une enfant de plus à nourrir. Okay ! Ça vous regarde après tout. La volonté humaine est libre de ses choix à condition qu'elle s'accompagne de raison. Cela est valable aussi sur le plan spirituel. Connaissez-vous l'histoire de Rabbi Zalman, un juif parvenu à un degré d'érudition peu commun pourtant ? C'est un régal d'enseignement. Un jour, Rabbi Zalman s'égara dans une sombre et périlleuse forêt. Les loups le talonnaient, il avait faim et froid. Sur ces entrefaites, il arriva à une clairière d'où partaient deux chemins. Il s'arrêta un instant pour s'interroger sur la direction à suivre. Un choix difficile en vérité puisque au même moment...

— Lékha, est-ce que vous parlerez au rav Lipinsky ? »

Lékha a un mouvement de recul car Gilda vient de quitter sa chaise pour se jeter à son cou et, pis, elle tente de l'embrasser. Cela ne se peut pas bien, même entre personnes du même sexe, Gilda devrait le savoir quand même, depuis trois mois !

« Vous lui parlerez ?

— Vous vous rendez compte de ce que vous êtes en train de nous demander ? 120.000 francs, c'est beaucoup d'argent... »

Lékha se livre à divers calculs en s'aidant d'un mouvement des lèvres. L'incertitude la ronge, semble-t-il, rien n'est fait dans sa tête et, partant, dans celle du rav Lipinsky. Gilda sent son cœur se fermer à tout espoir, allez après ça croire au Dieu des hassidim !

« Lékha, vous n'allez quand même pas invoquer des problèmes de trésorerie ? Avec tous ces chèques adressés au rav Lipinsky, voyez, nous en avons reçu une dizaine rien que cette semaine !

— C'est exceptionnel, Gilda, c'est en raison de la fête de Pessah, que notre délivrance soit ! Que notre rédemption arrive.

— Ce n'est pas exceptionnel, grâce au ciel, les fêtes juives remplissent le calendrier.

— Il n'y a pas de joie sans fête et il n'y a pas de fête sans joie. À ce propos, justement, votre petit garçon (d'où, par où le propos ? songe Gilda, mais elle se trouve bien de ne rien dire) va avoir treize ans, n'est-ce pas ? Barukh ha Shem ! Il est en âge de fêter sa bar-mitzvah ! Où se prépare-t-il ? Auprès de qui ? Quel est le nom du maître que vous lui avez procuré ? Procure-toi un maître, gagne-toi un camarade et juge les actions de tous les hommes avec bienveillance, nous dit le Talmud. Vous avez pensé à votre responsabilité si votre petit garçon grandit sans foi ni loi ?

— Mon petit garçon, soupire Gilda, ah ! mon garçon est bien petit, vous savez, renfermé, timide. Il a une terreur secrète des changements. Tant de choses ont changé dans sa vie et en un laps de temps si rapproché.

— Mais c'est qu'il manque une direction à sa vie justement, un ordre moral, un père, un maître.

— Est-ce ma faute ? Vous le dites vous-même : tout est entre les mains de Dieu, sauf la crainte de Dieu.

— Précisément. Et c'est pour cette raison que je vous mets en garde : ne faites pas de votre fils un petit goy. Okay ? Vous devriez nous l'amener un de ces jours. Le rav Lipinsky tient beaucoup à le rencontrer. Vous le connaissez, il peut se montrer impatient s'il pressent l'urgence morale. Oh, mais j'ai une idée merveilleuse, tenez, pour le 15 avril au soir. Pourquoi ne viendriez-vous pas fêter avec nous le seder de la Pâque ? En famille ! Dans la joie ! Une joie sans bornes et sans limites éclate sur tous les visages ce jour-là. Le jour de notre délivrance d'Égypte ! Quelle meilleure occasion pour allumer la flamme juive dans l'âme de votre merveilleux petit garçon ? »

Son discours une fois terminé, Lékha lui décoche un sourire lumineux et lui demande si elle a bien compris. Gilda hoche solennellement la tête pour lui répondre que oui, elle a bien compris : donnant donnant ! Le rachat physique de la fille contre le recrutement spirituel du fils ! Est-ce ainsi que l'on fait plaisir à Dieu ? Par le chantage moral et la conversion forcée ? Une infamie sans doute aucun. Encore qu'à en peser le pour et le contre !... Qu'est-ce qu'une bar-mitzvah après tout ? Une cérémonie assez vite expédiée au cours de laquelle Robie réciterait en hébreu des passages de la Bible appris par cœur. Dès qu'il en aurait fini, on lui ferait fête, on le bombarderait de bonbons, on le renverrait à sa mère ! On le renverrait, oui, et avec un chèque de 120.000 francs !...

Ainsi rêve Gilda, la tête alourdie sur son poing, un rêve parfait puisqu'elle saura se montrer plus rusée que ces sauveurs messianiques qui élèvent le vol d'enfant à la dignité d'une profession de foi.

5

Arrêtons-nous à présent sur ce petit Robie qui détient soudain, tel un messie enfant, le pouvoir de ramener sa sœur du fin fond de son exil. Comment va-t-il prendre la chose ? Entrer en religion, chez les hassidim par-dessus le marché, ne doit pas être facile ni très marrant pour un garçon qui rêve de devenir Fantômas et, dans une moindre mesure, avocat comme son papa ; deux vocations dont l'apprentissage ne figure pas au programme du rav Lipinsky. Sa mère réussira-t-elle à le circonvenir ? Cela est rien moins que sûr. Un problème, autrement crucial, les oppose en ce moment : il y a un autre homme dans la vie de Maman.

Un samedi en fin d'après-midi, alors que Robie sortait du cinéma Rex, il les a vus flâner le long du boulevard animé où il faut se serrer l'un contre l'autre. Robie les a suivis. Ils sont allés s'attabler au café Le Brébant. Robie les a observés à travers la vitre, longtemps. Le samedi suivant, lorsque le docteur Kalman raccompagna maman jusque dans la chambre, apportant avec lui son odeur étrangère, Robie l'accueillit avec peu de mots, mais bien polis. Au fil des semaines, un semblant d'intimité s'est installé entre lui et son rival. Il y eut des promenades à trois sous les arbres du jardin du Luxembourg, des batailles au flipper, ou des séances de Scopitone au café Le Brébant. Le docteur Kalman se mettait en frais pour Robie, c'était sa façon de séduire Maman. Robie en eut la confirmation le jour où le docteur Kalman lui offrit le stylo Parker qu'il avait eu la faiblesse d'admirer à la devanture de la papeterie du boulevard Bonne-Nouvelle. Le cadeau, contrairement aux attentes de Maman, le remplit de fureur. Il déclara qu'il allait de ce pas le balancer dans la première bouche d'égout venue. Maman lui reprocha son ingratitude envers un homme, marié du reste, dont la générosité s'alliait à l'absence totale de calcul. Robie consentit à garder le stylo Parker, il n'en avait jamais possédé de pareil. Cela étant, il déclara voir clair dans le jeu, les mensonges et les projets de Maman. Maman allait épouser le docteur Kalman puis expédier Robie en Israël dans ce même kibboutz où Juliette se trouvait déjà enfermée. Une scène s'ensuivit. Affreuse. Pathétique. Robie n'avait pas assez de délicatesse pour deviner les peines que renfermait l'âme de sa maman et tous les sacrifices qu'elle s'imposait pour ses deux enfants. Elle pleurait, sincère et presque convaincante. Elle ne pensait jamais à ses propres intérêts, maman, mais toujours à ceux des autres, elle ne vivait que pour les autres, au nom des autres. Les autres, se dit alors Robie, les autres, c'est désormais un seul homme : le docteur Sam Kalman.

CHAPITRE QUINZE

1

Samedi, onze heures du matin.

Gilda Stambouli pénètre dans le hall douillet et très silencieux d'un hôtel du Vᵉ arrondissement de Paris.

Le réceptionniste sort de sa loge vitrée et chuchote : « La 14, comme d'habitude ? » Il ne lui propose pas de remplir une fiche de police. Il comprend qu'une femme, dans certaines circonstances, ressent la loi comme un affront personnel. Il ne lui demande pas combien de temps elle pense garder la chambre, il le sait ; les couples enragés d'amour sont une affaire de quelques heures.

La chambre numéro 14 dispose d'un grand lit, d'une table, d'un cabinet de toilette, de doubles rideaux qui rendent le jour invisible. Une sonnette la relie à la réception. Une simple pression sur le bouton de faux ivoire et le garçon d'étage vous apporte un plateau de ces mets, mi-sucrés mi-salés, communément appelés « amuse-gueule », « en-cas », « bouche-trous » (comme quoi, la langue française, non plus, ne se paye guère d'illusions). Gilda Stambouli arrive toujours la première et, naturellement, elle ronge son frein. Elle se met à la fenêtre qui, bien entendu, ne donne pas sur une rue passante mais sur un haut mur aveugle, tapissé jusqu'à l'écœurement de « Byrrh », la réclame pour le vin tonique. Elle se refait une beauté devant l'armoire à glace. La glace lui renvoie l'image d'une petite personne jolie et même ravissante, n'était sa figure plissée par l'énervement ou bien par ce sentiment pénible qu'éveillent le mécontentement et le mépris de soi. Comment ne pas se mépriser quand, fière et sensible comme on est, on attend à n'en plus finir le mari d'autrui ? À cela d'ailleurs ils se reconnaissent : l'inexactitude, l'impolitesse, la goujaterie.

Prenez Sam Kalman par exemple (le seul spécimen en cause ici, n'allez pas imaginer que Gilda pratique couramment la fornication adultérine — qu'est-ce que ce langage ? —, notre héroïne adorait feu son mari, souvenez-vous, de son vivant, pourtant elle ne manquait pas de soupirants, elle ne les recherchait pas non plus, bref elle était l'expression même de la fidélité, et du bonheur de celles qui font de ce principe la règle de leur vie), eh bien, Sam Kalman n'a que mépris pour l'heure et pour la parole donnée. Qu'on le lui reproche, *mezza voce*, il avance son épouse en guise d'alibi, de sorte que celle-ci semble toujours faire son apparition dans la chambre numéro 14 en même temps que lui.

Cette fois, c'est Danton le chien qui le précède, fouinant, sondant les moindres recoins de la chambre. Et le voilà qui, derechef, installe ses puces sur le couvre-lit. Sam part d'un bon rire indulgent. Gilda piquerait bien un coup de sang hygiénique. Mais les bras de Sam sont larges, confiants, attirants, inutile de faire semblant, et puis on a assez perdu de temps comme ça. Alors, ce ne sont pas des dizaines, mais des centaines de baisers qui pleuvent sur Gilda. Sur ses lèvres, ses cheveux, sa gorge, ses yeux, ses seins. Sam lui mordille le bout des seins, oh ! juste à travers l'étoffe du corsage, et pas trop fort, pour que le plaisir l'emporte sur la douleur. Et Gilda, ça la rend toute faible et brûlante. Ses jambes flageolent comme une qui serait prête à rendre l'âme. Elle donnerait le reste de sa vie pour aller au lit. Mais le chien Danton n'y tient pas et Sam non plus, apparemment. Il a une autre idée en tête, une idée aussi étrange que bestiale... Il l'entraîne vers la table placée devant la fenêtre. Elle l'implore sinon de la respecter, du moins de tirer les rideaux. Mais ce qu'elle demande ou ne demande pas revient au même. Il la soulève et, dans une envolée d'énergie proprement renversante, il la jette en travers de la table où elle reste allongée, la tête tournée vers la fenêtre ouverte sur un carré de ciel bleu.

Et c'est la seule chose au monde que Gilda voit, le bleu du ciel, lorsque Sam, relevant sa jupe, fait glisser les jarretières de velours noir nouées au-dessus de ses bas.

Quand ils vont au lit, contents et paisibles enfin,

c'est pour s'apercevoir que leur passion charnelle est loin d'être assouvie. Et le chien Danton comprenant parfaitement cela mais ne pouvant l'exprimer en paroles, frotte contre le sommier frénétique son museau affligé.

2

Beaucoup plus tard.

Les amants sonnent pour se faire apporter du muscadet bien frais, des canapés au fromage et au saumon, et deux paquets de Player's (une attention de Sam, une attention d'autant plus délicate qu'il réprouve l'usage du tabac au lit). Ils mangent, boivent, se caressent du regard comme font rarement mari et femme. Et les voici, repus et recrus de gratitude, qui se disent mille bêtises énamourées. Gilda pense qu'il n'existe pas dans tout Paris, et à travers tous les temps, d'amant plus passionné que le docteur Sam Kalman, lequel, en retour, lui voit une ressemblance incroyable avec une fatale du cinéma américain. Ils sont légèrement pompettes, il faut dire, et heureux à n'y pas croire. Pour combien de temps encore ? Voilà la question qui commence à les tarauder tous deux.

Déjà les taches de soleil passent des murs au plancher de la chambre. Déjà Sam jette des coups d'œil furtifs à son bracelet-montre et Gilda, voyez le changement sur son visage, respire l'inquiétude et le ressentiment. Dans une seconde, elle va provoquer une scène semblable à celle de samedi dernier et à celle, probablement, du prochain samedi.

« Ma chérie, mon amour, s'écrie Sam avec un rire nerveux, il n'est que quatre heures moins le quart et il nous reste encore une longue, longue heure...

— Longue, longue de soixante minutes, mon pauvre chéri. Elles passeront plus vite, allez, si tu continues à surveiller ta montre. Je ne t'ai pas vu de toute la semaine, j'en souffre le martyre et toi tu comptes les minutes.

— Écoute, Gilda, à chaque fois c'est pareil. Mais moi aussi je souffre de devoir te quitter. J'en souffre autant que toi, tu sais. Je t'aime.

— Tu ne m'aimes pas.

— Je t'aime comme un fou. Mais je ne suis pas libre, tu le savais quand je t'ai rencontrée. Je t'ai dit la vérité, je suis marié Gilda et...

— Et tu aimes ta femme ? Tu l'aimes, avoue-le, aie ce courage, oh ! et puis lâche-moi », s'énerve-t-elle en dégageant son bras.

Il essaye de le lui reprendre :

« Je te l'ai dit cent fois, si ce n'est pas mille. Il n'est pas question d'amour entre elle et moi, mais de tendresse. D'estime mutuelle... De... Enfin... Je t'explique les choses comme je peux et toi tu te fâches.

— Je ne me fâche pas le moins du monde. Simplement, j'en ai assez de jouer les back street. C'est un film, pour ta gouverne, évidemment, tu ne connais pas, comment pourrais-tu connaître quoi que ce soit d'intéressant ? Tu n'as jamais le temps. Nous pourrions sortir de cette chambre de temps en temps, aller au spectacle, au restaurant, au...

— C'est vrai, ma chérie, tu as raison, je suis au-dessous de tout. Mais je suis tellement occupé au cabinet, tu n'as pas l'air de t'en rendre compte. J'ai tellement à faire, je n'arrête pas. Cette semaine, tiens, je n'ai pas trouvé une minute pour emmener courir Danton.

— Danton ! C'est d'un fin, d'un délicat de me comparer à ta sale bête. Va, va maintenant faire courir ton chien. Pars, laisse-moi seule, j'ai sommeil. Être avec toi ou toute seule, vraiment, ça ne fait pas beaucoup de différence.

— Une différence de taille de toi à moi, sans ça tu ne serais pas là en ce moment et moi non plus.

— C'était une repartie, un trait d'esprit ? Préviens-moi, la prochaine fois, les occasions de rire ne sont pas si courantes. Ta femme, dis-moi, elle apprécie ta forme d'humour ? C'est bien possible en effet, sans aucun autre point de comparaison... Mais tout cela n'a pas d'importance en réalité. Non, ce qui compte entre toi et ta femme, Sam, c'est la paix, la douceur, la tranquillité, la certitude que vous finirez vos jours ensemble. C'est là le plus important, Sam, tu ne crois pas ? »

Il ne croit pas, non, et cependant il arbore une mine coupable.

« Quant à moi, Sam, je me demande tous les jours par quelle faiblesse ignoble de ma volonté je me condamne aux mensonges, à la clandestinité, aux remords de la liaison adultérine. Que m'as-tu fait ?

Quel est ton pouvoir, Sam ? Je suis une femme ambitieuse et active, Sam, une femme très belle, tu en conviens toi-même avec un rien d'exagération. Anyway, j'aspire à m'arrêter à quelque chose de plus stable que toi, Sam Kalman... à quelque chose de sincère, d'honnête, de légitime. À ce propos, Sam, que penses-tu d'un homme follement épris de sa maîtresse et qui continuerait néanmoins à vivre avec une Arlette qu'il n'aime pas, qu'il n'aime plus prétendument ? Réponds, Sam, imagine que je ne parle pas de toi, mais d'un de tes amis, ne dirais-tu pas que c'est un lâche doublé d'un bel égoïste ? »

Sam ne dirait pas cela si seulement il parvenait à en placer une. Mais elle continue à l'asticoter en ce phrasé stamboulesque, ennemi de la nuance et de la concision, jusqu'au moment où, excédé, il rejette les draps et quitte le lit.

« Tu te lèves ? s'écrie Gilda, mais qu'y a-t-il ? Il n'est pas cinq heures, reste, il faut absolument que tu restes, mon chéri. J'ai besoin de te parler d'un sujet important, décisif peut-être. Tu sais ce que m'a proposé ta cousine Lékha ? Ta sainte rabbine de cousine ! Tu parles ! Une machiavelle ! Corruptrice et corrompue, comme tout le monde. Tout s'achète en ce monde. C'est rassurant dans un sens et même consolant d'imaginer qu'il suffit de... mais que fais-tu à tournicoter sur ma tête, Sam ?... Tu cherches ta chemise ? là, là, sous la table, ton chien est couché dessus, quelle dégoûtation ! »

Sam enfile sa chemise et, tandis que Gilda l'instruit longuement du chantage exercé par sa rabbine de cousine, il la contemple d'un œil chargé d'irritation et d'un zeste d'adoration : elle est nue comme au jour de sa naissance. La perfection de ce corps de femme, ces seins hauts et houleux telle une mer courant sous le vent, l'éclat de cette peau qui semble avaler la lumière jusqu'à son dernier grain, tout cela l'émeut et le sidère comme si, à chaque fois, il en découvrait tout juste la magnificence. Pour autant, l'heure ne s'arrêtant pas de tourner, il s'autorise à couper net dans un énième développement de sa bien-aimée : « Paris vaut bien une messe, Gilda, arrête ton mélo, la bar-mitzvah ne fera pas de ton fils un rabbin hassidique, je ne vois vraiment pas où est le problème, le rav Lipinsky un négrier ? un trafiquant d'âmes ? laisse-moi rire, alors la petite âme de Robie chiffrerait dans les 120.000 francs, pas mal pour une entité invisible, je plaisante Gilda, je suis en retard, décide-toi, est-ce que tu veux retrouver ta fille ? le veux-tu vraiment ? j'en doute parfois, bon bon d'accord je n'en doute pas une seconde, très bien, dans ce cas n'hésite plus, accepte la proposition de ma cousine, une proposition généreuse au fond, une proposition d'une belle portée juive, humaine tout simplement...

— Ah bon ! puisque tu l'affirmes...

— Absolument. Quand dois-tu donner ta réponse ?

— Mardi prochain », lance-t-elle du bout des lèvres, car il s'est déjà rendu à son manteau.

« Mardi ? le jour de Pessah ?

— Le soir de Pessah, de la sortie d'Égypte... Quelle meilleure occasion, comme disait ta cousine, pour allumer la flamme juive dans l'âme de votre ravissant petit garçon...

— Mais alors, tu viendras au seder des hassidim ? Oh, mais c'est... c'est bien embêtant... » Sam marmonne. Quelque chose l'afflige et le chiffonne au point qu'il ne cesse de boutonner et déboutonner son pardessus.

Une raison à ce trouble immense ? La voici. Tous les ans, M. Kalman et madame sont conviés à célébrer les fêtes pascales à l'école Beth Sion, en famille en somme, dans le cercle intime et étroit de...

« De quoi as-tu peur, Sam ? l'interrompt Gilda : que ton Arlette voie ma figure ? Que j'aille lui dire au milieu du repas, écoutez, j'aime votre mari, il m'aime, nous partons passer les fêtes à Venise ? Dis-moi ce que je dois dire à ta femme, Sam, ou ne pas lui dire, je t'obéirai. À moins que tu ne préfères que je m'abstienne de venir carrément. Que j'hypothèque mon poste dans la place, que je renonce à la bar-mitzvah de mon fils, que je compromette les chances de salut de ma fille. Ordonne. J'obéis.

— Tu es folle à lier, c'est exactement pour ça que je t'aime. Tu es folle. À mardi prochain, ma chérie, tu seras prudente ? »

Il veut l'embrasser. Mais elle se détourne : elle a les yeux pleins de larmes. Il s'en désole, que peut-il faire de plus ? Il prend son chapeau, il siffle son chien, il passe la porte. Résultat : Gilda se terre sous les draps et plaque sur son visage un oreiller impuissant à étouffer ses pleurs.

CHAPITRE SEIZE

1

L'après-midi du 15 avril.

Les invités ont envahi la cour de récréation de l'école Beth Sion et il en arrive encore sous la clarté printanière de ce bel après-midi et, à chaque nouvel arrivé, la joie grandit autour du rav Lipinsky — il est la source et la fontaine de cette joie — et de partout fusent les vœux et les souhaits de bienvenue : « Hag Sameakh ! Bonne Fête ! Que vos enfants vous donnent de la joie ! Esclaves hier, hommes libres aujourd'hui ! Que toutes les races, toutes les croyances vivent en paix désormais ! La fraternité humaine a commencé ! l'heure de la délivrance a sonné ! »

Aucune fête juive ne suscite autant d'espérance et de foi en l'avenir que la Pâque, l'anniversaire du grand miracle libérateur.

Et c'est pour cette raison que nous voyons Gilda Stambouli, poussant son fils devant elle, fendre comme avec un couteau une réunion de hassidim dont les longues redingotes noires font soudain des plis alarmés (auraient-ils deviné la païenne — superbe d'ailleurs qu'elle est — à l'électricité qui émane de son pas fougueux ? à sa taille déliée dans un tailleur en panne de velours vert tendre ? au chapeau incapable de dissimuler le lustre de ses longs cheveux noirs ?), et qui battent en retraite. Et la voici plantée sans plus de façons devant le rav Lipinsky, lequel ne se dérobe ni ne fuit, mais ses yeux, sous ses paupières striées de veinules bleues, mi-closes, laissent percer de la stupeur et un début d'exaspération.

« Monsieur le directeur, dit joyeusement Gilda, vous êtes là ? Et moi qui vous cherchais et recherchais partout. Je vous ai amené mon fils, comme nous en étions convenues avec votre épouse, il s'appelle Robie, diminutif de Robert, il va avoir treize ans, l'âge d'accomplir sa bar-mitzvah. »

Le silence qui suit la présentation de l'élève à son futur maître a quelque chose de terrifiant. Quiconque ne serait pas Gilda Stambouli en aurait eu le sifflet coupé durant un peu plus de cinq secondes. Elle, recouvrant avec une époustouflante rapidité le courage et la détermination qu'on lui connaît face à l'ouvrage, égrène les qualités d'intelligence et de cœur de son enfant. Et elle l'inspecte cet enfant avec les yeux de qui va perdre quelque chose de très cher. Elle lui redresse le col du blazer de flanelle grise qu'elle lui a acheté pour la circonstance, ainsi qu'une casquette de tweed un rien grande mais bienvenue car l'après-midi a fraîchi, et elle l'exhorte à se montrer aimable :

« Souris, mon ange, parle au rav Lipinsky. Le rav Lipinsky ne va pas te manger. Il aime beaucoup les petits enfants. N'est-ce pas, monsieur le directeur ? Le rav Lipinsky dit toujours que le monde repose sur le souffle pur des enfants qui vont à l'école. N'est-ce pas que vous dites toujours cela, monsieur le directeur ?

— Nou ?... fait le rav Lipinsky, nou ?... » à la façon typiquement juive qui consiste à substituer une question à la réponse attendue. « Nou ?... »

D'autres onomatopées finissent par introduire une phrase articulée avec une vigueur signifiante : « Que me veut cette sacrée enquiquineuse, quand elle a une idée en tête, elle ne l'a pas ailleurs ? » Ou bien : « Zut-crotte-merde, elle va m'embêter jusqu'à la fin de mes jours ? » Ou alors toute autre chose... L'auteur de ces lignes, ne sachant pas le yiddish, se contente de reproduire ici les pensées du jeune Robie.

« Eh bien, dis quelque chose, Robie, tu sais quoi voyons, alors dis-le. »

Robie commence à réciter le *Chemah Israël*[1], en faisant craquer l'une après l'autre les jointures de ses dix doigts. Est-ce en signe de la pétoche, de l'angoisse qui le ronge depuis ce jour où sa maman a entrepris de lui inculquer un « bagage religieux élémentaire » comme elle dit (à savoir un matériel assez hétéroclite car ramassé de la bouche même des compatriotes, sous le contrôle toutefois de M. Douek, fort, lui, d'une bible au dos usé), de l'en gaver même au motif que la

1. *Écoute Israël*, le début de la prière.

vie et la mort de sa grande sœur dépendent désormais de l'impression qu'il fera au rav Lipinsky ?

Dans ces conditions, on ne s'étonnera pas que ce malheureux enfant, cet agnelet sacrifié à l'appétit des hassidim, soit pris d'un léger tremblement. En prime, un chat vient de lui entrer dans la gorge. Et ne l'en délogeront certainement pas les coups de coude assenés dans ses côtes par sa maman... Ni, du reste, les signaux désespérés qu'elle produit en clignant un œil et en retroussant, simultanément, les commissures de ses lèvres. Rien de tout cela n'empêchera Robie de crachoter, de bredouiller, de chercher au fond de son crâne des mots qui s'y trouvent dilués comme l'encre dans l'eau. Mais voici qu'une ultime bourrade, au bas de son dos, ébranle comme un ressort dans sa mémoire (existerait-il sous ce rapport brutal un lien causal du souvenir ?), mais oui bien sûr, où avait-il la tête ? Il tire de la poche intérieure de son blazer la photo que Maman y a placée tantôt, dans ce but.

C'est une photo dentelée, de dix centimètres sur dix, où sur fond de vignes aux raisins assez avancés se découpe un minois brun aux cheveux trop clairs, aux sourcils noirs froncés au-dessus de grands yeux aux lueurs farouches.

Le rav Lipinsky se livre à un examen approfondi de la photo. C'est bon pour la famille disloquée, ça ? Gilda plisse son visage en un sourire suave, délicat et inquiet néanmoins : « Juliette a été enlevée à mon affection depuis une année, précise-t-elle. Une gamine encore et qui n'en peut plus d'attendre, d'espérer, de rêver au jour où elle retrouvera sa mère. Vous comprenez mon impatience, n'est-ce pas ? » Le rav Lipinsky la toise avec hauteur (mais ce vieillard est si long qu'il en paraît facilement hautain) tout en lui manifestant une espèce d'assentiment. Comment ? Au moyen d'un fléchissement du buste en avant et, l'instant d'après, d'un large, joyeux et lumineux sourire décoché... Mais où ça ?... Bon Dieu, il y a là, derrière Gilda, un groupe de jeunes disciples qui frétillent tel un banc de petits poissons noirs.

« Hag Sameakh, rav Lipinsky.

— Hag Sameakh, Dany, Schloïme, Marcel, Reuben, Isaac, Abram, Nathan... » (suivent dix autres prénoms dont l'énoncé n'est pas indispensable à la compréhension de notre histoire).

Revenons au sujet qui nous intéresse et dont, justement, la main décharnée du rav Lipinsky est en train de flatter la petite casquette de tweed.

« Bonne tête, dit-il, tu as une bonne tête, Robie, Robbelé[1]. Je suis content de te connaître. Tu travailles bien dans ton école ? Non ? Tu es un garçon intelligent, non ?

— C'est mon fils, précise Gilda, en toute simplicité. Il étudie à la perfection. Il aime la lecture. Il ne fait jamais de caprice. Il ne se plaint jamais. Il n'a qu'un seul défaut : il ne peut pas se passer un seul instant de sa mère, ce n'est pas normal.

— Si, c'est normal, proteste Robie, d'ailleurs c'est faux, je peux très bien me passer de toi. »

1. En yiddish : diminutif affectueux, probablement, de Robie.

Le rav Lipinsky lui explique gravement, quoique de façon assez embrouillée, que la présence d'une mère est irremplaçable pour élever les enfants, pour les protéger, les chérir, se réjouir par eux et avec eux. Ensuite, il lui demande s'il éprouve du plaisir en mangeant du pain azyme.

Robie acquiesce avec une petite réserve : manque de sel peut-être ?

Le rav Lipinsky lui signale alors qu'à l'avènement du Messie, selon un commentaire du Talmud, la nature fournira à l'homme du pain tout cuit tout salé, des souliers et des habits tout cousus.

Robie avoue n'avoir jamais entendu parler de ce truc-là. Il se déclare prêt à s'intéresser à tout ce qui en vaut la peine, mais l'étude du Talmud ne sera peut-être pas possible avant l'année prochaine, il a tellement de boulot déjà avec les cours à l'école, l'anglais qu'il a choisi en deuxième langue, les devoirs dès qu'il rentre à la maison, les commissions à rapporter pour le dîner, en attendant le retour de Maman, le ménage, dans la chambre, les lits, la vaisselle, alors !...

Alors, Gilda se sent légèrement désapprouvée, aucune *mater familias* n'aime à s'entendre traiter de tyran domestique. Peu tranquille sous ce rapport, elle prononce d'une voix enfantine une phrase assez mesquine, de l'avis de Robie, une phrase sur la difficulté pour une femme seule d'élever un orphelin de père, de l'élever au propre comme au figuré. Robie tire une mine d'un mètre de long. Est-ce qu'il peut s'en aller maintenant ? Il y a des garçons qui s'amusent, là-bas, à jouer à saute-mouton. Gilda s'y oppose : quel manque de politesse ! Le rav Lipinsky rit à s'en éclater les entrailles.

Les glissades, il en faut, à son avis. Les anges eux-mêmes ne s'amusent-ils pas dans le firmament à virevolter autour du trône céleste ?

Gilda reconnaît que l'explication tient debout, qu'elle est même d'une profondeur étonnante. Elle pourrait raconter des choses, elle aussi, sur la nature espiègle des anges. Mais, le temps du rav Lipinsky étant précieux, elle s'autorise une question, une seule et dernière question :

« Monsieur le directeur, j'aimerais savoir si je peux espérer obtenir l'argent indispensable à la réunion de ma famille ? Est-ce que ma demande a une chance de...

— Pouah ! Pouah ! l'argent ! la coupe le rav Lipinsky d'un air profondément écœuré. L'argent, pouah ! aujourd'hui, lamaoutine, lamaoutine. Vous savez pas lamaoutine[1] quoi c'est, madame Stambouli ? »

Lamaoutine ? Hélas, l'élocution du rav Lipinsky est à l'image de ses intentions : impénétrable...

Gilda souffre.

« Not a penny » est le fin mot de la discussion et il n'y en aura point d'autre.

Il faudra renoncer à ravoir Juliette.

1. Mahout Hitine, de l'hébreu évidemment. Il s'agit, d'après l'*Encyclopædia Judaica*, de l'argent distribué la veille de la Pâque aux indigents, aux veuves et aux orphelins, afin qu'ils se procurent le pain azyme et l'agneau pascal.

Eh oui, il le faudra.

Les miracles de la Pâque, la bonté de Dieu, la fraternité humaine ne sont que fadaises. Du coup, Gilda s'estime libre de récupérer son fils qu'on a manqué de lui arracher pour le convertir, l'endoctriner, l'abêtir et Dieu sait quoi encore. Mais le rav Lipinsky, visiblement, n'entend pas lâcher prise. Il a allongé le bras sur l'épaule de Robie. Et d'une main ferme, l'autre emprisonnant la nuque du garçon, il renvoie la mère vers la forme de vie insignifiante et superflue qui occupe l'autre partie de la cour de l'école Beth Sion.

Donc, Gilda se dirige vers l'endroit où les femmes marchent séparées des hommes — où seuls les enfants impubères ont le droit de franchir la ligne tracée dans la poussière à l'encre sympathique mais inaltérable, entre les deux sexes. Elle marche sans se presser, pourquoi le serait-elle ? et, se gardant à droite et à gauche de frôler les barbus, elle tente d'isoler dans la foule le visage de Sam Kalman.

Ses intentions, peu précises d'ailleurs, sont honnêtes. Tomber par le plus grand des hasards sur le docteur Sam Kalman, le saluer, passer son chemin. C'est tout. Elle ne va pas se risquer, comme on pense bien, à l'embrasser à bouche-que-veux-tu. Le monde alentour les observe et, non loin probablement, Arlette, la femme de Sam, veille à son grain. Ah ! cette Arlette a donc une existence réelle ? Gilda en prend une conscience accrue et outragée comme d'un fait injuste ; ce fait élevé à la dignité du mariage la renvoie, elle, à la pénible vérité de son état : la clandestinité, l'obscurité, le néant social des amours clandestines... L'amour ma foi — Gilda a lu cela dans un de ces magazines qui vous salissent les doigts —, l'amour ne vaut que par les preuves d'amour. Or c'est sa vraie femme que Sam promène en ce moment, c'est elle qu'il exhibe au vu et au su de tous ! Gilda s'arrête, le souffle court. Une peine aiguë lui vrille le cœur : quelque part ici, sous le préau couvert ou sur le perron de la maison, se trouve la personne la plus étroitement liée à Sam Kalman. Une personne dont Gilda ignore tout, sinon que c'est une créature laide et insignifiante au sujet de laquelle son mari affirme n'éprouver aucune attirance. Qu'il se contente de supporter depuis dix ans, dit-il, l'habitude étant un lien terrible. Mais que disent d'autre, je vous le demande, les hommes mariés au mensonge et à la trahison ? Le soupçon gagne en Gilda telle une tumeur maligne. Othello, songeant à confondre sa Desdémone, ne devait pas éprouver autre chose.

2

De son côté, Juliette, la fille aînée de Gilda Stambouli, éprouve la fringale de quelqu'un mis à errer dans le désert depuis une quarantaine d'années. Voilà une heure, pour être précis, qu'elle guette le moment, entre le soleil et la première étoile, d'aller faire honneur au repas des plus nourrissants et savoureux, espérons-le, de la fête pascale.

Car oui, les gens du kibboutz Ein Moshé, tout socialistes et athées déclarés qu'ils sont, n'en célèbrent pas moins la délivrance d'Égypte sur le mode assez peu embarrassé de religion, toutefois, qui leur est propre.

Tout le monde, pour commencer, arrête de travailler à partir de midi afin d'aider aux préparatifs de la fête. À savoir : la décoration en fleurs et feuillages de la salle à manger, la pelouse à planter tout du long d'ampoules multicolores, l'estrade en bois difficile à stabiliser sur le gazon, de sorte qu'il faut la changer plusieurs fois de place et finalement l'asseoir sur un empilage de vieux moellons, les draperies aux couleurs du drapeau national à clouer sur le devant et les côtés de l'estrade... Tout cela exige bien trois quatre heures de temps. Sans compter le passage sous la douche, les apprêts dans des vêtements un peu recherchés — chemisettes blanches, pantalons ou short kaki dénués de taches et d'accrocs. Notre Juliette, possédée comme toujours par la coquetterie et, surtout, par le désir de se distinguer du troupeau, improvise une tenue corsaire : elle roule ses pantalons jusqu'aux genoux et enfile par-dessus sa chemisette son boléro made in Egypt —, un rien serré aux entournures maintenant que sa poitrine a forci —, un boléro d'un bel effet rouge vif sous la coulée dorée de ses cheveux longuement oxygénés pour la circonstance avec, soyons francs, le cuir chevelu irrité par endroits, voire rosi au long de la raie médiane et à la naissance de son front où nichent son orgueil et son malheur d'être tellement différente.

La cérémonie démarre vers les quatre heures de l'après-midi par une procession, les petits enfants couronnés de fleurs en tête, à travers les champs verdoyants. De retour au kibboutz, une charrette chargée de gerbes d'orge est hissée sur la pelouse devant la salle à manger. Le soleil brille encore dans le ciel. L'air sent bon l'herbe fraîchement piétinée. Il y a foule autour de l'estrade. Juliette tire sur sa frange, afin de dissimuler le rosissement persistant à la naissance de son front, et lutte contre la mélancolie qui s'abat régulièrement sur elle en fin d'après-midi, quand l'éclat du jour commence à décliner. À son mal-être s'ajoute, aujourd'hui, l'appréhension de tous ces yeux qu'elle sent braqués sur sa personne, assez remarquable en effet. Mais ce n'est qu'une idée fausse, allons ! elle se tient ignorée de tous et de chacun comme d'habitude, seule comme d'habitude dans l'attroupement de plus en plus dense autour de l'estrade. Brusquement, le silence s'installe. Tous les visages sont levés vers l'estrade, en attente d'un événement exceptionnel. La chorale du kibboutz, voilà tout. Les chanteurs, vêtus de robes d'inspiration biblique, s'époumonent à en faire éclater les vitres de la salle à manger. Ils chantent qu'à la Pâque la terre se libère des chaînes de l'hiver. Ils chantent qu'au printemps l'herbe pousse, que les arbres donnent leurs fruits, que les fleurs exhalent de doux parfums, on va finir par le savoir. Juliette fait un rêve éveillé. C'est sa manière, quand elle trouve le temps long, de le tuer. Elle rêve que d'autres gens se massent autour de l'estrade. Des messieurs portant le châle de prière et des dames arborant de jolis chapeaux neufs ainsi que des mantilles aux fines dentelles transparentes qui laissent voir les bijoux épinglés aux revers de leur tailleur. C'est un rêve surgi de son souvenir, un rêve des jours de cérémonie à la Grande Synagogue du Caire, mais elle ne le sait pas. Pas encore. Son rêve se cache, pour le moment, derrière un mur d'applaudissements. La chorale se trisse, c'est pas trop tôt, des musiciens grimpent sur l'estrade, bravo, bravo! Juliette frotte ses paumes l'une contre l'autre en poussant des cris, elle aussi, mais de dérision. Et soufflent les flûtes et battent les tambourins bédouins. Et se forment des rondes, endiablées et néanmoins champêtres. Et que j'te danse le premier coup de la faucille, que j'te batte les blés, que j'te rentre les récoltes, que j'te baratte dur la pelouse, elle en crèvera, la pauvre, si le soleil ne se décide pas à disparaître derrière les collines de Galilée.

Juliette pense à ces films projetés une fois par mois, sur cette même pelouse, à la gloire des paysans et des ouvriers bolcheviques. Les juifs des kibboutz ont avec les héros de l'Union soviétique — leur seconde patrie — beaucoup de choses en commun : des faces rugueuses, des culs larges, des cuisses et des mollets musculeux, et sur toute chose ils ont des opinions dictées par la discipline, la hiérarchie, le travail. Voilà le hic. Les juifs du kibboutz, comme les paysans du kolkhoze, sont des êtres frustes. Ils ne voient pas plus loin que leur lopin de terre. Ils ne croient qu'à ce qu'ils peuvent voir, toucher, sentir avec leurs pauvres sens animaux. Dieu par exemple. Dieu a pour eux l'importance d'une pierre, d'un brin de paille, d'un insecte — et même moins. Ils ne respectent ni dieu ni diable et, partant de là, ils ne se respectent pas les uns les autres. Les hommes posent leurs paumes sur les fesses des femmes, leurs doigts largement écartés se collent au short des femmes avec avidité comme si chaque danse était la dernière. Ce qui amène soudain Juliette à cultiver, outre une réserve rabbinique, une nostalgie du temps où son papa l'emmenait à la Grande Synagogue, assister aux offices de Yom Kippour. Elle le revoit jouant avec les franges de son châle de prière, une souple étoffe qui ondulait sur ses épaules chaque fois qu'il s'inclinait d'avant en arrière. On aurait dit un serpent, vu d'en haut — Juliette se trouvait dans la galerie du haut, évidemment, avec les femmes —, un serpent au dos rapiécé de soie blanche et bleue et qui se balançait sous la lumière chaude des lustres. Son papa, la personne la plus importante dans sa vie d'hier, d'aujourd'hui, de demain, son papa pourtant n'était pas un modèle de piété. À l'office, les rares fois où il s'y rendait, il articulait avec effort la prière car il n'était versé ni dans l'hébreu ni dans la foi de ses ancêtres. C'était normal pour ceux qui avaient tiré le bon numéro à la loterie de la vie juive. Beaucoup, parmi les heureux, fumaient à Yom Kippour et papa ne se refusait pas, à peine sorti du temple, un café turc à la terrasse de l'hôtel Sémiramis. Juliette adorait ça. Les larges fauteuils d'osier de la terrasse, les lames du plancher qui craquaient au passage du serveur, les pantalons au pli impeccable et les jupes soyeuses qui la frôlaient, le réseau de conversations légères qui s'étendait autour d'elle, l'odeur amère du café à la cardamome et celle, très âpre, du cigare de son père, tout semblait confirmer la promesse fantastique qu'un jour elle hériterait des délices de l'âge adulte. Lorsque le cigare de son père s'éteignait, Juliette le rallumait avec, sur les lèvres, l'arôme doux-amer du café qu'il avait bu. Ils restaient assis à se parler — ou bien à se taire, ça revenait au même. Ils étaient ensemble. Leurs deux ombres se profilaient sur le plancher, elles se déplaçaient un peu avec le soleil, elles se confondaient, se fondaient l'une dans l'autre, mais Juliette savait que la plus grande des ombres était celle de son père.

3

Cinq heures de l'après-midi.

Gilda Stambouli, enfreignant le règlement de la circulation, s'est aventurée jusqu'au milieu de la cour. Elle se glisse en automate dans le mouvement perpétuel, parmi les papillotes et les grands chapeaux noirs, qui monte et descend l'allée des platanes. Elle va vite sur ses talons hauts, la tête baissée comme si elle cherchait un objet précieux égaré dans la poussière, afin que nul ne se méprenne sur son audace « out of limit ». Mais à la vérité, quoi que fasse ou ne fasse pas une Gilda Stambouli, une femme dans la plénitude de sa beauté autrement dit, elle n'existe tout simplement pas aux yeux de ces hommes-là !

À un bout de l'allée des platanes, enfin, la chance la favorise.

Elle reconnaît Sam à la forme lâche et négligée de son pardessus. Elle le reconnaîtrait entre mille, voyez-vous, et avec un bandeau sur les yeux. Il parle avec componction à un bonhomme tout petit et chétif de soutenir sa comparaison. La joue pressée contre l'écorce d'un arbre, Gilda observe son Sam à la dérobée. Il lui semble changé. Elle ne lui a jamais vu cette belle figure grave, cet air empesé, ce front empli de pensées importantes où n'entre pas Gilda, où elle n'entrera jamais... Elle en est toute désorientée... Elle murmure : « C'est un homme ! » Le mot la frappe comme d'une étrangeté. D'un homme, finalement, on ne connaît jamais que l'enveloppe du corps... Les mains chaudes et expertes, le renflement tendre de l'estomac, les genoux durs comme fer, le pli odorant des aisselles, les flancs et leur tremblement plein du désir qui s'éveille, les membres que l'étreinte détend, satisfaits, à côté des membres de la femme. Et c'est tout. Et c'est triste parce que, lorsque les corps se détachent, les esprits ne se font plus confiance. Quelle chose bizarre ! Gilda ressent l'étonnement de tant d'intimité mêlée à tant d'éloignement entre les amants.

En attendant que l'importun s'en aille, Gilda retire ses gants de peau doucement, un doigt après l'autre, comme si c'étaient des enfants fragiles et bien-aimés.

Cela prend bien une minute, même plus. Ensuite, c'est de la façon la plus innocente et par pure distraction que ses pas la portent à l'extrémité de l'allée.

Sam s'adosse à un platane, les jambes écartées, les pieds un peu tournés en dedans, ainsi qu'il fait toujours, le cher, l'adorable balourd. Elle l'aime. Oh ! elle l'aime d'un amour si absolu... Seulement, à peine est-elle rendue à sa hauteur qu'elle note ses traits altérés par la surprise d'abord, la gêne ensuite. Elle lui jette un regard interrogateur, suppliant. Il n'a rien à redouter d'elle. Elle ne fait que lui adresser un petit bonjour en passant, où est le mal ? Ne sont-ils pas collègues de travail en quelque sorte, au service d'un même patron ? À propos du rav Lipinsky justement... Elle entame le récit de la cruelle fin de non-recevoir quand elle l'entend siffler entre ses dents : « Pas de messe basse, Gilda, laisse-moi enfin, va-t'en ! » Gilda secoue la tête avec un sourire incrédule. Sam plaisante, cela n'est pas bien. « Va-t'en, pour l'amour de Dieu ! » lui dit-il encore. Mais c'est lui qui, d'un bond, s'enfuit à toute battue. Ça, par exemple !

Gilda en reste figée, anéantie par l'effort qu'elle fournit pour contenir une énorme et impuissante humiliation ; depuis trois mois, quatre plutôt, elle couche avec un goujat, un butor, un lâche, un salaud, un homme en somme ! C'est à en pleurer. Bon allons, ça va, arrête, pas ici quand même ! Mais ses yeux se mouillent et elle renifle, comme prise d'un gros épanchement de mucosité. Par bonheur, le ciel s'assombrit assez au-dessus de l'allée des platanes pour qu'un mouchoir d'enrhumée dissimule la tristesse infinie de son visage.

Et comme si ça ne suffisait pas, voilà que Lékha Lipinsky, secouant sa belle masse de faux cheveux, fond sur Gilda. Elle lui exprime sa surprise de la voir égarée, Dieu nous en préserve, en cet endroit dévolu aux hommes, vous ne le saviez donc pas, Gilda ? Celle-ci, reniflant de plus belle dans son mouchoir, avoue s'être lancée à la recherche de son fils Robie.

« Il est avec le rav Lipinsky, rassurez-vous donc, mais qu'avez-vous, Gilda ? Vous ne vous sentez pas bien ? »

Gilda acquiesce : elle se sent mourir. Lékha lui prend le poignet pour lui tâter le pouls.

« Je ne pense pas que vous ayez de la fièvre, Dieu l'éloigne de nous, mais je ne suis pas médecin. Voulez-vous que Sam, vous savez, mon cousin qui est médecin, voulez-vous qu'il vous voie ?

— Oh surtout pas, non, non, jamais », s'écrie Gilda avec force. Une expression tragique s'est fait nettement jour sur son visage. Lékha n'insiste pas.

« Comme vous voudrez, nous allons passer à table d'ailleurs. Quand même, Gilda, vous avez une tête à faire pitié. Avez-vous mal à la tête ? Voulez-vous un comprimé d'aspirine ? Okay, je vais vous chercher ça. Ou plutôt non, venez avec moi, venez vite, le seder approche. L'aspirine, je le dis toujours, est la panacée. On n'a rien inventé de mieux depuis Mathusalem. L'aspirine soulage de tout, sauf si on a mal à l'estomac ! Ce n'est pas à l'estomac que vous avez mal, au moins ? »

Gilda, emboîtant le pas à Lékha, songe que, toute panacée soit-elle, l'aspirine guérit rarement les maux d'amour. Une seconde vérité la pénètre, aussi assourdissante que le tohu-bohu de la cour : la rupture ouverte par Sam... Il en a l'intention, c'est évident. « Laisse-moi, va-t'en ! » hein ? Ça ne fait pas un pli. Il la renvoie. Il la quitte. Elle l'a perdu. Elle a tout perdu. Elle n'a plus rien à attendre de la vie. Sauf une longue vieillesse que nul n'accompagnera et une mort bienvenue parce qu'elle arrêtera enfin la peine de l'amour.

4

Mais assez parlé de l'amour, il existe d'autres centres d'intérêt dans la vie. Bien manger par exemple ; c'est une liesse pour le corps, certes, mais en bonne part aussi pour l'esprit.

En pénétrant dans la salle à manger, Juliette découvre un spectacle de toute beauté. Les tables couvertes de nappes blanches offrent à la vue une profusion de mets aux compositions subtiles comme un chef-d'œuvre de la peinture... Juliette en vibre d'une exaltation trop forte, un éblouissement proche du malaise qui, si elle connaissait l'expression, s'appellerait le syndrome de Stendhal. Pourquoi tant d'émotion ? Parce que, en matière de nourriture, comme en toutes choses d'ailleurs, la quantité au kibboutz Ein Moshé supplée la qualité ; le degré de culture d'une société se juge à sa façon d'accommoder les produits de son agriculture ; sous ce rapport le régime du pionnier israélien n'est pas sans rappeler l'alimentation de l'homme de Cro-Magnon.

Juliette, réfléchissant à ces thèmes pas si simples, va rejoindre son groupe. Les orphelins du kibboutz sont placés au fond de la salle, dans la proximité immédiate des cuisines. Il s'en échappe les odeurs de l'agneau qui a rissolé et des aromates qui l'ont parfumé. Juliette en avale sa salive et songe, une association d'idée pascale, combien il est difficile de pomper la sauce du rôti avec du pain azyme. Mais où se trouvent les matzot en question ? Les aurait-on oubliées, pis encore, proscrites ? Juliette écarquille les yeux et une lueur s'y allume, annonçant un éclat inévitable. Comme quoi elle n'aurait jamais cru qu'un repas de Pâque puisse se passer de pain azyme. Que c'est un blasphème de faire ça. Une honte, un péché, un crime... Et ainsi de suite pendant un brin de temps. Aucun de ses camarades ne manifestant l'intention de lui répondre, Juliette ne leur envoie pas dire ce qu'elle pense des impies ! Le sens de cette remarque ne leur échappe pas ni le fait d'ailleurs qu'elle s'applique à eux, et après ?

« Et après ? Dieu n'existe pas, peut-être ? Il ne vous regarde pas ? Il ne vous jugera pas ? Il ne vous punira pas ? Il ne vous a pas créés avec de la poussière pour vous faire retomber en poussière ? Il ne vous expédiera pas en enfer peut-être après tout ce que vous lui avez fait ? »

Juliette lance des rires sonores et très méchants.

Rivka lui jette un coup d'œil signifiant « tu t'es bien amusée, ça suffit maintenant ». Eh non, justement, non ! La vie de Juliette n'est pas si prodigue en amusements pour qu'elle... Sauf que voici qu'on apporte des piles de pain sans levain. Il faut se faire une raison. Juliette s'empare d'une galette. Elle se sert un verre de vin. Mais à nouveau Rivka la fixe d'un œil lourd de reproches. On n'a pas le droit de manger, pas le droit de boire non plus, alors à quoi a-t-on droit ?

Aux discours du secrétaire général.

Il se dit très sensible, en tant que juif laïque et socialiste, à l'admirable valeur pédagogique du message pascal : la haine de la servitude, l'amour de la liberté, la nécessité de s'affranchir de ceci, de cela, et, là-dessus, il déclare qu'on peut s'attaquer au repas.

Quoi ! de but en blanc comme ça ?

Sans la moindre trace de rituel ? Sans les herbes amères ? Sans les œufs durs. Sans les dattes et les figues confites. Sans la prière sur le vin. Sans la bénédiction sur le pain azyme. Sans la fameuse question posée par le plus jeune des enfants : « En quoi cette nuit est différente de toutes les autres nuits ? » En rien. Le repas pascal n'est qu'une tempête de bruits de mastications et de taches de graisse. Les juifs du kibboutz sont pis que des porcs attablés, passez-moi l'expression, les porcs eux-mêmes s'empiffrent moins dégoûtamment. Juliette songe, ce n'est pas nouveau, qu'elle ne s'habituera jamais aux façons de ces gens-là. Qu'elle ne veut rien avoir de commun avec eux. Elle ressent l'irritation familière et le dégoût de vivre que ces gens ont toujours réussi à faire naître en elle. Elle ressent, en plus, un début d'indigestion. Son estomac est tendu à craquer comme si elle y avait entassé des cailloux. Tout ce vin bu, aussi, lui monte à la tête. Elle a envie de grimper sur la table et de crier à tout le monde : « Bande d'idiots, un jour vous saurez qui je suis vraiment, seulement il sera trop tard. » Mais elle ne peut pas. Elle est saoule comme une vache. Elle courbe la nuque et, se prenant les tempes dans les mains, elle ferme les yeux. Ceux qui reconnaissent là une attitude caractéristique de Juliette se trompent : elle ne dort pas, elle pense.

Elle pense d'abord au Dieu de son enfance : son papa. Ensuite, elle pense au livre de Dieu : cette Bible où le professeur d'histoire trouve la plate matière de ses cours. Elle pense aux miracles de la Bible. Moïse a ouvert en deux les flots de la mer Rouge. Josué a arrêté le soleil. Daniel a, d'un regard, apprivoisé le lion dans sa fosse. Elle comprend, avec cette impression d'illumination que provoque la découverte d'une vérité trop longtemps méconnue, que Dieu est l'auteur de tous les miracles vécus sur cette terre.

Dieu est le feu de toute la terre.

Dieu est l'eau de toute la mer.

Dieu est le créateur de tout ce qui vit, tout ce qui meurt.

Juliette aime Dieu.

Il n'y a pas longtemps qu'elle l'aime. Mais elle l'a toujours aimé.

Elle l'a toujours vu, sans le regarder.

Elle l'a toujours entendu, sans l'écouter.

Elle l'a toujours connu, sans le connaître.

Juliette adore Dieu.

Juliette ne savait pas, jusqu'à ce soir, combien elle adorait Dieu.

Juliette ne peut plus se passer de Dieu.

Alors, c'est tout simple, Juliette préfère mourir plutôt que continuer à vivre sans Dieu.

5

Tandis que Juliette s'abîme dans une contemplation religieuse assez proche en apparence du demi-sommeil de l'ivresse, son petit frère croque une branche de céleri trempée dans le sel.

Le réfectoire de l'école Beth Sion a été divisé en deux parties distinctes et, comme il se doit désormais, Robie se trouve dans le camp des hommes. Il occupe une place à la table enviée du rav Lipinsky, à sa main gauche qui plus est. Pour cette raison, l'attention générale se concentre sur sa bouille, un peu embarrassée, ça se comprend. Il se voit dévisagé non comme s'il était un gamin de douze ans, mais un trésor à la réalité duquel on peine à croire. Pourquoi ? Parce que, selon Schmouel, son autre voisin de table, chaque garçon qui entre dans sa majorité religieuse renouvelle l'alliance éternelle avec Dieu par Qui le monde est éternellement renouvelé.

Bon.

Donc Robie mâche des herbes salées, sous le regard prévenant du rav Lipinsky. Il a en face de lui une figure qui ne lui plaît pas du tout, celle du docteur Kalman, et, à son côté gauche, le dénommé Schmouel ; dix-huit ou vingt ans, de petits yeux noirs et vifs, des papillotes vrillées à ses oreilles, peu de poils à son menton. Schmouel a reçu la charge d'initier Robie au pourquoi et au comment du seder ; son déroulement minutieusement réglé de symboles, de gestes, de paroles, ses paraboles où s'entremêlent les mystères du Tout-Puissant délivrant son peuple et les plaisanteries égayées, à ce stade de la cérémonie, par le vin de trois coupes, qu'il a fallu boire en s'accoudant sur le côté gauche, pour signifier le passage de la servitude à la liberté, et c'est seulement à la quatrième et dernière coupe de vin que le seder prendra fin sur l'exclamation unanime « l'an prochain à Jérusalem » : la plainte des exilés n'ayant pas renoncé à revenir un jour vivre et s'enraciner dans la terre de leurs ancêtres, puisse le Seigneur tout-puissant les exaucer, ouf, quel vœu interminable, il émane du dénommé Schmouel.

Pourquoi ce type ne me laisse pas tranquille ? songe le malheureux Robie ; il est stressé, ce gamin, ça saute aux yeux : il ne sait plus où il est ni ce qu'il fabrique là. Sa maman l'a jeté en pâture aux religieux et plus leur maître à tous, le rav Lipinsky, lui manifeste une attention soutenue et très affectueuse, plus il voudrait rentrer sous terre.

La cérémonie s'éternise. Entre chaque prière, le rav Lipinsky chante ou bien raconte des histoires passionnantes à en juger par les cris d'enthousiasme, d'effroi et d'admiration qu'elles suscitent. Ce sont, dans la traduction de l'intarissable Schmouel, des histoires extraordinaires mais vraies arrivées au rav Lipinsky.

Une fois, le rav Lipinsky avait dix-huit ans, les bolcheviks l'appellent à faire son service militaire et voilà que le jour où il se présente devant eux, ses deux doigts de la main droite, le pouce et l'index, se collent soudain, comme cousus par une infirmité de naissance, il est réformé et, une heure plus tard, il recouvre l'usage de ses dix doigts. Un autre miracle se produit la fois où, enfermé par les bolcheviks dans un camp où sévissent le typhus et le choléra, il attrape seulement un peu de rhumatisme. Car Il ne dort ni ne sommeille, le Gardien d'Israël. Dans ce camp où les juifs meurent par centaines de milliers, où les croyants ne mangent rien parce qu'il n'y a pas de cacherout, le rav Lipinsky est la preuve vivante que tant que la foi est présente, le corps le plus affligé peut recouvrer ses forces. Il lui est indifférent d'être piétiné, affamé, battu car Dieu tout-puissant l'a doté de l'endurance de la pierre. Mais voici qu'un jour, à la veille de Pessah justement, une discussion oppose les croyants aux juifs ordinaires du camp, pour savoir si l'eau de cuisson des matzot...

Robie passe en revue les arguments nombreux qui militent en faveur de l'existence des miracles. Il n'y découvre pas de failles. Toutefois, les miracles adviennent dans des circonstances pas très intéressantes et leurs effets, à certains moments, sont totalement ineptes.

Le rav Lipinsky quitte la table, la coupe de vin à la main. Il ouvre grand les portes du réfectoire, afin de laisser entrer le prophète Élie. Il chante « Répands ta colère sur les méchants », en brandissant sa coupe et en battant des pieds. Les hassidim suivent son exemple. Les jeunes repoussent les tables afin de dégager, au milieu de la salle, un espace libre pour les danseurs. Après quoi, jeunes et vieux se mettent à se balancer comme des lampes à suspension dans un bateau. Robie bat la mesure avec son pied, a contrario de la musique, il n'y en a pas d'ailleurs. Ils dansent dans un silence méditatif, les hassidim. Les vieux, surtout, ont l'air de chuchoter avec leur Dieu, ils oscillent à droite, à gauche, avec gravité, mais leurs rides rient dans leurs visages. Quelque chose a dû se passer parce que brusquement les hassidim s'excitent comme des petits fous. Ils se prennent par la main et forment une ronde autour du rav Lipinsky qui gambade, au centre, sur ses pieds rayonnants. La ronde va toujours s'élargissant. Les papillotes des danseurs s'envolent de chaque côté de leur kippa ou de leur chapeau, les barbes s'éparpillent autour de leurs joues rouges, suantes, réjouies, comme c'est à peine croyable chez des religieux. Ils chantent à l'unisson une chanson qui consiste en quelques mots répétés très longtemps avec des intonations de plus en plus joyeuses. Mais qu'est-ce qui les rend si heureux ? se demande Robie et une tristesse soudaine descend dans son âme.

Schmouel s'approche. Il place la main sur l'épaule de Robie puis, la glissant sur sa taille, il l'embarque dans la ronde. Robie se dégage, aussi gêné que s'il se muait en fille. Il ne sait pas danser. Et quand bien même... Il ne lui viendrait pas à l'idée de faire ça avec un autre homme, une façon de parler parce que, en réalité, les hommes ne font pas ça entre eux. Les femmes en revanche... Comment peuvent-elles ? Ce n'est pas beau un homme et ça n'en a pas besoin on dirait. Mais comment peuvent-elles sans vomir de dégoût ? On ne sait pas, on ne peut pas savoir quand on n'est pas une femme. On le saurait si on pouvait brusquement se changer en femme. Renaître une deuxième fois dans le corps de Maman. Maman ! Robie crache le mot comme s'il le jugeait indigne de franchir ses lèvres. Combien de temps ça va durer encore ? Robie traîne, les mains dans les poches de son blazer, les doigts refermés sur une chose dure dont il se demande... Mais bon sang, c'est bien sûr son stylo Parker ! Le stylo à plume en or, qu'il a reçu contre son gré, du docteur Kalman. Pourquoi trimbale-t-il partout ce stylo ? Il a voulu, dès le premier jour, s'en débarrasser. Le casser en mille morceaux, le jeter aux toilettes et tirer dessus la chasse d'eau. Pourquoi ne l'a-t-il pas fait ? S'il y a une chose au monde qu'il hait, c'est bien ce stylo, non ?

Les idées se transmettent par télépathie, faut croire : Robie voit apparaître dans son champ visuel le docteur Kalman. Deux mètres à peine les séparent. Ils vont se croiser, ça semble inévitable. Robie sent monter en lui une onde d'hostilité si violente qu'aussitôt l'autre est empêché d'avancer. Enlève ta sale gueule de mon chemin, fous le camp ! et ça y est... le docteur Kalman oblique sur le côté. Robie s'en va du sien. Il se retourne juste à temps pour, le voyant s'enfuir, triompher : j'y suis tout de même arrivé ! Quand il était petit, il avait souvent commandé au soleil de s'éteindre dans le ciel, mais l'expérience échouait parce qu'il n'arrivait pas à fixer le soleil assez longtemps. Alors que là... Il découvre avec surprise, et une joie mauvaise, que le fiancé de Maman n'a même pas le courage de le regarder en face. Grandiose, non ? Pas une seule fois, au cours du repas, il ne lui a adressé la parole, ni vu ni connu c'est-à-dire, on n'a pas élevé ensemble les cochons. Pourquoi ? Robie réfléchit avec l'air calme et renfermé en soi des enfants qui ne sont plus des enfants depuis des siècles. Son regard se met en mouvement autour du réfectoire. Il s'arrête sur la cloison, faite d'une grande étoffe de tulle, qui délimite le territoire des femmes. La lumière dessine des ombres chinoises sur le rideau de tulle. Robie s'accroupit à terre. Il soulève, mais à peine, le bas du rideau de tulle. Sa vision est rétrécie à tel point que l'endroit dans sa rétine se réduit à la largeur d'une lame de couteau. Il crispe sa main sur son stylo. La violence qui est sur son visage décroît et se mue en étonnement. Un sourire lui vient, un sourire étrange comme un signe de tristesse inversée : ce qu'il voit ou croit voir, de sous le rideau de tulle, semble l'amuser sinistrement.

6

Les enfants suivent une route qui les conduit en ligne droite au paradis ou en enfer ; avec les adultes, c'est différent.

Il n'y a pas deux heures, Gilda désespérait d'avoir jamais sa part à l'amour, elle touchait le fond du fond ; mais voici que son moral remonte à présent et dans des proportions étonnantes, elle est la première à le reconnaître. Que lui arrive-t-il ? La teneur de la cérémonie a beau lui passer très au-dessus de la tête, elle se laisse porter par le courant *allegro di molto.* Plus ça va, plus elle sent s'éveiller en elle une chaleur de sentiments pour les tablées de femmes, de mères et de petits enfants poussés comme champignons après la pluie.

Ô l'amour d'une mère ! amour que nul n'oublie ! Pain merveilleux qu'un dieu partage et multiplie ! Table toujours servie au foyer paternel ! Chacun en a sa part, et tous l'ont tout entier !

Fin de citation. Velours dans la voix. Gilda met le paquet. Elle veut séduire, captiver, c'est évident. Elle travaille sa voisine de table avec une énergie débordant naturellement des meilleures intentions. Cette personne, il s'agit de Mme Arlette Kalman, prête l'oreille à la jeune femme aux petits soins que le hasard a placée près d'elle. Il a bon dos, celui-là ! Car oui, notre Gilda a joué des coudes pour approcher sa rivale, gagner sa sympathie et, de fil en aiguille, glaner des renseignements sur la santé de son ménage.

À cela, malheureusement, l'atmosphère ambiante, à la limite du souk, s'avère peu propice. Elles ne sont pas moins d'une quarantaine de convives, sans compter leurs petits braillards, qui élèvent en même temps un pêle-mêle de sons. De plus, Lékha Lipinsky ne cesse de rappliquer à la table de sa cousine afin de s'assurer que celle-ci ne manque de rien, Dieu en soit loué, Arlette, mangez, Arlette, buvez et réjouissez-vous, le Saint, béni soit-il ! nous a délivrés...

L'épouse de Sam ne ressemble pas du tout à l'idée que s'en faisait Gilda. Elle l'imaginait ordinaire d'allure et de visage, une mémère quoi ! drapée sous un grand nombre d'années. Ce que c'est tout de même, ma Gilda, que de prendre tes désirs pour la réalité... Les deux jeunes femmes ont sensiblement le même âge et, si Gilda ôtait ses talons hauts, elles seraient de la même taille. Elles sont habillées sinon à l'identique, à l'opposé en tout cas de l'austérité vestimentaire des autres dames. Leurs coiffures de vrais cheveux sortent des mains d'un coiffeur compétent. Compliments réciproques. Gilda porte de magnifiques boucles d'un noir brillant — « merci, c'est gentil à vous de le dire » —, et qui retombent avec souplesse sur ses épaules. Les cheveux d'Arlette Kalman sont coupés court parce que moins fournis — mais non mais non, voyons ! » — et ils tirent sur un blond cendré, fade c'est-à-dire — « mais non enfin, madame Kalman ! », « mais si, je vous assure ! » —, bon, un blond un peu éteint peut-être, mais le reste de sa figure signale une personnalité chouette, je dirais, chic et chouette. Et c'est sincère. Gilda trouve du caractère à sa rivale. On ne saurait l'appeler une beauté — ses formes plates sont celles d'une limande — mais le visage se remarque. Le nez s'impose hardiment sous les sourcils fins, presque transparents, la bouche est petite mais dessinée et les grands yeux montrent, derrière les lunettes, une eau limpide et profonde cependant. Cette observation achevée, Gilda admire les lunettes dont la monture lui évoque les ailes d'un papillon. « Quelle étrange coïncidence ! ajoute-t-elle, ma fille rêve de posséder ce genre de lunettes, c'est à la mode, n'est-ce pas ? Où peut-on se les procurer ? »

Gilda change de sujet et, nullement gênée — il faut dire à son honneur qu'elle ne renonce jamais aux objectifs qu'elle s'est fixés —, elle se lance dans le récit de sa vie. Donner tout ce qu'on sait pour recevoir tout ce qu'on voudrait savoir, voilà qui n'est pas bête. Du reste, la vie de Gilda mérite d'être racontée : elle est inouïe. Mme Kalman s'en émeut tellement — « Seule et sans appui, vous avez élevé vos deux enfants ! » — qu'elle oublie d'embrayer sur sa propre histoire. Au moment du dessert, de somptueux strudels faits de la main de Lékha Lipinsky, elle chiffonne la paume de Gilda et, d'un air compatissant :

« Et jamais, jamais auparavant, vous n'aviez été obligée de travailler, madame Stambouli ?

— Eh non, jamais. Sans cela, vous pensez bien !... »

Gilda parcourt des yeux l'assistance attablée devant des pelletées de strudels et dont les perruques penchées sous la lumière tamisée des chandeliers lui évoquent un tableau dû au pinceau d'un maître du Moyen Âge.

« Je vois, commente Mme Kalman, je vois... oui ! »

Des choses étranges et drôles apparemment... Les deux femmes s'entendent à mots couverts, au propre comme au figuré. Elles échangent derrière l'éventail de leurs doigts des impressions communes. Un certain dépaysement pour commencer, un sentiment d'exotisme. L'une n'étant pas juive et l'autre l'étant si modérément, elles se voient telles deux pièces rapportées d'un assemblage humain dont elles ne sont pas sûres de comprendre le raisonnement ni d'approuver le fonctionnement.

« Mais comment peut-on se faire une attente du Messie tout en étant raisonnable ? »

Gilda interprète le sourire de Mme Kalman comme une invitation à poursuivre.

« Sont-ils archaïques, hein ? Rien que le mot en lui-même : Messie ! Enfin ils y croient, c'est l'essentiel. Ils accordent leurs actes à leurs croyances. Car ils sont bons, savez-vous, madame Kalman, ils adorent les enfants. Est-ce une forme de naïveté ? Ils sont bons comme, je ne sais pas moi, comme des agneaux au festin des loups, si vous me passez l'expression. Ils vivent dans un rêve et Victor Hugo a dit une chose là-dessus, il a dit que rêver c'est vivre, et vivre c'est attendre de vivre, enfin quelque chose dans ce style-là. Aimez-vous Victor Hugo ? J'aime beaucoup et sincèrement votre coupe de cheveux. Courte, pratique, facile à coiffer, on en oublierait avoir des cheveux. »

Bref, un tas de sujets s'offrent à leur conversation, à l'exception cependant du plus intéressant d'entre tous, vous devinez lequel. Pas une seule fois, parole d'honneur, Gilda n'a ouvert question de Sam Kalman. La prudence commande d'une part, de l'autre elle le déteste, elle le hait, elle l'exècre, elle l'abomine à souhaiter le voir mort, étendu à ses pieds. En même temps, elle brûle de le voir arriver sur le tapis, au moyen d'une parole qu'elle n'aurait pas provoquée. Voilà le tour contradictoire de ses pensées quand Mme Kalman se décide enfin à prononcer le nom de son époux : ce pauvre Sam ! Hein ? quoi, comment, en quoi est-il pauvre, cet époux d'une femme très excellente ? En ceci que Mme Kalman soupçonne et se convainc finalement que là-bas, derrière le rideau de tulle, son mari s'embête à cent sous de l'heure. Ça ne fait pas un pli, profère Gilda en pointant du doigt ledit rideau. Puis se reprenant : qu'en sait-elle après tout ? elle ramène sa main sur la table. Celle de Mme Kalman plane, ainsi qu'une pâle mouette, au-dessus d'une portion de strudel. Gilda se laisse bercer un instant par la suspension de la menotte sur un doigt de laquelle brille un anneau d'or. La vue de cet anneau la contrarie et la contriste. Est-ce là ce qu'on appelle l'effet du réel ? Gilda se trouble, visiblement elle n'est plus dans son assiette. Aussi, lorsque Mme Kalman lui demande : « Mais au fait, madame Stambouli, vous le connaissez je crois, vous connaissez mon mari ? », elle perd tout self-control. Cette question inattendue, formulée dans le sens biblique du terme, peut-être ? la met au bord de la panique. Elle bredouille, s'embrouille et, la main sur la conscience, finit par déclarer ceci : non, elle n'a jamais eu l'opportunité et l'honneur de faire la connaissance de M. Kalman. Une maladresse à la réflexion. Chacun sait, et sa femme à plus forte raison, qu'il arrive au docteur Kalman de se rendre à Beth Sion afin de soigner le directeur et d'embrasser la directrice, sa cousine. Une erreur stratégique, Gilda a raison, car un incident va se produire bientôt, un incident dont nul ne sera en mesure de prédire les conséquences.

N'anticipons pas. Pour l'instant les deux jeunes femmes envisagent sérieusement de se revoir. Elles quittent leur table, elles ont besoin de se remuer un brin. On étouffe ici, vous ne trouvez pas, Arlette ? Elles se faufilent dans les cuisines, elles suivent un large couloir élevé de plafond (des comme ça, on n'en fait plus) et les voici rendues sur le perron. Les souffles noirs de la nuit les font frissonner, elles n'ont pas pris leur manteau. Mais elles sont seules comme la lune dans le ciel et c'est, après la presse et le vacarme, exquis, tout simplement exquis. Gilda peut enfin griller une cigarette. La première bouffée, accompagnée d'un profond soupir, produit cette montée subite d'euphorie qui la porte immédiatement à savourer la vie. On a beau dire, dit-elle, un petit vice pimente la vie. Arlette Kalman répond tel le fer à l'aimant. C'est une femme accommodante. Un moindre effort et elle ira comme d'elle-même sur le terrain où Gilda veut l'entraîner. À savoir :

Arlette Kalman, née Goasguen, est bretonne. Ses grands-parents tenaient un café-épicerie à Loctudy, dans le Finistère. C'est à Loctudy qu'à l'âge de seize ans Arlette a remporté un premier prix de natation. Arlette et Sam ont fait un mariage d'amour. Ils se sont connus sur les bancs de la faculté de médecine. Arlette voulait devenir pédiatre. Son père, agent d'assurances à Clamart, lui payait ses études. Sam, de son côté, suait sang et eau pour décrocher ses diplômes. Il travaillait à mi-temps, dans la boutique que tenait sa mère, dans le quartier du Marais. Les jeunes mariés devaient loger au-dessus de la boutique dans un petit appartement infect. Ils ne roulaient pas sur l'or. Arlette trouva un emploi de secrétaire médicale dans un labo pharmaceutique. À la mort de sa mère, Sam put enfin négocier le fonds de commerce et l'appartement allant avec. Moyennant quoi, il ouvrit son premier cabinet de médecin dans le Marais, à quelques rues de la boutique de feu Mme Kalman. Il loua un appartement dans ce même quartier. Arlette a toujours pensé que les juifs, comme les saumons voyez-vous, reviennent toujours sur les lieux de leur naissance. Le Marais reste, malgré tout, un des derniers quartiers authentiques de Paris. Malgré quoi ? Eh bien, la surpopulation. La saleté. Le manque d'air. Le peu de vert à se mettre sous l'œil. Heureusement, les parents d'Arlette possèdent à Clamart une maison avec un beau jardin qui longe le bois de Clamart. Ce n'est pas loin, Clamart. Sam et Arlette s'y rendent tous les dimanches pour le déjeuner. Un repas à la française, quoi ! qui dure trois heures. Ce qui ne va pas sans agacer Sam, ces derniers temps surtout. Il a les nerfs en compote en ce moment. Il est fatigué probablement. Les médecins ne s'appartiennent pas, on le sait. Sam a plutôt bon caractère, en général. Mais dimanche dernier, par exemple, il n'a pas même attendu qu'on ait pris le café pour filer au bois avec Danton. C'est le chien de Sam, Danton, son chien s'appelle Danton. Comme le révolutionnaire, oui, exactement. Sam était idéaliste autrefois et anarchiste par-dessus le marché. À cette époque, la fac de médecine constituait un vivier de...

« Mais vous-même, ma chère, l'interrompt Gilda, vous avez arrêté de brillantes études, cela s'entend, une belle carrière vous était promise. Et vous y avez renoncé !... Quel dommage ! Moi aussi j'ai sacrifié l'ambition personnelle au mariage, et pour quel résultat ! Mieux eût valu ne pas se marier du tout. Et les enfants ce n'est pas mieux, je vous assure. J'en ai deux, avec des nerfs difficiles, épuisants. J'ai peur qu'ils ne finissent par me... Mais voilà que je parle encore de moi, excusez-moi, je vous écoute. N'avez-vous jamais regretté d'avoir interrompu vos études ? »

La réponse étant longuette et chiche pourtant en renseignements utiles, Gilda traverse une zone brumeuse entre l'ennui, la déception et le spleen. Le roman familial des Kalman le dispute en intérêt à la recette de la poitrine de veau aux petits pois, pauvre Arlette ! Elle est de ces gens qui, comme dit le poète, « n'égalent pas leurs destins, indécis comme feuilles mortes, leurs yeux sont des feux mal éteints, leurs cœurs bougent comme leurs portes » !

Les deux jeunes femmes s'en reviennent bras dessus, bras dessous, dans la salle à manger, lorsqu'elles croisent un petit bonhomme coiffé d'une casquette de tweed. « Hé, hé, mais c'est mon petit sucre d'orge à moi ! » s'écrie Gilda. Elle étreint son fils. Elle veut le bécoter. Il s'en défend, l'air mauvais comme si sa mère violait son intimité. Celle-ci, rieuse, lui demande quelle mouche vient de le piquer. Il ne répond pas. Il regarde Mme Kalman avec une curiosité non dissimulée, sidéré comme devant un animal prodigieux nouvellement débarqué au zoo. « Quel joli garçon vous avez là ! dit Mme Kalman, comment s'appelle-t-il ? — Robert, dit Robie pour les intimes », répond Gilda, puis elle fait avec sa langue un bruit qui ne présage rien de bon : « Dis donc, Robie, tu as vu ton blazer tout neuf, tu l'as vu ?... Mais regarde enfin, je te parle, regarde la poche de ton blazer ! »

Robie regarde sa poche droite toute barbouillée en effet d'une substance noirâtre. Puis rien. Pas un mot d'explication, nothing, quant à s'excuser... Ce gamin pousse un peu loin le bouchon, et encore, Gilda reste polie. « On croirait de l'encre, remarque Mme Kalman d'un ton conciliant, ton stylo a coulé de ta poche ? » Robie sort le stylo de sa poche, le considère comme s'il n'avait aucune idée de ce que c'est et, après une brusque inspiration, il déclare : « C'est l'oncle Sam qui m'a donné ça, maman, c'est pas ma faute. C'est celle de l'oncle Sam, c'est lui qui m'a donné ça. » Gilda sent ses joues s'empourprer. Il ne faut pas. Après tout, des milliers d'oncles Sam existent à Paris qui ont pu donner « ça » à ce sale gosse. Le fait-il exprès ? Le visage de Mme Kalman s'est empli d'ombres ou, souhaitons-le, des effets de l'heure tardive. Elle ôte ses lunettes. Elle se frotte les yeux et hoche la tête comme si elle émergeait d'un rêve pénible et confus. Comment interpréter ce geste ? Gilda attrape le coude de son fils et le secoue, violemment : « Tu ne pourrais pas prendre un peu soin de tes affaires ? Tu sais combien m'a coûté ton blazer ? Et ton stylo, un Parker, c'était bien la peine que je t'achète un Parker... Enfin, ce qui est fait est fait », conclut-elle à l'adresse de Mme Kalman. « Eh oui, dit celle-ci, ça partira au nettoyage. » Elle a remis ses lunettes, ses traits ont recouvré leur paisible assurance. Pour autant, Gilda n'en mène pas large. Elle renvoie son garnement à l'endroit qu'il n'aurait jamais dû déserter.

Robie n'obéit pas. Il s'incruste. Figé. Les muscles de son visage se contractent et révèlent en dessous des lignes de douleur plus dures que les os de sa mâchoire. Gilda va pour lever la main sur son fils. « Ose un peu pour voir », dit Robie entre ses dents. Mme Kalman la retient de le faire. Elle avance plusieurs suggestions qui permettraient aux deux parties de se réconcilier. La mère cède la première : « Robie est un sacripant, dit-elle en prenant sa voix de gorge, il se fait tard aussi, il n'a pas l'habitude de veiller aussi tard. » Le cerveau de Mme Kalman a dû enregistrer l'information ; elle demande : « Avez-vous un moyen de locomotion pour rentrer à Paris ? Mon mari, le docteur Samuel Kalman, a sa voiture, vous savez. Mon mari peut vous déposer. » Robie pousse un râle : « Merci, nous n'avons pas besoin de vous. » Gilda hésite à accepter la proposition. Elle accepterait, n'était la façon dont Mme Kalman a défilé le nom de son mari : au complet et avec une intonation quelque peu appuyée. En outre, Lékha a prévu de la faire reconduire en taxi jusqu'au faubourg Montmartre, un taxi réglé par avance, cela va sans dire : « Votre cousine pense à tout, voyez-vous, elle est la générosité incarnée. »

Bientôt, après cet échange, le tintouin d'enfer chez les hommes fait place à un étrange silence. « Mais écoutez donc, s'inquiète Lékha Lipinsky, ils ne chantent ni ne dansent plus, malheur à nous ! » Elle dépêche le petit Robie de l'autre côté de la cloison. Quand il revient, au bout d'une minute, c'est pour annoncer que le rav Lipinsky a dansé, dansé, dansé, jusqu'à ce que son cœur éclate. Il est tombé par terre. L'Oncle Sam s'est assis à califourchon sur sa poitrine. Pour quoi faire ? Pour masser le cœur du presque mort, hélas, malheureusement, c'est triste, mais personne n'est éternel ici-bas.

Telle est la maxime pénétrante que formule Robie, tandis que sa mère et chacune des dames autour de lui conspuent le porteur du funeste diagnostic.

Dix minutes plus tard, alors que tout le monde pousse de véhémentes lamentations, on apprend que le presque-mort a repris ses esprits. Il peut se tenir debout, soutenu par ses hassidim. Il peut même leur sourire d'un sourire qui signifie : « Nou ! Quand je vous disais qu'il ne dort ni ne sommeille le Gardien d'Israël ! »

Et là-dessus bonne nuit, séparons-nous chers amis.

Tout est bien qui finit bien, sauf pour Gilda décidément. Car, bien que demain, Yom Tov, soit un jour chômé, elle a eu le réflexe fâcheux de proposer son aide et son soutien à Lékha Lipinsky — n'est-elle pas son bras droit ? — et celle-ci l'a prise au mot.

Dix minutes plus tard, alors que [illegible] pousse de [illegible] nous, on apprend que le presque-mort a repris ses esprits, il peut se tenir debout, soutenu par ses hommes. Il peut même se fendre d'un sourire qui signifie : « Voilà ! Qu'est-ce que je vous disais qu'il ne doit ni ne [illegible] les [illegible] d'Israël. »

Et là-dessus, bonne nuit, [illegible] chez nous.

Tout est bien qui finit bien, sauf pour Gilad [illegible]. Car, bien que demain, Yom Tov, soit un jour chômé, elle a eu le réflexe fâcheux de proposer son aide et son soutien à Eldad [illegible] n'est-elle pas son bras droit ? [illegible] et celui-ci l'a prise au mot.

CHAPITRE DIX-SEPT

1

Lendemain de fête.

La rue Geoffroy-Marie s'éveille au bruit des voitures, des enfants qui se hâtent vers l'école, de l'épicier qui lève son rideau de fer. Sur le même trottoir, devant l'hôtel Mondial, les Stambouli mère et fils poursuivent la querelle entamée dans leur chambre.

Gilda montre une figure de suppliciée. Elle rentre la tête dans les épaules comme pour implorer la miséricorde de son petit garcon. Mais celui-ci reste de marbre, si l'on veut, si le marbre pouvait se mettre en pétard. Le ton monte. La mère et le fils s'accusent de jalousie puérile dans un cas, de dévergondage notoire dans l'autre. Un instant, Gilda se prend à détester son fils. Il lui résiste. Il la menace. Il la persécute. Sa petite existence d'enfant buté contrarie son aspiration naturelle à l'amour, au mariage, au bonheur. Un instant, elle le voudrait mort. Mais cela ne dure pas. Elle pense : « C'est un enfant, c'est mon enfant ! Je l'aime, je dois l'aimer comme je l'aimais autrefois quand il n'était pas si jaloux ! » Elle prend le petit visage fâché entre ses mains gantées et soupire : « Ne me tourmente plus, Robie, je t'en supplie, tu me feras mourir, Robie. Penses-y, je ne suis plus toute jeune, combien d'années me reste-t-il à vivre ? » Elle assure le cartable sur le dos de son petit, et avec un pauvre petit sourire : « Je t'offre un billet de la Loterie nationale, veux-tu ? D'ailleurs, je n'ai plus de cigarettes. »

Il y a la queue au tabac Le Brébant. Un jeune Arabe aux souliers soigneusement usés précède Gilda devant le guichet. Il se tient raide et tendu, songe Gilda, afin de ne toucher personne. Robie attend hors de la file, il garde lui aussi ses distances, pense encore Gilda, et brusquement l'air se charge d'électricité. C'était au tour du jeune Arabe d'être servi. Mais le buraliste a feint d'être absorbé dans ses pensées, puis de ne pas comprendre ce que lui veut cet Arabe-là ! Il le tutoie maintenant, raille son pauvre parler, le couvre de mots orduriers. L'Arabe encaisse avec une humilité insupportable. On ne peut imaginer ce qu'un homme humilié peut encaisser. Quelque chose s'embrase dans le cœur de Gilda : l'Arabe n'a l'air ni stupide ni ravagé par l'alcool, pourquoi ne se défend-il pas ? Le buraliste claironne une phrase si répugnante que Gilda n'y tient plus. Elle avance vers le guichet. Elle dit son fait au guichetier. Elle lui dit qu'on n'a pas le droit d'humilier un homme dans sa race, sa religion, sa couleur. Que l'humiliation suscite le désir de vengeance, que le désir de vengeance inspire le terrorisme ! Qu'il ne faudra pas s'étonner si ce jeune Arabe revient un jour ou l'autre armé d'un cocktail molotov ! Que n'a-t-elle dit là ? Le buraliste appelle au secours ses garçons de café. Ils sont deux. Ils prennent l'Arabe au collet et, le poussant devant eux, ils le jettent à la rue. La voix de Gilda tremble quand, avec une arrogance toute bourgeoise, elle demande à être jetée dehors, elle aussi, si on ose la toucher. Elle rejoint, la tête haute, le jeune Arabe. Il la remercie longuement en sa langue. Après son départ, Robie, toujours un peu craintif, blâme sa mère de s'être mise ainsi en avant. Elle en convient. Elle n'est pas assez prudente pour une réfugiée (drôle de terme pour désigner précisément le déni de refuge), mais sa sensibilité l'y oblige : si elle voit un acte de violence à autrui, il lui semble qu'elle en est elle-même la victime.

« Tu as raison, Maman, dit Robie, tu as toujours raison. Bon, je file à l'école. À ce soir, Maman.

— À ce soir, mon amour, embrasse-moi fort et, dis-moi, tu es fier de ta maman ? »

2

Onze heures du matin.

La pluie cingle la fenêtre du bureau de Gilda Stambouli et l'eau s'infiltre à travers le carreau rafistolé au moyen d'un carton. Malgré le grondement de l'averse, le silence est pesant dans le bureau de Gilda. Elle promène un regard de susceptibilité offensée sur le combiné du téléphone. Sonnera, sonnera pas ? Elle, elle se couperait un doigt plutôt que de composer le numéro de Sam Kalman. Il peut monter au ciel et redescendre, elle ne fera pas le premier pas. N'y comptez pas. Il rappellera et vous verrez comment elle l'enverra paître. Sévère elle sera, et définitive. Adieu et pour toujours, enfin pour le temps qu'il comprenne que la sévérité issue des lèvres n'entache pas le cœur. Et, son esprit procédant toujours par anticipation, elle voit un Sam éploré, repentant, menaçant de la tuer et de mourir si elle ne revient par sur sa décision. Elle y consentira, peut-être, s'il entreprend une procédure de divorce... Sinon — Gilda pâlit comme elle sait pâlir et, machinalement, se tord les mains — ce Sam auquel elle a sacrifié son honneur, ce Sam n'existera plus tout simplement. Elle le pleurera amèrement puis elle l'oubliera.

Gilda sent un sanglot lui étrangler la gorge, un sanglot sec, sans larmes. Ce sont les plus douloureuses, celles-là, qui refusent de jaillir...

Gilda lutte contre un fort penchant à imiter les feuilles de papier couchées sur son bureau. À un bruit derrière la cloison, elle entend que Lékha Lipinsky a regagné son bureau. Aussitôt quelque chose s'anime en Gilda, quelque chose de préférable à l'horreur blanche de l'expectative. Toute prudence oubliée, elle va frapper à la porte de Lékha Lipinsky. Celle-ci lui communique avec empressement le bulletin de santé de son mari. Elle ne voit pas non plus d'inconvénient à lui apprendre que le médecin, le cousin Sam, a promis de venir dès que possible au chevet de son malade.

« Dès que possible seulement ? dit Gilda. N'est-ce pas un peu inconséquent, vu l'état du rav Lipinsky ? Je ne sais pas, moi, mais si j'étais médecin...

— Ne vous faites pas tant de bile, Gilda, je vous assure, le rav Lipinsky va de mieux en mieux, Dieu en soit loué. Il n'y a aucune fêlure dans son cœur empli de confiance en la volonté divine. Gam zé letov[1]. Alors, Gilda, qu'avez-vous pensé de notre seder, magnifique, hein ?

— Magnifique. Mais le malaise du rav Lipinsky cependant m'a désolé le cœur... Et si nous appelions tout de même le docteur Kalman ? Il nous dirait au moins l'heure de sa visite, nous serions plus tranquilles.

— Je ne sais même pas si Sam travaille à Yom Tov. Oh, c'est tellement gentil à vous d'être auprès de moi, c'est une bonne mitzvah et le rav Lipinsky vous en est reconnaissant lui aussi.

— Ah, il est au courant ?

— Oui, nous avons parlé de vous ce matin, de vous et de votre fils. Le rav est prêt, dès qu'il sera tout à fait remis, à le prendre avec lui deux ou trois heures par semaine. Le jeudi, pourquoi pas ? Robie n'a pas école le jeudi, à quoi passe-t-il son temps ? Vous pourriez l'amener avec vous le jeudi matin et vous le reprendriez à la fin de la journée. Ce serait magnifique, n'est-ce pas, Gilda ?

1. En hébreu : cela aussi est pour le bien.

3

À la poste du boulevard Bonne-Nouvelle.

Il y a un monsieur d'aspect presque entièrement vieux qui consultait un annuaire quand Robie était arrivé et qui se livre maintenant à une observation scrupuleuse de Robie... en train de consulter l'annuaire! Chaque fois que Robie lève le nez de dessus son Bottin — le volume de A à H —, il voit deux yeux gris injectés de sang l'inspecter de haut en bas, comme les yeux d'un juge devant une terrible évidence : « Qu'est-ce que c'est ce gamin qui a deux mains gauches! », ou l'envelopper de tous côtés comme un tailleur prenant les mensurations d'un nouveau client. Quelque chose cloche chez Robie? Sa casquette de tweed bascule en avant, chaque fois qu'il se penche sur une page, quand elle ne se fait pas la malle. Maman a pris la taille au-dessus en disant au marchand que la tête de son petit garçon, si intelligent, ne cessait de grossir... Ce genre de vantardises à vous convaincre de garder vos vieilles fringues jusqu'à la fin de vos jours. Enfin, la casquette mise à part, rien ne fait tache dans la tenue de Robie, sauf le petit trou à sa semelle, celle du pied droit, mais le vieux monsieur ne peut le savoir, à moins d'être doté de magie extralucide... Les magiciens, en général, n'ont pas les yeux injectés de sang et, leur sortant des oreilles, des bouquets de poils gris. Ils sont plutôt très beaux à voir avec leur cape noire doublée de satin blanc, leur chapeau haut de forme et la canne à embout phosphorescent qu'ils promènent sur la scène. Un jour, pendant l'entracte au cinéma Cairo — Robie avait alors huit ans, et Juliette dix —, sa sœur l'avait tiré de force au pied de l'estrade où se tenait, debout devant l'écran, le magicien Mandrake en personne. « Hé, monsieur Mandrake, avait dit Juliette d'une voix de trompette, mon petit frère ne croit pas que vous êtes capable de le transformer en petit lapin, en colombe, en serpent, en âne bâté, ce qu'il est déjà!... » C'était du Juliette tout craché, ça... Il fallait absolument qu'elle se fasse remarquer, qu'elle rabatte le caquet de son petit frère pour prouver à tout le monde, à commencer par Maman, combien elle appartenait à une espèce supérieure, fière et indomptable. Pas tant que ça finalement, pour une raison évidente : Maman ressemble à Juliette et vice versa, aucune des deux ne supporte qu'on lui résiste. Alors, ça n'a pas tardé, Maman a eu le dessus. Elle a envoyé Juliette se corriger dans un kibboutz et, malgré ses serments d'amour maternel, ses soupirs déchirants et ses larmes de crocodile, elle n'est pas près de l'en faire sortir. Robie soupire — malgré lui, c'est héréditaire — et la nostalgie de Juliette monte le long de son cou, lentement, comme une main brûlante.

Il commence à faire chaud. Il y a trop de monde à cette heure, la pendule au mur s'achemine vers midi, les gens ne sont pas commodes. La receveuse, terrée derrière les barreaux de son guichet, a les yeux qui sautent à droite et à gauche comme si elle redoutait de recevoir des coups sur les côtés. Le vieux monsieur ne semble pas entendre le boucan autour de lui. Serait-il sourd et muet ? Il s'appuie à la planchette, incline la tête comme pour dire bonjour à Robie ou simplement pour incliner la tête en avant. D'un coup sec, Robie enfonce la casquette sur ses yeux, il tire à lui le Bottin des lettres I à N. Allons, dépêche-toi, rage-t-il en silence, grouille-toi et pars. Trop tard. Le vieux monsieur lui adresse un sourire de ses dents trop blanches, trop neuves. Mais qu'est-ce qu'il a, ce type, qu'est-ce qu'il veut ?... Robie reporte son attention sur l'avis menaçant, au-dessus de la porte d'entrée, les fumeurs de poursuites. Deux lycéennes entrent, elles viennent s'accouder à la planchette supportant la rangée de Bottins. Elles fouillent dans leur cartable, elles en sortent des crayons, elles rigolent, elles n'ont pas l'air d'avoir un problème colossal à résoudre, elles... Mais oui, c'est pour cette raison que le vieux type s'intéresse tellement à Robie, la vache ! C'est pour ça qu'il le transperce du regard depuis un bon bout de temps, pour lire dans les profondeurs les plus secrètes et sombres de son esprit. Robie s'essuie le nez d'un revers de la main. Il a pris froid hier, à la garden-party des hassidim, comme dit Maman, il a attrapé un rhume, c'est sûr. Il renifle. Le vieux doit s'imaginer qu'il pleure, qui sait ? Robie se remet à tourner ses pages avec la fureur désespérée d'un analphabète. Ce qui est exactement son rapport à ces colonnes de lettres et de chiffres inutiles... Un petit ressort monte et descend dans le cou plissé du vieux monsieur. Son regard offre une promesse d'aide, superflue. Robie se détourne. Il regarde les lambris courant à mi-hauteur des fenêtres dont les vitres reflètent le ciel gris et sale comme les yeux du vieil homme. D'abord on doit pouvoir s'en sortir tout seul, ensuite on ne parle pas aux inconnus dans leur rôle de galant homme, dit Maman, des enfants sont enlevés et disparaissent tous les jours à Paris. « Si jamais quelqu'un te propose de monter avec lui, dans son automobile, tu lui réponds : "Arrêtez, monsieur, ou j'appelle la police", ça devrait l'arrêter tout net. » Robie aimerait bien voir ça... Que quelqu'un ose seulement, il lui lancera la police aux trousses, il lui fichera une trouille bleue et... Robie défaille de peur. Le vieux dans son rôle de galant homme s'est encore rapproché. Il émet des bruits significatifs entre ses dents suspectes de blancheur. Les nerfs de Robie flanchent. Il lâche le Bottin qui choit avec un grand bruit métallique sur la planchette. Il ramasse à terre son cartable. Il va pour se diriger vers la sortie quand l'autre, faisant un pas en avant, lui barre le passage.

« Tu n'as pas trouvé ce que tu cherchais, mon petit gars ? Es-tu bien sûr d'avoir cherché au bon endroit ? Tu cherchais par ordre alphabétique, tu n'as pas regardé au nom des rues. Que cherches-tu exactement ? Je vais t'aider. À deux, nous y arriverons, j'en suis sûr. Je vais t'aider. J'ai tout le temps qu'il faut pour ça, je n'ai même plus que ça, tout mon temps. Comment t'appelles-tu ? »

Robie hésite, les sourcil levés au ras de la visière de sa casquette. Quelque chose semble travailler sur son visage, une envie d'appeler au secours, on dirait. Il tripote la poignée de son cartable, puis avec un filet de voix dérisoire :

« Vous savez où on peut trouver l'adresse de l'Agence juive de Jérusalem ?

— C'est Jérusalem la ville, ou bien Jérusalem la rue, la rue de Jérusalem à Paris ?

— C'est à Paris, je crois, il doit y avoir une Agence juive de Jérusalem à Paris, mais je ne sais pas dans quelle rue elle se trouve. Ça existe, la rue de Jérusalem à Paris ?

— La rue de Palestine existe en tout cas. C'est à Belleville, une petite rue le long de l'église du Jourdain. Tiens, Belleville, c'est un quartier juif justement, un bon quartier pour les chaussures. J'y vais quelquefois pour acheter des chaussures. Pas trop chères, solides. Les meilleurs chausseurs sont à Belleville. Un bon copain à moi crèche à Belleville, rue Rébeval exactement, dans un garage. Un garage qu'il a transformé en atelier d'artiste. C'est un artiste mon copain, un peintre, un sculpteur, pas un juif remarque, parce que son grand-père a fait la Commune, encore que... C'est possible. Je ne lui ai jamais demandé s'il était juif ou pas son grand-père communard. Lui, mon copain, ne jure que par Robespierre. Une passion incroyable, il sait tout de la vie de Robespierre. Ça l'inspire. Il m'a offert, une fois, une lampe dont le pied représentait... Bref, tu t'en fiches, normal, mon copain, Robespierre et son grand-père, c'est pas ton problème. Ton agence juive pourrait bien se trouver à Belleville, ce serait logique. Attends, je mets mes lunettes et je cherche par ordre alphabétique d'abord, ensuite je regarderai le nom des rues. Agence juive de Jérusalem. Qu'est-ce que tu lui veux à cette agence, c'est une agence de voyages ? »

Robie acquiesce, tout surpris, ça alors ! Le vieux l'observe avec le regard divinatoire et fier de qui a pénétré un secret âprement défendu pourtant.

« Alors fiston, ça t'a pris comme ça d'un seul coup ! Tu veux rallier Jérusalem de ce pas, tout de suite, sans perdre une minute. Pour y faire quoi ?

— Pour partir, c'est tout, pour aller là-bas, en Israël.

— Ah voilà, tu es né en Israël... Non, tu n'es pas né en Israël. Tu ne veux pas me dire où tu es né, fiston ? Ça ne fait rien. Donc tu veux aller en Israël pour te balader, quoi, voir du pays, passer de bonnes vacances, les vacances de Pâques je suppose.

— Non, non, pas pour les vacances, je veux y aller pour toujours.

— Pour toujours, bon, bon, pourquoi pas ? »

Le vieux monsieur repose sur la planchette le premier volume du bottin — lettres A à H. Il se tourne vers Robie :

« Mais je pense à une chose, fiston. L'argent. Il faut de l'argent pour payer le voyage jusqu'à Jérusalem. T'en as de l'argent, toi ? »

Un silence s'installe, plein de gêne.

« Pas un sou naturellement. Pas le premier rond, comme il se doit dans les romans. Tu aimes lire des romans, je parie, tu passes ton temps à lire tout ce qui te tombe sous la main. »

Robie redresse les épaules, tel le coq de combat qu'il est, et, s'essuyant férocement le nez avec son coude :

« J'ai de l'argent, monsieur, si vous voulez tout savoir. Ma famille est riche, elle a tout ce qu'il faut comme argent, mais même sans ça, je ne m'inquiéterai pas et vous savez pourquoi ? Ah, vous ne savez pas, hein ? Vous ne savez pas que le voyage est gratuit, complètement gratuit ?

— Gratuit ? Sans blague !

— Gratuit, oui, à cause de l'Agence juive de Jérusalem. C'est une agence gratuite pour les enfants juifs.

— Une agence gratuite pour les enfants ! On en apprend tous les jours à mon âge.

— Enfin elle est gratuite pour l'aller seulement.

— À l'aller, tu dis, et pas au retour. Jamais entendu parler de ça, fiston... Tu es sûr de ce que tu dis ? On part tranquille et, au retour, hop ! on reçoit la douloureuse.

— La quoi ?

— La facture quoi, la note. Il faut payer si on veut revenir, bon, et combien faut-il payer à ton avis ?

— Je ne sais pas. Beaucoup. Au moins 120.000 francs, mais ça m'est égal, je reviendrai jamais, alors !

— Jamais, toujours, faut ce qu'il faut à ton âge,

mon petit gars. Encore une question et je ne t'embête plus, promis. Israël, c'est pas la porte à côté ! Tu n'as pas l'intention d'y aller tout seul quand même, si ? »

Le vieux monsieur esquisse un geste large à l'entour de Robie, il dessine un pays invisible autour des épaules de Robie, un pays immense dont les frontières infestées de dangers seraient horriblement difficiles à franchir.

« Pourquoi tu veux partir là-bas ? Tu as de la famille là-bas, mon petit gars ? Quelqu'un qui te manque beaucoup, oui ? Beaucoup, beaucoup, beaucoup, je vois. Un être très cher, je vois. Qui est-ce ? C'est ta maman ? Ta maman t'attend en Israël ? Non, quelqu'un d'autre alors. Ton papa peut-être, il est parti travailler en Israël il y a longtemps. Et toi tu l'attends. Il t'a promis de revenir mais à chaque fois c'est pareil, tu as attendu pour rien, tu as espéré pour rien. Alors tu décides de ne plus faire confiance aux parents. Tu te dis que si ton papa est un menteur, il se pourrait bien que... Mais qu'est-ce qu'il y a, mon petit ? J'ai dit quelque chose qu'il ne fallait pas ? Tu me regardes d'une drôle de façon, petit bonhomme, j'ai dit une chose qui ne te plaît pas ? Excuse-moi, fiston, allez, excuse-moi. Prends mon mouchoir, tiens, mais prends-le donc, je te le donne, tu peux le garder. »

Robie regarde férocement le vieux monsieur.

Il prend le mouchoir.

Il pleure ainsi qu'un bébé.

4

Entre-temps, le destin a offert à Gilda un instant de jubilation si parfaite que, la première stupeur passée, ses rêves les plus fous commencent à prendre consistance. Elle est au téléphone. Elle a allongé les jambes sur son bureau. Elle allume une cigarette et, avec ravissement, elle redouble l'ardeur de ses protestations :

« Mais non, Sam, cela ne se peut pas. Tu te fais des idées, mon amour ! Ce n'est pas que je veuille m'en attribuer aucun mérite, mais j'ai pris sur moi toute la soirée afin que ni anguille ni roche ne lui viennent à l'esprit. Et si elle plaidait le faux pour savoir le vrai, tout simplement ? Elle serait d'un tempérament facilement jaloux que ça ne m'étonnerait pas. Ce n'est pas une charge contre ta femme, je ne me permettrais pas, surtout en ce moment, mon pauvre Sam.

— Mais de quoi avez-vous parlé toute la soirée ?

— De tout, de rien. Des civilités. Des banalités écrasantes, rien de précis. Pas un mot sur toi, ta vie, tes œuvres, rassure-toi ! Ta femme, Sam, entre nous, c'est quelqu'un de... de... de très intéressant. Du naturel, de l'allure, des manières impeccables. Tout le monde ne peut pas en dire autant, Sam, non, tu ne peux pas... La façon dont tu m'as traitée chez les hassidim, comment as-tu pu ? Hein ? Tu as de la chance, beaucoup de chance, Sam. Je n'ai aucun amour-propre, l'amour chez moi l'emporte sur l'amour-propre, malheureusement. Tu ne le sais que trop bien, et tu en profites ! Elle souffre, tu disais, mais pourquoi ? C'est un vrai mystère, ça, un mystère cabalistique...

— Elle a découvert quelque chose, Gilda, j'en suis sûr. Elle se doute de quelque chose. En voiture, hier soir, en rentrant à la maison, elle n'a pas desserré les dents. En arrivant à la maison, elle est allée tout droit à son lit et ce matin...

— Mais alors... Alors, vous ne partagez plus le même lit ?

— Mais si, enfin sauf quand elle va dormir sur le canapé du salon pour lire, ou parce qu'elle a mal à la tête, ça lui arrive parfois. Donc, hier soir, la gueule ! Même chose ce matin, au petit déjeuner, une humeur de chien ! Pas un mot, pas un regard. En plus, le café n'était pas prêt, elle buvait son thé toute seule...

— En égoïste !... Robie m'a fait un accès de jalousie ce matin, en pleine rue, au vu et au su des... Excuse-moi, oui, je t'écoute... Donc, elle buvait du thé toute seule, et après ?

— J'ai dû me faire du café et aller chercher moi-même les... Mais je ne sais même pas pourquoi je te raconte tout ça. Tu t'en fiches, visiblement, qu'est-ce que ça peut te faire que...

— Mais ça me fait, voyons, ça me fait beaucoup. Sam, viens-en au fait s'il te plaît, Lékha peut revenir d'un moment à l'autre. À quelle heure viens-tu voir le rav Lipinsky ? Tu ne sais pas ? Essaye de venir avant que je sois partie, please.

— Mais non, je ne peux pas.

— Tu ne peux pas ou tu ne veux pas ?

— Tu n'as pas l'air de te rendre compte de tout le mal que nous lui faisons...

— Je m'en rends compte, Sam, évidemment. Évidemment, il est mal que je sois ta maîtresse, mais comme tu n'aimes plus ta femme, la rendant, ce faisant, très malheureuse, je puis dire au moins que mon bonheur ne détruira pas le sien. Maintenant explique-toi clairement, mon chéri, si tu le peux. Donc, vous êtes de chaque côté de la table comme deux ennemis. Et après ?

— J'essaye de lui parler, de la dérider, cause toujours mon bonhomme. Bref, ça se passe comme ça jusqu'au moment où je me décide à aller travailler. J'appelle Danton, je vais à la porte et c'est là, sur le pas de la porte, qu'elle commence à me parler. Rien de dramatique pour commencer. Elle me dit, est-ce que tu vas passer voir le rav Lipinsky, j'espère que ce n'est pas trop grave, enfin ce genre de truc. Après quoi, elle me dit qu'elle a discuté avec une jeune femme un peu spéciale.

— Spéciale ?

— Originale plutôt, avec de beaux sourcils noirs, très arqués, des yeux incandescents.

— Incandescents, mes yeux, et pourquoi s'il te plaît ?!

— Je ne sais pas, quelle importance ! Tu lui as fait une certaine impression. Elle m'a dit que tu étais une femme courageuse, veuve, réfugiée d'Égypte avec une vie pas facile facile. Tu lui as tout raconté, je vois, l'histoire de ta vie en long, en large et en travers.

— En ses travers surtout... Et ensuite ?

— Elle m'a parlé de ton fils, de ton petit salopard de fils qui a fait toute une histoire à propos d'un stylo...

— Ah ! le stylo, voilà... Nous y voilà, le stylo de l'Oncle Sam.

— Mais qu'est-ce qu'il a dit exactement, ce petit fumier ? Que c'est moi qui lui ai offert cette saleté de stylo, que je l'inonde de cadeaux, c'est ça, il cherche à me couler, c'est ça ?

— Mais sans le vouloir, Sam, je te le jure. Il ne te porte pas dans son cœur, c'est sûr, de là à te vouloir du mal... Impossible. C'est de la façon la plus innocente et par pure distraction qu'il a ouvert question du stylo. Ne lui en tiens pas rigueur, ce ne serait pas juste. D'une part, tu n'es pas le seul Oncle Sam susceptible de lui offrir un stylo Parker. D'autre part, la qualité Parker ne paye plus de mine, sans jeu de mots, non, tu crois que j'ai le cœur à plaisanter ? Au contraire. Je m'inquiète avec toi, je compatis. Ta femme souffre... Voilà qui me peine horriblement. C'est ta femme, après tout. Nous étions convenus de tout faire pour lui épargner du chagrin. Elle t'a posé des questions sur moi ? Tu aurais pu nier, mentir pour te tirer d'affaire.

— Mais non, elle ne m'a posé aucune question sur toi, tu penses bien ! J'ai dit que je te connaissais un peu pour t'avoir croisée au réfectoire une fois ou deux, sans plus.

— Elle ne t'a pas cru évidemment et tu sais pourquoi ? L'évidence : l'amour qui nous lie depuis quatre mois. Les choses sont claires au moins. Que comptes-tu faire, Sam ? Je t'aime, Sam. Et toi ?

— Je t'aime, moi aussi, là n'est pas la question. Je me sens mal, Gilda, affreusement mal. Essaye de me comprendre. Je ne peux pas la faire souffrir, je ne peux pas.

— Tu ne peux pas ou tu ne veux pas ?

— Je ne peux pas. Si je dois la faire souffrir... Je ne peux pas. Je ne supporte pas le mal que je lui fais. Elle ne m'a jamais fait de mal, jamais. Et moi...

— C'est à moi que tu dis ça, Sam ? Tu ne veux pas faire souffrir ta femme mais moi, en revanche... Alors quitte-moi, Sam... Retourne auprès de celle qui ne mérite pas de souffrir... Que suis-je pour toi, après tout ? Qu'est l'amour pour toi ? Une notion purement anatomique, my dear, rien de plus. Dis-le-moi sincèrement, au nom du ciel ! Sam... M'as-tu jamais aimée vraiment ? As-tu une fois dans ta vie aimé vraiment ?

— Gilda, Gilda... Ce n'est pas le moment, tu devrais le comprendre quand même.

— Je comprends... Il faudra que ta femme te fiche dehors pour que tu aies enfin le courage de choisir entre elle et moi... C'est bien... Je ne te retiens pas. Va-t'en. Retourne auprès de celle qui t'a assuré dix ans de mariage et pas un seul nuage. Adieu. Sois heureux. Nous nous quittons pour toujours, il le faut, nous n'aurions jamais dû nous rencontrer.

— Ah bon, tu trouves que je n'ai pas assez d'emmerdements ? Je dois être puni des deux côtés ?

— Des deux côtés ? Sam, des deux côtés ? Non mais quelle présomption, des deux côtés... Même Adam a dû se contenter d'un seul côté...

— Gilda, mon cœur, ne crie pas, ça n'arrange rien. Je réfléchis, je te parle comme à moi-même, voilà tout. Si je t'ai donné l'impression d'être hésitant, je le regrette. Toi seule compte pour moi. Mais c'est tellement nouveau tout ça, précipité, je ne sais plus quoi faire. Lui parler, laisser passer l'orage ? Je ne sais plus. Je n'arrive plus à penser, à réfléchir, à travailler. J'ai mal au foie. J'ai bu hier, un peu trop, j'ai le foie en compote.

— Tu as peur. C'est la peur qui fait grossir le foie des hommes dans ton genre, Sam. Mais il n'y a pas d'échappatoire, Sam, non il n'y en a pas. Tu devras choisir, et le plus tôt sera le mieux. Tant pour ta femme que pour moi. Jouer les atermoiements ne peut que mal finir. Elle finira par apprendre la vérité. Elle te quittera. Ce sera trop tard. La patience n'est pas ma principale qualité, sorry dear. Je ne te mets pas en demeure, Sam, j'attendrai encore mais point trop. Regarde la vérité en face, Sam, seule la vérité te rendra libre. Sur ce, au revoir ou adieu, comme tu voudras. J'ai à faire, je te quitte, je ne te rappellerai pas.

— Je te rappellerai, moi, je te rappelle, promis, dès que je peux.

— Quand ça ? Ne raccroche pas, attends, tu fais peine à entendre. Tu es perdu, angoissé comme un petit gamin apeuré par l'obscurité. Calme-toi, réfléchis, rien n'est arrivé que nous n'ayons souhaité tous deux, désespérément. Reparlons de tout cela à tête reposée, veux-tu ? Dînons ensemble, veux-tu ? Je me libère, j'envoie Robie au cinéma, nous aurons à nous deux grandes heures. La scène de jalousie qu'il m'a fait endurer ce matin, une horreur, pauvre Robie ! Tout le monde souffre autour de nous, par nous, à cause de nous ! Regarde la vérité en face, Sam, et la vérité te rendra libre.

— La vérité, Gilda, c'est que tu me rends fou. Je suis fou de toi. Je ne pense qu'à toi, mais je ne peux pas ce soir. Pas ce soir, mon amour. Je dois rentrer à la maison. On se voit samedi prochain, dans notre chambre. Je ne serai pas en retard cette fois, promis. Pauvre Arlette, c'est la première fois en dix ans, tu comprends, la première fois. Au bout de dix ans !... Bon, je te rappelle dès que je peux. Tu m'aimes. Gilda ? Dis-moi que tu m'aimes, mon amour ! Tu es à moi ! À moi ! Dis-le ! »

5

Gilda ramène ses jambes sous son bureau quand elle voit une maille filée le long de son bas. Elle s'humecte le doigt de salive. La peau de sa jambe, à travers le nylon, est douce comme de la soie. On peut en dire autant du sillon entre ses seins, de ses bras, du dos de sa main aux cinq doigts parfaits. Elle vide son cendrier dans une enveloppe qu'elle glisse au fond de son sac. Puis, soupirant d'aise, elle fait le point. Sam, Sam ! murmure-t-elle, la voix étranglée par la passion. Sam, Sam, Sam Kalman ! Elle l'imagine bourrant une valise tandis que Mme Kalman lui montre, de son doigt cerclé de l'alliance, la direction de la porte. Une scène digne d'un roman à trois sous. Il n'empêche. Gilda jubile. Un peu trop, en conscience, pour être tout à fait honnête. Eh là, Gilda, attention ! N'as-tu pas honte, voleuse de mari, de réduire une femme au désespoir ? N'éprouves-tu pas, sans-cœur, un tiraillement de quelque chose qui pourrait s'appeler : conscience, vergogne, scrupule ? Eh non ! Gilda ne nourrit pas ce genre de pensées. Pas en ce moment. Elle penserait plutôt, si elle se laissait aller aux clichés, qu'on ne fait pas d'omelette sans casser d'œufs. Que le malheur des uns... Que celui qui n'a jamais péché... Que l'amour, comme la propriété, se fonde sur le vol... Qu'en matière d'amour, comme de testament, le dernier est le seul valide et annule les précédents... Et ainsi de suite, pense Gilda. Hein ! est-elle assez pétrie de cynisme, de cruauté, d'indifférence envers le malheur dont elle voudrait extraire son propre bonheur ? Eh oui, c'est comme ça. Gilda a eu plus que son compte d'adversités, de calamités, de contrariétés, de vicissitudes, de fatalités, d'abois, d'infortunes, d'avanies, n'en jetez plus, please. Elle a envie d'être au chaud maintenant, aux rires, à la danse, au bonheur d'aimer et d'être aimée. Elle a envie de vivre tout simplement.

CHAPITRE DIX-HUIT

1

En ce début du mois de mai.

Le moral de Gilda balance, comme d'habitude, entre les extrêmes. Elle a vu revenir, par trois samedis après-midi, un Sam Kalman plus mordu que jamais. Pas une seule fois, cependant, il n'a prononcé la phrase décisive : je divorce. Il faut être bon avec Arlette. Tout est là. Ce parti pris de bonté à l'égard de sa femme, si respectable et émouvant soit-il, offense Gilda et lui fait gros cœur. Les tourments de l'impatience s'ajoutant à ceux de la jalousie, elle en arrive à douter de la victoire de l'amour véritable sur le mariage de raison. Parfois, la proposition s'inverse du fait de la nature combative de Gilda, de sa capacité de séduction, des samedis après-midi enragés d'amour. Elle se reprend à espérer. Elle tend ses nerfs à sa volonté de conquête, elle force son cœur à s'apaiser de rêves confiants. Tout cela, n'excluant pas une pointe d'autodérision, relève davantage de la prière, du vœu pieu, de la loi de la tartine.

On verra bien de quel côté elle retombera.

Les soucis d'argent maintenant.

Le rav Lipinsky n'ayant pas reparu depuis sa crise cardiaque, Gilda ne sait toujours pas la suite qu'il compte donner à sa requête. Voilà trois semaines qu'il garde la chambre. Il se rétablit, à en croire sa femme, aussi promptement qu'un jeune homme au cœur pénétré de l'amour et de la crainte de Dieu. Toutefois, elle redoute de le laisser seul. Elle attend qu'il s'assoupisse pour quitter la chambre sur la pointe des pieds, elle referme doucement la porte derrière elle, elle descend inspecter les cuisines, elle fait le tour des classes, elle passe sa tête dans l'encadrement de la porte du bureau de Gilda, puis vite vite elle remonte surveiller son vieux mari.

Malheureuse Gilda ! Dire que sa fortune dépend du souffle irrégulier d'un sexagénaire, cardiaque pardessus le marché ! S'il passe, qu'adviendra-t-il de l'école Beth Sion ? Gilda en frémit des pieds à la tête, jamais elle n'a eu un trac pareil... Elle se retrouvera rendue comme devant au chômage, à la misère, à la mendicité, à la bienfaisance des œuvres qui usurpent pas mal leur nom. Mais ce n'est pas pour cette raison, pas seulement, que Gilda implore le dieu des hassidim de prolonger de quelques années la vie de son patron, non. À vrai dire, elle a grande pitié de cet homme à la barbe inoffensive, finalement, ainsi que de sa femme, la triste Lékha.

2

Et nos compatriotes ?

Ils ne sont pas au haut de la vague, eux non plus. D'abord, leur clique s'amenuise. C'est la loi de la gravitation autour des hôtels du faubourg Montmartre qui veut ça. Mais, à force de se répéter, le trait d'esprit amuse de moins en moins. On y a perdu trop de bons amis. Ainsi du mélancolique Henri Moïse, l'ex-Roi du Torchon Chic et de sa pléthorique progéniture. Une nuit, les Moïse au complet ont quitté l'hôtel Mondial comme des voleurs et nul ne sait où ils se trouvent à présent. M. Douek les situe sur la côte Est des États-Unis, gentiment. Soraya Carosso les établit en Israël, dans un de ces villages de toile que la malaria visite régulièrement, quand ce ne sont pas les scorpions. On l'expédierait volontiers là-bas, cette Soraya que l'exil a rendue plus féroce que Torquemada. La solitude de son cœur doit y être pour quelque chose, on le saura a contrario quand elle aura réussi à séduire M. Baldamonti. Elle a beau y mettre le paquet, les pronostics ne jouent pas en sa faveur. M. Baldamonti se consume d'amour pour Gilda Stambouli. Encore un malheureux chassé-croisé. Notre Gilda aime hors l'hôtel Mondial — son droit certes, mais non son excuse. Que ne l'avoue-t-elle franchement au lieu de chanter à ce pauvre Max le grand air de *Carmen.* Est-ce que c'est correct, ça ? Enfant de bohème, M. Baldamonti ne l'est ni de près ni de loin, il faudrait être aveugle, mais pourquoi s'arrêter aux apparences ? Le vieux Max est d'abord un être humain, un parti non négligeable ensuite. Qui sait ? Imaginons que la France reconnaisse enfin la validité de ses diplômes d'ingénieur ? Imaginons que, dans la foulée, il récupère le gros argent qu'il a viré, l'avisé, avant la fuite d'Égypte, sur un compte en Suisse ? Tout cela relève du pondérable et du réalisable. M. Douek le prouve avec un simple dicton populaire : « Après la pluie vient toujours le beau temps. » Voyez, lui, par exemple. Il a trouvé à s'employer à plein temps et pour un salaire officiel dans la meilleure pâtisserie casher de la rue Montmartre. Voyez sa jeune femme, Nora — la lumière de sa vieillesse —, comme elle porte bellement leur premier enfant. Cet enfant, pensez-y, naîtra coiffé de la nationalité française, alors ses parents pourront s'en réclamer à leur tour. Gloire à la France qui applique le droit du sol et pratique l'allocation familiale ; à partir de quoi et sous moins de sept mois, les Douek seront enfin installés dans un deux-pièces-cuisine à loyer modéré de la Ville de Paris. Inch'Allah et mazeltov à tous !

CHAPITRE DIX-NEUF

Un jour, enfin...

Gilda expédie une fournée de courrier quand Lékha Lipinsky, survenant un dossier à la main, lui annonce que son avenir sera lumineux. Elle sort à l'instant de la chambre de son mari : il a tout arrangé, Dieu en soit loué, Il est si bon ! Avec un sourire plein de gaieté — une reconnaissance de dettes est un amusement d'enfant —, Lékha lui tend son dossier :

« Ne signez pas avant d'avoir lu une à une les modalités du crédit.

— Qu'entendez-vous par "modalités du crédit", Lékha ? Pardonnez-moi, mais nous étions convenus d'une simple avance sur mon salaire, si je ne m'abuse.

— Lisez, lisez donc avant de porter la contradiction. Le rav Lipinsky dit toujours que les juifs ont tellement l'esprit de contradiction que lorsqu'on leur dit "la paix soit sur vous" ils répondent "sur vous soit la paix" ! »

Le dossier contient deux feuilles à en-tête de l'école Beth Sion. Elles sont tapées à la machine. Gilda allume la lampe sur son bureau. Elle lit avec la lenteur et la circonspection requises (elle n'est pas l'être docile qui se laisse mener où l'on veut). Arrivée au paragraphe portant sur les intérêts de l'emprunt, elle avoue sa surprise. Lékha reconnaît l'ajout d'un agio et rappelle, entre autres choses, qu'elle n'est pas seul maître à bord du navire Beth Sion. Gilda l'en disculpe et, avec la délicatesse des gens parfaitement élevés, admet : « Trois pour cent, c'est d'un profit raisonnable, une banque m'aurait escompté le double. »

Prenant le profit pour elle, Lékha se vexe. Gilda a son air de tous les jours pourtant, prévenant, gracieux. Mais Lékha trouve sidérant qu'elle ne manifeste pas une joie irrépressible mêlée de gratitude envers Dieu et envers l'humble serviteur de Ses Mesures : le rav Lipinsky. Gilda réalise que cette mesure-là, loin de lui procurer l'effet escompté, la tourneboule et la sonne, comme on dit vulgairement. Mais que se passe-t-il en elle ? Elle baisse les paupières, joue avec un ouvre-lettres, toussote, mais autant cracher en l'air : ça ne donne pas du tout le change qu'elle voudrait. Elle cherche les mots agréables et doux à dire à sa bienfaitrice, en vain. Pourquoi ? Quand la conscience s'alarme, la bouche se tait ? Mais sur quoi ? Elle ne saurait se l'expliquer. C'est comme un livre interdit à sa conscience qui grouille, elle le sent, qui chipote, qui chicane... Quoi ? L'échéance des retrouvailles ? La soudaineté du retour de Juliette ? Une soudaineté de tempête en vérité. Car, oui — Gilda a une illumination —, elle éprouve de l'appréhension, de l'effroi même à l'idée du fardeau précieux et trop lourd dont, pourtant, elle a tellement voulu se charger. N'est-ce pas insensé ? Atteindre enfin le but pour lequel on s'est battu, on a souffert, pleuré, espéré et n'en retirer qu'une panique animale ? Serait-ce d'une mauvaise mère ? D'une mère dénuée de cet instinct qui distingue précisément l'être humain de l'animal ? Cela ne tient pas debout, voyons ! Elle n'a jamais failli à son devoir : Robie en est la preuve signée. Du reste, l'amour maternel est l'empreinte de l'âme féminine, aussi précise qu'une empreinte digitale. Pour ce qui concerne Juliette, soyons franche, elle s'est un peu déshabituée d'elle, de sa présence physique temporelle. Le temps, voilà le grand coupable, le temps élève des murailles de Chine entre les êtres qui s'aiment... Le temps change les saisons, les gens, les sentiments. Gilda se rappelle quelle ennemie passionnée, méchante, elle a en Juliette depuis seize mois environ, ou davantage ? depuis le kibboutz en tout cas. Oh ! qui aurait pu penser qu'un petit être qu'on a tenu sur ses genoux et nourri au biberon vous poursuivrait de sa haine active, implacable ? Pourquoi, Dieu du ciel, pourquoi ? Si Juliette savait les heures sombres que sa mère a traversées, elle en aurait plus d'indulgence à son égard. Mais non. Juliette n'a pas voulu savoir, elle ne voudra jamais. Tout cela augure mal de l'avenir. Sa fille, qui vient sans crier gare habiter sous son toit, lui mènera une vie d'enfer. C'est sûr. Elle l'imagine, tel un chat sauvage, tourner en rond dans la chambre exiguë. Elle se représente l'atmosphère tendue, les reproches inévitables, les règlements de comptes, les pleurs, les douleurs qu'il faudra consoler. Commencer par là peut-être : consoler, rassurer, protéger, aimer, se sacrifier, voilà tout. Cette idée fait son chemin dans la tête de Gilda ; abnégation, tendresse, protection, elle est prête à tout donner maintenant, et sans condition, à ses deux enfants. Elle sera toute à ses enfants, à l'esclavage autrement dit de la maternité. Elle montrera un visage courageux à la solitude. À la pauvreté accrue par une bouche supplémentaire à nourrir. Ce sera dur, ne nous leurrons pas, compte tenu du tiers amputé sur son salaire par les remboursements de l'emprunt. Mais quoi ! Elle s'y fera, entraînée comme elle est déjà aux privations et à l'oubli de soi. Elle réduira ses propres besoins au minimum afin que ses enfants ne souffrent ni de la faim ni du froid. Elle tremblera pour leur santé, leurs études, leurs amours un jour, tandis que, solitaire, enlaidie, amère, elle ira à son dernier souffle, c'est la règle, elle n'y fera pas exception.

Sa décision prise — il était temps : Lékha bouge sur sa chaise et dit : « Alors ces 120.000 francs, Gilda, décidez-vous, vous les voulez ou non ? » —, Gilda se racle la gorge comme une coupable :

« Quand pourrai-je avoir l'argent ?

— Dans deux ou trois semaines, un mois peut-être, vous avez attendu près de deux ans pour ravoir votre fille, vous pouvez bien attendre un mois de plus », dit Lékha avec une pointe de méchanceté dont Gilda ne la croyait pas capable.

Elle cherche déjà à se payer de son argent, pense Gilda, ces gens-là ne donnent rien pour rien, à moins qu'il ne s'agisse d'autre chose. D'un mouvement inconscient de son âme de femme stérile ? Car oui, Lékha a posé les mains sur son ventre très plat, l'entourant étroitement selon son habitude, qui accuse ainsi et sans qu'elle s'en rende compte un secret désir de procréation ; un désir d'autant plus cuisant et triste que certainement son vieux sarment de mari la tient pour responsable de sa propre défaillance. Ah ! les hommes ! songe Gilda, les religieux surtout, s'érigent juges de la vie qu'ils sont incapables de donner ! Ah ! la vie est une loterie tellement injuste, proliférant à l'excès chez certaines, avare aux autres comme c'est pas Dieu permis.

Lékha partie, Gilda reste à observer la poignée de la porte refermée, sur quoi ? Elle se le demande. Malheur ou bonheur ? Son esprit n'arrive pas à se fixer. Ah ! si seulement elle pouvait être sûre de Sam Kalman, l'amour de sa vie ! Si seulement il n'existait pas un rapport antagoniste entre les attraits d'une femme et le nombre des enfants dont elle est chargée ! Qu'y faire ? Ce qui est fait est fait.

Gilda prend une feuille de papier. Elle y trace une grande ligne. Elle inscrit au-dessus de la ligne le chiffre 12, suivi de quatre zéros. Elle couronne chaque zéro d'une pléiade de petits points. Elle regarde son œuvre. Une vague de fierté et de confiance en soi la submerge. Elle a su y faire, après tout... Et quoique pressée de s'en retourner chez elle, elle prend une deuxième feuille de papier. Elle écrit à sa fille.

[illegible]
[illegible] ne donnent rien pour rien. [illegible] [illegible]. C'est [illegible] [illegible] de son âge de [illegible] stérile ? [illegible]
Lydia a posé les mains sur son ventre très plat. Feu [illegible] [illegible]
[illegible] qui [illegible] [illegible] [illegible] [illegible] son vieux [illegible] de [illegible] la [illegible] de sa propre [illegible]. Ah ! les hommes ! [illegible] des religieux surtout [illegible] juges de la [illegible] qu'ils sont incapables de donner ! [illegible] [illegible] à [illegible] comme c'est pas [illegible] permis.
[illegible] Lydia [illegible] de la [illegible]. [illegible] pas [illegible] [illegible] [illegible] [illegible] faire ? Ce qui est fait est fait.
Lydia [illegible] de papier. Elle [illegible] [illegible] [illegible]. Elle [illegible] [illegible] [illegible] [illegible] en sort [illegible] [illegible] [illegible] [illegible] Elle [illegible] à sa fille.

CHAPITRE VINGT

Extraits du dossier de Gilda Stambouli

Gilda Stambouli
Hôtel Mondial

Paris, le 15 mai 1958

Ma chère Bertha,

Je m'en veux beaucoup de m'être laissé devancer par votre lettre de félicitations. Comment avez-vous appris l'heureuse nouvelle ? Je suis terriblement confuse de n'avoir pas été la première à vous en faire part. Ne me prenez point pour une ingrate. Je sais comment vous êtes entrée dans mon épreuve, envers et contre les chefs de votre terrible administration ; je sais ce qui en vous s'émeut pour moi. Soyez heureuse, je le suis tellement. J'attendais, pour vous en informer, quelques éclaircissements que l'école Beth Sion tardait à me donner, concernant le montant exact et l'entrée en vigueur du prêt consenti.

Voilà une dizaine de jours, je ne le nie pas, que je connais les modalités de mon emprunt. Cette Lékha Lipinsky est une bien bonne personne en fin de compte.

Puisse-t-elle réussir à concevoir, elle mérite des jumeaux. J'allais vous écrire quand les graves événements politiques survenus en même temps que la vague de chaleur infernale m'ont souciée au point d'en oublier mes devoirs.

Qu'en pensez-vous ?

Aurons-nous l'état d'urgence, le couvre-feu, le coup d'État, la guerre civile en France ? L'homme providentiel dont le nom est en chaque bouche — faut-il dire Gaulle ou de Gaulle ? — saura-t-il mater la sédition des militaires en Algérie ? Oh, chère Bertha, mille inquiétudes nationales inondent mon esprit dont la plus préoccupante reste le sort des citoyens de la préfecture de police de Paris, que nous demeurons.

Une chose est sûre :

Il nous devient de plus en plus difficile d'échapper aux contrôles d'identité. Nous avons un permis de séjour, certes, mais son pouvoir semble, à la lumière des derniers événements en Algérie, diminuer de jour en jour à Paris. C'est qu'avec sa finesse habituelle la police parisienne parvient à détecter le fellagha en chaque étranger et l'Arabe en chaque Juif. Quelle ironie vraiment que d'être confondus avec ceux-là mêmes qui nous ont persécutés, spoliés, bannis. Cela dit, il est terriblement dur en ce moment d'être un Algérien à Paris. Mourad, le cordonnier de la rue Richer, dont je ne peux que louer le travail, est constamment soumis à des perquisitions dans son échoppe. Qu'une bombe explose à Alger et c'est dans sa tête à lui qu'on cherche des poux. Avez-vous lu France-Soir *? Samedi dernier, une jeune fille allait pénétrer dans le bureau de poste sis impasse Bonne-Nouvelle,* *ce même bureau où je me rends deux à trois fois par semaine, lorsqu'elle tomba, la cuisse traversée d'une balle perdue! Par qui? Par la police bouclant l'entrée de l'impasse! Un accident regrettable, dira* France-Soir, *la mitraillette d'un policier venait de se déclencher à la suite d'une fausse manœuvre. Soit! Mais combien d'accidents de ce genre sont à regretter ce mois-ci? L'Italien pris, rue de Lappe, pour un Algérien. Le barman antillais de l'hôtel Chilpéric, à Chelles, proprement passé à tabac! En vérité, les policiers ont, ces temps-ci, le doigt sur la détente un peu trop accidentel à mon goût. Qu'ils soient rendus nerveux par les attentats, je peux le comprendre, la violence gagne, mais de là à se voir des ennemis partout, à tirer sur tout ce qui passe! Bref, il devient de plus en plus pénible de surnager dans cette mer qu'est l'exil en pays français.*

Je referme la parenthèse.

Je reviens aux questions que vous me posez.

— J'ai obtenu un prêt de 120.000 francs, avec intérêt de 3 %, à rembourser en six mois.

— Cette somme sera déposée à la fin du mois sur le compte en banque que je dois ouvrir au Crédit Lyonnais, ouvrir juste le temps d'un transit, d'une escale de rien du tout entre Paris et Jérusalem.

Dites-moi, je vous prie, comment doit s'amorcer l'opération avec M. Shemoul. Puis-je vous demander, une dernière fois, de me servir d'intermédiaire? Je n'entends rien aux histoires de virements, de mandats, de chèques postaux et tutti quanti. De plus, connaissant le tempérament du destinataire, je crains des salades de dernière minute.

Enfin, concernant mon dossier au Casar, je renonce bien sûr à l'emprunt sollicité jusqu'ici, en vue de dédommager l'Agence juive de Jérusalem. Je souhaite, en revanche, déposer une nouvelle demande portant cette fois sur une aide au logement. Je ne peux demeurer indéfiniment à l'hôtel, pas avec deux enfants. Pardonnez-moi de vous importuner de ces choses bassement matérielles, mais ma Juliette arrive bientôt.

Jeudi dernier, en rentrant de mon travail, j'ai trouvé une lettre d'elle, une lettre comme d'une folle, pauvre enfant. Des insanités à propos de je ne sais quelles conversations avec Dieu : c'est une nouveauté. Elle prétend que Dieu la visite désormais chaque nuit. Dieu la soutient, la guide, l'apaise. Dieu étant, en substance, la bonté et l'amour du prochain, elle me pardonne tout le mal que je lui ai fait. Elle me pardonne parce qu'elle sait que je suis vouée à la mort moi aussi et que ma mort la payera de toutes mes infamies. Quelle rhétorique, hein ! Chacun de ses mots est gros de haine. Elle me fait peur. J'ai peur de ma fille et l'idée de son retour m'effraye, je l'avoue, autant qu'elle me remplit d'attentes et d'espoirs heureux. Voilà, c'est dit et bien malgré moi. Je voulais écrire mon bonheur, et ce qui en résulte est tout à fait différent. La peur. Le doute. L'anxiété. Quel vilain aveu, n'est-ce pas ? the worst of my heart, mais vous seule pouvez comprendre la contradiction infinie du cœur des femmes. Victor Hugo lui-même a mis en garde contre les émotions qui obscurcissent la raison au point de constituer une forme de folie. Cependant, il n'en a pu mais... avec sa Léopoldine... Voyez les pages insensées jaillies de ses tour-

ments d'amour paternel... Mettez-les au féminin singulier, vous saurez par quoi je passe en ce moment. Je me réveille constamment en proie à une vive défiance en l'avenir et c'est dans le même état que je vais au lit. Si seulement je parvenais à dormir une nuit entière !... Je suis à bout d'insomnies. J'ai les pires maux de tête qui soient, des vertiges comme à inhaler du gaz de ville — l'hôtel Impérial de sinistre mémoire se rappelle ainsi à moi. La chaleur doit y être pour quelque chose. L'air de la chambre est irrespirable. Le thermomètre, s'il y en avait un, marquerait dans les trente degrés. Imaginez ce qu'il en sera, de cette chambre minuscule, lorsque ma fille y aura ajouté sa chère présence.

Aussi, soyez attentive à mes tourments, selon votre habitude. Et une fois de plus, chère Bertha, je vous devrai profonde gratitude pour votre magistrale influence en ma faveur.

Je vous embrasse.

Votre fidèle
Gilda Stambouli

CHAPITRE VINGT ET UN

Le mois de mai s'achève sur une série de coups de théâtre.

Les insurgés d'Alger ont jeté l'éponge. Le général de Gaulle a sauvé la République française. Toutefois des comités de Salut public appellent les Français à demeurer vigilants. Les manœuvres des adversaires de la démocratie ne sont sûrement pas épuisées. Des manifestations monstres se succèdent dans les rues de Paris. Le général de Gaulle se déclare pour l'Algérie française. Il promet d'assurer la liberté des populations, tant françaises que musulmanes, en même temps que le respect de la personne humaine. Cependant le bel avenir de Gilda Stambouli marque le pas : c'est la noire logique de son destin. L'argent emprunté à son employeur n'a toujours pas été versé sur le compte qu'elle a ouvert au Crédit Lyonnais du boulevard des Italiens. Bertha Fromkine ne se prononce ni pour ni contre une allocation logement. Juliette refuse d'ajouter foi, pour la énième fois, aux promesses de rapatriement de sa mère. Sam Kalman tergiverse et louvoie de plus belle. Il ne faut pas lui ouvrir question du divorce. Si Gilda le pousse dans ses retranchements, il se met à pleurnicher, le gros costaud, tel un chiot à la patte broyée dans un piège. Ensuite, il lui fait furieusement l'amour tandis que Danton, gémissant comme un nourrisson après le sein, s'attaque aux pieds de leur lit. Il devrait y avoir une loi pour interdire aux chiens de monter dans les hôtels. Et aux humains de posséder des chiens. Lorsque Gilda, les nerfs en pelote et la robe froissée, regagne sa propre chambre d'hôtel, c'est pour y découvrir son fils aussi mal luné que la statue du Commandeur. Il lui dit des choses blessantes, sans ménager ses expressions. Elle menace, poussée à bout, de l'envoyer dès septembre prochain au pensionnat... Elle n'y pense pas sérieusement mais, où qu'elle aille, il est là... Où qu'elle se tourne, il se trouve sur son chemin. La nuit, endormi à deux pas d'elle, éveillée, il se met parfois à respirer fort, trop fort pour un gamin de douze ans. Il respire comme un homme inquiet luttant physiquement avec un autre homme pour la possession d'une femme. Qu'y faire ? Se souvenir de Victor Hugo : « Tout pardonner c'est trop. Tout donner, c'est beaucoup. Eh bien, moi, je pardonne tout, moi je donne tout. »

Les premiers jours de juin apportent des pluies déprimantes. Les vêtements sont doublés de courants d'air glacés. L'hôtel Mondial s'ouvre à de nouveaux réfugiés, des juifs tunisiens égarés des malheurs et des violences perpétrés aux frontières algéro-tunisiennes. Des familles entières débarquent au faubourg Montmartre, traînant derrière elles de pauvres bagages et allant embarrasser de folles exigences le service social du Casar. On leur souhaite de ne pas connaître l'étroitesse des rêves et des réalisations qui sont les nôtres dans ce pays de prospérité et de magnifiques perspectives qu'est la France. Un essai scientifique — parfumer le métro aux essences de fleurs — aboutit bizarrement à une grève des cheminots de la RATP. Les services des Postes, Télégraphes et Téléphones majorent de 20 pour cent le tarif de leurs prestations. Les assassins du FLN reprennent du service en métropole. Un attentat frappe particulièrement les esprits : une bombe est retrouvée dissimulée, au zoo de Vincennes, dans l'enclos des nandous du Brésil — une espèce cousine de l'autruche —, le message sonne on ne peut plus clairement. Tout cela met en effervescence l'arrière-salle du Brébant où nos compatriotes se réunissent soir après soir — la tisane maison est exquise, bien que servie dans des tasses en verre transparent de chez Duralex —, autour du poste de télévision solidement fixé au plafond. (Avec nos excuses, nous avons omis de préciser que, Le Brébant se modernisant, un poste de télévision Ribet-Desjardin a été mis à disposition de la clientèle, à charge pour elle de renouveler heure après heure sa consommation.) Nos compatriotes se sont entichés de ce remarquable outil d'information, de culture et de divertissement. Gilda Stambouli, avec ses continuelles prétentions à la supériorité intellectuelle, n'a pas de mots assez durs pour ceux qui regardent la télévision et pour ceux qui s'y montrent. Cela, dans le langage des compatriotes, s'appelle « manger sa fierté en salade » puisque, comme chacun sait, un différend ayant opposé Gilda Stambouli au patron de l'établissement, elle s'interdit d'y remettre le pied. Je sais, vous allez me dire : le racisme incarne le mal absolu, mais soyons réalistes : pouvons-nous boycotter tous les limonadiers de France et de Navarre ? M. Baldamonti offre le champagne à l'occasion de son embauche chez Britannica, la première des entreprises de vente d'encyclopédies à domicile. Gilda se fait couper les cheveux à la mode Lollobrigida. Le petit casque bouclé, les accroche-cœurs effilés sur les joues lui vont à ravir. Sam Kalman déplore de ne plus pouvoir empoigner, tordre, mordre amoureusement la longue chevelure aux senteurs enivrantes de sa bien-aimée. Gilda sourcille. La perversion sexuelle de son amant ne connaît pas de limites. Il la couvre de lingerie soyeuse, obscène, hors de prix. Quant à s'inquiéter de la façon dont elle boucle ses fins de mois... Aux soldes de printemps, Gilda achète un tailleur-pantalon en lambswool écru, au tombé souple évoquant la silhouette de Katharin Hepburn dans *Sylvia Scarlett.* La banque suisse à laquelle M. Baldamonti avait confié sa fortune fait faillite. La nouvelle ne surprend pas les compatriotes, pas plus que les chimères pâlies comme cendres éteintes de M. Baldamonti. Nora Douek entame son cinquième mois de grossesse. Lente, lourde, pressante, elle prend ses avis de Gilda, la seule femme au sein de la clique à avoir donné naissance à deux enfants réussis. Bon, et après ? Gilda ne se sent guère de jouer les conseillères ; les douleurs de la maternité l'enveloppent de tristes souvenances. Soraya Carosso annonce ses fiançailles avec, tenez-vous bien... (ici un regard de triomphe à l'endroit de Gilda Stambouli)... avec M. Baldamonti. Gilda réagit promptement, superbement. Elle propose d'organiser une collecte afin d'offrir un cadeau digne de ce nom aux futurs jeunes mariés. Peu après, couchée dans son lit, elle réfléchit avec un entêtement sauvage, cynique, à ce qu'elle pourrait entreprendre pour devenir Mme Gilda Kalman. « J'aimais, Seigneur, j'aimais et je voulais être aimée », et il n'y a rien à ajouter. Un bruit fracassant la réveille en pleine nuit. Elle croit d'abord à une fusillade éclatée rue Geoffroy-Marie, à la police opposée à une bande de terroristes armés. Elle en guette l'écho, tendue et apeurée, comme si c'était elle qui devait servir de cible aux coups de feu. Qu'a-t-elle à craindre ainsi, à tout bout de champ ? Pourquoi se fait-elle sans cesse de terribles imaginations ? Elle a rêvé possiblement, elle rêve souvent que la mort vient et la prend. Elle allume une cigarette. À la lueur de l'allumette, elle aperçoit deux points scintillants dans le noir, fixes et lointains comme le reflet de deux étoiles mortes, et elle imagine que ce sont les yeux de Robie. Mais il dort dans la paix du temps présent, un bras pendant hors de son lit tandis que, l'allumette s'éteignant, elle retourne à sa solitude, à sa peur grandissante de l'avenir. Elle a trente-sept ans. Sa jeunesse est presque passée. Sa beauté s'enfuit. L'ombre de l'automne se déploie sur son visage. Des choses changent dans son corps. Elle a le teint brouillé, l'estomac rongé par l'acidité. Elle a perdu du poids. Elle couve sans doute quelque microbe, la grippe, le rhume, une énorme fatigue tout bonnement.

Le mardi 10 juin, le rav Lipinsky tombe de son lit et meurt. Heureusement pour Gilda, Lékha Lipinsky assure la direction de l'école, le temps pour elle de trouver un successeur à son mari. L'enterrement du rav Lipinsky se déroule sans encombre au cimetière de Bagneux. Le cortège funèbre est si touffu qu'il vous dispense d'y reconnaître une Arlette Kalman. Quatre jours plus tard, la providence existe décidément ! Gilda reçoit deux courriers émanant du Crédit Lyonnais du boulevard des Italiens. Le premier l'avertit d'un virement de 120.000 francs sur son compte. Le second l'avise de la mise à sa disposition d'un carnet de chèques à retirer au guichet de cette même banque, à partir du lundi 16 juin 1958. Gilda, dans un fol élan de gratitude, improvise des hosannas à la louange de son bienfaiteur monté au paradis ; oui, à ce moment-là, elle conçoit qu'un paradis existe d'où l'âme attentive du rav Lipinsky la protégerait et pourvoirait à ses besoins.

Cent vingt mille francs !...

Gilda n'a pas souvenir d'avoir eu, depuis qu'elle est en France, pareille somme à son actif.

CHAPITRE VINGT-DEUX

1

Lundi 16 juin.

Gilda Stambouli s'octroie la matinée.

Elle se rend à pied au boulevard des Italiens. Elle marche d'un pas allègre sous le ciel adorable, sous les arbres balançant amicalement leurs feuillages au-dessus du trottoir bariolé de couleurs estivales. Des spasmes d'enthousiasme lui transpercent le corps du haut de la tête jusqu'aux extrémités de ses pieds chaussés de ballerines en cuir écru, assorties à son tailleur-pantalon. Elle arrive devant la banque du Crédit Lyonnais. Elle va pousser le battant extérieur quand, soudain, elle joint les deux mains comme sous le coup d'une peur affreuse. Elle suffoque. Quelque chose se passe dans son corps qui lui comprime la poitrine. Quelque chose de poisseux lui remonte aux lèvres. Serait-ce le café au lait du petit déjeuner ? Oui, il enfle et gargouille tel un mal de mer dans son estomac. Elle a juste le temps de franchir le seuil de la banque et ça y est, sa bouche s'emplit d'un flot de bile amer, abject, terrifiant... Elle a juste le temps de gagner une banquette de bois libre, à côté de la porte d'entrée, et ça y est, elle rend la totalité de son petit déjeuner sur le carrelage. Et quand c'est fini, ça continue. Elle vomit à n'en plus pouvoir un liquide bilieux. Sa bouche s'emplit d'amertume et de dégoût de soi-même. Elle se laisse tomber sur la banquette. Elle n'a même pas la force de prendre un mouchoir dans son sac, de s'essuyer le visage. Elle reste, le dos rond, le visage incliné, à observer la flaque aigre d'odeur, jaunâtre à l'entour de ses ballerines de cuir clair, la flaque immobile et imprécise comme une pensée qui n'a pas encore pris forme. Elle ne regarde pas une seule fois les gens qui passent la porte d'entrée, s'approchent, s'éloignent, remplacés aussitôt par d'autres gens. Quelqu'un lui parle au passage, elle ne lève pas les yeux sur lui. Elle regarde tantôt la flaque morne et comme morte avant d'être née à la surface de son cerveau, je ne veux pas, je ne veux pas, tantôt le plafond aux motifs dorés extrêmement compliqués. Une expression endormie et hurlante, une sorte de stupeur indignée, apparaît sur son visage livide malgré la teinte douce et chaude de sa peau. Ses yeux hurlent dans son visage, comme si ses yeux connaissaient, eux, ce qu'elle veut éviter de connaître. Quand un employé de la banque vient lui proposer ses services, elle avance légèrement le cou comme si elle n'était pas sûre de bien entendre, ça ne rate jamais, chaque fois que les choses se mettent à trop bien marcher, ça ne rate jamais. Elle écoute l'employé non sans intérêt mais avec une certaine distance. Elle ne le regarde pas remonter vers les guichets. Aucune gentillesse pour moi dans la vie, jamais, aucun vrai moment de gentillesse. Une minute plus tard, ou un quart d'heure après, quand le même employé, ou un autre portant des lunettes relevées sur le front, insiste pour savoir s'il peut lui être d'une quelconque utilité, elle se met à rire, ça ne rate jamais, chaque fois qu'une porte s'ouvre devant ma figure. Cependant l'employé insiste encore, il la questionne avec une nuance d'apitoiement dans la voix alors, alors elle couvre de sa main sa bouche distendue par quelque chose de plus terrible encore que le rire. Puis, avant même de s'être rendu compte qu'elle s'est mise en mouvement, elle se retrouve plantée devant le guichet derrière lequel se tient l'employé aux lunettes relevées sur le front.

Au sortir de la banque, il pleut. Gilda s'arrête, indécise, son carnet de chèques à la main. Elle parcourt sur la page externe les recours en cas de perte ou de vol du carnet. Elle lance, avec un geste d'irritation, ou de fatalisme, le carnet dans son sac à main. Elle repart sous la pluie fine et ennuyeuse. Elle marche sans lenteur mais sans hâte non plus au milieu de la foule hâtive car la foule a un but défini et elle, Gilda, n'en a pas.

Il est dix heures du matin, pas davantage, quand elle arrive trempée et frigorifiée en vue de l'hôtel Mondial. Elle prend l'escalier menant à sa chambre, sans rencontrer quiconque. Elle se dirige vers l'armoire, dans l'intention de l'ouvrir, de choisir une tenue de travail, de se changer et d'aller prendre le métro puis l'autocar pour Bonnières-sur-Adour. Mais elle se voit dépasser l'armoire et continuer vers les lits jumeaux séparés par la table de chevet. Elle se voit poser son sac à main sur le lit défait de Robie, et s'allonger sur le sien, tout habillée. Une seconde pas plus, je me repose, un peu, puis, chose... je fais... quelque chose doit être fait... mais je... Elle se redresse, agacée par le son régulier et net de la pluie s'abattant sur le cadre grand ouvert de la fenêtre. Elle va fermer la fenêtre. Elle tire les rideaux. Elle retourne s'allonger à même le couvre-pieds, les mains croisées sur sa poitrine fleurant la laine de qualité lambswool. Elle songe un instant, coupable, qu'elle en fait voir des belles à son tailleur-pantalon, ce n'est pas ma faute, je n'ai pas fait exprès, et soudain la vérité qu'elle ne peut plus éviter de connaître vient la frapper de toute sa violence. Elle émet une plainte qui commence très haut dans sa gorge et finit en un long sifflement essoufflé et las car, bien qu'elle n'ait jamais éprouvé un tel désir de s'apitoyer sur elle-même, elle n'a même plus la force de gémir. Quelque part, dans le couloir, quelqu'un racle le linoléum avec un balai-brosse. Au lointain, un chien aboie, doux et triste d'errer sous la pluie. Une chanson sourd à travers la cloison de la chambre mitoyenne, occupée par Soraya Carosso : « Domino, Domino, je sais bien qu'il n'y a rien à faire, avec toi, Domino... » ; M. Baldamonti a offert un électrophone Mélovox à sa fiancée et nul, à l'hôtel

Mondial, ne doit ni ne peut l'ignorer, oh je savais que c'était ça, le mois dernier, déjà, j'ai attendu, je me disais, non, je ne me disais rien du tout, quelle horreur ! Elle remue les épaules dans un geste brusque comme pour déplacer le faix d'une vérité trop pesante. Elle se masse la nuque, longuement, étire les jambes, bâille et, au bout d'un moment, elle en retire du soulagement. Et cela diminue de beaucoup l'importance de la vérité venue la frapper, tantôt, dans toute sa violence. Domino, Domino, j'ai bien tort de me mettre en colère, Domino... Les rideaux tirés, elle est couchée sur le dos, dans une agréable pénombre, la tête à l'aise sur l'oreiller, les membres détendus maintenant, l'esprit libre de toute peur et léger de pensées. Car il lui semble maintenant, dans la paix de son assoupissement, que rien de vraiment grave, rien d'irrémédiable, ne s'est produit aujourd'hui. Si bien qu'elle peut reposer sa tête en toute sécurité maintenant sur l'oreiller douillet. Elle ferme les yeux. Elle tombe dans un tunnel obscur au bout duquel elle voit apparaître des gens aux traits flous comme au passage de la ténèbre à la lumière éclatante. Ces gens entrent dans sa chambre, entourent son lit et, avec une réelle compassion, la regardent dormir.

Quinze heure trente.

Gilda est réveillée par une sensation de froid et par la musique venue de la chambre de Soraya Carosso. Elle constate à sa montre qu'elle a dormi durant cinq heures. Avec une expiration paisible et résolue, elle quitte son lit. Elle se change. Elle met son négligé de satin noir à grosses fleurs rouges. Elle enfile des mules à hauts talons. Puis, son paquet de cigarettes et une boîte d'allumettes à la main, elle s'en va frapper, trois chambres plus loin, à la porte de Nora Douek.

2

« Comment cette idée a-t-elle pu seulement vous effleurer, Gilda ? Et pourquoi venir vous en ouvrir à moi, Gilda, pourquoi moi ?

— Tu es la seule personne dont je puisse espérer une aide en la matière...

— En la matière, oh !...

— En la situation, si tu préfères, l'occurrence, l'accident, le problème, choisis le terme à ta convenance. »

Gilda parle d'une voix neutre, enveloppée de la fumée de sa cigarette. Elle ne regarde pas Nora Douek qui, debout devant la table recouverte de plusieurs épaisseurs de draps, repasse un corsage du même bleu déteint que la robe lâche autour de son corps déformé. Gilda n'a nul besoin de regarder Nora pour savoir qu'elle est bouleversée par le sens et la fermeté de ses paroles ; qu'elle s'en alarme comme à entendre un présage, comme du mauvais œil jeté à ce bébé conçu dans son ventre six mois auparavant, conçu dans l'émerveillement et la stupeur d'avoir conçu d'un si vieux mari un tel embryon d'humanité.

« J'ai longuement réfléchi et je n'ai trouvé qu'une solution possible et qui me satisfasse, Nora, il n'y en a pas d'autre. »

Nora fronce le nez comme si la voix de Gilda dégageait une odeur qui lui montait, vilaine, aux narines. Son bras se détend pour saisir, à l'autre bout de la table, un verre empli d'eau. Elle aspire avec une sorte de désespoir l'eau du verre et la recrache ensuite sur une chemise blanche à longues manches dont elle humecte patiemment, interminablement, chaque pli du tissu.

« Mais peut-être que ce n'est pas vrai du tout, Gilda, peut-être que vous vous trompez... Comment pouvez-vous en être sûre ? il faut attendre à la fin du deuxième mois pour être sûre, et encore... Combien de fois j'ai cru porter un bébé ! Oh, je le sentais grossir comme une petite perle au fond de moi, mais un jour, fini, le sang venait et la déception, fini, la déception venait et les larmes de sang.

Avec une grande habileté, Gilda lance son mégot dans le cendrier qui se trouve sur le lit, à quelques pas de sa chaise et aussitôt elle allume une autre cigarette, d'une façon curieuse, en n'utilisant que deux doigts ; tout ce qui a trait au tabac relève chez elle de l'art du jongleur. Elle contemple le bout de ses doigts d'un air ennuyé, comme si elle avait l'esprit ailleurs. Tout ce qu'elle ressent, alors qu'elle contemple le bout de ses doigts, c'est la sorte de tension qu'on peut ressentir quand on est totalement étranger à une affaire, rien d'autre. Comment pourra-t-on débrouiller cette affaire ?

« Je ne peux pas me tromper. Les symptômes ne trompent pas. C'est la troisième fois que je rencontre les mêmes symptômes dans mon corps, les mêmes exactement.

— Mais pourquoi voulez-vous faire ça, Gilda, par pitié, ne le faites pas. D'abord c'est un crime illégal et un péché mortel devant Dieu. Ensuite c'est très dangereux pour la mère, affreusement dangereux, vous pouvez en mourir », ajoute Nora, et son visage d'ordinaire si terne exprime tout à coup un souci mêlé d'une tendresse très touchante.

« Si l'hémorragie s'écoule et qu'on ne puisse pas l'arrêter par exemple ? Si l'infection se déclare et, qu'à Dieu ne plaise, votre sang s'empoisonne ? Vous pouvez mourir, tomber paralysée pour la vie et sinon, à Dieu ne plaise, vous pouvez vous retrouver en prison. »

Nora repose le fer sur son support métallique : un couvercle de casserole instable. Puis, elle plaque ses mains au creux de ses reins et, soupirant, elle propulse son ventre vers l'avant comme un gros ballon captif de son corps.

« Je risque les assises, je sais bien », reprend Gilda sur le ton badin de la conversation, comme si ce sujet, bien que loin d'être inintéressant, n'était pas vraiment très important. « Mais quoi ! Il existe des circonstances malheureuses auxquelles les femmes seules dans la vie doivent se soumettre... Aide-moi, Nora, pour l'amour de Dieu.

— Je vous aiderais, oui, sur ma tête et mon œil, si

je pouvais, je vous porterais sur ma tête et mon œil, dit Nora avec son accent oriental exacerbé par l'émotion, je viendrai même avec vous, Gilda, si je croyais que c'est vraiment la chose à faire. Je vous aime, Gilda, je vous aime du fond du cœur. Vous avez toujours été bien disposée à mon égard et je me disais, souvent, merci mon Dieu d'avoir mis sur mon chemin une grande sœur réfléchie et bonne.

— Si la fumée te gêne, dit Gilda, dis-le-moi, Nora, sans préjudice. Je vais ouvrir la fenêtre, la pluie s'est arrêtée, il ne pleut plus, de l'air, mon Dieu, un peu d'air, ça nous fera du bien à toutes les deux, à toutes les deux », répète-t-elle, espiègle.

Elle resserre le cordon de son négligé et, glissant légère sur ses mules à talons hauts, elle va ouvrir la fenêtre. Elle jongle avec son mégot puis, d'une pichenette, le jette par la fenêtre. Le vent joue avec les courtes boucles brunes qui lui retombent sur le front. Un papier sale est fixé par une punaise au mur, près d'elle. À y regarder de plus près, il s'agit d'un article expliquant pourquoi les cheveux chez la femme enceinte deviennent gras, électriques et difficiles à coiffer.

« Et le père, demande Nora, est-ce que le père est d'accord ? C'est le père après tout, il a son mot à dire.

— Il n'est pas au courant.

— Ah, mais vous allez lui...

— Rien. Pas un mot. Le père est un homme marié. Un homme, c'est-à-dire, qui fait sans vouloir faire et qui promet sans vouloir tenir. Voilà ce qu'est un homme marié.

— Mais il est marié depuis dix ans et, en plus, il n'a pas un seul enfant, alors !...

— Alors quoi ?

— Il voudra de l'enfant.

— Qu'en sais-tu ?

— Il vous aime. Il vous épousera. Il vous donnera la nationalité. Vous serez la mère française d'un enfant français.

— Un vrai conte de fées ! Non mais tu rêves, ma parole, tu rêves les yeux ouverts. Qu'est-ce que tu sais de Sam Kalman ? Et de moi ? Que sais-tu hormis les ragots de la petite clique envieuse et désœuvrée ? Qu'il veuille ou non cet enfant, moi je n'en veux pas. Tu comprends ? Donne-moi l'adresse de ton médecin, Nora, c'est tout ce que je te demande, une adresse, voyons, sois gentille, ma petite Nora. »

Gilda vient se placer derrière Nora. Elle la prend par la taille, tendrement. Nora incline un peu la tête sous celle beaucoup plus haute de Gilda, qui fait là, là ma chérie, là... Nora saisit la main de Gilda, elle y dépose un baiser. Gilda lui caresse le dos, les hanches, les épaules, les aisselles sous la robe bleue que la sueur a déteinte. Elle pose les mains sur le ventre saillant, le contient entre ses mains refermées, frémissantes comme à toucher la cicatrice fraîche encore d'une plaie sensible.

« Ah ! les hommes ! dit Gilda, les fichus hommes ! Ma chérie, ma pauvre petite chérie, tu es blême de fatigue, arrête-toi un peu, repose-toi. Dis-moi, ce médecin que tu as, il est capable ? Il t'inspire confiance ?

— Il ne le fera pas, je ne crois pas qu'il le fera. Pourquoi le ferait-il ? Pour aller en prison lui aussi ? Nous ne sommes plus en Égypte, Gilda, nous sommes en France. En France, il y a des lois. En France, les docteurs ne font pas le contraire de ce qu'ils doivent faire, mon Dieu non, ils ne sont pas fous. Ils auraient le procès public, la honte, le scandale, la prison, fini, ils seraient perdus de nom et de réputation, plus personne ne leur ferait confiance... »

Les yeux de Gilda s'emplissent d'une lumière cruelle. Elle attrape le bras de Nora et, pinçant le gras entre ses ongles longs, comme si elle s'apprêtait à griffer, à déchiqueter, à lacérer la jeune femme, elle lui crie aux oreilles :

« Es-tu sourde, Nora, sourde ? Que dois-je faire alors à ton avis ? Tu as une autre idée en vue, une solution, un remède miracle, qu'est-ce que tu me suggères ? Un bon coup de fer à repasser sur le ventre ? Tes aiguilles à tricoter ? Les escaliers du quatrième étage ? La Seine ? Le quai du métro Bonne-Nouvelle ? Une tisane à la mort-aux-rats ? Qu'est-ce que tu as à me regarder ainsi ? Tu ne comprends donc pas ce que je te dis ? Une gamine de six ans saisirait les choses plus vite que toi. »

Nora dégage son bras et, se reculant dans une répulsion profonde, passionnée, elle s'écrie :

« Rabeck, Rabeck !...

— Rabeck ?

— Docteur Rabeck, 125 rue d'Aboukir, mais, oh mais il refusera, Gilda, il refusera même de vous écouter.

— Il m'écoutera. Il me conseillera. Je le payerai pour ça. J'ai de l'argent grâce à Dieu et au rav Lipinsky aussi, un brave homme vraiment, un saint tout compte fait, j'ai touché les 120.000 francs ce matin, je les ai, couchés sur mon compte, 120.000 francs, Nora, tu imagines ?

— C'est l'argent de Juliette.

— C'est mon argent.

— Elle attend cet argent... elle attend depuis si longtemps.

— Elle attendra encore un peu, voilà tout, elle n'en mourra pas, tandis que moi, moi, j'en mourrai c'est sûr... C'est ce que tu me souhaites, Nora, de mourir ? C'est ce que vous me souhaitez tous tant que vous êtes !...

— Mais c'est de ça que vous pouvez mourir, Gilda, de ça justement.

— Que je vive ou meure, que t'importe ? Cet argent est à moi, je l'ai payé assez cher, c'est mon argent, je peux en disposer à ma guise.

— Cet argent est destiné au bonheur de vos enfants, pas à leur malheur. Vous les aimez vos enfants, Gilda, vous les aimez à la folie n'est-ce pas ?

— À la folie ? dit Gilda, ah !... » et elle sent brusquement un élan d'amour morbide et fou qui la terrifie : « Ah ! je les aime naturellement et plus que moi-même », dit-elle en criant maintenant d'une voix déchirante et elle pense tranquillement pourtant : bien assez de mal avec ma propre vie pour, pour ne pas, dans les limites de mes forces, est-ce ma faute alors si, je ne peux pas, je ne peux pas, je ne peux pas, et elle essaye de maîtriser sa voix devenue folle :

« Je ne peux pas les aimer davantage, Nora, tu le sais, tu connais mon cœur, n'est-ce pas ? » puis elle s'arrête, oppressée par le son pathétique, indécent de sa voix.

Elle retourne s'asseoir sur sa chaise, de l'autre côté de la table où Nora continue de s'affairer avec la gaucherie prudente des femmes enceintes. Elle croise les jambes. Elle gratte une allumette. Elle dit, le visage vide de toute expression :

« Docteur Rabeck, 125 rue d'Aboukir. Il reçoit sur rendez-vous je présume ? Je ne me recommanderai pas de toi, sois sans crainte. Je lui dirai que j'ai trouvé son adresse dans le Bottin, ça va comme ça ? »

Nora ne répond pas. Gilda reste assise sur sa chaise, à sentir le tissu lisse et soyeux de son négligé glisser sur ses jambes croisées. Elle fume sans regarder Nora. Elle sait que Nora regarde ses jambes de belle femme à la taille ni grosse ni maigre, de belle femme dont le visage doux et paisible semble inconciliable avec le projet criminel qu'a déployé sa belle bouche.

« Alors, Nora.

— Alors quoi ?

— Alors, tu penses que l'avortement est un crime devant la justice et un péché contre Dieu. Bien, très bien, va pour la justice. Mais Dieu, Nora, Dieu, qu'est-ce qui te donne à croire qu'il existe ? »

À la question qui se pose ici, il n'y aura pas de réponse. Nora ne tient pas à poursuivre cette discussion. Pourquoi ? Parce qu'elle pourrait dire des choses blessantes à Gilda. Or la bonté et la pitié du prochain, qui sont les preuves de l'existence de Dieu, Nora les porte dans son cœur. Elle sait que Dieu, en créant l'enfant non voulu par Gilda, l'a mise déjà à trop rude souffrance.

3

Et Juliette, où en est-elle avec Dieu ?

Nous l'avions laissée au soir de la Pâque complètement illuminée par la découverte de Son Existence. Elle allait, parlant de Dieu avec l'ardeur d'un feu pris subitement dans la nuit, L'invoquant et Le louant sans arrêt à qui voulait l'écouter, c'est ça le malheur. Au bout d'un certain temps, moins d'une semaine, plus personne ne voulut l'écouter. Ne serait-ce que pour la contredire ou la mettre en boîte. Rien de rien. Indifférence sur toute la ligne. Comment se battre dans ce cas et surtout à quoi bon ? Juliette rageait de se voir réduite au silence. Elle pleurait sur Dieu aussi solitaire au kibboutz qu'elle l'était elle-même. Un jour, découvrant qu'elle avait encore grossi, grossi au point de ne plus pouvoir fermer la ceinture de son short, elle conçut des doutes sur la toute-puissance de Dieu. Pouvait-Il empêcher une fille de souffrir d'être elle-même ? Le voulait-Il seulement ? La réponse étant non décidément, non catégoriquement, Dieu finit par disparaître de la vie de Juliette.

CHAPITRE VINGT-TROIS

1

La pluie encore et encore. Et toujours Gilda Stambouli qui déclare qu'elle va mourir dans son lit, seule, abandonnée du monde et de la médecine.

Robie accueille la nouvelle avec une certaine indifférence. Il regarde fixement la pluie qui tombe en nappes grises sur la fenêtre, comme si c'était la pluie qui se plaignait et non pas Maman à qui il tourne le dos. Ce qui n'est pas gentil. Maman a une maladie de femme. Mais ses plaintes et ses soupirs produisent sur Robie l'effet contraire de ce qu'elle recherche. Il n'a pas envie de consoler Maman, de la cajoler, de lui donner le moindre petit baiser. Il ne peut pas la toucher, en ce moment, non, pas depuis trois jours. Il éprouve quelque chose de nouveau, de difficile à éprouver à l'égard d'une maman qu'on aime énormément. On dirait que c'est du dégoût qu'il éprouve pour elle, on dirait, oui. Sauf que non. Ce n'est pas d'elle qu'il est dégoûté, ni de ce qu'elle a fait, il ne pense pas à ce qu'elle a fait disparaître de son ventre, il pense même qu'elle a bien fait, pouvait-elle laisser grandir en elle un bébé qui attendrait pour la tuer un peu plus chaque jour ? non, donc elle ne pouvait pas faire autrement. Bon. Mais c'est ce qu'elle fait maintenant qui est dégoûtant. Elle n'est pas obligée de le faire. Elle n'est pas obligée de lui parler de ça presque ouvertement et avec des yeux qui rient alors et un visage qui respire la satisfaction. Et à supposer qu'elle soit réellement telle qu'elle se décrit : « une femme qui a fauté assurément, mais aussi une femme d'un exceptionnel courage qui veut regarder sa faute en face », elle pourrait éviter ce genre de conversations pour grandes personnes responsables. Mais elle ne le fait pas. Elle fait comme si elle avait besoin que Robie sache tout, absolument tout des malheurs arrivés à Maman. Pour quoi faire ? Il l'aurait su de toute façon, il l'aurait deviné. Parce que, bien avant le jour où elle est revenue, à moitié morte, se mettre au lit, les amis de Maman qui le rencontraient dans les escaliers ou dans le corridor de l'hôtel le regardaient d'une drôle de façon. Ils le regardaient en hochant la tête de droite à gauche, en silence, comme pour s'avertir eux-mêmes d'un malheur effroyable arrivé à lui, Robie. Alors, un soir qu'il croisait Mme Nora devant la porte des cabinets, il lui avait demandé pourquoi on le regardait comme si on avait pitié de lui. Elle avait répondu : « C'est ta mère et non toi, pauvre petit Robie, qui nous fait pitié. » C'est pour cette raison peut-être, la quantité de pitié déversée sur Maman, que lui, Robie, en a si peu à lui offrir aujourd'hui. Pourtant, elle est réellement à plaindre aujourd'hui. Elle se pelotonne comme une petite fille sous la couverture usée. Sa figure est toute pâle, ses yeux sont cernés de violet. Mais c'est un fait que, aujourd'hui, Robie ne pense qu'à lui-même. Il pense à lui avant même qu'il soit né. Il s'imagine quand il attendait dans le ventre de Maman, attendait pour tuer, chaque jour un peu plus, Maman. Mais alors Juliette, avant lui, attendait aussi pour... Non. Ce n'est pas pensable. Maman ne pense pas ce qu'elle dit, sinon elle ne le dirait pas, pense Robie quand brusquement Maman lui dit d'arrêter de donner de grands coups de pied au bas de la fenêtre, maintenant tu vas être mignon et te tenir tranquille, dit Maman.

Des coups de pied dans la fenêtre ?

Robie s'excuse, il ne s'en rendait pas compte. Il se rend d'un pas feutré au chevet de Maman. Elle lui prend un bras, s'y agrippe, ils restent un long moment sans se parler. Puis :

« Maman, dis-moi, est-ce que tu dis toujours ce que tu penses ?

— Oui, enfin, la plupart du temps... Pourquoi cette question ?

— Pour rien.

Un silence. Robie s'écarte un peu du lit de Maman.

— Maman ?

— Quoi encore ?

— Est-ce que tu as déjà fait ça, avant ?

— Fait quoi ? Avant quoi ?

— Avant cette fois.

— Mais quelle fois à la fin ? De quoi parles-tu, Robie ?

— Une fois qui se serait passée avant Juliette et moi, je veux dire, ou entre les deux ?

— Une fois où j'aurais perdu un enfant, tu veux dire, entre la naissance de ta sœur et la tienne ?

— Oui. Un autre enfant que tu as été obligée de tuer, Maman, avant qu'il ne te tue.

— Avant, après ? Mais non bien sûr, absolument pas, jamais.

— Jamais ? Tu me le jures sur ma tête ?

— Jamais, sur ta petite vie chérie, mon baby, je te le jure. »

Maman manifeste soudain une agitation fébrile. Elle remonte son oreiller, lisse ses draps et, s'enfonçant davantage dans son lit, elle adjure Robie de la laisser reposer en paix.

2

La porte de la chambre s'ouvre avec précaution. Bertha Fromkine entre en même temps qu'une chanson enfuie de la chambre de Soraya Carosso. Robie en éprouve un soulagement momentané : il n'est plus seul avec Maman. Il y a autre chose dans le soulagement de Robie : sa sympathie à l'égard de Bertha Fromkine et son opinion, assez proche de celle de Maman : cette grande et rude bonne femme fait en ce monde tout ce qu'elle doit faire pour le rendre meilleur. Sauf que cette fois, malgré son large sourire, Bertha a dans ses yeux bleus un regard aussi froid que le granit des pyramides. C'est un regard qui balaye le coin où Maman dort et dans les yeux bleus, alors, passe un reflet d'une terrible dureté, étonnante. D'habitude, Bertha Fromkine est, comme à peu près tout le monde, très amoureuse de Maman. La preuve ? S'il y avait une seule personne à sauver, comme dans la blague du bouquin sur une île déserte, eh bien, Bertha Fromkine sauverait Maman. Tout à coup, Robie a très envie que Bertha se baisse pour le prendre et le serrer contre elle. Il a envie d'être cajolé comme le tout petit garçon qu'il n'est plus en réalité. C'est ainsi qu'elle fait en temps normal, non ? Oui. Mais pas cette fois. Elle déboutonne son imperméable jaune et le met à dégoutter sous le lavabo. Ses pas, quand elle revient vers Robie, laissent des traces mouillées sur le plancher. Ses sourcils fins comme une toile d'araignée se sont rapprochés, la ride verticale de son front plonge maintenant jusqu'à l'arête de son nez. Cela provient de ce que Maman lance ses bras en avant, de la manière pathétique d'une aveugle recouvrant brusquement la vue. « Bertha, ah ! Bertha, enfin ! » appelle Maman. Bertha avance vers Maman, mais en crabe, comme si elle ne voulait pas la regarder en face. Elle attire une chaise près du lit, s'assoit, se relève et dit : « Robie, laisse-nous, mon petit, va faire un tour, prends ton manteau surtout, il ne fait pas beau.

— Il pleut encore ? gémit Maman, ça fait combien de jours qu'il pleut ? »

Robie enfile son manteau. Il prend en courant le tournant du palier et, en un éclair vertigineux, il arrive dans les escaliers. Il s'agrippe à la rampe jusqu'à ce que les marches cessent leur mouvement de balançoire. Ensuite, il penche le visage entre les barreaux les plus proches. La cage de l'escalier est sombre comme un cœur noir, sans fond. Le cœur de Robie bat avec violence. Il attend quelque chose, il ne sait quoi, qui doit se produire, tout son corps attend à n'en plus pouvoir. Alors, au bout d'un moment, Robie remonte les marches sur la pointe des pieds. La porte de la chambre est close. Robie pourrait, selon sa mauvaise habitude, coller son œil à la serrure, mais il ne le fait pas. Ce n'est pas la peine de voir à travers la serrure pour savoir ce qui se passe dans cette chambre. Ni d'écouter à travers le mur pour savoir ce qui se dit dans cette chambre. Aussi bien, Robie pourrait s'en aller mais il ne le fait pas non plus. Pourquoi reste-t-il là ? À quoi ça peut-il lui servir ? Il ne sait pas. Il sait qu'il doit se trouver là, derrière la porte exactement, à le regretter et à en souffrir mais moins que s'il ne s'y trouvait pas.

Nous cependant, usant de notre licence d'auteur, nous allons rapporter ce qui se dit dans cette chambre.

GILDA : Il pleut toujours ? Vous ne m'embrassez pas aujourd'hui ?

BERTHA : Ça fait deux jours qu'il pleut, comment allez-vous ?

GILDA : Mal mais ce n'est pas contagieux, vous pouvez m'embrasser, allons !

BERTHA : J'ai attrapé un rhume. Mais racontez-moi, vous vous sentez mal ? Très mal ?

GILDA : Très, non, mal simplement comme lors de règles trop abondantes.

BERTHA : Vous saignez encore ?

GILDA : Le sang s'arrête et puis il reprend. Voulez-vous me donner la petite glace, là, sur la planchette du lavabo et le peigne en écaille également, là dans mon nécessaire de toilette... Merci. Un coup de peigne, voilà ! Ne me regardez pas surtout, je dois être à faire peur. Comment me trouvez-vous, sincèrement, dites ma chère, affreuse ?

BERTHA : Mais non, très bien, très jolie, enfin, vous le savez bien. Racontez-moi plutôt comment la chose s'est passée.

GILDA : Une horreur vieillie de dix ans, voilà ce que je suis devenue.

BERTHA : Vous avez les yeux cernés. Ils brillent un peu. Avez-vous de la fièvre ?

GILDA : Ah, comme votre main est froide, mon Dieu, un vrai glaçon sur mon front ! Alors ?

BERTHA : Je ne sais pas. Je ne crois pas. Donnez-moi votre poignet.

GILDA : Il faudrait un thermomètre.

BERTHA : Pas de fièvre, non.

GILDA : Non ? J'ai l'impression de brûler comme en enfer.

BERTHA : Vous exagérez, comme toujours. N'y pensez plus.

GILDA : Mais je veux y penser au contraire, c'est

une pensée tellement agréable. C'est fini, Dieu merci. Fini. C'est la première pensée qui m'est venue à l'esprit quand je me suis réveillée, je ne pouvais croire que c'était fini. Elle était assise à côté de moi quand je me suis réveillée et elle me tenait la main. Je lui ai demandé si c'était fait et elle m'a dit oui, c'est fini, tout va bien. Elle m'a dit que je pouvais rester encore un peu à me reposer, si je voulais et qu'ensuite je pourrais rentrer chez moi. Et c'est ce que j'ai fait, délivrée et heureuse, mon Dieu, à n'y pas croire. L'affaire s'est menée à une allure surprenante!... Grâce à vous, Bertha, merci encore, mille fois merci.

BERTHA : Avec ou sans moi, vous y seriez parvenue de toute façon. Avez-vous vu un médecin?

GILDA : Dans mon état! Vous voulez ma perte?

BERTHA : Mais...

GILDA : Rien ne serait plus fatal pour moi en ce moment. Je vais aussi bien qu'il est possible d'aller en ce moment.

BERTHA : Il faudra bien qu'un médecin vous délivre un certificat d'arrêt de maladie, il vous en faut un, tout de même. Avez-vous pensé à prévenir votre employeur?

GILDA : J'ai prévenu, par téléphone, enfin c'est Robie qui a appelé l'école, ne vous inquiétez donc pas pour si peu. Ça va. Je me repose, je dors, je réfléchis. Puis-je vous demander de me passer mes cigarettes, vous les trouverez sur la table. Vous savez, j'ai bien réfléchi. Je vais partir d'ici, il serait temps. Je vais louer un petit appartement. Avec l'argent qui me reste, je peux trouver quelque chose de correct.

BERTHA : Combien d'argent vous reste-t-il ? Elle vous a pris combien ?

GILDA : Elle m'a demandé 80.000 francs, cash bien sûr, je n'ai pas discuté. J'avais hâte d'en finir et, du reste, vous aviez raison, il n'y a pas lieu de discuter dans ce genre d'affaire.

BERTHA : Non.

GILDA : Elle avait l'air si capable, si compétente, et elle l'était, j'avais tellement peur qu'elle se ravise. Qu'elle me jette dehors comme ce docteur machin-truc, le médecin de Nora Douek, c'était stupide d'aller le solliciter, c'était, je ne sais pas, moi... une humiliation supplémentaire. Rien que de le mettre au courant déjà ! De m'abaisser à supplier comme une mendiante. Parce que j'ai mis longtemps à comprendre à qui j'avais confié mon sort. À un être odieux tout simplement, cassant, méprisant, redresseur de torts. Ah ces couplets qu'il m'a débités sur le bien et sur le mal !... Sur les remords qui me visiteraient ma vie durant, paraît-il. Sur ma culpabilité future. Mon âme blessée à jamais, mon âme, je vous demande un peu, qu'est-ce que ça peut bien lui faire, mon âme ? Qu'est-ce que l'âme d'abord, dites ma chère, n'est-ce pas une illusion ? Une invention opportuniste ? Une bêtise pratique ? Je ne comprends pas qu'un médecin, un scientifique autrement dit, me serve de telles balivernes, qu'en dites-vous, ma chère Bertha ?

BERTHA : Les hommes sont pleins de préjugés, mais ce n'est pas si simple de...

GILDA : Parfaitement simple au contraire. Il cherchait à me terroriser, voilà tout, et d'ailleurs...

BERTHA : Ne vous excitez pas, attention à votre cendre, vous allez mettre le feu aux draps.

GILDA : Il cherchait à me terroriser, eh bien il y a réussi. J'étais terrorisée absolument quand je suis allée voir votre, je ne sais comment dire, votre bonne femme...

BERTHA : La sage-femme.

GILDA : Bonne et sage-femme en vérité, Dieu la bénisse, j'avais si peur d'avoir mal. Mais elle m'a assuré que je ne souffrirais pratiquement pas. Que je m'endormirais et que je me réveillerais environ une heure plus tard, légèrement meurtrie et perdant un peu de sang. Et c'est ce qui est arrivé, Bertha, grâce à vous... Mais qu'avez-vous ? Vous avez l'air mécontent, fâché même, l'êtes-vous ?

BERTHA : Mais non.

GILDA : Mais si, je le vois bien, vous avez l'air de vouloir me mordre. Vous ne m'aimez plus ?

BERTHA : Je me suis fait beaucoup de soucis pour vous, mais maintenant...

GILDA : Maintenant ?

BERTHA : Maintenant, c'est fini.

GILDA : À cause de ce que j'ai fait ? Vous ne m'en avez pas dissuadée pourtant quand je suis venue vous voir, vous m'y avez même incitée il me semble. Je ne comprends pas.

BERTHA : Il n'y a rien à comprendre. Vous avez connu de durs moments, je ne vous juge pas.

GILDA : Vous ne me jugez pas mais vous n'en pensez pas moins.

BERTHA : Quelle importance ce que je pense ou ne pense pas ?

GILDA : Une importance capitale pour moi, dites, dites enfin ce que vous pensez vraiment.

BERTHA : Je pense que ça n'a pas beaucoup d'importance d'ajouter ou non un être de plus aux millions d'êtres qui sont au monde. Nous n'avons pas besoin de plus d'enfants mais de plus de bien-être pour nos enfants. Le problème n'est pas là.

GILDA : Où est le problème alors ? Vous me disputez comme si j'avais des torts abominables envers votre personne particulière.

BERTHA : Je ne vous dispute pas.

GILDA : Non ? Vous me détestez simplement. Vous me haïssez, vous m'exécrez tout comme si j'avais trompé votre confiance, vos sentiments, votre...

BERTHA : Je ne vous hais pas, ayez la bonté de ne pas crier sinon je m'en vais, je vous laisse.

GILDA : Ah ! mais non, vous ne me laisserez pas. Ce serait trop facile. Vous ne partirez pas avant d'avoir vidé le fond de votre rancœur... Vous... Oh, mais je sais ce qui vous encolère évidemment, c'est évident ! Oh pourquoi, mais pourquoi me faites-vous ça ?

BERTHA : Quoi donc, allez, arrêtez enfin, soyez raisonnable.

GILDA : Mais c'est ça, bien sûr, c'est ça qui ne passe

pas. L'argent. C'est la façon dont j'entends employer cet argent qui vous courrouce.

BERTHA : C'est votre argent, je ne vous reproche pas de...

GILDA : Vous me reprochez de dilapider dans une location l'argent destiné au voyage de Juliette. Mais il reste à peine dans les 40.000 francs, je vous l'ai dit. Nous sommes loin des 120.000 francs du Shemoul. Or, et nonobstant cela, vous pensez que...

BERTHA : Tirons les choses au clair, une fois pour toutes.

GILDA : À quel sujet ?

BERTHA : Au sujet de l'argent. Je vous avertis, à mon grand regret, que votre demande d'emprunt au Casar n'aboutira pas. Vous n'aurez plus un sou venant de...

GILDA : Un sou ! Mon Dieu, que c'est vulgaire, un sou... Bien, bien, c'est une mesure de rétorsion si je vous comprends bien... À votre aise. J'en prends note et vous précise toutefois que la flèche manque sa cible. Parfaitement. Ce n'est pas moi que vous mettez à l'amende, c'est Juliette. C'est Juliette que vous punissez, c'est elle que vous condamnez à... à... un avenir abominable.

BERTHA : Nous ne punissons ni ne condamnons personne. Nous avons d'autres urgences que vous, madame Stambouli, d'autres priorités que les vôtres, madame Stambouli...

GILDA : Mme Stambouli !...

BERTHA : Vous n'êtes pas à la rue. Vous avez un

toit. Vous mangez à votre faim. Vous avez un travail. Vous gagnez de l'argent. Vous avez en outre un...

GILDA : Un amant ?

BERTHA : ... un don extraordinaire pour trouver l'argent qu'il vous faut, au moment où il vous le faut. En conséquence, nous avons décidé de clore votre dossier. Définitivement. C'est une décision irrévocable. Vous devrez désormais vous débrouiller toute seule avec l'Agence juive. C'est votre affaire. Vous y arriverez, je ne suis pas inquiète, vous arrivez toujours à vos fins et c'est bien. C'est très bien ainsi. Vous n'avez plus besoin de moi.

GILDA : Je me suis toujours débrouillée toute seule, alors quoi ! je continuerai... Partez, laissez-moi, je n'espère plus rien de vous. J'espère, si, une chose, écoutez-moi encore une petite seconde, j'en ai pour une seconde... Quand je serai morte, j'espère que vous en aurez la moitié du chagrin que me cause votre...

BERTHA : Quand vous serez morte !... Oh ! Gilda, vous êtes insupportable. Mais pourquoi pleurez-vous enfin, c'est insupportable de pleurer comme ça à tout bout de champ. C'est... C'est du chantage. Allez, ça suffit, calmez-vous, je dois m'en aller maintenant. Cessez de pleurer, ce n'est pas un drame tout de même... Si ? C'est un drame, oh la la ! Une enfant, voilà ce que vous êtes, une enfant mère de deux enfants... Le monde est bien mal fait, hein ? Excusez-moi, ça m'a échappé. Ayez la gentillesse de me prévenir de l'arrivée de votre fille, mais si, mais si vous la reverrez, j'en suis sûre. N'oubliez pas de m'avertir. J'ai l'impression de la connaître déjà, pas mal, après tous ces mois passés à m'occuper de...

GILDA : Est-ce que je vous reverrai ? Je vous aime tellement.

BERTHA : Je ne sais pas, nous verrons. Dites pour moi des choses bien affectueuses à Robie, il a une petite mine je trouve, ménagez-le. Prenez soin de lui. Nous nous reverrons, bon, à titre amical, puisque vous y tenez tellement. Mais pas avant longtemps, je vous avertis, avec tous les réfugiés tunisiens qui débarquent dans nos bureaux...

CHAPITRE VINGT-QUATRE

1

Tôt ce samedi matin, les étoiles brillent encore dans le ciel du kibboutz.

Une vingtaine de garçons et de filles, dont l'impatience croît à mesure qu'ils attendent, vont et viennent le long des sacs de sable empilés devant la clôture de barbelés. Juliette, qui en principe n'attend jamais rien, est juchée sur un des montants du portail, afin de voir venir quelque chose ou quelqu'un. Un bruit de moteur se fait entendre enfin. La camarade Rivka arrive au volant du camion et ce sont des bousculades sans nom. Les jeunes gens grimpent sur la plate-forme. Ils hissent à bord leur matériel : des sacs de couchage, des caisses, des paniers de provisions, des tentes roulées dans leur cylindre de toile kaki, des bidons remplis d'eau potable et hourrah ! les voilà partis.

Passé la route asphaltée qui dessert les terres du kibboutz, le camion attaque le flanc ardu de la colline.

Au même moment, la longue écharpe de brume reliant la terre au ciel se dissipe et... c'est tout simplement splendide ! La lueur rosée du soleil, la brise qui mord gentiment les oreilles, la plate-forme zigzaguant follement derrière la cabine du camion, elle va se décrocher ? Youp la boum, tralala ! Les garçons et les filles agrippés aux ridelles, comme à la rambarde d'un bateau démâté, entonnent à plein gosier *Eretz Zavat Khalav*, une chanson où il est question de la terre où ruissellent le lait et le miel.

Pour une folle ambiance, c'est une folle ambiance !

Pourquoi ?

Parce que, pendant deux jours et autant de nuits, le groupe des orphelins va vivre une aventure merveilleuse et exaltante sur le plan du dépassement de soi. Il s'agit, disons-le sans trémolos dans la voix, d'inculquer à ces jeunes gens les rudiments de l'art militaire. Les plus âgés d'entre eux seront appelés à remplir leur service militaire, dès l'automne prochain, les autres — notre Juliette de quatorze ans par exemple — devront patienter quelque deux ou trois années supplémentaires. Tous, cependant, font route vers le champ de manœuvres situé non loin de la frontière syrienne, sur le site de Bab el-Shams, un ancien village arabe... Tous, Juliette mise à part, ont l'intention de faire preuve d'une endurance et d'un courage démentiels. Ils vont crapahuter à travers les ruines calcinées de Bab el-Shams. Ils vont s'exercer au tir sur les arbres morts des vergers. Ils vont lancer des grenades au fond des puits taris. D'autres exploits s'offriront que leur imagination précède : débusquer l'ennemi de derrière la frontière syrienne, le traquer, le démoraliser si bien que... « La ferme, bande de John Wayne ! s'esclaffe le sergent instructeur, vous faites peur aux oiseaux ! »

Le sergent tire un harmonica de sa poche de poitrine et commence à s'humecter les lèvres. Des applaudissements fusent. Le sergent salue et, quand on n'entend plus que le bruit du moteur, il joue *Les yeux noirs.* Existe-t-il rien de plus entraînant ? Même notre petite Juliette, dont le lecteur connaît l'aversion pour tout effort, branle du chef et se fiche de grandes claques sur les cuisses, excitée comme jamais.

Cette vie qui renaît soudain en elle, d'où vient-elle ? De l'escapade sous le soleil levant ? Du petit vent de liberté ? De l'harmonica aux sonorités allègres et sentimentales pourtant ? Tout cela, oui, mais il y a aussi la personne du musicien.

Le sergent, Gingold de son nom, est un instructeur de l'association Nahal[1]. Il a fait son apparition la veille au soir à la salle à manger du kibboutz Ein Moshé. Le repas achevé, il s'est adressé aux jeunes du pavillon des Orphelins. Il leur a expliqué ce que le pays attendait d'eux, maintenant qu'ils allaient quitter le monde irresponsable de l'adolescence. Il a demandé à chacun d'où il venait et, quel que soit leur pays d'origine, il en a critiqué les facteurs qui, des siècles durant, y ont déformé l'esprit des juifs et rabougri leur corps. Enfin ce genre de choses qu'on entend

1. Initiales de Jeunesses pionnières combattantes.

souvent au kibboutz, sauf que le sergent Gingold les débitait avec une lueur assez ironique au coin de l'œil. À la fin, il a voulu savoir si quelqu'un détestait la musique. Il a pris son harmonica et tout le monde s'est mis à danser autour des tables pendant une bonne demi-heure. C'est insuffisant bien sûr pour porter un jugement définitif sur le sergent Gingold, néanmoins Juliette peut en dire deux mots. C'est un type qui force l'attention, tout militaire qu'il est. Il ressemble à, je ne sais pas moi, à un voyou, voilà, un voyou romantique. Il porte des lunettes noires, des bottes noires au bout pointu, un bracelet de cuir noir au poignet et, bas sur les hanches, un ceinturon hérissé de cartouches. Il a, quand il enlève ses lunettes, des yeux verts où passent des expressions ironiques, blasées, trop intelligentes en somme pour un militaire. L'armée, y a pas à revenir là-dessus, se compose uniquement de brutes et d'abrutis. Le sergent Gingold, lui, semble appartenir à la catégorie inspirée et rayonnante des artistes. C'est à l'armée pourtant, durant son service militaire, qu'il a appris à jouer de l'harmonica. Drôle de contradiction quand on y pense !...

Juliette ne fait que ça en ce moment : penser à ne pas tant penser au sergent Gingold. Mais il n'y a pas moyen. Ils sont assis côte à côte sur les planches houleuses de la plate-forme et, lorsque à la faveur d'un cahot leurs jambes se touchent, elle sent son visage passer par toutes les couleurs.

2

Le camion grimpe et dévale une colline après l'autre, secouant ses passagers et soulevant des nuages de fine poussière. Juliette n'en ressent pas la moindre fatigue, elle souhaiterait que le voyage ne finisse jamais. Mais voici qu'on descend vers une plaine. Elle s'étale à perte de vue et scintille sous le soleil comme une pure boule de feu. Sa surface lisse est une langue de sel, comme on dit en hébreu. Cette plaine, qui a été une pâture pour les troupeaux des Arabes, conduit en pente douce jusqu'au village de Bab el-Shams. Des maisons apparaissent enfin, écrasées contre terre et semblables de loin à des taches blanches. À un virage, brusquement, la route asphaltée s'arrête, perdue sous un tas de broussailles. À l'entrée de Bab el-Shams, un chien effrayant de maigreur déboule d'un fossé et, après une seconde de réflexion, se lance derrière le camion tout comme si la plate-forme en était chargée de viande crue. Rivka freine, projetant tout le monde contre les ridelles de la plate-forme ; cet idiot de chien continue à cavaler au cul du camion, il va être réduit en bouillie, s'inquiète Juliette, puis elle le perd de vue. Mais à qui appartient ce chien, et qui le nourrit ? Tout est calme, désert, silencieux. On peut distinguer, parmi les maisons en ruine, des poteaux qui gisent à même la terre, sous un fouillis de ronces. Certains murs tiennent encore l'appui d'un morceau de toiture. Une rue bordée d'eucalyptus débouche sur ce qui a été autrefois une grande maison de pierres blanches flanquée d'une deuxième construction. C'est un pigeonnier tout ce qu'il y a d'impressionnant avec sa hauteur intacte, pas moins de sept mètres, et ses briques rouges ajourées autour du toit en terrasse. Le reste de la maison, les ouvertures et la moitié du toit environ sont réduits à de grands trous noirs. Gingold saute à bas de la plate-forme du camion. Il ouvre la barrière d'un immense terrain en désordre, entouré de fils barbelés. Rivka hésite à engager le camion, mais le sergent Gingold connaît l'endroit. Rivka coupe donc à travers les ronces, les taillis, les arbres fruitiers aux troncs véreux. Elle roule cahin-caha durant deux bonnes minutes. Elle s'arrête devant une espèce de puits, enfoui sous l'ombre d'un bouquet de mûriers sauvages. Elle éteint son moteur. Tout le monde descend.

« Que c'est bien ! dit Rivka, regardez, les enfants, vous sentez ce calme ? »

Les camarades adultes aident les jeunes à décharger la plate-forme, puis débrouillez-vous, ils vont s'asseoir sur le rebord du puits. Ces deux-là ont des choses à se dire apparemment. Le sergent Gingold est, comme on l'a vu plus haut, le roi des enjôleurs et Rivka émet des rires assez chatouillés pour que Juliette en appréhende le sens et la portée. Une preuve de cette vérité ? Plus tard. Sur le moment, il y a fort à s'occuper.

Élaguer les épineux autour du puits. Désherber une parcelle de terre argileuse, longue d'une trentaine de mètres environ. Tasser, ratisser, planter les piquets des tentes dans l'argile aussi dure que du béton. Ériger les toiles de tente fatalement attirées par la position horizontale, cependant que le sergent Gingold lance des calembours pleins de sous-entendus. Ranger les caisses contenant les armes et les munitions sous un abri de toile dressé au centre du bivouac. Revenir aux tentes. Se répartir les lits de camp, à raison de quatre occupants filles et garçons par tente, la dernière tente à l'envergure plus large allant naturellement aux deux camarades adultes. Un « naturellement » qui inspire à Juliette du souci et aussi un peu de jalousie. Elle sait ce qui arrive dans les proximités soudaines et imprévues des adultes, elle sait leurs histoires de nuit. Il en sera ainsi entre ces deux-là, tout semble l'indiquer... Le sergent Gingold est un tueur de femmes, comme on dit en hébreu, et Rivka, la brave Rivka, ne peut que succomber. Voyez comme elle le mange des yeux tandis qu'il inspecte l'installation du campement !...

Juliette en est là de ses pensées lorsque le sergent Gingold décrète la pause casse-croûte. Juliette mange ce qu'on lui donne sans faire la difficile. L'eau tirée du puits est glacée. L'air n'en paraît que plus étouffant. Il est quoi ? Neuf heures du matin ? Les camarades adultes se concertent... Ils songent à passer aux choses sérieuses : et si on commençait par quelques petits exercices d'échauffement ? Et les voilà qui donnent l'exemple, partis à fond de train et hanche contre hanche comme deux amoureux cherchant un coin d'ombre.

Juliette s'élance à leur poursuite, le fusil rivé à l'épaule et l'échine fortement écrasée sous le poids de son sac à dos. La petite troupe suit, en poussant des hurlements guerriers. On déboule dans un champ semé de caillasses. Du chiendent accroche les chevilles et lance ses crampons jusqu'au gras du mollet. On place les armes et les paquetages à la garde de la camarade Rivka et allez zou, dix longueurs de champ, histoire de se mettre en jambes. Après quoi, on adopte la position de la grenouille et une deux, une deux, pendant un quart d'heure. Ensuite, on rampe un bon coup sur la caillasse, non sans s'esquinter proprement les coudes et les genoux. On se relève d'un bond et, pour changer, on se refout à plat ventre. On gigote, la face plus bas que terre, la colonne vertébrale rompue, les fesses en feu, les yeux asséchés par la poussière, la chierie !

Merdier, chierie, saloperie, appelez cela comme vous voudrez : Juliette en a plein le dos. Elle rentre la tête dans la poitrine et reste figée ainsi qu'un mannequin. À telle enseigne que ses camarades, gênés dans leur marche forcée, trébuchent et la heurtent, la meurtrissant un peu plus, si c'est possible. Au bout d'une minute ou deux, le sergent Gingold accourt, pas très content. Il tape de la semelle dans la poussière et assure que Shulamit a intérêt à magner son cul de flemmarde, sans quoi ça va barder ! Shulamit, qui ça peut-il être, nom de Dieu ? ricane Juliette. Alors, il l'agrippe par la ceinture de son short, la tire à lui, mais elle demeure enfoncée dans le sol comme si elle y était clouée. Et puis à un moment sa ceinture vient à lâcher, si bien que son short gondole un peu et finit par glisser complètement. On lui voit la culotte et c'est un éclat de rire général. Rivka s'en mêle, désolée vraiment, c'est pas très sympa tout ça, faut calmer le jeu maintenant ! Penses-tu ! Une rigolade pareille ! Juliette, quant à elle, ne rit ni ne pleure. Elle fusille Rivka du regard, comme si la camarade monitrice, et personne d'autre, était responsable de sa déculottée. Elle éprouve à son endroit un sentiment proche de la haine. Mais, soyons juste, elle exècre autant ce Gingold, odieusement beau, qui roule des épaules au-dessus d'elle et se gausse plus haut que tout le monde. Lentement, oh lentement, elle remonte son short. Et la voilà debout, serrant la ceinture de son short d'une main, et l'autre, elle l'envoie dans la figure du sergent Gingold. Puis elle s'élance à travers la caillasse et les ronces et, d'une traite, elle court jusqu'au village.

3

Il fait humide dans la grande maison abandonnée. Les lattes du plafond sont disjointes. Une lueur vert foncé tombe sur les dalles du sol entre lesquelles la mousse et beaucoup d'autres choses ont poussé. Des chiffons pourris, des peaux d'oranges séchées, des toiles d'araignée, des ustensiles de cuisine hors d'usage, deux poignées de porte en cuivre, des pages arrachées à un livre de comptes, un dessous-de-plat en faïence brisé, de vieux journaux écrits en arabe, un soulier d'homme et rien d'autre. Si : une petite culotte à fleurs est suspendue à un crochet couvert de moisissures.

Juliette ne pousse pas plus loin l'inventaire. Pas tellement par respect pour les ombres, les esprits et Dieu sait quoi encore qui flottent dans l'air humide mais parce qu'il y a bien assez d'absents dans sa propre vie. Elle n'a ni temps ni chagrin à consacrer à autrui. Il lui faut dormir... À l'instant... N'importe où... Elle ne se voit pas revenir au campement, jamais, un point c'est tout. Elle repère une longue planche en bois blanc, une ancienne porte de placard ? posée contre un mur. Elle allonge la planche sur le sol. Elle défait les lacets de ses gros souliers de marche et se déchausse. Elle enlève sa chemise, elle s'en couvre les yeux pour se défendre des mouches. Elle se couche sur la planche dure à sa nuque. Le silence s'insinue en elle, apaisant. Dans son imagination repasse la culotte imprimée de petites fleurs. Elle essaye de résoudre le problème de savoir si cette chose pourrie a appartenu à une petite fille ou à un garçon. Les petites fleurs, allons ! c'était certainement une fille et soudain elle la voit en chair et en os, là devant elle, une gosse accroupie et qui joue avec ses pieds nus, très brune, potelée, sérieuse comme sont les bébés, si seule avec ses petits pieds que ça vous fait comme une étrange peine de cœur. Elle se frotte les pieds l'un contre l'autre, machinalement, comme elle faisait, enfant, pour trouver le sommeil. Ça marche. Les objets perdent leurs contours, les pensées sont fugaces, la mémoire s'embrume. Tout va s'en aller vers l'oubli. Au lieu de quoi, elle sent des doigts se promener sur ses paupières avec lenteur.

« Mais alors, dit le sergent Gingold, tu fronces les sourcils même en dormant ? les garçons n'aiment pas du tout ça, tu sais... »

Elle tente de se redresser, mais le sergent Gingold reste penché au-dessus d'elle, son haleine est chaude comme une caresse, ça en devient gênant. Quand il se remet debout, elle enfile en hâte sa chemise et serre les bras sur sa poitrine, farouchement.

« Ne va pas prendre froid, surtout ! ricane le sergent Gingold. J'ai vu de la lumière et je me suis dit entrons donc voir ce que devient notre chère Shulamit. Je ne te dérange pas, au moins ? Je ne me le pardonnerais pas, vois-tu, je suis comme ça, un bon garçon ! Je m'inquiétais pour toi, partir sans dire au revoir... Seulement tu as oublié tes petites affaires et je me disais, bon Dieu, ça va lui manquer, pauvre petite ! Alors je t'ai tout rapporté. Regarde, tout est là. Ton fusil, ton sac à dos, tes munitions, vérifie, tout est là. Merci papa Gingold, de rien, je t'assure, c'est tout naturel. »

Juliette ramène ses genoux vers son menton, elle se remémore, torturée, la vision qu'il a eue tantôt de ses fesses rondes et brunes dans leur pauvre petite culotte quand quelque chose de gigantesque, de stupéfiant se produit : le sergent Gingold lui caresse à pleine main le cou et les cheveux. Il tire sur une longue mèche blonde, l'enroule autour de son doigt et, de but en blanc, il lui demande pourquoi elle se décolore les cheveux.

C'est pour Juliette un coup effrayant. Elle en demeure muette, blessée, humiliée comme il n'est pas permis d'humilier un être humain.

« Pourquoi tu fais ça, Shulamit ? Tu n'as pas besoin de ça pourtant, tu es sacrément jolie, crois-moi. »

Elle contracte ses pommettes et rapproche ses sourcils l'un de l'autre. Le sergent Gingold part arpenter la pièce à grands pas, l'arme accrochée à son ceinturon bat en cadence contre sa cuisse, l'harmonica fait une bosse sous le tissu de sa poche de poitrine. Juliette observe la façon dont il se déplace, tout en souplesse, son corps glisse à travers l'espace comme le long d'une corde.

« Ça me regarde, dit enfin Juliette, ça ne regarde que moi.

— Oui, ça te regarde, qu'est-ce que ça peut me faire, la couleur de tes cheveux ? Mais il y a une chose qui me regarde beaucoup en ce moment, une chose que j'essaye de comprendre.

— Quoi ?

— Que j'essaye de comprendre parce que la compréhension est plus importante que le pardon.

— Mais j'en ai rien à faire, du pardon, je n'ai rien à me faire pardonner...

— Ah non ? Alors explique-moi ton attitude.

— Explique-la toi tout seul.

— Très bien. »

Le sergent Gingold s'approche de Juliette et, la regardant de haut, dit d'un ton monocorde :

« Tu es une fille capricieuse, indisciplinée, coléreuse. Tu agis comme si tu étais furieuse contre la terre entière. Pourquoi ? Parce que quelqu'un t'a fait du mal. Le mal que quelqu'un t'a fait, tu en rends responsable la terre entière. Résultat : tu te coupes du reste de ton groupe. Ce n'est pas bien. Un jeune ne doit pas se couper de son groupe. Le groupe, c'est la communauté, la famille, les amis. Moi, tu vois, je ne pourrais pas vivre sans mes amis.

— Moi, je peux.

— Non, ce ne n'est pas vrai. Personne ne peut se passer des autres.

— Je suis une personne différente des autres, je sens les choses d'une autre façon. Je m'en fiche, des autres, je les déteste. Je déteste le kibboutz. Je déteste la campagne aussi, ah comme je la déteste ! Qu'est-ce qu'il y a à voir à la campagne à part la nature ? Je déteste la nature. Je déteste travailler. Je déteste étudier, non je ne déteste pas étudier, je déteste étudier en hébreu. À quoi ça peut bien servir, l'hébreu ? Je n'ai pas l'intention de rester dans ce pays, moi.

— Non ?

— Non, je suis française, moi.

— Rivka m'a dit que tu venais d'Égypte.

— Oui, et alors ? Je suis française d'Égypte, voilà tout. Je parle le français, je lis en français, je rêve en français, c'est ça être français.

— Moi je suis né en Russie mais, excuse-moi, ça ne fait pas de moi un Russe. Je me suis toujours senti juif et on me l'a bien fait sentir d'ailleurs. J'avais trois ans à peine que les gosses du quartier me traitaient de “sale yid”. De youpin. Nous habitions un faubourg ouvrier de Leningrad, mes parents parlaient de temps en temps le yiddish, j’ai vite été catalogué. Je n’étais pas vraiment persécuté. J’avais les meilleures notes en classe, mais je restais un youpin. J’ai été refusé à l’admission à l’université, au département littérature.

— J’aurais choisi ça, moi aussi. Pourquoi tu as été refusé à l’admission ?

— Pour une mauvaise note en maths. En fait parce qu’il était très difficile pour un juif d’être admis à l’université. Je me suis tourné vers le sionisme. J’ai fait mon alyah en Israël.

— Et tes parents ?

— Ma mère m’a suivi.

— Et ton père, il était mort ?

— Oui, je crois, je ne sais pas. Il a disparu avant la guerre. Il est parti avec une autre femme, ou alors il a été arrêté et mis dans un camp. Pour ma mère en tout cas il est mort. Elle pense qu’il est parti avec une autre femme et que ce n’est même plus la peine de prononcer son nom.

— Moi aussi j’ai perdu mon père.

— Je sais. Elle est blonde ta maman, dis-moi ? C’est pour ça que tu te teins les cheveux ? » suggère le sergent Gingold, tout content d’avoir fait le rapprochement.

Serait-il moins intelligent qu’il n’y paraît ? Juliette hausse les épaules :

« Être blonde, c’est quelque chose de... de personnel... C’est plus beau, c’est tout. Les blondes dans la vie c'est comme au cinéma, on les aime mieux que les brunes. Les blondes c'est, c'est... inoubliable, tu vois, alors c'est peut-être pour ça que...

— Pour qu'on ne t'oublie pas ?... »

Le sergent Gingold s'accroupit devant Juliette. Il abaisse ses lunettes sur son nez et regarde Juliette droit dans les yeux et avec insistance, comme s'il cherchait à percer une vérité profonde. Ils ne disent rien ni l'un ni l'autre. Au bout d'un long moment, le sergent Gingold se met à se frotter la joue.

« Hé hé, Shulamit, dit le sergent Gingold, tu as une drôle de façon de te rendre inoubliable... Est-ce que tu te rends compte de ta conduite envers moi ? Refus d'obéissance. Rébellion et violence caractérisée par une gifle ! Désertion du champ de manœuvres ! Abandon volontaire de son arme ! Ah ça va chercher loin tout ça ! Tu sais ce que ça va chercher ? »

Le sergent Gingold appuie l'index sur son propre front : boum boum, fait-il si enfantinement que Juliette pouffe et que Gingold lui-même, au bout d'une seconde, ne peut s'empêcher d'éclater de rire. Juliette en est tout attendrie... Pourquoi ? Parce que, le lecteur s'en doute à défaut de l'intéressée : notre petite Juliette en pince follement pour le sergent Gingold... Il la regarde avec dans les yeux une expression qui n'a rien à voir avec la discipline militaire et elle en rougit, symptôme manifeste de la maladie d'amour.

« Je m'excuse, dit-elle, j'aurais pas dû te gifler. Je me suis énervée, pardon, mais tu m'avais humiliée le premier, et devant les autres en plus. Tu n'as pas le droit de m'humilier non, personne n'a le droit de...

— Écoute, ma jolie, à l'armée il y a deux sortes de droits : celui d'encaisser et celui d'obéir. C'est une habitude à prendre. L'armée ne vous donne pas le choix. C'est comme respirer sous l'eau, on n'a pas le choix. Fais bien entrer ça dans ta petite tête, Shulamit, ou je serais obligé de prendre des mesures extrêmes. Ce n'est pas ce que tu veux ?

— Non.

— Je peux te faire confiance ? Autrement, je serai déçu, très déçu. Tu ne veux pas me décevoir ?

— Non mais...

— Non, tu es une fille bien, Shulamit, je le savais. Cette Shulamit, c'est une fille bien, s'est dit le papa Gingold dès qu'il t'a vue.

— Je m'appelle Juliette, pas Shulamit.

— C'est joli Shulamit pourtant, ça vient de shalom, la paix. Shulamit, ça veut dire la paisible, la pacifiée... Shu-la-mit. C'est un nom qui chante, un nom de chanson, voilà ce qu'il s'est dit le papa Gingold.

— Arrête de t'appeler comme ça, tu n'es pas encore mon grand-père.

— C'est sûr ! »

Ils repartent à rire tous les deux.

« Elles sont pas mal tes lunettes de soleil, dit Juliette. J'aime beaucoup... Tu me les prêtes, juste pour voir si elles me font encore plus sacrément jolie ?

— Tu me fais du charme ? Non mais, et puis quoi

encore !... Tu sais à qui tu parles ? Je te prie de te souvenir que je ne suis pas ton petit copain. »

Il la prend sous les épaules, la met debout. « Tu es un joli morceau pour ton âge, dit-il, quel âge as-tu ? » Elle ne répond pas. Il se penche pour lui lacer ses chaussures. Il l'aide à harnacher son sac à dos et lui tend son fusil.

Ils sortent en plein soleil.

Gingold ôte ses lunettes de soleil. Il les cale sur le nez de Juliette pour lui protéger les yeux.

4

Une chaude odeur de café se répand sur le campement. Le sergent Gingold saisit par l'anse la cafetière mise à chauffer sur le feu de camp. Il réclame une volontaire pour l'aider à servir le café. Juliette se propose. Elle s'exécute dans une sorte de frénésie enchantée. Mais l'un veut son café sans sucre, l'autre avec du lait, un troisième ne l'en remercie même pas. Enfin, aucun ne risque la moindre allusion à sa fugue, oubliée, pardonnée à ce qu'il semble. Le groupe a probablement reçu ses consignes de la camarade Rivka, laquelle ne cesse de sourire d'un air affable et de dire des riens au sergent Gingold. Ces deux-là ne se quittent pas du regard. Le sergent a relevé ses lunettes sur son front, comme font les docteurs, et Rivka, retirant son bonnet, a répandu l'or de ses cheveux sur ses épaules. Alors, brusquement, Juliette change d'humeur, ce qui, entre nous, ne l'embellit pas. Elle fronce les sourcils et fait d'étranges rictus avec sa bouche parce que Rivka est, quand elle le veut, la plus éclatante des femmes. Qu'est-ce qu'on peut y faire ? Juliette, quatorze ans, commence à se sentir toute petite vraiment et plus du tout « sacrément jolie ». Voilà justement ce qu'il ne fallait pas croire. Et elle s'en veut, oh ! comme elle s'en veut la petite Juliette, de toutes ces paroles intimes, ces aveux, ces rires même que le sergent Gingold lui a extorqués tantôt, dans la maison abandonnée... Ce n'était pas la peine, non vraiment pas la peine, de se confier à un type qui s'en tamponne maintenant. Le salaud... Excusez l'expression, mais quoi ? Pas un regard dans la direction de Juliette ? un mot ? un sourire de gentillesse ?...

Quand il va se mettre à l'écart, sous un arbre, Juliette s'installe près de lui, les arbres sont à tout le monde, non ? Il s'étend de tout son long. Elle se tient en tailleur et mâchouille avec ardeur une herbe. Ce faisant, elle s'ébouriffe les cheveux, ce qui devrait lui donner un air de beauté tapageuse. Ses yeux se font noirs, rêveurs, lents. Ce sont les yeux d'une jeune fille toute simple et douce.

« Eh bien, Shulamit, dit le sergent Gingold, qu'est-ce qu'il y a ? Tu as quelque chose à me dire ?

— Non... oui... Enfin, je voulais savoir... Une chose que, oui, ce qu'on va faire cet après-midi », bredouille-t-elle, une herbe fichée entre ses dents de devant comme un reste de vieille salade.

« Euh... Euh, murmure-t-il, cet après-midi... Euh... Euh... »

Il ne dit rien de plus. Il pique du nez. Il respire fort. D'ailleurs c'est bien simple : il ronfle.

5

Des tirs résonnent dans le champ proche du village arabe. L'air sent la poudre. Nos jeunes sont en train de pulvériser des troncs d'arbres, des branchages, une épave de voiture, les petites buttes de sable qui sont l'œuvre des taupes. Les balles sifflent de tous les côtés et votre mitraillette pourrait aussi bien vous exploser entre les mains. Juliette accomplit son devoir malgré tout, tremblant et sursautant à chaque décharge telle une tranche de pain de mie éjectée du grille-pain. C'est la seule comparaison qui lui vient à l'esprit, l'automatisme de la chose n'a pas d'autre équivalent, sa connerie non plus, faut croire ! Enfin, le sergent Gingold est sûrement d'un autre avis. Après qu'elle a vidé son chargeur, il la félicite chaudement. Ça se voit : elle lui plaît ! Et son plaisir à elle, du coup, l'emporte sur les désagréments et, elle le sent, quelque chose de doux lui déchire le cœur et l'oppresse tellement qu'on dirait que son cœur va se briser comme du verre.

Mais passons sur les exercices suivants, la chaleur est intenable, et attendons que le ciel change ses couleurs pour nous en revenir au campement, doucement, avec une petite brise rafraîchissante dans le dos et des nuées de moucherons autour du visage.

Le chien maigre, en faction à l'entrée du village, engueule la petite troupe qui longe le pauvre paquet de maisons écroulées, silencieuses. L'allée d'eucalyptus répand une chaude odeur de résine. La grande maison au pigeonnier se fond dans le bleu, le vert, le rose, le campement n'est plus bien loin. Juliette pense être au bout de ses peines. Elle compte ses pas, elle aimerait être rendue à sa tente sur un chiffre pair, sinon par superstition du moins par... Mais que se passe-t-il encore ? On n'avance plus ? Eh non ! Il faut s'arrêter là, devant la maison au pigeonnier. Et pourquoi ? Parce que le sergent Gingold l'exige. Il ordonne à deux jeunes d'aller au campement prendre une large toile de bâche et de revenir, fissa. Aux autres, il lance un défi, histoire de voir si cette bande de chiffes molles est capable de le relever :

« Tout le monde est d'accord ? »

Tout le monde est d'accord plutôt trois fois qu'une.

« Et toi, Shulamit, dit Gingold, tu n'es pas de l'espèce des dégonflés au moins ? »

Ah mais non, pas si la question se pose de cette façon !... Juliette sait qu'il faut obéir au sergent Gingold, elle ne pétoche pas, elle se demande simplement où tout cela va la mener.

À une altitude de sept mètres, huit à tout casser... !

Un par un, les jeunes montent sur la terrasse de la maison et, de là, ils grimpent au pigeonnier où les attend la camarade Rivka. L'un après l'autre — l'espace est compté —, ils se tiennent jambes écartées et bras levés pour assurer leur équilibre. On les dirait, vus d'en bas, en train de faire du stop pour aller au ciel... Encore que le truc imaginé par le sergent Gingold consiste plutôt à se laisser tomber du pigeonnier au beau milieu de la toile de bâche tenue à bout de bras par les camarades.

« Hé ! vous autres en bas, crie Rivka, vous êtes prêts ? Ça y est ? On peut sauter ? »

L'un après l'autre, oui, ils ont sauté et la toile de bâche les a reçus en son centre, parfaitement, voyez, pas de problème, Dieu est miséricordieux envers celui qui chute ! Parole de papa Gingold, ça vaut ce que ça vaut !

Son tour venu de grimper au pigeonnier, Juliette arbore un air dégagé, mais elle meurt de trouille, on le voit bien à ses sourcils froncés, à son visage mangé de tics. « Je t'en prie, Shulamit, tu veux bien ? dit le sergent Gingold, pour moi, pour me faire plaisir à moi. »

Les marches conduisant à la terrasse sont glissantes à cause de l'humidité. Le pied calé sur l'avant-dernier barreau de l'échelle, Juliette s'agrippe aux festons de la tour — il y en a trente-six exactement, on peut les recompter, le vertige n'en a cure... Rivka doit user de toutes ses forces pour la hisser jusqu'au tablier du pigeonnier.

« C'est moins haut que ça n'en a l'air, tu vois, dit Rivka, il ne t'arrivera rien, je te promets, tu as vu les autres faire, quand même, ce n'est pas difficile. Tu montes sur le parapet. Tu plies les genoux, tu gardes les bras le long du corps et tu sautes. Ne prends pas ton élan, surtout. Tu plies les genoux et tu te laisses tomber doucement, sans prendre ton élan. La toile est tenue fermement et juste au-dessous de toi, tu n'as rien à craindre à condition de ne pas prendre ton élan. »

Juliette s'accoude au parapet, elle regarde en bas. Hou là !...

La toile de bâche n'est plus qu'un mouchoir de poche ourlé de têtes de nains. Même la tête du sergent Gingold a pris la taille d'un œuf qui aurait chaussé des lunettes de soleil. Résultat : arrière toute !

« Vas-y enfin, lui dit Rivka, tu n'es pas moins courageuse que les autres, non ? Elle ne veut pas, il n'y a rien à faire », crie-t-elle en direction du sergent Gingold.

« Mais décide-toi, hurle celui-ci, tu me déçois, tu sais, tu me déçois beaucoup. »

En montant sur le parapet, Juliette sent la peur descendre le long de sa gorge et s'arrêter dans son foie. Elle fait basculer tout son poids sur un pied puis sur l'autre, ses genoux fléchissent, elle aspire une bouffée d'air, elle songe à l'odeur du chlore et l'espace d'un instant elle se retrouve à la piscine du Sporting Club du Caire. Elle allait nager avec son papa, le dimanche, leur jour préféré à tous deux. C'est loin déjà, elle était mince alors et brune de cheveux, avec des jambes longues, longues, des jambes d'Anglaise, disait papa. Elle craignait l'eau froide. Papa lui passait les mains dans le dos, sous le maillot, il la poussait à la flotte, elle tombait en criant de joie.

Juliette avance jusqu'au bord extrême du parapet, et soudain elle adore cette sensation : seule au-dessus du vide, avec le sergent Gingold qui l'attend en bas, qui l'appelle avec des mots qu'elle ne peut entendre, des mots qui pourraient être d'impatience ou d'irritation mais, aussi bien, des mots d'encouragement, de protection, d'amour.

Juliette se met sur la pointe des pieds. Elle vise du regard la bâche étalée à bonne distance du pigeonnier... Deux mètres, sinon trois ?... Sacrément loin en tout cas. Alors, écartant les bras en équerre, elle se lance en avant de toute la détente de ses jambes. Et, tête la première, elle tombe comme une pierre attirée au sol, attirée vers les profondeurs où l'attend le sergent Gingold.

Elle se retrouve sur quelque chose qui n'est pas la bâche, quelque chose de dur et de tranchant. Le sergent Gingold hurle à son oreille. Il hurle parce qu'elle l'a renversé dans sa chute, qu'elle l'a aplati sous elle comme une crêpe... Et maintenant elle saigne sur lui, sur sa chemise, sur l'harmonica qui dépasse de sa poche de poitrine. Est-ce bien son sang à elle ? D'où vient-il ? De son nez ou de son arcade sourcilière ? Elle s'essuie le visage avec le revers de la main, mais ça coule toujours et elle regarde son sang goutter et s'élargir sur la poitrine du sergent Gingold. Il ne gronde plus. Il la repousse doucement, la bascule sur le côté et sort son harmonica de sa poche.

« Ça va, Shulamit ? Ce n'est rien, tu es tombée sur mon harmonica, là, regarde, il est tout tordu par le choc. Pourquoi tu as fait ça ? Timbrée, tu es timbrée, ma parole ! Je t'avais dit de ne pas prendre ton élan, tu veux mourir ou quoi ? Bon, ce n'est rien. Relève-toi maintenant, tu peux te relever toute seule ? »

Elle voudrait bien mais elle a atrocement mal à la tête. Le sergent Gingold la soulève dans ses bras et, la serrant contre lui, il se met à courir. Des ombres courent aussi, autour d'eux, en fendant l'air et en criant de frayeur. Du coup, Gingold se met à crier qu'il faut la boucler, ça sert à quoi de crier comme ça, de faire peur à la petite, ça y est, elle va tomber dans les pommes, elle se fait lourde, de plus en plus lourde dans ses bras.

Juliette se laisse aller un peu, c'est vrai, contre la poitrine de Gingold. Il l'emporte avec tant de précaution, de douceur, personne ne l'a tenue ainsi dans ses bras, jamais. Ses yeux clignotent sur les lumières les plus prodigieuses qu'elle ait jamais vues. C'est ça tomber dans les pommes ? Une sensation pas désagréable du tout. Sauf qu'une arrière-pensée la tracasse. Sa chemise a dû se déchirer pendant la chute, elle sent de l'air froid sur son ventre. Elle ne sait pas jusqu'où son ventre se découvre, il est tout nu peut-être et cela la tourmente. Être comme ça, à moitié nue dans les bras de Gingold, sans pudeur, sans volonté, sans conscience bientôt, cela la tourmente énormément. Mais elle se trouve dans un tel état de faiblesse que se rajuster lui coûterait un terrible effort. Elle réussit à rabattre sa chemise sur son ventre, à la maintenir de façon qu'elle ne s'ouvre pas plus bas, en dessous de son ventre, là où se trouve le reste honteux de son corps. Peu après, elle s'enfonce dans une sorte de douce apathie et cesse d'éprouver la moindre douleur.

[illegible] qui se trouve dans un [illegible] l'univers que comporte lui contenant [illegible]. Elle s'unit à [illegible] à la manière de [illegible] qu'elle ne s'ouvre pas plus [illegible] en dessin de son centre où se trouve le reste [illegible] de son cercle. Peu après, elle s'est [illegible] une sorte de [illegible] la grandeur d'un lieu.

[illegible]

CHAPITRE VINGT-CINQ

1

La porte de la salle bat dans un sens puis dans l'autre et s'immobilise finalement. Ouverte ou fermée ? L'air sent la maladie et la nuit. La pommade grasse. L'ammoniaque. Le sel. La mer ? Un goût de poisson hébété dans la bouche. De petits élancements qui tirent sur la joue, côté gauche. Les barreaux à l'extrémité du lit qui ondulent, étranges comme des ongles trop longs. La chaleur moite de l'oreiller. La tête douloureuse. L'œil droit, le bon, qui clignote pour faire le point. L'enfilade des lits immobiles. Les présences horizontales. Une ombre qui se dérange, indécise. C'est le chariot roulant qui apporte le petit déjeuner. Ses roues grincent entre la quatrième et la cinquième rangée de lits. Grincent affreusement.

Juliette applique ses mains sur ses oreilles et fait glisser ses doigts sur son pansement. Depuis quatre jours, son ouïe travaille avec une vivacité extraordinaire. Et son odorat s'est accru de même. Le chariot se rapproche, en entrechoquant ses plateaux. Une malade proteste. La fille au chariot lui dit qu'on n'est pas au mur des Lamentations mais à l'hôpital d'Akko. Elle allume les lampes sur les tables de nuit. Elle distribue les plateaux.

Juliette parvient, non sans peine, à se mettre sur son séant. Le plancher lui semble très loin de son visage. Elle s'adosse aux barreaux du lit en prenant soin de ne pas y appuyer sa tête. Elle contemple son petit déjeuner : du riz blanc cuit au lait et une tranche de pain blanc dans l'assiette blanche posée sur le plateau en équilibre sur le drap blanc. Il n'y aura rien d'autre à se mettre sous la dent et c'est tant mieux. La moindre pression sur ses gencives la fait atrocement souffrir.

2

Le léger froissement d'un tissu. L'odeur d'amidon d'une blouse d'infirmière. C'est celle de Ruthie, l'infirmière en chef? Juliette reconnaît son bout de nez fureteur, sa peau sombre presque nègre de Yéménite, les deux sillons creusés par son sourire d'une blancheur surprenante.

« Comment va ma belle petite acrobate? dit Ruthie.

— Ça va, ça va, j'embellis de jour en jour. »

Juliette sourit à Ruthie, autant qu'elle peut sourire. Ruthie rit de ses yeux aussi noirs que la peau qui les entoure. Elle lève sa main bien plate à la verticale comme une hache prête à fendre la tête de Juliette, mais c'est pour caresser la moitié de visage qui lui reste. Ruthie est une gentille infirmière malgré son grade et la quantité de malades dont elle a la responsabilité. Quand la fièvre vous monte, elle vous passe un linge humide sur le front. Elle vous donne du bouillon à la cuiller, doucement, en soufflant dessus pour qu'il ne vous brûle pas. Elle vous gronde quand vous demeurez amorphe, inconsolable dans votre lit. Sa gronderie, alors, ressemble à la chose la plus naturelle au monde, à partir du moment où l'on conçoit le monde comme une chose bonne à vivre. Là-dessus, Juliette est sans illusions. Pour cette raison, les illusions des autres la révoltent. Avec Ruthie, rien de tel. La révolte chuchote, les douleurs se calment.

« Redresse-toi, droite, là, reste tranquille, je ne vais pas te faire mal. »

Ruthie brandit une paire de ciseaux. Elle actionne les deux lames avec le pouce et l'index. Juliette se recule malgré elle. Le reflet métallique des ciseaux passe devant son œil droit. Le pansement tombe. La lumière devient méchante. Ruthie verse des gouttes dans l'œil gauche de Juliette. La brûlure lui transperce le crâne. Elle pousse un cri...

« Ce que tu peux être douillette, remue un peu l'autre œil maintenant et dis-moi ce que ça te fait. » L'œil de Juliette lui fait l'impression d'une plaque de cire en train de fondre. Et les traits de Ruthie se brouillent comme si Juliette regardait un paysage à travers la fenêtre d'un train lancé à toute allure.

« Maintiens le coton sur ton œil, avec deux doigts seulement, là, comme ça, pendant que je refais ton pansement. J'en ai pour une minute. Il ne te serre pas trop ? »

Juliette tâte avec précaution son pansement. Il lui recouvre tout l'œil gauche, une partie de la pommette, passe derrière une oreille et revient lui cacher le haut du front.

« On me l'enlève quand ?

— Dans une semaine ou deux, quand ton œil sera cicatrisé, dit Ruthie d'un ton pas très convaincu.

— Arrête de mentir.

— Je ne mens pas. Tu pourras retourner au kibboutz dans quelques jours, quand on t'enlèvera ton pansement.

— Dans quelques jours, tu parles ! Quelques jours !... »

Juliette crie en s'accrochant au bras de Ruthie. Elle crie qu'elle ne guérira pas dans quelques jours, ni jamais, que ça lui est égal sauf pour une chose : les bobards qu'on lui raconte. Elle crie, en secouant le bras de Ruthie, qu'elle veut crever au plus vite, alors tout le monde sera content. Ruthie se fâche aussi, mais pas longtemps. Elle attire Juliette contre elle, contre la tiédeur humaine de ses seins. Et Juliette entre, calmée, dans la tiédeur de cette femme qui lui veut du bien, du bien médical peut-être, mais à prendre tout de même comme il vient.

3

Après la visite du docteur Lœwsky.

Juliette est couchée, la tête tournée vers la droite, afin de ne pas déranger son pansement. De son œil valide, elle regarde les fenêtres grillagées qui, du sol au plafond, s'ouvrent en face de son lit. Il en tombe une lumière dure et pâle à la fois. Du jaune presque blanc. Il y a du blanc qui s'étend des deux côtés de la salle comme la répétition des lits dans un double miroir. Les draps de lit ne semblent pas recouvrir des personnes entières mais seulement un bras sans épaule, une bouche reliée de façon inexplicable à un tube de plastique transparent, une tête coupée au ras du cou. C'est parce que Juliette ne distingue que des silhouettes et encore : à travers une sorte de brume. Certaines, les plus proches, lui paraissent agressives, moqueuses à son égard. Elle s'en rend compte chaque fois qu'elle se lève pour aller aux toilettes par exemple. Les autres malades s'amusent alors de la voir trébucher, se rattraper comme une gourde qui va se ficher par terre. Pour elle, les distances et les choses qu'apprécient les autres ne se précisent qu'au toucher, ou alors vues du profil droit. Voilà. Elle est borgne d'un œil et elle le restera quoi qu'en dise le docteur Lœwsky. L'orbite de son œil gauche est vide sous le pansement, une cavité existe à cet endroit, le creux se vérifie du bout d'un doigt tout simplement et il n'y a plus d'espoir. Ruthie, l'infirmière en chef, a mangé le morceau une fois, en voulant plaisanter, soi-disant, le désespoir de Juliette. Elle lui a confirmé que son œil gauche n'était plus bon et elle a ajouté, en riant, qu'elle l'avait jeté à la poubelle avec le vieux pansement. Juliette s'est aussitôt fait une raison et même, à une tension douloureuse de son visage, elle a compris qu'elle aussi se mettait à rire. Ça devait arriver et, dans un sens, elle l'avait bien cherché. Elle avait inventé cette histoire de myosis exprès pour faire du mal à sa mère, le mal devait se retourner contre elle, c'est forcé. L'éborgnement est l'œuvre délibérée de sa méchanceté infatigable envers sa mère. Elle lui en demandera pardon, dès qu'elle pourra lui écrire ou, mieux encore, lui téléphoner depuis le poste de l'hôpital. Ce devrait être possible quand même pour une fille d'avertir sa famille de l'endroit où elle se trouve hospitalisée, non ? Juliette ne sait pas si Rivka s'est chargée de prévenir qui que ce soit. Voilà bien quatre jours qu'elle reste sans nouvelles de personne. Quatre jours sans que personne du kibboutz ne vienne la voir. Elle pourrait être morte, sa propre mère n'en saurait rien, il ne faut pas chercher plus loin la raison de son envie de mourir.

4

À l'heure des visites.

Juliette est tout émue de revoir le sergent Gingold. Il porte sur le nez ses lunettes de soleil, l'harmonica décabossé, impeccable, dépasse de sa poche de poitrine. « Ce que tu m'as manqué, Juliette ! dit-il en lui tendant un paquet emballé dans du papier marron, tiens c'est pour toi. » Elle prend le cadeau mais ne l'ouvre pas à cause du bruit que ferait le papier en se déchirant. Le sergent Gingold insiste pour savoir si elle est encore fâchée contre lui. Juliette ouvre le paquet. Il contient du raisin noir, doux et fripé comme des doigts mouillés. Le sergent Gingold dit : « Si on allait faire un tour en ville, tous les deux ? On jetterait un coup d'œil sur les magasins d'Akko et on se promènerait au bord de la mer. » Juliette accepte avec joie mais brusquement elle a la chair de poule. Ses pieds, ses jambes, ses fesses sont nus. Elle cherche partout, énervée, ses vêtements. Elle trouve sa chemise et son short pliés sous son matelas, mais pas ses chaussures. Le sergent Gingold lui dit de chercher encore, il ne peut pas se balader en ville avec une fille pieds nus. Juliette épingle aux barreaux de son lit une feuille de papier annonçant que ses chaussures ont disparu. Et voilà, en une seconde, les chaussures reviennent. En sortant de l'hôpital, Juliette et le sergent Gingold croisent Ruthie. Ils lui disent au revoir et de derrière les grilles du portail elle leur envoie un baiser avec la main. Le sergent Gingold dit que les Yéménites sont les seuls Noirs parmi les juifs et les seuls juifs parmi les Noirs. Ils sont maintenant dans une rue où les gens parlent en français. Le sergent Gingold ne comprend pas le français. Alors, il traverse la rue et il va marcher sur le trottoir opposé. Il marche vite, vraiment trop vite ; Juliette court pour le rattraper. Elle tourne le coin de la rue quand elle voit le camion du kibboutz s'arrêter devant le sergent Gingold. Elle voit que Rivka est au volant du camion. Elle voit le sergent Gingold monter dans la cabine, à côté de Rivka, et fermer la portière derrière lui. Juliette voit le camion démarrer et c'est tout. Elle ne voit plus rien avec son regard. Elle n'a plus de regard parce qu'en partant le camion a emporté avec lui son regard.

Juliette entend qu'elle s'est mise à pleurer dans son rêve. Pleure-t-elle de chagrin ou de colère ? Elle ne sait pas, tant elle a les deux ensemble. Est-elle réveillée ou poursuit-elle son rêve ? Elle sent sur son visage le poids de son pansement. Il la serre comme un élastique qui serait humide. Elle s'assoit dans son lit. Elle arrache le pansement. Elle lance à la volée le pansement qui atterrit sans bruit dans le silence noir de la nuit.

CHAPITRE VINGT-SIX

Extraits du dossier de Gilda Stambouli

Paris, le 28 juillet 1958

Bien chère Bertha,

Je vous écris, bien qu'il soit dix heures du soir. Vous le voyez par cette lettre : je ne peux me résoudre plus longtemps à la distance mise entre nous par votre silence.

Je vous écris comme j'en ai envie, comme j'en ai besoin tout simplement. Comment allez-vous depuis notre dernière rencontre ? Moi, depuis, j'ai vécu la vie un peu irréelle, presque fantomatique, de la convalescence. Mais je suis sur pied maintenant. J'ai repris mon travail sous la férule sympathique somme toute de Lékha Lipinsky ; elle songe à augmenter mon salaire en septembre prochain, « sitôt, m'a t elle promis, que vous aurez à charge votre fille ». Une promesse qui l'honore autant qu'elle augmente mes scrupules. Car je lui mens, naturellement. Vous me voyez lui expliquant que j'ai dû ajourner le retour de Juliette ? J'entends déjà ses pourquoi, ses comment, ses reproches, ses sermons et tutti quanti... Non, croyez-moi, le silence constitue mon seul bouclier, comme le dit David dans la Genèse. Ou dans les Cantiques ? J'ai la tête si farcie de prêches bibliques que j'en perds mon latin. Cela étant, je ne vise qu'à gagner un peu de temps. Je m'accorde trois ou quatre mois. Je fourbis de nouveaux moyens. Je récupère ma fille. Je vous en donne ma parole : les jours s'envolent qui rapprochent l'heure de son embarquement pour Paris. C'est mon obsession unique désormais avec le souci de regagner votre amitié. Vous avez été, bien au-delà du plan professionnel, la sécurité et le bienfait de mes années de tribulations dans ce pays.

Cependant, l'une de vos réflexions me poursuit toujours : suis-je vraiment cette enfant que vous qualifiez, en négatif, de mère de deux autres enfants ? Cela induirait qu'enfant inachevée, mère puérile, cœur égoïste, je serais dénuée de cet instinct donné, à raison, pour naturel. Je serais, autrement dit, un cas d'école. Eh bien, alors, débrouillez-vous avec ce paradoxe (il remplit page après page mon dossier au Casar) : avec le combat que je mène depuis plus de quinze mois afin de tenir ensemble mes deux enfants.

Une histoire me revient, émouvante. Un soir, je me tenais assise dans une salle de cinéma. À l'entracte, une femme entre deux âges est arrivée, portant ce que j'ai pris d'abord pour un paquet de linge. C'était son fils. Un adolescent frappé d'infirmité ou d'idiotie peut-être, sa tête ballottait affreusement sur l'épaule de sa mère. Elle l'a déposé dans un fauteuil, à côté du mien, avec des gestes infiniment tendres, précautionneux, amou-

reux. Avec un amour si beau dans son malheur... Je me suis mise à pleurer. J'ai pleuré durant la moitié du film. De toute ma vie, il me semble, je n'avais autant pleuré.

Robie s'est piqué d'une nouvelle lubie : partir rejoindre sa sœur en Israël. Il se voit, une fois la chose faite, à l'endroit où il pourra vivre loin de moi jusqu'à la fin de ses jours. Il m'épuise. Le mieux, puisqu'il y tient tellement, serait de l'envoyer à la campagne. Quand vous aurez un moment, pouvez-vous me téléphoner pour m'indiquer une colonie de vacances susceptible de l'accueillir pendant une dizaine de jours? Juliette a tenté de me joindre, dimanche matin, au téléphone de l'hôtel Mondial. C'est curieux. J'ignorais qu'on pût téléphoner librement depuis le kibboutz. Mme Desbois a pris l'appel. Malheureusement, le temps de descendre quatre à quatre les escaliers, un orage, zébré d'éclairs fauves et noirs comme le plumet d'un roi cannibale, m'a frustrée de la communication.

J 'aimerais vous revoir dans un avenir pas trop lointain : oui vous revoir un peu intimement et sous mon propre toit. J'ai une grande nouvelle. J'en ai fini avec la misérable vie errante d'hôtel en hôtel. J'ai arrêté la location d'un appartement de trois pièces point immenses, mais pourvues chacune d'un balconnet donnant sur le square des Batignolles. Les commodités se trouvent sur le palier, le couloir de séparation des chambres se prend pour une cuisine, le soleil se charge de chauffer tout cela. Mais quoi! J'ai visité trop d'horreurs pour continuer à faire la fine bouche et à risquer, faute de grives, de manger du merle. Le loyer est raisonnable. J'emmé-

nage sous huitaine avec la consolation d'un bien si maigre qu'une seule course en taxi le contiendra.

Que vous dire de plus ? Mon affectueuse estime se passe depuis toujours de mots.

Votre fidèle
Gilda Stambouli

CHAPITRE VINGT-SEPT

Il nous faut revenir, par-dessus l'espace et le temps, à Juliette essayant de joindre sa mère au téléphone. Ce matin-là, un dimanche, Juliette se trouve à appeler depuis l'hôpital d'Akko, aux frais de Ruthie l'infirmière au grand cœur, lorsqu'un orage « zébré d'éclairs fauves et noirs comme le plumet d'un roi cannibale » interrompt la communication. Quelle poétesse, cette Gilda Stambouli ! Pour autant, elle n'imagine pas que, du point de vue de Juliette, un orage, ici ! sous le ciel imperturbable de Galilée ? cela ne se peut pas. Non, en aucun cas, la violence d'un orage ne saurait aller avec le ciel limpide, le balancement léger des palmiers derrière les fenêtres de l'infirmerie, le rayon de soleil qui se déverse sur le combiné que Juliette maintient contre son oreille, contre toute attente, un long moment après l'interruption. Une interruption volontaire, délibérée, préméditée selon elle, car, juste auparavant, elle s'est entendu dire clairement que sa mère arrivait : « La voici !... » et là-dessus, brusquement, le déclic ultime.

Juliette s'adosse au mur où est accroché le poste et, sans lâcher l'écouteur, elle abat le poing sur sa tête, sa joue, son front pris, pour partie, sous le pansement : « Non mais quelle idiote je fais, idiote, idiote, idiote ! » Ruthie se rapproche avec précaution, comme pour déterminer son degré d'idiotie. Mais Juliette ne veut être ni approchée ni consolée. Elle sanglote en s'assenant partout de grands coups de combiné. Il faut à Ruthie une force incroyable pour l'empêcher de s'assommer tout à fait, en voilà des façons ! Elle l'attrape par l'épaule, la secoue jusqu'au moment où Juliette s'effondre contre elle avec des bruits de verre qui se brise et des pleurs de toute petite fille. Ruthie, interdite, la détresse de cette petite va bien au-delà des mots, la réconforte de la main. Enfin quoi ! Il doit y avoir une explication simple, logique, au fait que sa mère ne l'ait pas prise au téléphone.

« Donne-moi ton numéro, Shulamit, je vais le refaire.

— Elle ne veut pas me parler, je te dis. J'ai l'œil crevé et elle ne veut même pas me parler.

— Où est-ce que tu vas pêcher des idées pareilles ? la ligne était mauvaise, ça arrive souvent avec les longues distances.

— Non, elle ne veut pas me parler parce que ça la dérange. Elle ne veut pas se déranger pour moi, jamais elle ne s'est dérangée pour moi.

— C'est la ligne qui était dérangée », répète Ruthie, et elle balaye l'air de sa main noire aux paumes charnues et crémeuses comme si on les avait trempées dans un bol de lait. « Nous appellerons plus tard, ce soir après le dîner si tu veux, oh, attends, Shulamit, écoute-moi... »

Mais avant que la voix de Ruthie ait cessé, Juliette a passé la porte de l'infirmerie.

Ruthie jette un coup d'œil dans le couloir. Elle hausse vaguement les épaules. Elle revient sur ses pas. Elle décroche le téléphone de son support mural. Elle le considère un long moment, comme pour se donner le temps de réfléchir. Elle hausse encore une fois les épaules. Elle remet l'écouteur à sa place. Elle va se savonner les mains. Elle ouvre l'armoire à pharmacie. Elle prend sur les étagères divers flacons, du coton hygiénique, un rouleau de gaze, du sparadrap, une petite bouteille emplie de mercurochrome, une paire de ciseaux. Elle les pose, tour à tour, sur la table de son bureau. Elle prend dans un tiroir de la table une plaquette de chocolat dont elle détache deux carrés. Tout cela, elle le dispose sur un plateau avec des gestes minutieux. Lentement. Puis, sans se presser davantage, elle se rend à l'étage de Shulamit.

Mais Shulamit n'est pas dans son lit. Ni dans sa chambre. Ni aux toilettes de l'étage. Ni dans le couloir desservant les cinq chambres de l'étage. Ni à aucun des trois étages de l'hôpital. Ni dans le jardin clos par de larges grilles renfermant les convalescents. Shulamit n'est nulle part. Shulamit a disparu. Et ses vêtements aussi, son short, sa chemise, ses grosses chaussures de marche se sont volatilisés.

Ruthie va prévenir le docteur Lœwsky, le médecin

traitant de Shulamit. Le docteur Lœwsky est en train de déjeuner, à la va-vite, sur un coin de son bureau. Il demande qu'on ne s'inquiète pas outre mesure. La petite doit se planquer quelque part. Elle finira bien, la faim aidant, par sortir de son trou. En début d'après-midi, Ruthie prend sur elle de téléphoner à la police. Deux heures plus tard, deux policiers constatent que la jeune malade a disparu sans laisser de traces. Sur quoi le portier se présente spontanément aux policiers. Il déclare que le portail, dont il détient les clés, était resté ouvert à l'heure du déjeuner. Plusieurs véhicules avaient franchi le portail, dont une ambulance militaire, se souvient le portier, et c'est tout ce dont il se souvient. Les policiers prennent en notes les souvenirs du portier. Ils relèvent le signalement de la petite Shulamit Stambouli. Quatorze ans. Grande de taille. Un peu rondelette. Des cheveux de toutes les couleurs, allant du blond pâle au noir foncé. Une figure tuméfiée. Un pansement barrant l'œil droit, l'autre gonflé et violacé comme s'il avait été boxé. « Regardez bien les figures dans les rues, insiste Ruthie, la sienne est terrible à voir, vous la reconnaîtrez facilement. » Les policiers s'en vont. Ruthie les raccompagne jusqu'aux grilles du portail. Elle les adjure de ne pas traiter cette affaire à la légère. Ils promettent de revenir avant la fin du jour, si Dieu veut, avec la fugitive.

Les policiers ne reviennent pas ce jour-là : le dimanche 27 juillet 1958. L'un des deux appelle l'hôpital un peu après minuit. Ruthie a quitté son service. Et c'est le lendemain seulement qu'elle apprend la nouvelle. La petite Shulamit Stambouli a été retrouvée dans la rue Hahagana, au pied de la muraille de la mer. Elle a été retrouvée morte. Heurtée à hauteur de la poitrine par une camionnette dont le chauffeur affirme que la victime aurait voulu se jeter sous ses roues qu'elle ne s'y serait pas prise autrement.

Le lundi matin, une ambulance ramène à l'hôpital le corps enveloppé dans une couverture militaire. Ruthie en est informée aussitôt. Elle se rend au sous-sol, à la chambre froide sous les néons. Le responsable de la morgue et une fille de salle boivent un café bien chaud. Le médecin légiste doit arriver d'un moment à l'autre. Ruthie s'approche de la table de travail. Elle constate, mécontente et consternée, la position indifférente du corps laissé à la couverture militaire. Seule la tête de Shulamit en dépasse. Du pansement souillé autour de son front s'échappent des mèches de toutes les couleurs. L'un des yeux, le sain, n'étant pas tout à fait clos, montre sous sa pupille un iris d'un blanc vitreux. Un caillot de sang gèle au coin de sa lèvre supérieure. L'expression de son visage est convulsive et en même temps satisfaite, emplie de bonheur et de rage.

CHAPITRE VINGT-HUIT

Mardi 29 juillet, en fin de journée.

Gilda Stambouli, apprenant la mort de sa fille, fait un malaise.

Elle se trouve devant le comptoir de l'hôtel, à réclamer la clé de sa chambre. Mme Desbois lui remet un télégramme émis de Jérusalem. Gilda Stambouli déchiffre le message de Yonatan Shemoul. Elle tombe évanouie. Elle demeure plusieurs minutes allongée sur le sol, sans connaissance, avant d'être relevée et transportée dans sa chambre par des compatriotes compatissants.

CHAPITRE VINGT-NEUF

Extraits du dossier de Gilda Stambouli

YOUTH ALYAH
AGENCE JUIVE
Yonatan Shemoul

Jérusalem, le 23 août 1958

Chère Mademoiselle Fromkine,

D'après le contenu de votre lettre, je peux m'imaginer les sentiments d'une mère qui a perdu sa fille dans des circonstances tragiques.

Néanmoins, pour des réclamations financières, dans de tels cas, il faut d'abord établir la responsabilité pleine et entière du conducteur de la camionnette incriminée. Or, au dire des témoins de l'accident, survenu en plein jour, le chauffeur qui roulait à une vitesse normale ne semblait pas ivre. Il semblait en parfaite possession de tous ses moyens. Nous savons bien également, d'après notre enquête personnelle, que la malheureuse enfant, internée alors à l'hôpital d'Akko pour un simple problème oculaire, souffrait en réalité de dépression chronique. La thèse du suicide sera envisagée et l'emportera peut-être sur celle d'une mort accidentelle.

Quoi qu'il en soit, le procès du chauffeur qui a occasionné l'accident n'a pas encore eu lieu. Mais vous pouvez d'ores et déjà préciser à Mme Stambouli le point suivant : les compagnies d'assurances ne payent des indemnités que s'il est possible de prouver que la victime était soutien de famille. Ce qui n'est malheureusement pas le cas. Cependant, la douleur d'un parent pouvant s'évaluer en termes de rapports financiers possibles, il n'est pas exclu que le tribunal d'Akko accorde à Mme Stambouli un petit quelque chose.

Je viens d'être informé du lieu de la sépulture de Shulamit Stambouli :

Cimetière d'Akko
Quartier n° 3
Parcelle n° 6
Rangée n° 38
Tombe n° 4.

Pour répondre à votre question, il nous paraît difficile d'accéder à la demande de la mère concernant le rapatriement du corps. D'abord, « rapatriement » est un terme impropre. La patrie de Shulamit, au cas où Mme Stambouli l'aurait oublié, était la terre d'Israël. Parlons plutôt d'une demande de rétrocession de la dépouille. C'est une procédure qui relève d'une décision de justice. Elle doit obligatoirement faire l'objet d'une requête déposée, dans un délai maximal de deux mois après l'inhumation, par des avocats du barreau israélien. Des avocats dont les honoraires sont, bien entendu, à la charge de la famille. À mon tour de vous poser une question : se pourrait-il que Mme Stambouli parvienne enfin à réunir les fonds qui lui ont si cruellement manqué du vivant de son enfant ? Si le miracle se produisait (au sens de ce que femme veut...), force nous serait alors de constater, tristes mais pas étonnés, que cette enfant aura été voulue bien plus fortement une fois morte que de son vivant.

En conséquence, et sur la base de ce qui est dit plus haut, je conseille à Mme Stambouli de se comporter comme les lois et la dignité du deuil l'exigent de la part d'une mère. De laisser enfin reposer en paix son enfant.

Veuillez agréer, chère Mademoiselle, l'expression de mes sentiments les meilleurs.

Yonatan Shemoul

CHAPITRE TRENTE

« Laisser enfin reposer en paix son enfant ! »

Qu'est-ce encore que cette élucubration ?

Gilda Stambouli relit l'avant-dernière phrase de la lettre de Yonatan Shemoul. Elle ne la comprend toujours pas. Elle remonte plus haut, lisant lentement et à voix haute : *« Si le miracle se produisait (au sens de ce que femme veut...), force nous serait alors de constater, tristes mais pas étonnés, que cette enfant aura été voulue bien plus fortement une fois morte que de son vivant. En conséquence, et sur la base de... »* Elle s'interrompt soudain, elle vient de saisir la teneur assassine de cette lettre, elle crie : « Oh ! c'est abominable, c'est inique ! » Sam Kalman renchérit : « C'est un tissu de mensonges. » Il entoure de son bras les épaules de Gilda. Ils sont assis sur le canapé flambant neuf qui occupe une bonne partie de la pièce orientée au sud, de sorte que le soleil, entré à flots par le balcon ouvert, baigne leurs visages. À droite et à gauche du balcon, on aperçoit les branches hautes, au feuillage roussi déjà, des arbres du square des Batignolles. L'air dans la pièce est torride, cela sent l'été indien. Sam Kalman défait le nœud de sa cravate. Il observe avec attention les taches de soleil sur les murs tapissés de grosses fleurs marron — peut-être parce que ce logement va devenir le sien —, il faudrait là-dessus un bon coup de peinture blanche.

« Il y a une chose que je ne comprends pas, reprend Gilda d'une petite voix mouillée, une chose encore plus horrible que la lettre du Shemoul. Pourquoi me l'a-t-elle envoyée ?

— Qui ça, de qui parles-tu ?

— De Bertha Fromkine. C'est la première fois qu'elle m'expédie comme ça, froidement, le courrier du Shemoul. Et sans un mot de commentaire, d'explication, d'accompagnement. Rien.

— Elle ne le fait pas d'habitude ?

— Non, elle m'en parle au téléphone ou de visu, elle m'en donne le résumé. Mais une photocopie intégrale, jamais. Tu comprends, toi, pourquoi elle a fait ça ?

— Pour rien, pour que tu saches les termes exacts de...

— Pour que je sache qu'elle me juge et me condamne elle aussi.

— Mais non.

— Mais si. Elle me tient pour responsable et avec préméditation de ce qui est arrivé à Juliette. Tout le monde me croit coupable, les amis, les compatriotes, la famille, Robie, tout le monde et sa femme, comme dit Lékha.

— Et Robie au fait, comment va-t-il ? Ça lui plaît, la campagne ?

— Sans doute oui, je ne sais pas, il ne m'a pas écrit une seule fois en quinze jours. Mais oui, bien sûr qu'il se plaît là-bas. Il se plairait au diable vauvert. Du moment qu'il est loin de moi. Il me réclame d'aller en internat, il ne veut plus vivre avec une criminelle. Moi, c'est-à-dire, tu te rends compte, moi, sa mère, une criminelle ! Oh, c'est trop injuste à la fin. »

Gilda souffre. Elle se renverse sur le dossier du canapé. Ses yeux levés vers le plafond s'illuminent de l'espèce de sainteté extatique et confuse qui vient à l'innocent juste avant son exécution. Elle se laisse aller sur l'accoudoir, la tête ballante, et se met à pleurer. Elle pleure non sur elle-même mais sur la méchanceté du monde. Elle dit, au comble de ses pleurs, qu'elle veut quitter ce monde injuste où les mères sont condamnées à survivre à leur enfant. Elle dit que chaque jour ôté de la vie d'un enfant dure pour sa mère ce que dure la mort. Elle demande, effrayée et portant les mains à ses joues, si elle est bien pâle ? Est-ce que son visage n'emprunterait pas, déjà, à la mort sa pâleur ? Sam Kalman lui dit, en riant, que sa pâleur rehaussée par sa petite robe noire montante n'enlève rien à l'air de beauté fatale qui émane de toute sa personne. C'est vrai, ce mensonge ? Les pleurs de Gilda cessent, sa tristesse se mêle peu à peu d'une espèce de gaieté. Sans doute parce qu'il y a de la joie dans toute tristesse et qu'il se trouve du bonheur dans toute souffrance.

« As-tu vraiment envie qu'elle revienne ? dit Sam Kalman. Ce sera une épreuve terrible, tu sais, rapatrier le cercueil, l'enterrer une deuxième fois, tu imagines le bordel...

— Oui, oui, tu as raison. Je ne sais pas ce que je veux vraiment... Revenir en arrière, effacer, réparer, ah ! si je pouvais remonter le temps, c'est une machine qu'il faudrait. Ah si je pouvais défaire ce que j'ai fait, Sam, ou ce que je n'ai pas fait plutôt...

— Tu vois bien, tu le dis toi-même, tu n'as rien fait, c'est simple, tu n'as rien à réparer, ça s'arrête là.

— Tu crois ce que tu dis ? Vraiment, je veux dire, tu le crois du fond de ton cœur ?

— Je le crois, croix de bois, croix de fer. »

Gilda répète « croix de bois, croix de fer » puis elle se met à rire franchement. Elle rit comme si ses derniers doutes étaient levés par ces mots, « croix de bois, croix de fer », lavés par ces mots comme la saleté sur les mains quand on les passe sous le robinet. Le soleil cuit le visage de Sam Kalman. Il retire sa veste et sa cravate et, la chaleur aidant, il lui vient une idée. Il s'agenouille, se prosterne plutôt, aux pieds de Gilda. Il lui relève sa robe. Il lui écarte les jambes, lentement, de manière à découvrir la partie de chair nue, excitante, entre le porte-jarretelles et le bord de la culotte. Il avance la main centimètre après centimètre en direction de ses cuisses qu'il commence à pétrir doucement. Il enfouit son visage entre ses cuisses. Il y promène doucement le bout de sa langue. Elle cambre les reins. Elle ferme les yeux. Elle s'oblige, malgré les explosions dans son corps, à ne pas crier. À la fin, comme Sam demeure dans la même position, Gilda rabat sa robe sur la tête si parfaitement encastrée entre ses cuisses. Elle pose ses mains sur cette tête si parfaitement ronde sous sa robe. Elle l'entoure de ses bras étroitement comme une chose fragile et précieuse, un enfant pas trop grand qu'on peut prendre et garder contre soi. Sam produit des bruits comme s'il étouffait un peu sous l'emprise de Gilda, mais ce sont des bruits heureux en réalité. Il est si bien là où ça sent tellement bon. Gilda se met à soupirer elle aussi.

« Oh ! Sam, Sam, soupire-t-elle, ce n'est jamais comme on s'imagine que ça doit être.

— Quoi, quoi ? qu'est-ce qui ne va pas encore ? »

Sam Kalman s'extirpe avec précaution du giron de Gilda. Le parquet, quand il se redresse, se craquelle et bruit sous son poids, il faudrait encaustiquer tout ça.

« Tu n'es pas décue, dis-moi ? Moi je le trouve assez sympa cet appartement.

— Il est pas mal du tout, je ne parlais pas de ça.

— De quoi alors ?

— De la vie. La vie tout simplement.

— La vie ?

— La vie, oui. La vie, cette chose qui peut être si cruelle et si belle à la fois. C'est Dickens qui le disait dans *David Copperfield*, je crois, enfin, peu importe. Il disait qu'on peut connaître en même temps l'enfer et le paradis, tu comprends ? On peut vivre en même temps à la pire et à la meilleure époque de toute son histoire. C'est vrai, tu ne trouves pas ?

— C'est vrai, oui.

— Oui, c'est terriblement vrai. »

Épilogue

Et naturellement, Gilda Stambouli épousera le docteur Sam Kalman. Ils seront très heureux. Ils n'auront plus un seul enfant. Et entre-temps, l'enquête de la police d'Akko aura établi les circonstances précises de l'accident qui, le 27 juillet 1958, ôta la vie à Juliette Stambouli. Et longtemps après, le procès du chauffard viendra devant le tribunal d'Akko. Et le juge arrivera à la conclusion d'un acte suicidaire dont le mobile et les causes, échappant naturellement à sa compréhension, ne seraient jamais élucidés. Car, le suicide étant une mystérieuse voie de fait sur sa propre personne, aucune logique humaine extérieure à cette personne ne saurait en lever le mystère juridique. Et naturellement, Gilda Stambouli interjettera appel de la décision prise par le tribunal d'Akko d'acquitter purement et simplement l'assassin de sa fille. Et l'assassin écrira à la mère une lettre longue de ses cauchemars, ses remords, ses pénitences morales. Et la mère, remuée naturellement par la sincérité de cette lettre, n'en maintiendra pas moins son appel. Et, en deuxième instance, un deuxième juge accordera à la plaignante le « dû du dol » évalué à 10.000 livres israéliennes. Et cette somme mettra des mois et des années à lui parvenir. Si bien que la voyant s'inscrire un jour sur son relevé bancaire, Gilda Stambouli se demandera de quel ciel lui tombe cette petite fortune. L'espace de dix secondes, elle imaginera une erreur commise à son avantage par la banque. Et il lui faudra dix secondes supplémentaires pour comprendre. Pour se souvenir. Et elle se souviendra qu'avec le temps, naturellement, elle aura oublié la source, le principe et le prix douloureux de tout cet argent.

Naturellement.

DU MÊME AUTEUR

Au Mercure de France

LUMIÈRE DE L'ŒIL, 1980 (Folio n° 1490)

UN BAISER FROID COMME LA LUNE, 1983

L'HÉRITAGE DE TANTE CARLOTTA, 1987 (Folio n° 2159)

DEBORAH ET LES ANGES DISSIPÉS, prix Femina 1991 (Folio n° 2637)

LA DESCENTE AU PARADIS, 1995 (Folio n° 2922)

LES FEMMES AVEC LEUR AMOUR, 1997 prix Liberaturpress (Folio n° 3274)

GILDA STAMBOULI SOUFFRE ET SE PLAINT... prix Europe 1 et prix Nice Baie-des-Anges (Folio n° 3919)

COLLECTION FOLIO

Dernières parutions

3582.	François Gantheret	*Libido Omnibus.*
3583.	Ernest Hemingway	*La vérité à la lumière de l'aube.*
3584.	Régis Jauffret	*Fragments de la vie des gens.*
3585.	Thierry Jonquet	*La vie de ma mère !*
3586.	Molly Keane	*L'amour sans larmes.*
3587.	Andreï Makine	*Requiem pour l'Est.*
3588.	Richard Millet	*Lauve le pur.*
3589.	Gina B. Nahai	*Roxane,* ou *Le saut de l'ange.*
3590.	Pier Paolo Pasolini	*Les Anges distraits.*
3591.	Pier Paolo Pasolini	*L'odeur de l'Inde.*
3592.	Sempé	*Marcellin Caillou.*
3593.	Bruno Tessarech	*Les grandes personnes.*
3594.	Jacques Tournier	*Le dernier des Mozart.*
3595.	Roger Wallet	*Portraits d'automne.*
3596.	Collectif	*Le Nouveau Testament.*
3597.	Raphaël Confiant	*L'archet du colonel.*
3598.	Remo Forlani	*Émile à l'Hôtel.*
3599.	Chris Offutt	*Le fleuve et l'enfant.*
3600.	Marc Petit	*Le Troisième Faust.*
3601.	Roland Topor	*Portrait en pied de Suzanne.*
3602.	Roger Vailland	*La fête.*
3603.	Roger Vailland	*La truite.*
3604.	Julian Barnes	*England, England.*
3605.	Rabah Belamri	*Regard blessé.*
3606.	François Dizot	*Le portail.*
3607.	Olivier Bleys	*Pastel.*
3608.	Larry Brown	*Père et fils.*
3609.	Albert Camus	*Réflexions sur la peine capitale.*
3610.	Jean-Marie Colombani	*Les infortunes de la République.*
3611.	Maurice G. Dantec	*Le théâtre des opérations.*
3612.	Michael Frayn	*Tête baissée.*
3613.	Adrian C. Louis	*Colères sioux.*
3614.	Dominique Noguez	*Les Martagons.*
3615.	Jérôme Tonnerre	*Le petit Voisin.*

3616. Victor Hugo — *L'Homme qui rit.*
3617. Frédéric Boyer — *Une fée.*
3618. Aragon — *Le collaborateur* et autres nouvelles.
3619. Tonino Benacquista — *La boîte noire* et autres nouvelles.
3620. Ruth Rendell — *L'Arbousier.*
3621. Truman Capote — *Cercueils sur mesure.*
3622. Francis Scott Fitzgerald — *La Sorcière rousse,* précédé de *La coupe de cristal taillé.*
3623. Jean Giono — *Arcadie...Arcadie...,* précédé de *La pierre.*
3624. Henry James — *Daisy Miller.*
3625. Franz Kafka — *Lettre au père.*
3626. Joseph Kessel — *Makhno et sa juive.*
3627. Lao She — *Histoire de ma vie.*
3628. Ian McEwan — *Psychopolis* et autres nouvelles.
3629. Yukio Mishima — *Dojoji* et autres nouvelles.
3630. Philip Roth — *L'habit ne fait pas le moine,* précédé de *Défenseur de la foi.*
3631. Leonardo Sciascia — *Mort de l'Inquisiteur.*
3632. Didier Daeninckx — *Leurre de vérité* et autres nouvelles.
3633. Muriel Barbery — *Une gourmandise.*
3634. Alessandro Baricco — *Novecento : pianiste.*
3635. Philippe Beaussant — *Le Roi-Soleil se lève aussi.*
3636. Bernard Comment — *Le colloque des bustes.*
3637. Régine Detambel — *Graveurs d'enfance.*
3638. Alain Finkielkraut — *Une voix vient de l'autre rive.*
3639. Patrice Lemire — *Pas de charentaises pour Eddy Cochran.*
3640. Harry Mulisch — *La découverte du ciel.*
3641. Boualem Sansal — *L'enfant fou de l'arbre creux.*
3642. J.B. Pontalis — *Fenêtres.*
3643. Abdourahman A. Waberi — *Balbala.*
3644. Alexandre Dumas — *Le Collier de la reine.*
3645. Victor Hugo — *Notre-Dame de Paris.*
3646. Hector Bianciotti — *Comme la trace de l'oiseau dans l'air.*
3647. Henri Bosco — *Un rameau de la nuit.*

3648. Tracy Chevalier — *La jeune fille à la perle.*
3649. Rich Cohen — *Yiddish Connection.*
3650. Yves Courrière — *Jacques Prévert.*
3651. Joël Egloff — *Les Ensoleillés.*
3652. René Frégni — *On ne s'endort jamais seul.*
3653. Jérôme Garcin — *Barbara, claire de nuit.*
3654. Jacques Lacarrière — *La légende d'Alexandre.*
3655. Susan Minot — *Crépuscule.*
3656. Erik Orsenna — *Portrait d'un homme heureux.*
3657. Manuel Rivas — *Le crayon du charpentier.*
3658. Diderot — *Les Deux Amis de Bourbonne.*
3659. Stendhal — *Lucien Leuwen.*
3660. Alessandro Baricco — *Constellations.*
3661. Pierre Charras — *Comédien.*
3662. François Nourissier — *Un petit bourgeois.*
3663. Gérard de Cortanze — *Hemingway à Cuba.*
3664. Gérard de Cortanze — *J. M. G. Le Clézio.*
3665. Laurence Cossé — *Le Mobilier national.*
3666. Olivier Frébourg — *Maupassant, le clandestin.*
3667. J.M.G. Le Clézio — *Cœur brûle* et autres romances.
3668. Jean Meckert — *Les coups.*
3669. Marie Nimier — *La Nouvelle Pornographie.*
3670. Isaac B. Singer — *Ombres sur l'Hudson.*
3671. Guy Goffette — *Elle, par bonheur, et toujours nue.*
3672. Victor Hugo — *Théâtre en liberté.*
3673. Pascale Lismonde — *Les arts à l'école. Le Plan de Jack Lang et Catherine Tasca.*
3674. Collectif — *«Il y aura une fois». Une anthologie du Surréalisme.*
3675. Antoine Audouard — *Adieu, mon unique.*
3676. Jeanne Benameur — *Les Demeurées*
3677. Patrick Chamoiseau — *Écrire en pays dominé.*
3678. Erri De Luca — *Trois chevaux.*
3679. Timothy Findley — *Pilgrim.*
3680. Christian Garcin — *Le vol du pigeon voyageur.*
3681. William Golding — *Trilogie maritime, 1. Rites de passage.*
3682. William Golding — *Trilogie maritime, 2. Coup de semonce.*

3683. William Golding — *Trilogie maritime, 3. La cuirasse de feu.*
3684. Jean-Noël Pancrazi — *Renée Camps.*
3686. Jean-Jacques Schuhl — *Ingrid Caven.*
3687. *Positif,* revue de cinéma — *Alain Resnais.*
3688. Collectif — *L'amour du cinéma. 50 ans de la revue* Positif.
3689. Alexandre Dumas — *Pauline.*
3690. Le Tasse — *Jérusalem libérée.*
3691. Roberto Calasso — *la ruine de Kasch.*
3692. Karen Blixen — *L'éternelle histoire.*
3693. Julio Cortázar — *L'homme à l'affût.*
3694. Roald Dahl — *L'invité.*
3695. Jack Kerouac — *Le vagabond américain en voie de disparition.*
3696. Lao-tseu — *Tao-tö king.*
3697. Pierre Magnan — *L'arbre.*
3698. Marquis de Sade — *Ernestine. Nouvelle suédoise.*
3699. Michel Tournier — *Lieux dits.*
3700. Paul Verlaine — *Chansons pour elle* et autres poèmes érotiques.
3701. Collectif — *« Ma chère maman... »*
3702. Junichirô Tanizaki — *Journal d'un vieux fou.*
3703. Théophile Gautier — *Le capitaine Fracassse.*
3704. Alfred Jarry — *Ubu roi.*
3705. Guy de Maupassant — *Mont-Oriol.*
3706. Voltaire — *Micromégas. L'Ingénu.*
3707. Émile Zola — *Nana.*
3708. Émile Zola — *Le Ventre de Paris.*
3709. Pierre Assouline — *Double vie.*
3710. Alessandro Baricco — *Océan mer.*
3711. Jonathan Coe — *Les Nains de la Mort.*
3712. Annie Ernaux — *Se perdre.*
3713. Marie Ferranti — *La fuite aux Agriates.*
3714. Norman Mailer — *Le Combat du siècle.*
3715. Michel Mohrt — *Tombeau de La Rouërie.*
3716. Pierre Pelot — *Avant la fin du ciel.*
3718. Zoé Valdès — *Le pied de mon père.*
3719. Jules Verne — *Le beau Danube jaune.*
3720. Pierre Moinot — *Le matin vient et aussi la nuit.*
3721. Emmanuel Moses — *Valse noire.*

3722.	Maupassant	*Les Sœurs Rondoli* et autres nouvelles.
3723.	Martin Amis	*Money, money.*
3724.	Gérard de Cortanze	*Une chambre à Turin.*
3725.	Catherine Cusset	*La haine de la famille.*
3726.	Pierre Drachline	*Une enfance à perpétuité.*
3727.	Jean-Paul Kauffmann	*La Lutte avec l'Ange.*
3728.	Ian McEwan	*Amsterdam.*
3729.	Patrick Poivre d'Arvor	*L'Irrésolu.*
3730.	Jorge Semprun	*Le mort qu'il faut.*
3731.	Gilbert Sinoué	*Des jours et des nuits.*
3732.	Olivier Todd	*André Malraux. Une vie.*
3733.	Christophe de Ponfilly	*Massoud l'Afghan.*
3734.	Thomas Gunzig	*Mort d'un parfait bilingue.*
3735.	Émile Zola	*Paris.*
3736.	Félicien Marceau	*Capri petite île.*
3737.	Jérôme Garcin	*C'était tous les jours tempête.*
3738.	Pascale Kramer	*Les Vivants.*
3739.	Jacques Lacarrière	*Au cœur des mythologies.*
3740.	Camille Laurens	*Dans ces bras-là.*
3741.	Camille Laurens	*Index.*
3742.	Hugo Marsan	*Place du Bonheur.*
3743.	Joseph Conrad	*Jeunesse.*
3744.	Nathalie Rheims	*Lettre d'une amoureuse morte.*
3745.	Bernard Schlink	*Amours en fuite.*
3746.	Lao She	*La cage entrebâillée.*
3747.	Philippe Sollers	*La Divine Comédie.*
3748.	François Nourissier	*Le musée de l'Homme.*
3749.	Norman Spinrad	*Les miroirs de l'esprit.*
3750.	Collodi	*Les Aventures de Pinocchio.*
3751.	Joanne Harris	*Vin de bohème.*
3752.	Kenzaburô Ôé	*Gibier d'élevage.*
3753.	Rudyard Kipling	*La marque de la Bête.*
3754.	Michel Déon	*Une affiche bleue et blanche.*
3755.	Hervé Guibert	*La chair fraîche.*
3756.	Philippe Sollers	*Liberté du XVIIIème.*
3757.	Guillaume Apollinaire	*Les Exploits d'un jeune don Juan.*
3758.	William Faulkner	*Une rose pour Emily* et autres nouvelles.
3759.	Romain Gary	*Une page d'histoire.*

3760. Mario Vargas Llosa — *Les chiots.*
3761. Philippe Delerm — *Le Portique.*
3762. Anita Desai — *Le jeûne et le festin.*
3763. Gilles Leroy — *Soleil noir.*
3764. Antonia Logue — *Double cœur.*
3765. Yukio Mishima — *La musique.*
3766. Patrick Modiano — *La Petite Bijou.*
3767. Pascal Quignard — *La leçon de musique.*
3768. Jean-Marie Rouart — *Une jeunesse à l'ombre de la lumière.*
3769. Jean Rouaud — *La désincarnation.*
3770. Anne Wiazemsky — *Aux quatre coins du monde.*
3771. Lajos Zilahy — *Le siècle écarlate. Les Dukay.*
3772. Patrick McGrath — *Spider.*
3773. Henry James — *Le Banc de la désolation.*
3774. Katherine Mansfield — *La Garden-Party* et autres nouvelles.
3775. Denis Diderot — *Supplément au Voyage de Bougainville.*
3776. Pierre Hebey — *Les passions modérées.*
3777. Ian McEwan — *L'Innocent.*
3778. Thomas Sanchez — *Le Jour des Abeilles.*
3779. Federico Zeri — *J'avoue m'être trompé. Fragments d'une autobiographie.*
3780. François Nourissier — *Bratislava.*
3781. François Nourissier — *Roman volé.*
3782. Simone de Saint-Exupéry — *Cinq enfants dans un parc.*
3783. Richard Wright — *Une faim d'égalité.*
3784. Philippe Claudel — *J'abandonne.*
3785. Collectif — «*Leurs yeux se rencontrèrent...*». *Les plus belles premières rencontres de la littérature.*
3786. Serge Brussolo — «*Trajets et itinéraires de l'oubli*».
3787. James M. Cain — *Faux en écritures.*
3788. Albert Camus — *Jonas ou l'artiste au travail* suivi de *La pierre qui pousse.*
3789. Witold Gombrovicz — *Le festin chez la comtesse Fritouille* et autres nouvelles.
3790. Ernest Hemingway — *L'étrange contrée.*

3791. E. T. A Hoffmann — *Le Vase d'or.*
3792. J. M. G. Le Clezio — *Peuple du ciel* suivi de *Les Bergers.*
3793. Michel de Montaigne — *De la vanité.*
3794. Luigi Pirandello — *Première nuit et autres nouvelles.*
3795. Laure Adler — *À ce soir.*
3796. Martin Amis — *Réussir.*
3797. Martin Amis — *Poupées crevées.*
3798. Pierre Autin-Grenier — *Je ne suis pas un héros.*
3799. Marie Darrieussecq — *Bref séjour chez les vivants.*
3800. Benoît Duteurtre — *Tout doit disparaître.*
3801. Carl Friedman — *Mon père couleur de nuit.*
3802. Witold Gombrowicz — *Souvenirs de Pologne.*
3803. Michel Mohrt — *Les Nomades.*
3804. Louis Nucéra — *Les Contes du Lapin Agile.*
3805. Shan Sa — *La joueuse de go.*
3806. Philippe Sollers — *Éloge de l'infini.*
3807. Paule Constant — *Un monde à l'usage des Demoiselles.*
3808. Honoré de Balzac — *Un début dans la vie.*
3809. Christian Bobin — *Ressusciter.*
3810. Christian Bobin — *La lumière du monde.*
3811. Pierre Bordage — *L'Évangile du Serpent.*
3812. Raphaël Confiant — *Brin d'amour.*
3813. Guy Goffette — *Un été autour du cou.*
3814. Mary Gordon — *La petite mort.*
3815. Angela Huth — *Folle passion.*
3816. Régis Jauffret — *Promenade.*
3817. Jean d'Ormesson — *Voyez comme on danse.*
3818. Marina Picasso — *Grand-père.*
3819. Alix de Saint-André — *Papa est au Panthéon.*
3820. Urs Widmer — *L'homme que ma mère a aimé.*
3821. George Eliot — *Le Moulin sur la Floss.*
3822. Jérôme Garcin — *Perspectives cavalières.*
3823. Frédéric Beigbeder — *Dernier inventaire avant liquidation.*
3824. Hector Bianciotti — *Une passion en toutes Lettres.*
3825. Maxim Biller — *24 heures dans la vie de Mordechaï Wind.*
3826. Philippe Delerm — *La cinquième saison.*

3827. Hervé Guibert	*Le mausolée des amants.*
3828. Jhumpa Lahiri	*L'interprète des maladies.*
3829. Albert Memmi	*Portrait d'un Juif.*
3830. Arto Paasilinna	*La douce empoisonneuse.*
3831. Pierre Pelot	*Ceux qui parlent au bord de la pierre (Sous le vent du monde, V).*
3832. W.G Sebald	*Les émigrants.*
3833. W.G Sebald	*Les Anneaux de Saturne.*
3834. Junichirô Tanizaki	*La clef.*
3835. Cardinal de Retz	*Mémoires.*
3836. Driss Chraïbi	*Le Monde à côté.*
3837. Maryse Condé	*La Belle Créole.*
3838. Michel del Castillo	*Les étoiles froides.*
3839. Aïssa Lached-Boukachache	*Plaidoyer pour les justes.*
3840. Orhan Pamuk	*Mon nom est Rouge.*
3841. Edwy Plenel	*Secrets de jeunesse.*
3842. W. G. Sebald	*Vertiges.*
3843. Lucienne Sinzelle	*Mon Malagar.*
3844. Zadie Smith	*Sourires de loup.*
3845. Philippe Sollers	*Mystérieux Mozart.*
3846. Julie Wolkenstein	*Colloque sentimental.*
3847. Anton Tchékhov	*La Steppe. Salle 6. L'Évêque.*
3848. Alessandro Baricco	*Châteaux de la colère.*
3849. Pietro Citati	*Portraits de femmes.*
3850. Collectif	*Les Nouveaux Puritains.*
3851. Maurice G. Dantec	*Laboratoire de catastrophe générale.*
3852. Bo Fowler	*Scepticisme & Cie.*
3853. Ernest Hemingway	*Le jardin d'Éden.*
3854. Philippe Labro	*Je connais gens de toutes sortes.*
3855. Jean-Marie Laclavetine	*Le pouvoir des fleurs.*
3856. Adrian C. Louis	*Indiens de tout poil et autres créatures.*
3857. Henri Pourrat	*Le Trésor des contes.*
3858. Lao She	*L'enfant du Nouvel An.*
3859. Montesquieu	*Lettres Persanes.*
3860. André Beucler	*Gueule d'Amour.*
3861. Pierre Bordage	*L'Évangile du Serpent.*

3862.	Edgar Allan Poe	*Aventure sans pareille d'un certain Hans Pfaal.*
3863.	Georges Simenon	*L'énigme de la* Maric-Galante.
3864.	Collectif	*Il pleut des étoiles...*
3865.	Martin Amis	*L'état de L'Angleterre.*
3866.	Larry Brown	*92 jours.*
3867.	Shûsaku Endô	*Le dernier souper.*
3868.	Cesare Pavese	*Terre d'exil.*
3869.	Bernhard Schlink	*La circoncision.*
3870.	Voltaire	*Traité sur la Tolérance.*
3871.	Isaac B. Singer	*La destruction de Kreshev.*
3872.	L'Arioste	*Roland furieux I.*
3873.	L'Arioste	*Roland furieux II.*
3874.	Tonino Benacquista	*Quelqu'un d'autre.*
3875.	Joseph Connolly	*Drôle de bazar.*
3876.	William Faulkner	*Le docteur Martino.*
3877.	Luc Lang	*Les Indiens.*
3878.	Ian McEwan	*Un bonheur de rencontre.*
3879.	Pier Paolo Pasolini	*Actes impurs.*
3880.	Patrice Robin	*Les muscles.*
3881.	José Miguel Roig	*Souviens-toi, Schopenhauer.*
3882.	José Sarney	*Saraminda.*
3883.	Gilbert Sinoué	*À mon fils à l'aube du troisième millénaire.*
3884.	Hitonari Tsuji	*La lumière du détroit.*
3885.	Maupassant	*Le Père Milon.*
3886.	Alexandre Jardin	*Mademoiselle Liberté.*
3887.	Daniel Prévost	*Coco belles-nattes.*
3888.	François Bott	*Radiguet. L'enfant avec une canne.*
3889.	Voltaire	*Candide ou l'Optimisme.*
3890.	Robert L. Stevenson	*L'Étrange Cas du docteur Jekyll et de M. Hyde.*
3891.	Daniel Boulanger	*Talbard.*
3892.	Carlos Fuentes	*Les années avec Laura Díaz.*
3894.	André Dhôtel	*Idylles.*
3895.	André Dhôtel	*L'azur.*
3896.	Ponfilly	*Scoops.*

Composition Firmin-Didot
Impression Novoprint
à Barcelone, le 23 septembre 2003
Dépôt légal : septembre 2003
ISBN 2-07-042619-X./Imprimé en Espagne.

14826